BASTEI LÜBBE

Kathleen O'Neal Gear

Wie ein Sandkorn im Wind

Roman

Ins Deutsche übertragen
von Joachim Honnef

BASTEI
LÜBBE

BASTEI-LÜBBE-TASCHENBUCH
Band 13 521

Erste Auflage:
März 1994

Deutsche Lizenzausgabe 1994
Bastei-Verlag Gustav H. Lübbe
GmbH & Co., Bergisch Gladbach
Originaltitel: Sand in the Wind
Lektorat: Rainer Delfs
Titelillustration: Luis Royo,
Norma Agency, Barcelona
Umschlaggestaltung:
Quadro Grafik, Bensberg
Satz: KCS GmbH,
Buchholz/Hamburg
Druck und Verarbeitung:
Brodard & Taupin, La Flèche,
Frankreich
Printed in France

ISBN 3-404-13521-0

ERSTES KAPITEL

Ein eisiger Wind heulte über die Berge, zerrte an den Kiefern und brauste durch die engen Täler des Hochlands.

Wounded Bear zog die rote Decke fester um seine Schultern und blinzelte gegen den Wind an. Schnee peitschte in sein Gesicht, das älter wirkte als das eines jungen Kriegers mit zwanzig Sommern. Er hatte das Zeitgefühl verloren; durch das Fasten und Beten schien es ihm, als befände er sich schon eine Ewigkeit auf dem Berg. Wie lange hatte er dort vor dem längst erloschenen Lagerfeuer gehockt? Waren die vier Tage der Suche nach seiner Vision vorüber? Er dachte lange darüber nach. Nein, er erinnerte sich, daß dies der vierte Tag war. Der quälende Hunger hatte nach dem zweiten Tag nachgelassen, und jetzt war er von einem Hochgefühl erfüllt. »Geister?« rief er in den Nachthimmel. »Ich bitte euch, hört mich an!«

Er versuchte seine Gedanken auf das Große Geheimnis zu konzentrieren und schloß die Augen. Er betete.

Die Stimme seines Bruders Little Deer verfolgte ihn, schien über seinen geschwächten Körper zu rollen wie ein gigantischer Felsblock, der den Berghang herabstürzt.

»Wakan Tanka hat sein Volk verlassen!« hatte sein Bruder geschrien, seinen Coupstab zum Himmel erhoben und einen schrillen Kriegsschrei ausgestoßen.

Wounded Bear hielt sich die Ohren zu. Die Stimme hallte weiter ringsum. Er öffnete erschrocken die Augen. War sein Bruder jetzt hier?

Wounded Bear erschauerte und suchte die weiße Welt ab, die er nur verschwommen sah. Nein, es ist nur der Wind, beruhigte er sich – nur der schrecklich kalte Wind.

Wounded Bear erhob sich, zog die dünne rote Decke zusammen und ging durch den tosenden Wind zu einer nahen Kiefer. Er strich über die rissige Rinde.

»Wir sind eins, mein Bruder«, flüsterte er, und seine Stimme klang fern und fremd. Sein Blick schweifte über die Bäume. »Einst war mein Volk so zahlreich wie deines, aber jetzt wird es sterben – sterben ...« Seine Stimme verklang in einem Schwall von Wind und Schnee.

Wounded Bear ließ die Hand sinken. Sein Körper schien zu schweben, sich leicht vom Boden abzuheben. Er schwebte mit dem Gefühl und versuchte den eisigen Schmerz zu ignorieren, der durch die Mokassins in seine Füße stach. Er senkte den Kopf, und seine langen, schwarzen Zöpfe baumelten leicht in der feuchten Luft.

»Bitte, Maheo«, flehte er. »Schick mir geistige Hilfe.«

Morgen würde er zu seinem Volk zurückkehren und den Ältesten sagen müssen, daß seine Gebete abermals nicht beantwortet worden waren – daß seine Suche nach Medizin erfolglos gewesen war. Eine quälende Leere breitete sich in ihm aus, und er fühlte sich elend und krank.

Schwache Stimmen riefen ihn. Er neigte den Kopf zum Wind und lauschte. Leiser Gesang ertönte. Geister. Drei Geister. Er lächelte, nahm ihr Lied in sich auf. Ihre Stimmen vereinigten sich und schufen eine so schöne Harmonie, daß Wounded Bear das Gefühl hatte, von den sanften Händen einer Geliebten berührt zu werden, die ihn näher und näher an sich zog. Er schloß die Augen und sang im Einklang mit ihnen. Er und die Geister sangen von ihren Kämpfen gegen die Shoshoni und der Verbundenheit mit den weiten, gewellten Prärien. Sie sangen von dem Propheten Sweet Medicine und seiner Reise zum Heiligen Berg. Wounded Bears Herz schmerzte, als er die letzten Worte des Propheten wiederholte: *»... Ich bin beunruhigt. Hört mir sehr genau zu. Ihr werdet einem Volk begegnen, das weiß ist. Es sucht einen besonderen Stein. Es reist überallhin und sucht danach. Diese Weißen werden euch Krankheit bringen. Es werden viele von dem weißen Volk sein, so viele, viele ...«*

Wounded Bear nahm ein Geräusch wahr. Er riß die Augen

auf. Hinter ihm bewegte sich etwas zwischen den kahlen Zweigen. Ein Tier, das sein Fell an den Zweigen rieb. Er wirbelte herum, und seine Beine zitterten.

Auf der anderen Seite des lodernden Feuers saß reglos ein weißer Wolf und starrte in die orangefarbenen Flammen. Wounded Bear dachte angestrengt nach. Hatte er ein neues Feuer entfacht? Er konnte sich nicht erinnern. Aber in seiner Euphorie hatte er es vielleicht unbewußt angezündet. Er ballte die Hände zu Fäusten, um sich Mut zu machen. Der Wolf hatte ihn noch nicht gesehen. Seine großen Augen, deren schwarze Tiefen den Feuerschein widerspiegelten, waren auf das Feuer gerichtet. Dann schaute der Wolf zu ihm auf – und plötzlich verstand der Krieger.

Wounded Bear erschauerte unter dem durchdringenden Blick und sah sich um. Es schneite nicht mehr, und das Heulen des Windes war verstummt. Er schlurfte mit bleiernen Beinen auf den Wolf zu.

»Großvater«, sagte er heiser, »bist du gekommen, um deinem Volk zu helfen?« Er schwankte. Das viertägige Fasten forderte Tribut von seiner Kraft. Aber er setzte sich nicht hin und würde es erst tun, wenn er dazu aufgefordert werden würde.

Unheimliche Lichter glühten in den Augen der Geisterkreatur. Sie zogen Wounded Bear näher und erfüllten ihn mit Ruhe und Gelassenheit. Er fühlte auf einmal Wärme in sich, zum erstenmal seit Tagen. Er ließ die mit einer Eiskruste überzogene Decke von den Schultern fallen.

»Ja, Enkel«, antwortete der Wolf, und seine tiefe Stimme hallte von den bewaldeten Hängen wider. »Komm, setz dich zu mir. Wir haben viel zu besprechen und wenig Zeit.«

Dankbar sank Wounded Bear auf den gefrorenen Boden.

»Das Volk ist verloren«, sagte der Wolf. »Es hat die Weissagungen von Sweet Medicine vergessen.«

Wounded Bear erschauerte bei den schrecklichen Worten. »Ja, Großvater«, flüsterte er. Er glaubte, wieder die Stimme von Little Deer zu hören, der schrie, daß Wakan Tanka die Cheyennes verlassen hatte. Er krümmte sich zusammen, als Schmerzen durch seine Brust stachen.

Der Wolf atmete tief ein und zeigte seine weißen Zähne, die

im Feuerschein schimmerten. »Ich weiß, was die Jungen denken, Enkel. Glaubst du, das Große Geheimnis hat uns vergessen?«

Wounded Bear schüttelte heftig den Kopf und schwankte wieder. »Nein, Großvater. Wakan Tanka würde uns nicht verlassen.«

Der Wolf näherte sich und nickte zustimmend.

Wounded Bear sah vor seinem geistigen Auge sein Volk, das am Fuß der Big Horn Mountains lagerte und Not litt. Er glaubte, die Kinder schreien zu hören. Hunger – Hunger. Seine Schultern sanken herab. »Sag mir, wann hat das Volk schon einmal gehungert?« fragte der Wolf mit wohltuendem, herzlichem Tonfall.

Wounded Bear dachte an die alten Geschichten, die von den Alten abends im Winter an lodernden Lagerfeuern erzählt wurden. Erinnerungen erfüllten ihn. Lautlos betete er um Vergebung, weil er die Geschichte der gelbhaarigen Frau laut erzählen mußte.

»Zu Beginn, Großvater«, sagte er mit fester Stimme, »bevor Sweet Medicine dem Volk geboren wurde.«

»Ja, Krieger.« In den dunklen Augen des Wolfes leuchtete es auf. »Und wie wurden wir vom Hunger erlöst?«

Wounded Bear schluckte trocken. »Die gelbhaarige Frau kam zu uns von dem hohen Gipfel und erzählte uns vom Büffel.« Seine Gedanken wurden klarer beim Erzählen.

»Du kennst den *Hee man eh,* Enkel?«

»Ja«, antwortete Wounded Bear. Die Tänze der halb Männer-, halb Frauen-Gesellschaft waren seinem Volk gut bekannt. Aber er war verwirrt, weil der Wolf davon sprach. Er wartete. Er wußte, daß er belehrt werden würde.

»Sag mir, Krieger, was hast du von Sweet Medicines Prophezeiungen in Erinnerung?«

Die Augen des Wolfes leuchteten so hell, daß Wounded Bear nicht länger hineinblicken konnte.

Er neigte sich zur Seite und nahm eine Handvoll Salbei, den er zum Berg mitgenommen hatte. Er warf den Salbei ins Feuer, um die Luft zu reinigen. Der Wolf atmete den Duft tief ein.

»Großvater«, begann Wounded Bear zögernd. »Sweet Medicine sagte uns voraus, daß die Weißen in unser Heiliges Land kommen und den Büffel töten würden. Das Volk würde viele Winter leiden.« Er sah plötzlich Bilder von hungernden Kindern, und eine Woge von Schmerz und Zorn erfüllte ihn. »Er – er sagte, wenn das Volk nicht der alten Lebensweise treu bleibt, wird es von den Weißen verdrängt werden, und sie werden das Land so dicht bedecken wie die Gräser des Frühjahrs.« Er blickte zu dem Wolf, doch dessen Gesicht war abgewandt, er hatte die Augen geschlossen und lauschte auf ein Lied der Geister, das der Krieger nicht hören konnte. Wounded Bear schwieg und wartete auf eine Aufforderung, weiterzusprechen.

Schließlich öffnete der Wolf die Augen und wandte sich wieder Wounded Bear zu. Tränen glänzten in den schwarzen Augen. »Kennst du die Prophezeiung, daß die Weißen kommen werden, um unser Land umzugraben?«

Wounded Bear nickte ernst. Sweet Medicine hatte vorausgesagt, daß die Weißen kommen und die Erde entweihen würden, indem sie deren Oberfläche mit scharfen Stöcken aufrissen, bis sie vor Schmerz aufschreien würde. Wenn das Volk dies geschehen ließ, hatte er geweissagt, würden die Cheyennes in alle Richtungen zerstreut werden wie Sandkörner im Wind. Wounded Bear war von Schmerz erfüllt. Er preßte die Zähne aufeinander und schloß die Augen. »Ja, Großvater.«

Das Feuer loderte wild, und Funken stoben zu den Kiefernzweigen empor.

Der Wolf ging näher zu Wounded Bear, blieb dicht vor ihm stehen, und seine Nase berührte Wounded Bears Stirn.

Als der Bote des Großen Geistes wieder sprach, hallte seine Stimme wie der Klang der heiligen Trommeln beim Sonnentanz in Wounded Bears Ohren. »Er werden viele Wagen kommen, Enkel. Die Männer, die mit den Wagen kommen, graben eine Straße durch die letzten Jagdgründe der Cheyennes. Sie müssen gestoppt werden – damit die Prophezeiung nicht wahr wird.«

Wonded Bear spürte den warmen Atem des Wolfs auf seinem Gesicht. Langsam nickte er. Der Treck mußte gestoppt werden.

»Bald wirst du viel für das Volk opfern müssen«, sagte der Wolf, und es hörte sich an, als entfernte er sich immer mehr.

Wounded Bear saß schweigend da. Sein Puls raste. Er spürte,

wie das Fell des Geisterwolfes über sein Wildlederhemd rieb. Er starrte auf die gewaltigen Pfoten neben seinen übereinandergeschlagenen Beinen. Der Wolf legte eine der Pfoten auf seinen Oberschenkel.

»Du mußt dein Herz für das Volk öffnen.« Er schwieg kurz und neigte den Kopf zur Seite. »Bist du dazu bereit?«

»Ja, Groß . . .«, begann er, als ihm ein eiskalter Windstoß ins Gesicht schlug. Er hob schützend die Arme. Die Bäume ächzten unter der eisigen Bö. Bevor Wounded Bear die Arme sinken ließ, wußte er, daß wieder Schnee fiel.

Goldene Strahlen von Licht fielen durch die Bäume und tupften den Waldboden wie einen unregelmäßigen Flickenteppich. Wounded Bear betrachtete die Muster, während er sich einen Weg zwischen den Bäumen bahnte und der Schnee unter seinen Mokassins knirschte. Er hatte solch einen Flickenteppich einmal in Fort Laramie gesehen. Eine schöne rothaarige Frau hatte den Teppich gegen Mehl getauscht. Er erinnerte sich daran, daß er über eine Stunde beim Fort gestanden und auf das komplizierte Muster und die leuchtend bunt gefärbten Stoffstücke gestarrt hatte.

Er trat auf eine breite Wiese. Ein Windstoß erfaßte ihn und peitschte die Fransen seiner Wildlederhose. Er erschauerte und zog die Decke eng um seine Schultern, während er über das karge Land spähte, das sich unter ihm erstreckte. Die Hochebene war wie eine weiße Decke, die hier und da von dunkelbraunen Hügelkuppen getupft war. Wölkchen zogen am türkisfarbenen Himmel südwärts zum Land der Shoshoni, der Feinde seines Volkes.

Wounded Bear verharrte einen Augenblick lang und schaute zum östlichen Horizont. Die Sonne stand tief und schickte milchigen Lichtschein zu den schneebedeckten Ebenen. Hügel schimmerten blaßgelb im Sonnenlicht.

Er atmete tief ein und aus und beobachtete den dampfenden Atem, der vom eisigen Wind weggefegt wurde. Wounded Bear schleppte sich über die Wiese den Berghang hinab zur Ebene, wo sich sein Dorf an die erste Uferterrasse des Creeks schmiegte.

Er grübelte über die Worte des Wolfs nach. Sie fielen ihm nach und nach ein, und er glaubte im Knirschen des Schnees unter seinen Füßen die tiefe Stimme seines Großvaters zu hören. Vögel hüpften zwitschernd von Zweig zu Zweig, als er vorüberging.

»Es kommen viele Wagen, Enkel – viele Wagen . . .«

Als er durch einen Streifen kahler Pappeln längs des Baches wanderte, hörte er Gelächter. Auf der Terrasse oberhalb von ihm standen über fünfzig kegelförmige Tipis. Er sah ihre Spitzen. Graue Fäden kräuselten aus den Rauchklappen und wurden vom Wind fortgetragen. Wounded Bear atmete tief durch, bevor er den eisigen Hang hinaufstieg und an den Rand des Lagers gelangte. Er würde dem Häuptling, Dull Knife, und dem alten Medizinmann, Box Elder, von den Worten des Wolfes erzählen. Dann konnte sich sein Volk vorbereiten.

»Wounded Bear?« die weiche, weibliche Stimme ertönte hinter einer nahen Kiefer.

Er wandte sich langsam und schwankend um und sah Yellow Leaf. Ihr langes schwarzes Haar flatterte im Wind. Sie war in ein dickes Büffelfell gehüllt und hatte Brennholz gesammelt. Die abgestorbenen Äste hielt sie in der Armbeuge. Yellow Leaf ging lächelnd auf ihn zu.

Er bemühte sich, ihr Lächeln zu erwidern, doch mit seinen erstarrten Zügen wurde es eher eine Grimasse. Sein Blick schweifte über ihr schönes Gesicht. Sie liebte ihn seit drei Jahren und hatte vier Heiratsanträge von Kriegern abgelehnt, die angesehener waren als er. Die alten Frauen im Lager tuschelten, daß Yellow Leaf für immer eine alte Jungfer bleiben würde. Sie war bereits zwanzig.

Er zog die Decke am Hals zusammen und fragte sich, warum sie wartete – und weshalb er sie nicht liebte. Sie war nett und seine Freundin, doch sein Herz war zu erschöpft und zu kalt, um irgendeine Frau zu lieben.

Sie blieb dicht vor ihm stehen und schaute zu seinem in der Kälte erstarrten Gesicht auf. Ihre großen, braunen Augen blickten herzlich. »War deine Suche nach einer Vision erfolgreich?« fragte sie leise.

»Ja.« Sein Blick schweifte über die Hauben aus Schnee auf den Kiefernzweigen.

Sie nickte, senkte den Blick und lächelte stolz. »Das Volk wird dankbar sein.«

Er atmete tief ein und hielt die eisige Luft in seiner Lunge. Es wurde ihm schwindelig. Er schwankte und wäre fast gestürzt. Sie hielt ihn schnell mit der freien Hand am Arm fest und stützte ihn. Ein paar Äste fielen von ihrem anderen Arm in den Schnee.

»Gehst du zum Tipi des Häuptlings?«

»Ja – und zu Box Elder.«

»Ich werde dir helfen.«

Als sie das Dorf betraten, tollten lachende Kinder um sie herum, und bellende Hunde folgten ihnen. Wounded Bear lächelte schwach, während er die spielenden Jungen beobachtete, die zwischen den Tipis immer wieder in den Schnee fielen.

Obwohl es noch früh am Morgen war, gab es bereits einen breiten Pfad von kleinen Fußabdrücken im Schnee vor den Tipis. Sie folgten ihm und hörten weibliche Stimmen vor den Tipis. Die meisten der Frauen würden heute drinnen arbeiten, um der Kälte zu entgehen. Wounded Bear roch bereits den Duft von Pemmikan-Eintopf. Die Mischung aus Büffelfleisch, Fett und Beeren war alles, was dem Stamm nach dem langen, bitterkalten Winter zum Essen geblieben war. Und jetzt war der Eintopf immer dünner und enthielt kaum genug Pemmikan, um einen Mann zu ernähren. Seit über einer Woche hatten sich keine Tiere mehr als Nahrung geschenkt; und das letzte große Tier, ein Hirsch, der sich zum Dorf gewagt hatte, um die Rinde der Espen am Creek abzunagen, war an einem einzigen Tag gegessen worden – vor zwei Wochen. Der Stamm hungerte, doch keiner klagte. Bald würde der Schnee fort sein, und der Büffel würde zurückkehren. Das hoffte man jedenfalls.

Für Wounded Bear sah die Zukunft jedoch anders aus. Das große Wild nahm rapide ab, sein Lebensraum wurde von den Straßen des Weißen Mannes zerschnitten und war jetzt auf ein einziges Gebiet beschränkt – das Powder River Basin. Und alle Stämme, Freund und Feind gleichermaßen, waren dazu verdammt, dort zu jagen, sich aus dem Weg zu gehen oder Krieg zu riskieren, um die Jagdrechte zu verteidigen, damit ihre Mitglieder etwas zu essen hatten.

Als Wounded Bear ans Essen dachte und den Geruch von

Pemmikan wahrnahm, knurrte sein Magen. Dies war sein fünfter Tag ohne Essen oder Trinken, aber bald würde das Fasten enden, wenn er seine Botschaft übermittelt hatte – die Botschaft des Wolfs. Er strich über seinen leeren Bauch.

»Nur noch eine kleine Weile«, murmelte er.

Yellow Leaf blickte zu ihm auf. Ein Windstoß ließ einen Schleier schwarzer Haarsträhnen vor ihrem Gesicht flattern. Sie strich das Haar hinter die Ohren zurück. »Vielleicht solltest du etwas essen, bevor du mit dem Häuptling sprichst. Ich habe Suppe in meinem Tipi ...«

Er lächelte matt und schüttelte den Kopf. »Nein, danke.«

Als er sich dem Tipi des Häuptlings näherte, hörte er Gelächter darin. Er blieb ein paar Schritte vor dem Tipi stehen. Der Blick seiner braunen Augen schweifte über die Szenerie. Dull Knifes Tipi stand fern vom Creek auf einer Anhöhe über dem Rest des Lagers.

Wounded Bear wandte den Kopf und spähte auf das Dorf hinab. Die Tipis bildeten einen unregelmäßigen Halbmond, mit der Öffnung nach Osten, damit die Strahlen der aufgehenden Sonne ihn wärmen konnten. Und damit das Volk bei Tagesanbruch Gebete zur Quelle des Lichts und des Lebens sprechen konnte.

»Es geht schon«, sagte er zu Yellow Leaf und schaute in ihre sanft blickenden Augen.

Sie ließ widerstrebend seinen Arm los, nickte und wandte sich ab. Er schaute ihr nach, als sie den Hang hinab zum Tipi ihrer Eltern ging und sich hineinduckte. Ein Schwall warmer Luft drang heraus und wirbelte Eiskristalle um den Eingang.

Die Kälte stach durch seine Mokassins. Der Schnee knirschte unter seinen Füßen, als er auf das Tipi zuging. Er atmete tief die kalte Luft ein und mußte husten.

Die Stimmen im Tipi verstummten, und das Fell vor dem Zugang wurde ein wenig zurückgezogen. Wounded Bear sah überrascht das runzlige Gesicht von Box Elder, der herausspähte. Das Fell wurde weiter zur Seite gezogen, und der betagte Medizinmann trat heraus in die Kälte. Die Augen richteten sich auf Wounded Bear. Er hinkte auf Wounded Bear zu und grinste zahnlos.

Der Schamane war ein kleiner Mann mit langen, grauen

Zöpfen, die bis unter seine Hüfte reichten. Er trug ein mit Perlen verziertes Wildlederhemd, das mit orangefarbenen Stachelschweinstacheln besetzt war. Die Fransen an den Ärmeln des Wildlederhemds flatterten im eisigen Wind. Box Elder blieb einen Schritt vor dem Krieger stehen, dem die Erschöpfung anzusehen war.

»Ich sah dich auf den Heiligen Berg steigen«, sagte er mit rauher Stimme und wies mit knorriger Hand zu dem zerklüfteten, schneebedeckten Gipfel.

»Ja.«

Box Elder blickte zum türkisfarbenen Himmel und murmelte leise ein Gebet. »Und die Geister kamen zu dir.« Es war eine Feststellung, keine Frage. Er nickte dazu.

»Ja, heiliger Mann.«

»Komm herein, Krieger.« Der Schamane wies zum Tipi des Häuptlings. »Wir haben dich erwartet.« Er wandte sich um, schritt zurück und verschwand im Tipi.

Wounded Bear blickte wieder zum Dorf hinab, beobachtete die spielenden Kinder und ging dann benommen zum Tipi. Als er das Fell am Eingang aufzog, schlug ihm Wärme entgegen, und seine Gesichtshaut prickelte. Er trat ein und ließ das Fell vor die Öffnung fallen.

Dunkelheit umgab ihn. Seine Augen hatten sich daran gewöhnt, auf Schnee zu schauen, der im Sonnenschein gleißte, und jetzt war er einen Augenblick lang wie blind. Er verharrte und blinzelte, bis er das Feuer in der Mitte des Tipis normal sehen und die anderen Dinge wahrnehmen konnte. Auf dem Boden lagen zum Schutz gegen die Kälte Büffelfelle. Der runde Schild des Häuptlings stand hinten im Tipi. Auf den Schild waren mit roter Farbe Männer und Pferde gemalt. Der Feuerschein geisterte orangefarben über die honigfarbenen Wände, und Schatten tanzten über die Gesichter von Dull Knife und Box Elder.

Der Häuptling saß mit übereinandergeschlagenen Beinen beim Feuer. Obwohl er in mittleren Jahren war, blickten seine Augen scharf, und sein Haar war noch schwarz. Streifen von weißem Stoff waren in die Zöpfe geflochten, die über seine Brust baumelten. Dull Knife hatte ein rundes Gesicht mit breiter, flacher Nase und vollen Lippen. Er war in eine blaugelbe

Decke gehüllt. Der Häuptling nahm die Decke von den Schultern und wies auf den Platz zu seiner Linken. Wounded Bear ließ sich dankbar auf das dicke, warme Büffelfell sinken.

»Hier, Sohn.« Dull Knife überreichte ihm die trockene Decke.

Wounded Bear zog die eiskalte Decke von seinen Schultern und hüllte sich mit der Decke des Häuptlings ein. Er erschauerte, als die Wärme der Decke in seinen Körper drang.

Box Elder legte ein dickes Bündel aus. Er murmelte Gebete und entfaltete Schicht um Schicht des Tuches, bis der Inhalt des Bündels zu sehen war. Wounded Bear schluckte krampfhaft, und seine Augen weiteten sich. Beim Anblick der Heiligen Pfeife stieg Furcht in ihm auf. Die lange, gerade Pfeife ruhte auf feinem Tuch neben Büffelgras und Pfeifenstopfer. Geflochtene Gräser verliehen dem Bündel Wohlgeruch.

Der Krieger wandte den Blick ab und schaute auf die flackernden Flammen, während der Schamane die Pfeife vorbereitete. Wounded Bear war verwirrt. Er wußte nicht, warum seine Anwesenheit solch eine besondere Behandlung rechtfertigte. Die Heilige Pfeife wurde nur beim Sonnentanz benutzt oder wenn die Mahuts, die Heiligen Pfeile, erneuert werden mußten und gelegentlich, wenn das Überleben des Volkes bedroht war. Aus dem Augenwinkel sah er, daß Box Elder einen mit Schnitzereien verzierten Stock benutzte, um etwas Glut aus dem Feuer zu nehmen. Der alte Medizinmann gab die Glut sorgfältig in die Pfeife und bot sie zuerst der Erde, dann Maheo und schließlich den vier Heiligen an. Der Medizinmann umfaßte den rosafarbenen, steinernen Pfeifenkopf mit der Hand und rauchte. Er inhalierte tief, schloß die Augen, hob das Gesicht himmelwärts und blies langsam den gesegneten Rauch in die vier Richtungen.

Wounded Bear atmete schneller, und die Euphorie seines Fastens kehrte plötzlich zurück. Er fühlte sich leicht, als berühre sein Körper kaum das Fell unter ihm. Sein Blick folgte den Rauchwölkchen, die der Schamane ausstieß und die zwischen den Rauchklappen verschwanden und den Menschen und allen Lebewesen eine Botschaft von Erneuerung und Wiedergeburt der Erde brachten.

Die Hände des alten Medizinmanns zitterten, als er Dull

Knife die Pfeife überreichte und dann den Kopf in stummem Gebet senkte. Wounded Bear beobachtete die Übergabe. Die Hände des Häuptlings blieben waagerecht ausgestreckt auf der Höhe, in der die Heilige Pfeife überreicht worden war. Bevor Dull Knife sie an die Lippen führte, wiederholte er die Zeremonie, die von Box Elder ausgeführt worden war. Dann rauchte er.

Wounded Bear holte tief Luft, und seine breiten Schultern strafften sich in der Vorbereitung. Er fühlte sich jetzt warm, zu warm. Das Blut raste durch seine Adern und pochte in seinen Schläfen. Schließlich war er an der Reihe. Der Häuptling überreichte ihm die Pfeife.

Als er das heilige Gerät entgegennahm, erfüllte ihn ein prickelndes Gefühl. Wounded Bear hielt die gerade Pfeife perfekt waagerecht und brachte sie langsam auf Augenhöhe. Er schloß die Lider und flüsterte ein persönliches Gebet zu dem Wolf. Als er die Pfeife an die Lippen setzte, erbebte Wounded Bears Körper, die Kraft der Pfeife erfüllte ihn, und er hatte das Gefühl, zum Himmel emporgetragen zu werden, bis er glaubte, die heilige Macht nicht länger bändigen zu können. Er hielt den gesegneten Rauch so lange er konnte in den Lungen, und dann blies er ihn in die vier Richtungen.

Als er Box Elder die gerade Pfeife überreichte, lächelte der verehrte Medizinmann. Er strich sanft über das heilige Gerät, legte es auf seinen Schoß und streichelte mit knorrigen Fingern über den Stiel.

Wounded Bear wartete. Die Mischung aus Tabak und Gras war ihm in den Kopf gestiegen und machte ihn schwindelig. Er stützte sich mit beiden Händen auf dem Büffelfell ab, um nicht zu wanken.

»Ich hatte einen Traum«, brach Box Elder schließlich das Schweigen. »Ich sah dich mit einem Wolf sprechen.« Er wies in Richtung Berggipfel.

»Er kam – heiliger Mann.«

Dull Knife faltete die Hände auf dem Schoß und starrte nachdenklich und mit gefurchter Stirn in die orangefarbenen Flammen.

»In meinem Traum«, fuhr der Schamane fort und neigte den Kopf zur Seite, »konnte ich nicht die Worte hören, die der Bote des Großen Geistes sprach, aber ich wußte, daß du sie verstandest.«

Wounded Bear nickte und schwankte leicht. Er stützte sich fester auf dem Fell ab. »Ich verstand sie.«

Er sah, daß Dull Knife die Hände verschränkte, daß die Knöchel weiß wurden, doch der Häuptling hielt den Blick immer noch gesenkt, und seine Brust hob und senkte sich unregelmäßig.

»Und was sagte dir der Wolf, mein Sohn?« Box Elder neigte sich vor, und seine grauen Zöpfe schwangen über seine Knie. Der Feuerschein geisterte unheimlich über das runzlige Gesicht des alten Mannes.

»Er – er sagte mir, daß das Volk wie Sandkörner im Wind verweht werden wird . . .«

Wounded Bear verstummte, als Dull Knife plötzlich tief Luft holte, sein Kopf hochruckte und er ihn anstarrte. Das Gesicht des Häuptlings spiegelte Furcht und Schmerz wider.

»Und?« fragte Box Elder.

»Viele Wagen kommen. Die Männer des Trecks wollen eine Straße durch unsere letzten Jagdgründe anlegen. Wir müssen sie stoppen. Wenn wir das nicht können, wird Sweet Medicines Prophezeiung wahr werden.«

Box Elder nickte langsam und lehnte sich zurück. Sein Wildlederhemd glitzerte; die blauen und roten Perlen reflektierten den Feuerschein.

»Es wird uns also ein weiterer Kampf aufgezwungen«, sagte Dull Knife heiser.

Wounded Bear senkte den Blick. »Ja, mein Häuptling.«

»Wann? Wann werden sie kommen?«

Box Elder hob den Kopf himmelwärts und gab die Antwort, während er die Heilige Pfeife umklammerte. »Sie werden während des Mondes kommen, in dem die Brunstzeit der Büffelbullen beginnt.«

Wounded Bear blinzelte. Etwas an dem Zeitpunkt erschien ihm sonderbar unheilvoll. Während des Mondes, in dem der Büffel neues Leben schuf, drohte den Cheyennes die Vernichtung.

Seine Bauchmuskeln spannten sich an. Ein Zeichen?

»Ich werde Erkundungstrupps ausschicken«, murmelte Dull Knife und erhob sich.

Wounded Bear wollte dem Beispiel des Häuptlings folgen, doch Dull Knife hob eine Hand und schüttelte den Kopf. »Nein, mein Sohn. Du mußt dich jetzt ausruhen und später essen.« Er schwieg kurz, und als er weitersprach, klang seine Stimme besorgt. »Ich werde für heute abend eine Versammlung einberufen. Dann kannst du es ihnen erzählen.«

»Das werde ich tun.«

Dull Knife zog das Fell am Zugang des Tipis zur Seite und schlüpfte hinaus. Kalte Luft schlug Wounded Bear entgegen. Er erschauerte.

»Leg dich hin, Krieger«, sagte Box Elder sanft. »Schlafe.«

Wounded Bear legte sich neben dem Feuer hin. Er gähnte und schloß die Augen. Im Unterbewußtsein nahm er wahr, daß der Schamane zu singen begann. Die Stimme des alten Mannes war weich und erfüllte das Tipi.

Kurz bevor ihn der Schlaf übermannte, nahm Wounded Bear noch die Worte wahr. Box Elder sang die Wolfslieder.

ZWEITES KAPITEL

Colleen Merrill wälzte sich auf die Seite, und ihre schlanken Arme schlugen dumpf auf dem Wagenboden auf. Langes, blondes Haar fiel über ihr herzförmiges Gesicht und flatterte leicht bei jedem zusammenhanglosen Satz, den sie murmelte. Sie öffnete plötzlich die braunen Augen, schloß sie jedoch schnell wieder, immer noch in tiefem Schlaf. Der wiederkehrende Traum war stark, und die Bilder der kristallblauen Berge und des Mannes mit langen, schwarzen Zöpfen waren manchmal realer als die Welt, die sie im Wachzustand wahrnahm.

»Nein, nein!« rief sie und drosch mit den Armen gegen Kisten und Fässer – und ihren Mann.

»Colleen!« Robert Merrill war sofort hellwach. Seine breite Brust hob und senkte sich heftig, während er sich die Wange rieb, auf der ihre Faust gelandet war. Er neigte sich zu Colleen und griff nach ihrem Arm. »Wach auf! Verdammt, Colleen!« Sie nahm anscheinend nicht wahr, daß er sie rüttelte, und murmelte immer noch Unzusammenhängendes. Er packte sie fester an den Schultern und schüttelte sie. Ihre langen Locken schimmerten silbern im Mondschein, der von hinten in den Wagen fiel.

»Was?« sagte sie und öffnete die Augen, als sie den harten Druck an ihren Schultern spürte. »Robert, was . . .«

»Zieh dich an und verschwinde aus dem Wagen!« befahl er und stieß sie zurück.

Colleen prallte gegen die Wagenwand. Schmerz stach durch ihren Rücken. Sie schrie auf und tastete nach der schmerzenden Stelle. »Aber ich . . .«

»Ich sagte, verschwinde!« grollte er und wies zum Wagenheck. »Keine Nacht in den vergangenen zwei Monaten konnte ich wegen deiner Träume durchschlafen. Heute will ich meinen Schlaf haben!« Er nahm ihr gelbes Musselinkleid und warf es ihr zu. »Zieh das an!«

Sie gehorchte, und ihre Gedanken waren nicht hier im Wagen auf der sandigen Ebene Nebraskas, sondern weit fort in einem fernen schönen Land. »Robert, ich will nicht weg. Kann ich nicht einfach . . .«

»Nein!« brüllte er, riß die hinteren Planen auf und schob Colleen gewaltsam aus dem Wagen in die Nacht.

Sie erschauerte im kalten Nachtwind und wußte nicht, wohin sie gehen oder was sie tun sollte. In ihrer Schläfrigkeit stieg Zorn auf und weckte sie, aber der Prozeß war noch nicht ganz vollendet. Sie fühlte sich noch benommen und müde. Sie gähnte und ging dann ziellos durch den Sand der vom Mondschein erhellten Hügel.

Die Wagen des Trecks erstreckten sich scheinbar endlos nach Westen und wirkten wie eine klobige Schlange, die sich durch die sandige Ebene wand. Die weißen Planen schimmerten im Mondschein. Colleen schlug frierend die Arme um sich und ging weiter, bis sie einen Hügel fand, von dem aus sie das ganze Lager überblicken konnte. Sie setzte sich auf die Hügelkuppe, zog die Knie an und umfaßte sie mit den Armen. Widerstrebend dachte sie an ihren Ehemann.

Robert war ein wohlhabender – wenn auch gieriger – Farmer im Staat New York gewesen. Colleens Vater hatte sie praktisch gezwungen, Robert wegen seines Reichtums, nicht wegen seines Charakters, zu heiraten. Als sie protestiert hatte, war ihr Vater unnachgiebig gewesen. »Er wird gut für dich und meine Enkel sorgen, Mädchen!« hatte er gesagt und mit seiner sommersprossigen Faust auf den Tisch geschlagen. »Was kann ein Mädchen von deinem Stand mehr vom Leben verlangen?« Er hatte mit seinem starken irischen Akzent gesprochen. Erst vor zwanzig Jahren waren ihre Eltern aus Irland nach Amerika ausgewandert. Sie waren sich noch sehr ihres niedrigen Status des Ausländers bewußt, obwohl ihr Vater im Bergbau ein Vermögen verdient hatte.

Aber es waren keine Enkel gekommen. Colleen seufzte.

Robert gab ihr die Schuld und sagte, es sei ihr ›Problem‹. Sie rieb ihr Kinn an dem weichen Stoff, der ihre Knie bedeckte, und schaute zum Camp. Vielleicht war das der Hauptgrund dafür, daß Robert immer unfreundlicher wurde und ihr weh tat, wenn er sie berührte. Aber die Träume waren ein anderer Grund. Sie erschauerte und blickte zum Vollmond und den Sternen empor. Die Brise zerzauste ihr Haar, und Strähnen flatterten vor ihren Augen.

Robert hatte energisch protestiert, als sie ihm eröffnet hatte, daß sie ihn ins Montana-Territorium begleiten wollte, aber sie hatte all ihre weibliche List eingesetzt, um ihn zu überreden.

Sie hatten im großen Wohnzimmer von Colleens Elternhaus gesessen. Die Möbel waren mit kunstvollen Schnitzereien verziert und schön. Sie glänzten im Licht des späten Nachmittags, das zwischen blauen Samtvorhängen hereinfiel. »Robert?« hatte sie begonnen, hatte sich zu seinen Füßen auf die Knie niedergelassen und seine großen Hände in die ihren genommen. »Wenn ich dich in den Westen begleite ...«

»Colleen, das haben wir bereits diskutiert und ...«

»Aber – du weißt, daß das Klima im Westen gesund ist und – vielleicht wird es dann nicht lange dauern, bis ich ein Baby bekomme.« Sie hatte demütig unter halb gesenkten Lidern zu ihm aufgeschaut.

Robert war irritiert gewesen, als sie nach fast einjähriger Ehe auf den Mangel an einem Kind hinwies. Aber in seinen grünen Augen war es aufgeflammt, und er hatte genickt. In diesem Augenblick hatte Colleen gewußt, daß er sie mitnehmen würde.

Und sie *mußte* in den Westen. Die Träume waren überwältigend geworden. Jede Nacht sah sie die kristallblauen Berge – und den Mann. Den Mann mit den langen, schwarzen Zöpfen, der ihr in die Augen schaute und sie mit Sehnsucht und einer sonderbaren Melancholie erfüllte.

Bei dem Gedanken an die Träume berührte sie das silberne Kruzifix an ihrem Hals. Sie umfaßte es und betete stumm um Vergebung und Verständnis. In New York, als die Träume angefangen hatten, hatte sie ihre Ängste bei Pastor Donovan gebeichtet. Aber hier, auf den öden Ebenen Nebraskas, gab es keinen solchen Trost. Beim Treck gab es weder einen evangelischen noch einen katholischen Geistlichen. Ihre Seele blieb belastet, und die ehebrecherischen Träume waren wie ein Schwertstich ins Herz ihres Glaubens.

Colleen bekreuzigte sich und betete inbrünstig das Ave Maria. Sie hoffte, daß die Heilige Mutter Gottes ihr demütiges Flehen erhören und sie von der Qual der Träume erlösen würde.

Ihre Gedanken kehrten zu Robert zurück. Als sie ihn überredet hatte, sie mitzunehmen, hatte sie nicht mit der abrupten Veränderung seines Charakters gerechnet. Sie waren jetzt erst drei Wochen unterwegs, doch er wirkte zunehmend verunsichert und ängstlich. Es war, als jagte ihm die Reise durch die Wildnis mehr Angst ein als ihr. Er kompensierte das, indem er ihr weh tat.

Ihr Blick schweifte zu der öden Ebene. Obwohl die sandigen Hügel nahezu unüberwindliche Hindernisse für die Wagen waren, schimmerten die Sandkörner wie Tautropfen im silbernen Licht.

Sie schaute hinab auf einen schweren Frachtwagen, der bis zu den Radnaben im Sand steckte. Er neigte sich in gefährlichem Winkel nach links. Sie hatten gestern zwei Ochsen verloren. Die großen gehörnten Tiere waren tot zusammengebrochen, nachdem sie vier Stunden lang vergebens versucht hatten, Wagen aus dem Sand zu ziehen.

Die Straßenbau-Expedition war groß. Sie bestand aus über achtzig Wagen und zweihundert Leuten. Dreiundsechzig Wagen gehörten einem Lebensmittelgeschäft namens C. E. Hedges & Co. aus Sioux City und waren mit Lebensmitteln und Einrichtungsgegenständen für eine Filiale in Montana beladen. Der neunzehnjährige Mann, der die Verantwortung für die Frachtwagen hatte, hieß Nat Hedges. Sie hatte ihn vor einer Woche kennengelernt. Er war ein adretter, selbstsicherer Mann.

Die militärische Eskorte führte fünfundzwanzig schwere Wagen mit der Aufschrift ›U. S.‹ in großen, schwarzen Lettern auf den Seiten mit sich. Die Straßenbau-Mannschaft, die von Colonel James Sawyers geführt wurde, hatte nur fünfzehn

Wagen. Diese Wagen waren bis obenhin mit Spitzhacken, Schaufeln, Zelten und Proviant beladen.

Sawyers hatte vom Kongreß der Vereinigten Staaten den Auftrag erhalten, eine Straße von Sioux City, Iowa, nach Virginia City, Montana, anzulegen, und er nahm seine Aufgabe ernst. Er war stets in Eile und grob, und er ritt am Treck entlang, als führe er das Kommando über die Welt.

Nachdem Colleen in den vergangenen drei Wochen gesehen hatte, wie die Mannschaft die Straße ›baute‹, konnte sie nicht verstehen, warum man es als Straße bezeichnete. Die Mannschaft ›baute‹ gar keine Straße, sondern planierte gelegentlich eine felsige Stelle oder errichtete hier und da eine Brücke über einen kleineren Wasserlauf. Die meiste Zeit wirkte die Mannschaft faul und gelangweilt.

Aber die über achtzig Wagen der Expedition hinterließen einen deutlichen Weg, dem andere folgen konnten. Die eisenbeschlagenen Wagenräder schufen tiefe Spuren in der Einöde. Nur ein paar der Wagen transportierten Auswanderer, die zu den Goldfeldern Montanas wollten. Colleens Wagen war einer davon.

Ihr Zorn auf Robert nahm zu. Sie tastete über die Schwellung an ihren Schultern. Vorsichtig knöpfte sie das Oberteil des Kleides auf und schob den Stoff von ihren Schultern. Rote Flecken waren auf ihrer Haut, die verblaßte gelbliche Flecken von Blutergüssen aufwies, die Robert ihr vor einer Woche zugefügt hatte. Sie streichelte darüber und knöpfte ihr Kleid wieder zu. Robert hatte sie nie zuvor verletzt – erst seit sie sich dem Treck angeschlossen hatten und ihre Träume so intensiv geworden waren.

Eine Wolke schob sich vor den Mond, und es wurde dunkler. Colleen wartete auf neuen Mondschein, lehnte sich zurück gegen den Sand und streckte die Beine aus. Ihr Kleid raschelte an einem stacheligen Busch. Sie entspannte sich in der Stille der Nacht.

»Wer ist da?« ertönte plötzlich eine tiefe Stimme aus der Dunkelheit.

Colleen erschrak. Sie fuhr herum und hielt Ausschau nach dem Störenfried. »Ich gehöre zum Treck.«

Eine blau gekleidete Gestalt näherte sich mit einem Gewehr im Anschlag. Der Mann bewegte sich lautlos im tiefen Sand.

»Oh, Verzeihung, Ma'am«, sagte er gedehnt.

Sie sah jetzt, daß es einer der Soldaten der Eskorte war. Ein ›Galvanized Yankee‹, hatte Robert kritisiert. Ihr Vater hatte sie als ›gottverdammtes Rebellenpack‹ bezeichnet. Für Unvoreingenommene waren es Freiwillige der U.S. Army, konföderierte Kriegsgefangene, die aus den Gefangenenlagern rekrutiert worden waren, um an der Siedlungsgrenze gegen Indianer zu kämpfen.

»Sie sollten sich wirklich nicht hier herumtreiben«, sagte der Soldat tadelnd. »Das Gerede von Indianerüberfällen ist kein Scherz. Ich . . .«

»Ich treibe mich nicht herum, Soldat, ich sitze«, unterbrach Colleen ihn schroff. Sie ärgerte sich über die Störung.

Er streckte ihr eine Hand hin. »Dann werden Sie gewiß nichts dagegen haben, wenn ich Sie zu Ihrem Wagen zurück begleite.«

»Und ob ich etwas dagegen habe!« erwiderte sie heftig. Warum wurde sie immer von Männern herumkommandiert? »Ich möchte hierbleiben, so lange es mir gefällt, und ich bin zufällig noch nicht zur Rückkehr bereit, Soldat!«

»Jawohl, Ma'am.« Er blickte hinab zu den Wagen. Ein anderer Soldat ging langsam durch den Sand.

Er hielt die Hände als Trichter vor den Mund und rief: »Harper?«

Der sich nähernde Mann wandte den Kopf, sah den Lieutenant und stieg den Sandhügel hinauf. Colleen schaute den Offizier an ihrer Seite an. Er war groß, weit über einsachtzig.

»Sir?« fragte Harper zaghaft und salutierte. Er war klein und stämmig und hatte rotes Haar.

Der Lieutenant erwiderte den Gruß. »Übernehmen Sie diese Runde, Private. Ich werde Sie bald ablösen.«

»Jawohl, Sir.« Harper grüßte von neuem und ging davon. Er machte eine Runde um das Camp.

Der Offizier wandte sich wieder Colleen zu und blickte sie amüsiert an. »Ich nehme an, das erleichtert mir den Job wesentlich.«

Sie blickte ihn verwirrt an. »Wieso?«

»Nun, da Sie darauf bestehen, sich der Gefahr auszusetzen, ist es meine Pflicht, Sie zu beschützen. So werde ich mich hier postieren und die Augen offenhalten.« Er setzte sich neben sie und streckte die langen Beine aus.

Lieber Gott! dachte Colleen und fragte sich, was sie jetzt tun sollte. Sie seufzte auf, um ihm klarzumachen, was sie von seiner unerwünschten Anwesenheit hielt. Es war kein beruhigendes Gefühl für sie, mit einem fremden Mann allein zu sein. Wer konnte es sein? Über hundertfünfzig Soldaten begleiteten die Expedition, und es war schwierig, etwas über einen von ihnen zu erfahren.

Als die Wolke am Mond vorbeizog, sah sie den Offizier im silbernen Licht. Er sah ziemlich gut aus. Braunes, gewelltes Haar fiel über seine Ohren, und er hatte einen herunterhängenden Schnurrbart. Sie sah, daß er breite Schultern und schmale Hüften hatte. Sein Gesicht war nicht deutlich zu erkennen, aber sie sah eine gerade Nase und ein markantes Kinn.

»Wie heißen Sie, Soldat?«

»Ich bin Lieutenant Matthew Douglas, Ma'am«, sagte er gedehnt.

»Ich bin Colleen Merrill . . .«

»Ja, Ma'am. Ich weiß das.«

»Woher, Lieutenant? Wir sind uns nie zuvor begegnet, oder?«

»Stimmt.«

»Nun?«

»Ich mache es mir zur Aufgabe, die Namen der attraktiven Ladys unter meinem Schutz zu kennen.«

Er wandte sich ab und spähte über die sandige Ebene, doch sie wußte, daß er lächelte; sie hörte es am Klang seiner Stimme.

»Finden Sie das nicht anmaßend, Lieutenant?«

»Hm«, bemerkte er lakonisch, und es klang äußerst gelangweilt.

Colleen enthielt sich einer Predigt über anständiges Verhalten und wechselte das Thema. »Verzeihen Sie die Frage, aber warum macht ein Offizier Wachdienst? Ich dachte . . .«

»Ich bin kein Berufssoldat.«

»Was dann?«

»Ich bin Scout. Ich tue meistens, was ich will.«

»Oh.« Sie war verwirrt. »Ich dachte, man machte keine verdammten – äh – Freiwilligen – zu Scouts.«

Er wandte sich ihr mit einem leichten Grinsen zu und hob die Augenbrauen. »Ich habe nicht um das Offizierspatent gebeten. Man gab es mir, nachdem man herausfand, daß ich viele Jahre in diesem Teil des Landes verbracht habe.«

»Hm. Und Sie erkunden mitten in der Nacht?«

»Indianer stehlen häufig Tiere in der Nacht, Ma'am.«

»Aber ich dachte, die Soldaten haben beschlossen, diesen Treck nicht mehr zu bewachen? Deshalb haben wir unsere eigenen Wachen und Scouts ausgeschickt.«

»Jawohl, Mrs. Merrill.« Lieutenant Douglas lehnte sich zurück gegen einen Busch. »Das ist ganz richtig. Captain Williford hat jedoch weiterhin Sorge um die Sicherheit der Emigranten.«

»Das überrascht mich. Bei dieser Expedition herrscht anscheinend sehr wenig militärische Disziplin. Ich dachte, wir wären alle auf uns selbst gestellt.«

Er blickte sie aus dem Augenwinkel heraus an. »Sie sollten weiterhin so denken. Dies ist die Armee der Siedlungsgrenze, Ma'am. Wir hatten Glück, daß wir alle die gleichen Uniformen erhielten.«

»Natürlich mußte man Ihnen Kleidung geben, als man Sie aus dem Gefängnis ließ.«

»Anzunehmen. Nackte Soldaten geziemen sich nicht.«

Eine Zeitlang herrschte Schweigen. Colleen sah, daß er mit den Fingern auf seiner blauen Hose trommelte.

»Warum beschützen Sie nicht Mr. Sawyers Arbeiter?« fragte Colleen schließlich.

Der Lieutenant starrte sie an. Er maß sie ungeniert von Kopf bis Fuß. Wie schützend neigte sie sich vor und zog die Knie an ihren Busen.

»Sie haben keine Manieren, Sir!« sagte sie steif.

»Das habe ich auch nie behauptet. Außerdem sind Sie mächtig neugierig für eine Frau.«

»Aber ich . . .«

Er lächelte breit über ihre beschämte Reaktion. »Aber da Sie gefragt haben, geht die Debatte in folgende Richtung: Anscheinend versteht der Colonel – Sie wissen, daß dies ein Ehrentitel ist, er ist Zivilist – nicht die Befehle meines befehlshabenden Offiziers. Er meint, die Eskorte wurde mitgeschickt, damit sie seine Straße baut, aber Captain Williford behauptet, daß er etwas anderes gehört hat. Der Captain sagt, er hat den Befehl, diesen Treck zu *beschützen*, nicht die Pferde des Colonels zu striegeln – wenn Sie verstehen, was ich meine.« Lieutenant Douglas legte eine Pause ein und fuhr dann immer noch lächelnd fort: »So kampieren wir an anderen Plätzen als ihr alle und verhalten uns, als wären wir nur locker dieser Expedition angegliedert. Bis der Colonel zur Vernunft kommt.«

»Meinen Sie, das wird er?«

Douglas zuckte mit den Schultern.

Colleen dachte über seine Worte nach. Sie mochte den Treckführer James Sawyers nicht. Er war pedantisch. Sie hatte kein Vertrauen zu dem Mann mit dem langen, schmalen Gesicht, den grauen Augen und dem struppigen Bart.

»Und was wird geschehen, wenn wir eines Nachts von Indianern angegriffen werden und ihr tapferen Jungs in Blau eine halbe Meile entfernt kampiert?« Colleen hob die Brauen und blickte ihn finster an.

Der Lieutenant bedachte sie mit einem provozierenden Lächeln, bei dem sie unwillkürlich an sich hinabblickte, um sich zu vergewissern, daß sie ihr Kleid wieder zugeknöpft hatte.

»Nun, Ma'am«, erwiderte er in schleppendem Tonfall, »ich nehme an, dann hören wir die Schüsse und eilen zu Ihnen.«

»Hm, ich hoffe, wir werden nicht alle mit Pfeilen gespickt sein, bis Sie zu unserer Rettung eintreffen.«

»Das hoffe ich auch, Ma'am.«

»Sir, Sie . . .«

»Beantworten Sie mir eine neugierige Frage?« fiel er ihr ins Wort.

»Das kommt darauf an«, sagte Colleen vorsichtig, denn aus seinem Blick schloß sie, daß es eine ziemlich persönliche Frage werden würde. »Welche?«

»Sagen Sie mir, was eine schöne Frau wie Sie in einem gottverlassenen Loch wie Virginia City will?«

Sie musterte ihn. »Mr. Douglas, die Stadt existiert erst seit zwei Jahren. Waren Sie jemals dort?« Der ehemalige Kriegsgefangene kannte offenbar wenig darüber.

»Jawohl, Ma'am«, erwiderte er. »Das war ich.«

Das brachte Colleen aus dem Konzept. Sie hatte ihm Unwissenheit vorwerfen und ihm so einen Dämpfer verpassen wollen, doch das klappte jetzt nicht.

»Wir wollen dort Gold suchen.«

Er runzelte die Stirn. »Hat Ihr Mann schon mal geschürft?«

»Äh – nein. Aber Robert sagt, daß es nicht so schwierig sein kann. Er . . .«

Sie verstummte, als Lieutenant Douglas laut lachte, und preßte die Lippen zusammen.

Diesmal währte die Stille eine Minute lang, nur durch gelegentliches Lachen des Lieutenant unterbrochen.

»Oh, verzeihen Sie mir, Ma'am.« Er rieb sich über den Nasenrücken und schüttelte den Kopf. »Aber das Hacken in harten Fels ist etwas anderes als das Säen in weiche Erde. Es ist gewiß strapaziöser.«

»Strapa . . .« Colleen hatte keine Ahnung, was das bedeutete. »Sie müssen wissen, Sir, daß mein Vater Bergarbeiter war, und er sagte, es ist nichts dabei!« Sie setzte eine empörte Miene auf.

»Was ist Ihr Mädchenname, Ma'am?« Er stützte den Kopf mit einer Hand und schaute sie an, als fasziniere ihn jedes Wort, das sie sprach.

»Meara«, antwortete sie, und sie fragte sich, aus welchem Grund er die Frage gestellt hatte.

»Das dachte ich mir.«

Colleen runzelte die Stirn. Sie hatte das Gefühl, daß ihr irgend etwas Wichtiges entgangen war. »Wieso?«

»Ihr Vater ist Ire!«

»Ich verstehe nicht, was das mit dem Thema zu tun hat . . .«

»Nun sagen Sie mir die Wahrheit. Was, verdammt noch mal, treiben Sie hier draußen?«

»Fluchen Sie nicht!« Colleen tastete nach ihrem silbernen Kruzifix, für den Fall, daß Gott Fragen hatte, wer der unflätige Gotteslästerer war. »Ein Gentleman tut so was nicht.«

»Ich bin kein Gentleman.«

Colleen saß still. Sie hatte noch keinen Mann gekannt, der so etwas zugab. »Sie sind keiner?« Sie dachte wieder an das ihr fremde Wort, das er benutzt hatte. »Aber Sie sind anscheinend gebildet, Mr. Douglas.«

»Mein Vater bestand streng drauf, daß ich lesen lernte. Und man lernt zwangsläufig, wenn man liest. Bildung macht einen jedoch nicht zum ›Gentleman‹.« Er sprach das Wort aus, als wäre es etwas Obszönes.

Colleen hob eine Braue und sagte zögernd: »Welche Bücher haben Sie gelesen?« Sie hatte nur ein paar Monate ein Mädchenpensionat in New York besucht. Es war ihr so langweilig gewesen, daß sie ihre Mutter angefleht hatte, sie von dort wegzuholen.

»Hauptsächlich klassische Literatur.«

»Oh!« Sie war verblüfft. Sie hatte ihn nicht für so sehr gebildet gehalten.

»Also warum sind Sie hier?« wiederholte er hartnäckig seine Frage.

»Ich – ich habe es Ihnen bereits gesagt.« Plötzlich sah sie die Bilder des Traumes vor ihrem geistigen Auge. Sie erschauerte.

Der Lieutenant richtete sich etwas auf und starrte sie an, aber sie ignorierte ihn gedankenverloren. Sie konnte diesem Fremden nicht erzählen, wovon sie getrieben wurde – was in ihren Schlaf eingedrungen war und sie gezwungen hatte, die lange Reise trotz der Einwände ihres Mannes zu unternehmen. Ihre Haut kribbelte bei dem Gedanken.

»Alles in Ordnung, Ma'am?« Sein Tonfall hatte sich völlig verändert, war jetzt weich und sanft. Sie nickte und wechselte das Thema. »Woher stammen Sie, Lieutenant?«

»Virginia.«

»Haben Sie – dort immer gelebt?«

Er erkannte, daß sie unbedingt das Thema wechseln wollte, und spielte mit. »Nein. Pa und ich zogen fort, als ich zehn war. Wir streiften durch den Westen. Ich kehrte erst vor etwas mehr als einem Jahr zurück, um meine Dienste der Konföderation anzubieten.«

Sie musterte ihn neugierig. »Warum? Sie wußten gewiß, daß der Krieg verloren war.«

Er seufzte. »Ich hielt es für das Richtige.«

Das Gesicht ihres Bruders David tauchte vor ihrem geistigen Auge auf, der herzliche und sanfte Blick seiner braunen Augen, das blonde, zerzauste Haar. Er war den größten Teil ihres Lebens ihr einziger Spielgefährte und ihr Beschützer gegen die Hänseleien anderer Kinder gewesen. Mit fünfzehn war David ausgerissen, um zur Army zu gehen, und hatte die Familie in Aufruhr und Verzweiflung gestürzt. Nur zwei Wochen nach seinem Verschwinden hatten sie die Nachricht erhalten, daß er bei Shiloh gefallen war. Colleen verschränkte die Hände und rieb nervös mit den Handflächen aneinander. Der Gedanke an den Verlust ihres Bruders war immer noch schmerzlich.

»Wo wurden Sie gefangengenommen, Matthew?« Bei den Gedanken an David hatte sie die Anstandsformen vergessen und ihn vertraulich angesprochen. Das fiel ihr jetzt auf. »Oh, Verzeihung, Mr. Douglas . . .«

»Egypt, Mississippi, Colleen«, antwortete er ebenfalls vertraulich.

Sie senkte den Kopf und war dankbar für seine Nachsicht, aber es störte sie ein wenig, daß er sie mit Vornamen anredete. Ihre Gedanken kehrten zu David zurück. »Ich verlor einen Bruder bei Shiloh«, sagte sie herb und blickte den Lieutenant anklagend an.

Er hob fragend die Brauen und grinste leicht, aber sein Tonfall war freundlich. »Ich war nicht dort.«

»Ich – ich meinte nicht . . .« Er winkte ab, tat ihre Entschuldigung als unnötig ab. Dann nahm er eine Handvoll Sand und ließ ihn durch seine Finger rieseln. »Hat Ihr Mann im Krieg gekämpft?«

»Nein, er blieb zu Hause auf der Farm.«

»Dann verletzt er nur Frauen?«

Sie errötete, senkte den Blick und spielte mit einer Falte ihres gelben Kleids. Natürlich hatte der Lieutenant den Zwischenfall beobachtet; von seinem Posten konnte er auf Wache ihren Wagen sehen. Und er hatte zweifellos alles gehört, was Robert gesagt hatte. Hatte er auch bei den anderen Malen zugeschaut, wenn Robert sie geschlagen hatte? Unbehagen stieg in ihr auf.

»Ich ...« Es war ein schwacher Versuch, kaum hörbar. Sie versuchte es von neuem. »Manchmal.«

»Hm.« Er schlug die Beine übereinander und enthielt sich einer Bemerkung, die er auf der Zunge gehabt hatte.

Sie blickte ihn aus dem Augenwinkel an. Er zupfte an einem Schnurrbartende und spähte zu ihrem Wagen. Die weiße Segeltuchplane schimmerte silbern im Mondschein.

»Nun, nichts ist so glorreich, wie wir denken«, sagte er. »Nicht wahr, Colleen?«

Sie erhob sich. Es ärgerte sie, daß er sie wieder mit dem Vornamen anredete. »Sie haben schlechte Manieren, Sir.«

Er blickte sie frech an – unschicklich, wie sie fand. »Man hat mir schon Schlimmeres vorgeworfen.«

»Zweifellos.« Sie raffte den Saum ihren Kleids und ging durch den Sand hinab zu ihrem Wagen, ohne Lieutenant Douglas gute Nacht zu wünschen.

DRITTES KAPITEL

Wounded Bear jagte das listige Tier, wich auf dem bewaldeten Hang vor und zurück, um den scharfen Klauen zu entgehen, doch das Unterholz war so dicht, daß ihm der Dachs wieder entwischte.

»Mein Bruder!« rief Wounded Bear, und seine Brust hob und senkte sich unter heftigen Atemzügen. »Ich brauche deine Hilfe. Erlaubst du mir bitte, daß ich dich fange?« Er ließ sich, atemlos nach der Jagd, auf den Hang sinken. Stacheln von Himbeersträuchern stachen in seinen nackten Rücken, als Wounded Bear sich neben eine Kiefer setzte. Er neigte sich vor und suchte das üppige Grün nach Bewegung ab. Aber es gab keine. Der Dachs war fort, und seine Hoffnung, durch das Tier eine Vision zu empfangen, erfüllte sich nicht.

Er war hungrig, und sein leerer Magen knurrte. Aber dieses Verlangen mußte warten. Zuerst mußte er seine Suche nach dem Dachs weihen, indem er rauchte. Er löste das Bündel von seiner Hüfte, nahm die Pfeife heraus und stopfte sie mit Tabak. Als er den Tabak anzündete, erfüllte ein starker Geruch die Luft. Feierlich hielt er die Pfeife zur Erde, zum Himmel und in die vier Himmelsrichtungen. Erst dann inhalierte er tief den Rauch und blies ihn in die vier Richtungen. Der Rauch kräuselte empor und zerfaserte in einem Windstoß, der ihn aufwärts trug zum Großen Geheimnis und dem Geist des Dachses. Jetzt konnte Wounded Bear essen.

Er nahm das in Streifen geschnittene und an der Luft getrocknete Büffelfleisch aus seinem Beutel, hielt es zum Himmel hoch und flüsterte: *»Ma ah ku tsit o miss i.«* Er hoffte, daß der Dachs es hörte und zurückkehren würde, um mit ihm zu essen. »Bitte,

Bruder, kommst du? Du mußt hungrig nach der langen Verfolgung sein.« Er brach ein Stück Trockenfleisch ab und legte es in das hohe Gras.

Dann lehnte sich Wounded Bear an eine Kiefer und betrachtete die neuen Blumen auf dem steilen Hang. Sie bildeten einen bunten Teppich mit dem Gras. Der Blick seiner braunen Augen schweifte über die hohen Bäume zum türkisfarbenen Himmel, der mit weißen Wölkchen getupft war. Ohne die Träume wäre sein Leben fast perfekt gewesen. Doch im Schlaf ging eine gelbhaarige Frau an seiner Seite und streichelte mit zarter weißer Hand über die Muskeln seines Arms. Sie schaute mit tränenfeuchten Augen zu ihm auf, und er erwachte zitternd – Nacht um Nacht. Etwas bewegte sich inmitten der Himbeersträucher. Wounded Bear neigte sich vor. Der Dachs?

»Ich habe meine Seele gesehen, Bruder«, rief er leise. »Sie kam zu mir als Schatten und befahl mir, ihr zu folgen.« Er schwieg einen Augenblick lang und hoffte, der Dachs würde ihn hören und sich ihm zeigen, um mit ihm zu reden, wie er es in den alten Tagen getan hatte.

»Bruder?« murmelte er verzweifelt. »Ich muß die Bedeutung der Vision wissen. Wirst du mir helfen?«

Die Frage blieb unbeantwortet.

Er rieb den Rücken an der Rinde der Kiefer, damit der Duft in seinen Körper drang und seinen müden Körper erfrischte.

Es beunruhigte ihn, daß der Dachs nicht erschien, um mit ihm zu sprechen. In seiner Jugend hatte sich das Tier jedesmal gezeigt, wenn er allein in der Prärie gespielt hatte, und hatte ihm geraten, wie er sein Leben führen sollte. Doch jetzt weigerte sich der Dachs, ihn zu besuchen. Schmerz stach durch Wounded Bears Brust. Er senkte den Kopf. Er wußte, warum. Er ließ sich von seinen Gefühlen leiten, anstatt von den Lehren der Stammesältesten. Aber das versuchte er zu ändern, indem er sich in Schwitzbädern reinigte und ständig betete. Er hatte den Wolf befragt, und bald würde er an den Segnungen des Sun Dance teilnehmen. Er würde tanzen, um sein Volk zu erneuern, um es auf die alten Pfade zurückzuführen.

Er konnte sich jedoch erst voll auf den Tanz konzentrieren, wenn er wußte, was seine Vision bedeutete. Warum hatte ihn seine Seele zu sich gewinkt? Tief in seinem Innern hatte er das Gefühl, daß sie versuchte, ihn von seinem Volk zu trennen – oder vom Leben.

Plötzlich raschelte es wieder zwischen den Himbeersträuchern. Wounded Bear verharrte reglos. Es mußte der Dachs sein. Wounded Bear glitt lautlos hinter den Baumstamm und duckte sich zum Angriff.

Der Dachs tauchte aus den Himbeersträuchern auf, watschelte heran und verharrte nur zwei Schritte entfernt. Wounded Bear war verdutzt; das Tier mußte ihn wittern. Der Dachs stieß einen leisen Laut aus und äugte zu dem Baum. Dann verstand Wounded Bear. Das Tier bot sich ihm an, damit er in die Zukunft sehen konnte. Er zog das Messer aus der Scheide an der Hüfte, stürzte sich auf den Dachs und tötete ihn schnell und schmerzlos mit einem Schritt durch die Kehle. Der Dachs zuckte nur ein paar Sekunden.

Wounded Bear streichelte über das weiche Fell, nahm den toten Dachs auf die Arme und ging zwischen den Bäumen zu einem Felsen, der breit und eben aus dem Boden ragte. Von oben konnte er das Tal der Big Horn Mountains sehen. Unten erstreckten sich die mit Salbei bewachsenen Ebenen scheinbar endlos, durchzogen von gewundenen Flüssen und gelegentlichen Sandsteinfelsen.

Wounded Bear legte den toten Dachs behutsam auf den Rücken und schlitzte mit dem Messer den Bauch auf. Er entfernte die Eingeweide und trug sie zu einer Stelle im Gras, wo die Kojoten und Wölfe sie finden würden, wie er hoffte. Dann kehrte er zu dem toten Dachs zurück. Er lehnte ihn gegen einen Felsbrocken, damit er nicht vornüberfiel, und beobachtete besorgt, wie langsam Blut in die leere Bauchhöhle sickerte. Furcht stieg in ihm auf, und er wich nervös zurück. Wenn seine Suche nach der Vision beantwortet wurde, dann würden die Geister den Dachs vor anderen hungrigen Tieren schützen.

Er hob die Arme zum Himmel, betete und dankte dem Geist des Dachses, daß er sich fangen lassen hatte. Er pries seine Tapferkeit und Bereitschaft, sich für einen Krieger des Volkes zu opfern.

Dann wandte er sich ab, stieg von der Erhebung hinunter und

begab sich zu seinem Lager. Bei Sonnenaufgang würde er zurückkehren, um seine Suche zu vollenden.

Wounded Bear rieb sich über die müden Augen. Es war lange vor Sonnenaufgang, und die Dunkelheit war noch tief. Er hatte schlecht geschlafen. In seiner fiebrigen Erwartung hatte er kaum Ruhe gefunden. Er warf die rote Decke von sich, setzte sich auf und rieb heftig sein Gesicht. Die Sterne funkelten noch, weiße Lichtpunkte im Dunkelblau des Nachthimmels. Wounded Bear stand auf, nahm seine wenige Habe und hüllte sie mit der Decke ein. Er klemmte sich das Bündel unter den Arm und ertastete sich mit den Füßen den Weg durch das Dunkel zwischen den Bäumen. Er spürte die kalte Morgenluft an Gesicht und Händen, doch seine Beine und die Brust waren noch warm vom Schlaf; seine Wildlederkleidung hielt die Wärme zurück.

Er brauchte nicht lange bis zu der Erhebung und hinauf, aber er näherte sich nicht dem Dachs. Zuerst mußten Rituale durchgeführt werden. Sein Blick schweifte über das breite Tal. Ein schwacher blauer Streifen wuchs am östlichen Horizont, und die Sterne verblaßten. Aber die gewellte Prärie war noch in Dunkelheit gehüllt und wirkte wie eine schwarze zerknitterte Decke. Dunkle Wolken tupften das Blau des Himmels, unbewegt in der Windstille. Rings um ihn herrschte Stille.

Wounded Bear nahm die Friedlichkeit in sich auf. Sie milderte seine wachsenden Ängste. Er ging südwärts um den Rand der Felsbank. Der Wasserfall war vom Dachs aus nur als Flüstern zu hören, doch als Wounded Bear sich ihm näherte, wurde aus dem Flüstern ein leises Rauschen. Wounded Bear legte sein Bündel unter einen Baum und betrachtete den Wasserfall. Das Rinnsal fiel ungefähr fünfzehn Yards in einer Spalte zwischen zwei Felswänden hinab und platschte in einen kleinen, moosbedeckten Tümpel.

Wounded Bear zog sein Hemd aus und warf es auf die Decke. Dann entflocht er seine langen, schwarzen Zöpfe und schüttelte das Haar aus. Es hing wellig über seinen Rücken hinab und bedeckte seine Arme, während er Mokassins und Hose auszog. Als er nackt war, bekam er in der Kälte des Morgens eine Gänsehaut. Er trat in den schieferfarbenen Tümpel und schnappte nach Luft, als er bis zu den Knien im eisigen Wasser stand und sein Körper vom Strahl des Wasserfalls getroffen wurde. Er watete tiefer unter den Wasserfall, verschränkte die Arme vor der Brust und ließ sich vom eisigen Naß einhüllen. Dann schloß er die Augen und wartete. Unter dem Wasserfall klang das Rauschen leiser, gedämpft.

Als sich sein Körper schließlich der Temperatur angepaßt hatte, fühlte er sich wie betäubt, aber kräftig. Er kniete sich hin und strich über das jadegrüne Moos auf dem Grund des Tümpels. Es war so glatt und weich wie das Fell eines Kaninchens. Er streichelte das Moos und pries seine Schönheit. Dann richtete er sich auf und zog sich aus den herabstürzenden Wassern zurück, von Ruhe und Frieden erfüllt.

Als er in den Tümpel gegangen war, war das Wasser schieferfarben gewesen, aber jetzt, beim bevorstehenden Sonnenaufgang, glitzerte es silbrig. Wounded Bear wandte dem Wasserfall den Rücken zu und schaute ostwärts. Der Horizont war verborgen, aber ein lavendelfarbener Schimmer breitete sich zwischen den Zweigen der Kiefern aus.

Wounded Bear drückte Wasser aus seinem langen Haar und ließ es offen, damit es in der aufkommenden Brise trocknete. Er kleidete sich nicht an. Kleidung war ein Schild. Er mußte schutzlos und verletzlich vor den Geistern sein. Er nahm seine Wildlederkleidung und die Decke und hielt sie vor die Brust. Sie wärmten seine eiskalte Haut, während er sie auf den Felsenhügel zu dem toten Dachs trug. Behutsam legte er die Sachen ins hohe Gras und ging auf den Dachs zu. Wounded Bear sah das Spiegelbild von Espenblättern in dem Blut, das die Bauchhöhle des Dachses ausfüllte. Er verharrte, und seine Knie zitterten. Er schluckte und zwang sich, tief und rhythmisch zu atmen. Furcht erfüllte ihn. Er ballte die Hände zu Fäusten, straffte sich und versuchte, sich unter Kontrolle zu bringen.

Was würde ihm der Dachs zeigen? Würde er den Tod der Cheyennes sehen? Die Vernichtung von allem, was er liebte und schätzte? Konnte er es ertragen, wenn das die Antwort war? Wäre es nicht besser, es nicht zu wissen? Nicht nach Antwort zu suchen? Er schämte sich für diese Frage. Wenn er nicht in das

Blut schaute, dann hatte der Dachs sein Leben vergebens geschenkt. Er sah vor seinem geistigen Auge, wie der Dachs aus den Himbeersträuchern hervorgewatschelt war und sich ihm angeboten hatte. Er preßte die Zähne zusammen und wandte sich ab.

Wounded Bear verschränkte die Arme vor der nackten Brust und schaute auf eine hohe Ponderosakiefer, die am Rande der felsigen Erhebung stand. Es war ein gigantischer Baum, dessen Stamm so breit wie zwei Männer nebeneinander war.

Sein Blick schweifte an der Kiefer hinauf zum Wipfel und den Wolken. Es waren dunkle Tupfer, deren Ränder lavendelfarben schimmerten. Wounded Bears Augen füllten sich mit Tränen. Wolken waren frei – sie trieben ungezähmt und ungeschützt am Himmel. Aber er war gefangen in einer Welt, die sich zu schnell für ihn veränderte. Gab es eine Zukunft? Eine Zukunft für die Cheyennes? Er wurde plötzlich von Zweifeln gequält – von Feigheit. Er biß sich auf die Unterlippe und ballte die Hände.

Aus dem Wipfel der Ponderosakiefer tauchte ein Eichelhäher auf, stieß herab und flog auf ihn zu. Wounded Bear beobachtete, wie der Eichelhäher abschwenkte und sich auf dem untersten Zweig niederließ, den Kopf zur Seite neigte und ihn mit einem Auge scharf musterte. Der Eichelhäher krächzte ein paarmal laut und hüpfte an die Spitze des Zweiges zu ihm heran.

Wounded Bear stockte der Atem.

Er nickte und sagte heiser. »Ja, Bruder. Ich höre dich.«

Dann senkte er den Kopf, sprach ein Dankgebet, wandte sich schnell um und ging zu dem Dachs. Er kniete sich vor der Blutlache hin. Das Blut in der Bauchhöhle begann an den Rändern schwarz zu werden, zu gerinnen, doch in der Mitte des winzigen Sees war es noch rot. Wounded Bear verbannte alle Gedanken und konzentrierte sich auf das Blut. Nach ein paar Minuten hatte er ein flaues Gefühl im Magen, und ein bitterer Geschmack stieg in seine Kehle. Aber er wandte den Blick nicht von dem Blut ab.

Die Zeit schien stillzustehen. Die Gipfel hinter ihm leuchteten rot im Schein der aufgehenden Sonne, die seine nackte Haut wärmte. Er atmete tief und regelmäßig. Ruhe erfüllte ihn. Während er auf das Blut schaute, bewegte sich plötzlich dessen Oberfläche, kräuselte sich leicht im Rhythmus seiner Atemzüge. Sein Herz hämmerte wie das Trommeln einer heiligen Trommel, stark und sicher. Sein Blut wurde eins mit dem des Dachses, pulsierte gemeinsam, spiegelte die rhythmische Harmonie des Universums wider. Die Vögel zwitscherten nicht mehr, das Wispern des Wasserfalls war verstummt. Der Himmel loderte rot, hüllte ihn und den Dachs in einen stillen Schoß aus Blut, eine unendliche, zeitlose Höhle der Geburt und des Todes.

Er hielt den Atem an, und die Oberfläche des Blutes wurde glatt. Dann erzitterte sie plötzlich, wie von einem Windstoß berührt, und ein Bild begann Gestalt anzunehmen. In Wounded Bear stieg wieder Furcht auf. Tränen rannen über seine dunklen Wangen, hinterließen salzige Spuren und tropften von seinem Kinn. Das Gesicht in dem winzigen Blutsee war klar und unverkennbar – es war sein Gesicht.

Streifen von dunkelrotem Blut befleckten sein Gesicht in einem schrecklichen Muster, bereits dunkelbraun und fast geronnen. Wo der Skalp weggerissen war, kreisten hungrig Fliegen und ließen sich von Zeit zu Zeit auf dem kahlen Schädel nieder. Der Schädel schimmerte golden, reflektierte eine weiche Lichtquelle. Vielleicht ein Lagerfeuer? Und er hörte das Knurren eines Wolfes im Hintergrund – wütendes Knurren und menschliche Schmerzensschreie. Hatten die Wölfe seine Leiche gefunden? Fraßen sie sein Fleisch? Aber wer schrie? Er starrte in seine eigenen Augen und sah Leben darin. Der Mann in der Vision war nicht tot – *er* war nicht tot.

»Nein!« Es war ein tiefer, kehliger Aufschrei. Wounded Bear wich verzweifelt von dem Dachs fort, sprang auf die Füße und rannte davon.

Er lief nicht weit. Nach ein paar Sekunden ließ der Schock nach, und das schreckliche Bild verblaßte. Er blieb stehen. Die Brise des frühen Morgens umspielte ihn und wehte das lange Haar über sein Gesicht. Er schaute durch ein Gewirr von schwarzen Haarsträhnen auf den Boden. Sein Blick heftete sich auf die Schicht von Kiefernnadeln. Ein Gefühl schrecklicher Leere war in ihm.

Er blickte zum Himmel und breitete die Arme aus. »Muß es so geschehen, Maheo?« flehte er mit der schwachen Hoffnung, daß die Zukunft vielleicht irgendwie verändert werden konnte. Ein Skalpieren zu überleben und von gierigen Wölfen zerfetzt zu werden war ein Alptraum.

Es gab keine Antwort. Die Tiere des Waldes schwiegen. Er ließ die Arme sinken und wandte sich um, ließ die Wahrheit in sich einsickern und kehrte dann langsam zu dem Dachs zurück.

Er kniete sich neben die Kreatur, die ihr Leben geschenkt hatte, damit er in die Zukunft sehen konnte. Bewegt streichelte er über das weiche Fell.

»Danke, Bruder«, murmelte er. »Ich werde lernen, mich damit abzufinden.«

Dann erhob er sich, ging zum Rand des Felsenhügels und überließ den Dachs dem Willen des Großen Mysteriums. Der Kadaver würde Futter für die anderen Geschöpfe des Waldes sein und das Gleichgewicht und die Harmonie aufrechterhalten. Er blickte in das Tal. Unten jagten Antilopen über die Prärie, verschwanden in Einschnitten wie lohfarbene Wellen von Wasser, tauchten auf der anderen Seite wieder auf und verschwanden von neuem. Er atmete tief durch. Von seinem Aussichtspunkt wirkten die Antilopen wie eine gigantische Schlange, die zwischen ausgewaschenen Sandsteinsäulen und Kiefernstreifen dahinglitt.

Wounded Bear ließ den Blick schweifen und gab seiner Seele Zeit. Am nördlichen Horizont ballten sich Wolken dunkel vor dem türkisblauen Himmel. Ein Gewitter zog auf. Fernes Donnergrollen kündigte es an.

Langsam begann sein Verstand wieder zu arbeiten, und er konnte trotz seines Schocks an die Botschaft der Vision denken. Vielleicht war die Zukunft, die er gesehen hatte, symbolisch gewesen, nicht wahrheitsgetreu; ein Opfer seines Selbst für das Überleben des Volkes. Viele geistige Führer opferten sich selbst.

Er erinnerte sich an die Worte des Wolfs. »Bald wird von dir ein großes Opfer für das Volk verlangt werden – bist du bereit?«

Und seine Antwort schien in ihm widerzuhallen. »Ja, Großvater.«

VIERTES KAPITEL

Colleen kroch aus dem Heck des Wagens und sprang in den weichen Sand. Während sie ihre geblümte Haube aufsetzte und unter dem Kinn festband, schweifte ihr Blick durch das Lager. Leute standen auf. Der leichte Wind wehte Gelächter und den Duft von gebratenem Speck herüber. Die Sonne war noch nicht aufgegangen, doch goldene Strahlen erhellten den östlichen Himmel und warfen einen gelblichen Schimmer auf die Reihe der weißen Planen der Wagen.

Sie reckte sich und gähnte. Robert war viel früher aufgestanden und ohne ein Wort weggegangen. Es wurde ihr schwer ums Herz, als sie an ihn dachte. Wo war er? Vielleicht sollte sie sich entschuldigen, nur um so etwas wie den ehelichen Frieden wiederherzustellen. Er bestrafte sie mit Schweigen; es isolierte sie, und sie fühlte sich leer und einsam. Es war eine sehr wirkungsvolle Bestrafung – Colleen haßte sie. In der Vergangenheit hatte sie oftmals versucht, selbst stumm zu bleiben, Robert mit dem Schweigen zu übertreffen. Es hatte nie geklappt. Er war introvertierter als sie und konnte gut auf Gesellschaft verzichten, aber sie brauchte verzweifelt andere Leute, mit denen sie reden und lachen konnte.

Colleen seufzte und begab sich im Camp auf die Suche nach ihm. Sie plauderte kurz mit anderen Auswandererfamilien und setzte dann ihre Suche fort. Keiner hatte Robert an diesem Morgen gesehen. Er war vielleicht fortgegangen, um etwas auf eigene Faust zu unternehmen. Er war kein geselliger Typ, es sei denn, die Gesellschaft brachte ihm einen Gewinn an Status oder anderen Vorteil. Und er versuchte, sie isoliert zu halten. In den vergangenen drei Wochen hatte sie nur ein paar der anderen Auswanderer kennengelernt. Robert hatte verlangt, daß sie nur mit Leuten reden sollte, die er ihr zuvor vorgestellt hatte. Sie haßte das. Warum gehorchte sie ihm? Sie nagte an der Unterlippe und fühlte sich wegen solcher Gedanken schuldig. Ihre Mutter hatte ihr eingebleut, daß es die Pflicht einer Ehefrau war, ihrem Mann gegenüber bedingungslos loyal zu sein. Nicht mal in Gedanken durfte sie ihn für weniger als perfekt halten.

Erinnerungen stiegen in ihr auf. Am Tag vor der Hochzeit hatte sie etwas wenig Schmeichelhaftes über ihren zukünftigen Ehemann gesagt, und ihre Mutter hatte sie entgeistert angestarrt. »So etwas darfst du nie wieder sagen«, hatte sie getadelt und Colleen die Hand auf die Schulter gelegt. »Schlechte Gedanken vervielfältigen sich. Wenn du heute diesen einen schlechten Gedanken hast, wirst du morgen zwei haben, am nächsten Tag vier und so weiter. Das ist kein Weg zum Glück.« Aber Colleen war nie so stark wie ihre Mutter gewesen. Die schlimmen Gedanken waren da, so sehr sie auch versuchte, sie zu unterdrücken.

Als die Sonne aufging, wurde es schnell heiß. Colleen flocht ihr langes, blondes Haar zu Zöpfen und steckte sie unter die Haube. Unter ihren Achseln bildeten sich Schweißflecke auf dem frischen grünen KLeid.

Sie gelangte ans Ende des Lagers und war fast bei Colonel Sawyers' privatem Zelt, als sie schließlich ihren Mann erspähte. Er stand mit einem der Soldaten beim Korral. Robert war ein großer Mann, fast einsneunzig, und seine Brust war fast zweimal so breit wie die eines durchschnittlichen Mannes. Er hatte volle Lippen und eine breite, flache Nase. Sein braunes Haar war dicht und gekräuselt.

Der Infanterist bei Robert trug das Rangabzeichen des Captain auf den Schultern. War dies Douglas' befehlshabender Offizier? Welchen Namen hatte er genannt? Sie dachte nach, während sie durch den warmen Sand schritt. Williford! Das war der Name.

Als sie sich näherte, bückte sich der Captain und berührte etwas auf dem Boden. Dann schüttelte er den Kopf, runzelte die Stirn und sagte: »So etwas habe ich noch nicht gesehen.« Er schob seine blaue Mütze zurück, wischte sich Schweiß von der Stirn und blickte prüfend zur bereits sengenden Sonne.

»Viele?« fragte Robert, wandte den Kopf und blickte zu Colleen.

Ihr Auftauchen störte die Unterhaltung, und Robert schaute Colleen ärgerlich an.

»Guten Morgen«, sagte sie höflich.

»Guten Morgen, Ma'am«, erwiderte der Captain freundlich.

Williford war mittelgroß und hatte graue Augen und braunes Haar. Sein schmales Gesicht war tiefgebräunt, und sein harter Blick war der eines Mannes, der zuviel vom Schmerz und Leid des Lebens gesehen hat.

Robert stellte Colleen widerwillig vor, und sein Tonfall war schmollend. »Captain Williford, dies ist meine Frau Colleen.«

Williford tippte an seine blaue Mütze. »Es ist mir ein Vergnügen, Sie kennenzulernen, Ma'am.« Sie machte einen Knicks und lächelte. »Nein, es ist *mir* ein Vergnügen, Sir. Ich habe soviel Lobendes über Sie von Ihren Männern gehört«, log sie. Der einzige Soldat, mit dem sie sich unterhalten hatte, war Douglas gewesen, und er hatte wenig über Williford gesagt.

Robert starrte sie entgeistert an. Er ballte die Hände zu Fäusten. »Du hast mit diesen umgedrehten Yankees geredet? Die Hälfte dieses Abschaums ist bereits desertiert. Es sind Feiglinge! Ich will nicht, daß du . . .«

»Verzeihung, Mr. Merrill.« Willifords Stimme klang kühl, und sein Blick war hart. »Bis heute waren nur drei der Deserteure ehemalige Konföderierte. Die anderen neunzehn Männer, die desertierten, waren Soldaten der Union.« Er sagte es als Tatsache, nicht als Kritik, doch Robert deutete es falsch.

Er schnaubte empört, und das Blut stieg ihm in die Wangen. »Wer was ist, ist bei Ihren Leuten schwer zu sagen, nicht wahr? Ich hörte von Sawyers, daß die meisten Ihrer Männer ehemalige Soldaten der Union waren, die vom Süden gefangengenommen, in Gefängnislager gesteckt und dann zu Verrätern wurden! Sie leisteten einen Eid, für die Konföderierten zu kämpfen! Und so wurden sie in Mississippi gefangengenommen, in *grauen* Uniformen!« Robert reckte das Kinn vor und atmete schwer.

Colleen spürte die Spannung. Ihr Puls raste, aber sie schwieg und hielt den Blick gesenkt.

»Mister«, entgegnete Williford ruhig, verschränkte die Hände vor der Brust und starrte Robert wütend an. »Haben Sie im Krieg gekämpft?«

Robert fühlte sich sichtlich unbehaglich bei dieser Frage. »Nein, ich wurde zu Hause gebraucht. Aber . . .«

»Dann schlage ich vor, Sie behalten Ihre Meinung für sich. Die Männer unter meinem Kommando haben harte Zeiten erlebt. Einige von Ihnen kämpften in den vergangenen zwei Jahren ohne Atempause und ohne Sohlen unter den Stiefeln, und die ganze Zeit sorgten sie sich, daß ihre Angehörigen verhungern – oder ihnen Schlimmeres widerfährt. Ihre unwissende Kritik wird den Männern gar nicht gefallen.« Er atmete tief durch und blickte Robert hart an. »Und mir gefällt sie auch nicht«, fügte er scharf hinzu.

Robert war sichtlich verwirrt, weil der Captain ihn der Unwissenheit bezichtigte. »Nun, ich – ich meine . . .«

»Vielleicht . . .«, Williford sah Colleens besorgte Miene und atmete tief durch, ». . . vielleicht ist es besser, Sir, wenn wir diese Diskussion beenden und uns dem früheren Thema widmen.« Er kniete sich hin und wies wieder auf den Boden.

Colleen blickte den Captain erleichtert an. Er lächelte ihr leicht zu, zeigte auf einen der Abdrücke im Sand, breitete die Hand darauf aus und verglich die Größe. Die Spur, die wie der Abdruck einer Hundepfote aussah, war sehr groß.

Robert räusperte sich. »Was ist es Ihrer Ansicht nach?«

Williford ließ sich nicht dazu herab, aufzublicken. Er wies nur hin. »Sehen Sie das hier und hier? Diese Spuren stammen von einem einzigen Tier.«

»Das kann nicht sein! Es müssen Tausende solcher Abdrücke um den Korral sein.«

»Hm – hm.« Williford nickte und zog seine Mütze in die Stirn, um seine Augen vor der grellen Sonne zu schützen. »Sieht aus, als wäre das Tier vier- oder fünfmal um den Korral getrottet, um sich dann hier hinzusetzen und die Wagen zu beobachten.« Er spähte über den schimmernden Sand zum Treck.

Colleen folgte seinem Blick. Angst stieg in ihr auf, als ihr klarwurde, daß der Captain genau auf ihren Wagen blickte. Reiner Zufall, beruhigte sie sich.

»Ein Kojote?« fragte sie zaghaft.

Williford schüttelte den Kopf, erhob sich und stemmte die Hände auf die Hüften. »Wahrscheinlicher ein Wolf, Ma'am.«

»Ein verdammt großer Wolf«, krächzte Robert.

Colleen war verwirrt. »Aber – ich verstehe das nicht. Warum sind die Pferde nicht unruhig geworden? Sie müssen ihn doch gewittert haben . . .«

»Ich weiß es nicht, Ma'am«, erwiderte der Captain. »Es sieht aus, als ob der Wolf sie überhaupt nicht beunruhigt hat.«

Ein heißer Windstoß fegte über die Düne, und Sand wirbelte empor. Colleen hielt ihre Haube fest und wandte das Gesicht vom Wind ab.

Williford schaute hinab zum Camp der Soldaten. »Nun, ich kehre besser zu meinem Dienst zurück, Leute. Sehe ich Sie heute abend beim Tanz?«

»Wir werden dort sein, Captain«, antwortete Robert kühl.

Colleen war verwundert. Tanz? Dann fiel ihr plötzlich ein, daß es der Vierte Juli war. Natürlich würde es am Unabhängigkeitstag eine Feier geben. Freude stieg in ihr auf, und sie lächelte Williford strahlend an. Trubel! Sie würden unter die Leute gehen und mehr Personen des Trecks kennenlernen!

Williford erwiderte das Lächeln und tippte an seine Feldmütze.

»Wenn Sie es nicht für aufdringlich halten, Ma'am, würde ich es sehr freundlich von Ihnen finden, wenn Sie mir einen Tanz reservieren«, sagte er offen heraus. »Schließlich sind nicht viele Frauen hier . . .«

Ihre Wangen röteten sich. »Es wäre mir eine Ehre, Captain.«

»Danke, Ma'am.« Er verneigte sich leicht.

Robert wurde zornig. Er packte Colleen grob am Arm, bevor sie sich von Captain Williford verabschieden konnte, und zerrte sie den Hügel hinab.

»Robert!« Sie stolperte und konnte kaum Schritt mit ihm halten. »Das war ungehobelt! Der Captain war nur höflich und . . .«

»Halt den Mund!« fuhr er sie an. »Ich kann diesen Mann nicht leiden, und ich will nicht, daß er mit dir tanzt! Wie kannst du es wagen, zuzustimmen, ohne mich um Erlaubnis zu fragen!« Seine grünen Augen blitzten.

Sie war wütend, doch sie enthielt sich einer scharfen Erwiderung und schwieg.

»Tatsache ist, daß ich dich heute in keinerlei Gesellschaft sehen will! Hast du mich verstanden?«

»Ich habe es gehört, aber . . .«

»Du gehst zurück in den Wagen und bleibst dort. Du hast allerhand zu tun, um unsere Kleidung für heute abend vorzubereiten. Ich will, daß wir wie die königlichen Hoheiten dieser Expedition aussehen, also leg unsere besten Sachen zurecht.«

»In Ordnung.«

Er ließ ihren Arm los und ging weiter. Bei seinen langen Schritten blieb sie schnell zurück. Sie blieb stehen und beobachtete, wie er zu Sawyers' Zelt stolzierte. Sie hatte sich entschuldigen wollen, weil sie ihn übergangen und spontan den Tanz zugesagt hatte, aber es war ihr nicht möglich gewesen. Und jetzt war sie froh darüber, daß sie ihn nicht um Verzeihung gebeten hatte. Es war ihr nicht mehr nach Entschuldigung zumute – wenn es das jemals gewesen war.

Colleen stemmte sich gegen eine heiße Windbö, hielt die Haube am Band unter dem Kinn fest und fühlte sich gekränkt und unglücklich. Sie schloß einen Moment lang die Augen, nahm den Wind und die Hitze wahr und versuchte, ihre Gefühle unter Kontrolle zu zwingen. Der grüne Rock flatterte um ihre Beine. Robert war unermüdlich darauf aus, ihre Seele zu verletzen – und sie verstand nicht, warum. Was hatte sie getan, um ihn so zu verärgern? Es lag zum Teil daran, daß sie kein Kind bekommen hatte, davon war sie überzeugt. Er hielt es für eine Herabsetzung seiner Männlichkeit. Aber sie wollte doch auch ein Kind haben! Es war ebenfalls schmerzlich für sie, kein Kind zu haben, doch er schien blind gegen ihre Gefühle zu sein.

Colleen ließ den Blick zum Camp der Soldaten schweifen. Männer sind so merkwürdige, unergründliche Wesen, dachte sie. Manchmal können sie zärtlich und nett sein, und im nächsten Augenblick werden sie wütend und verändern sich völlig. Frauen sind beständiger, freundlicher.

Aber sie mußte einräumen, daß sie nur wenig Erfahrung hatte. Nur zwei andere Männer vor Robert hatten sie umworben. Süße Erinnerungen. Sie hatte Nathan Schott geliebt. Er war ein schüchterner Junge mit großen blauen Augen und rotblondem Haar. Aber ihr Vater hatte das schmerzliche Machtwort gesprochen: »Ach, Mädchen. Der Junge ist arm wie eine Kirchenmaus! So einen wirst du nicht heiraten!« Und er hatte ihr verboten, Nathan wiederzusehen. Sie war untröstlich und monatelang apathisch gewesen und hatte kaum etwas gegessen. Vielleicht war sie deshalb so begierig und bereitwillig gewesen, als sie Robert kennengelernt hatte. Sie hatte sich nach Freundschaft und Gesellschaft gesehnt – mit welchem Mann auch immer.

Colleen seufzte und setzte den Weg zum Wagen fort. Und sie dachte an die Bibelworte, daß die Frau ihrem Mann untertan sein soll wie dem Herrn. Sie würde tun, was Robert verlangte, und die beste Kleidung hervorholen. Vielleicht blieb ihr Zeit, um den Rosenkranz zu beten und den Schmerz ihrer Seele zu lindern. Langsam ging sie den sandigen Hügelhang hinab.

Der Sonnenuntergang färbte den westlichen Himmel lavendel- und orangefarben, als Robert auf den Wagen kletterte, um sich umzuziehen. Colleen reichte ihm geduldig ein graues, seidenes Rüschenhemd und eine schwarze Hose. Er nahm die Sachen wortlos und schaute Colleen nicht einmal an.

»Hast du mit Colonel Sawyers gesprochen?« fragte Colleen leise.

Er putzte sich stumm vor einem kleinen Handspiegel und musterte sein bärtiges Gesicht.

»Haben die Männer alle Wagen aus dem Sand befreit? Geht es morgen weiter?«

Als sie immer noch keine Antwort erhielt, gab sie es auf, legte die Hände in den Schoß und wartete, bis er fertig angezogen war. Nach einer halben Stunde stieg er vom Wagen und ließ sie allein. Die Feier wurde anscheinend nicht lustig. Das

Gefühl der Leere in Colleen verstärkte sich. Sie wollte glücklich sein. Warum ließ er sie nicht glücklich sein?

Sie zupfte eine Weile unsicher an ihrem Kleid herum und strich den Stoff glatt. Schließlich flüsterte sie: »Es ist mir egal! Ich werde mich trotzdem amüsieren!«

Colleen zog ein hellblaues Organdykleid an, knöpfte die Perlenknöpfe zu und band den cremefarbenen Satingürtel um ihre Taille. Sie hoffte, daß die Rüschen des Kleides verbargen, daß ihr Busen klein war, und ihre schlanke Taille betonten. Sie bürstete das lange, blonde Haar, strich es nach hinten und befestigte es mit einer großen, goldenen Spange. Die Spange funkelte auf ihren blonden Locken.

Schließlich nahm sie den Taschenspiegel und betrachtete sich. Sie war klein und zierlich, aber ihre braunen Augen waren groß, und ihre Stupsnase fand sie ebenfalls anziehend. Sie hielt den Spiegel näher ans Gesicht und runzelte die Stirn. Der helle zarte Teint, auf den sie in New York so stolz gewesen war, hatte sich zu einem tiefen Braun verändert. Sie zuckte die Achseln und fand sich damit ab, biß sich auf die Lippen, damit sie roter wurden, und tupfte Rosenwasser auf ihre Handgelenke und hinter die Ohren. Dann rieb sie ein paar Tropfen Rosenwasser zwischen ihre Brüste und kam sich sehr kühn vor. Das Rosenwasser war kühl auf ihrer erhitzten Haut, und der Rosenduft hüllte sie ein.

Plötzlich wurde die Plane am Wagenheck zur Seite gerissen. Colleen zuckte zusammen, als Robert mit feindseligem Gesicht in den Wagen spähte. »Beeil dich!« grollte er. »Die Geiger fangen gleich an!«

»Oh!« Sie strich ein letztes Mal glättend über ihr Kleid. Hatte sie so lange gebraucht? Sie ließ sich von Robert aus dem Wagen heben.

Arm in Arm schlenderten sie durch den Sand zu den Musikanten. Drei der Männer waren Kavalleristen mit staubigen Uniformen. Colleen musterte ihre verschwitzten Uniformröcke. Es hieß, daß Willifords Männer nicht einmal ein zweites Paar Stiefel hatten, weil das Budget des Kriegsministeriums so erschöpft war, daß kaum Kavallerieeinheiten bezahlt werden konnten, geschweige denn Ersatzuniformen oder Ausrüstung.

Angesichts des unordentlichen Äußeren dieser Männer glaubte Colleen das. Die restlichen beiden Musikanten gehörten zu Sawyers' Straßenbau-Crew. Einer spielte Banjo, der andere Mundharmonika.

Als sie loslegten, versammelten sich Leute auf der großen sandigen Fläche. Einige klatschten zum Takt der Musik, andere stampften rhythmisch auf. Colleen freute sich über die lächelnden Gesichter. Sie sagte sich, daß die Feier nicht so sehr dem Nationalfeiertag galt, sondern ein Dank an Gott war, der sie aus den sandigen Hügeln befreit hatte.

Sie blickte zu Robert auf, der mit starrer Miene dastand und über die Menge hinweg zu Sawyers schaute, der von Leuten umgeben war. Robert wollte dort sein, das wurde ihr klar, aber er war nicht bereit, sie mitzunehmen. Er war nervös.

Sie kämpfte gegen ihre Beklemmung an und ließ den Blick schweifen. Jenseits des Kreises entdeckte sie Matthew Douglas, der mit Captain Williford sprach. Der Eindruck, den sie von Lieutenant Douglas im Mondschein gehabt hatte, war richtig gewesen; er sah gut aus. Ein markantes Gesicht mit ausgeprägtem, glattrasiertem Kinn, mit aristokratischer Nase und vollen Lippen, die von seinem herabhängenden Schnurrbart eingerahmt wurden. Ein muskulöser Körper. Er erinnerte sie irgendwie an eine der griechischen Statuen, die ihre Mutter ihr in Bilderbüchern gezeigt hatte. Sein Gesicht war ein perfektes Oval, und er hatte breite Schultern und schmale Hüften. Sie überlegte, welchen Namen die Statue gehabt hatte, an die er sie am meisten erinnerte, diejenige, die eine Hand auf die Hüfte gestemmt hatte. Der Name fiel ihr nicht ein, aber sie lächelte über die Ähnlichkeit.

Bevor sie eine andere Miene aufsetzen konnte, blickte Matthew zu ihr. Er hob die Augenbrauen, und seine Lippen verzogen sich zu einem fragenden Grinsen. Sein Blick deutete an, daß mehr zwischen ihnen war als nur ein Gespräch in der Nacht. Sie spürte, daß ihr das Blut in die Wangen stieg, blickte hastig fort und hängte sich bei Robert ein. Ihr Mann schien es nicht zu bemerken. Sein Blick war immer noch auf Sawyers und dessen Freunde gerichtet.

O Gott! Hatte jemand bemerkt, daß sie den Lieutenant angestarrt hatte? Colleen schaute sich verstohlen um. Nein, keiner schenkte ihr die geringste Aufmerksamkeit – außer Douglas, dessen Blick immer noch auf sie geheftet war. Unbewußt drückte sie in ihrer Nervosität den Ärmel von Roberts Seidenhemd.

»Laß das, Colleen!« zischte er ihr zu und zog seinen Arm fort. »Willst du das Hemd zerknittern?«

»Nein.« Mehr brachte sie nicht heraus. Sie ließ die Hand sinken und fummelte an dem hellblauen Seidenkleid herum.

»Erlauben Sie, Mr. Merrill?«

Colleen fuhr zusammen, als Douglas' Stimme neben ihr ertönte.

Robert wandte sich dem Lieutenant arrogant zu und straffte die Schultern, als er den südlichen Akzent hörte. »Was wollen Sie?« Sein Tonfall war geringschätzig, aber Douglas schien es nicht zu bemerken. Er hielt Roberts Blick gelassen stand und verneigte sich leicht.

»Wäre es eine schreckliche Taktlosigkeit, Sir, wenn ich um die Ehre bitte, mit Ihrer reizenden Gattin zu tanzen?« Seine tiefe Stimme klang weich und entschuldigend, genau der richtige Ton, um Roberts Empörung zu mildern.

Douglas blickte Colleen kurz und interessiert an, bevor er sich aus der Verneigung aufrichtete.

Robert starrte wieder zu Sawyers und antwortete schnell: »Ich nehme an, das wäre fein.« Er erwiderte die Verneigung, nicht ganz so gewandt.

»Sie sind sehr freundlich, Sir.« Douglas lächelte und hielt Colleen den Arm hin. Sie ergriff ihn, und das Herz schlug ihr bis zum Hals, als der Lieutenant sie zu der sandigen Tanzfläche führte. Die Musikanten spielten einen Walzer.

Robert lächelte breit und eilte sofort zu Sawyers' Gruppe.

Colleen fand, daß Douglas für einen so großen Mann bemerkenswert graziös war. Er trat ihr nie auf die kleinen Füße, wie Robert es tat. Und – noch wichtiger – er stellte sich sofort darauf ein, daß ihre Schritte kleiner waren. Das ist merkwürdig, dachte sie. Robert zwang sie stets, sich seinen längeren Schritten anzupassen. Das erschöpfte sie, und sie fühlte sich ungeschickt und linkisch. Beim Tanz mit Douglas hatte sie das Gefühl, bequeme alte Schuhe zu tragen.

Sie blickte scheu zu ihm auf. Es brachte sie durcheinander, daß der Blick seiner blauen Augen auf ihr Gesicht gerichtet war und seine Lippen zu einem unverschämten, zweideutigen Grinsen verzogen waren. Sie hatte das Gefühl, Schmetterlinge flatterten in ihrem Magen. Hastig wandte sie den Blick ab. Bestürzt wurde ihr klar, daß er mit ihr von den anderen Tänzern fort und zur fernen Seite der Versammlung tanzte – fort von Robert!

»Mr. Douglas – ich – ich finde, wir sollten . . .« Sie schaute zu ihm auf und setzte von neuem an. »Ich finde es nicht richtig, daß Sie mich so weit von meinem Mann fortführen.«

»Warum nicht?«

»Ich bin eine verheiratete Frau, Lieutenant. Deshalb . . .«

Er unterbrach sie, und seine tiefe Stimme klang fröhlich wie die Musik. »Ja, Ihre Ehe ist ein Jammer – für uns beide.«

»Sir!« Colleen starrte ihn offenen Mundes an. Sie sträubte sich in seinen Armen. »Lassen Sie mich los!«

»Hören Sie auf, so zu wackeln, Colleen«, sagte er amüsiert. »Sie werden die Aufmerksamkeit auf uns ziehen. Sie wollen doch nicht, daß uns die Leute anstarren, oder?«

»Du meine Güte! Nein . . .« Sie schaute sich hastig um. Zum Glück starrte noch niemand. »Mr. Douglas, wie können Sie es wagen . . .«

»Oh, aber das muß ich«, sagte er ruhig, und seine blauen Augen funkelten. »Ich würde nie versuchen, Ihnen gute Manieren vorzuspielen. Das wäre eine Travestie.«

»Eine Tra-ves . . .« Sie dachte angestrengt nach, aber sie konnte sich nicht erinnern, dieses Wort jemals gehört zu haben. Wollte er sie verwirren, damit sie seinen unschicklichen Annäherungsversuch vergaß? Was war die schlimmste Beleidigung für einen Mann aus dem Süden? Ah, sie wußte es. Sie kannte den Schimpfnamen für einen republikanerfreundlichen Weißen in den Südstaaten nach dem Sezessionskrieg. Sie versteifte sich in seinem Armen und zischte: »Sir, Sie sind ein Scalawag!«

Er hob fragend die Augenbrauen. »Aber – ich . . .« Er klang sonderbar gequält. »Ich versichere Ihnen, Madam, daß mir der Gedanke, Republikaner zu werden, niemals in den Sinn gekommen ist. Ich schwöre es!« Er zog die rechte Hand von ihr fort und hob sie wie zum Schwur.

Colleen war wütend. »Das meinte ich nicht, Sir.«

»Nicht? Dann sagen Sie mir bitte, *was* Sie meinen.«

Die Musik verstummte. Colleen wollte sich hastig von ihm lösen, doch er hielt sie fest und wartete offensichtlich auf ihre Antwort. Sie sträubte sich nur kurz, und dann sagte sie sich, daß es sinnlos war, und schaute unter halb gesenkten Lidern zu ihm auf.

»Ich muß schon sagen, Mr. Douglas.« Sie stampfte ärgerlich mit einem Fuß auf. »Müssen Sie so ungehobelt sein?«

Seine Augen spiegelten Belustigung wider. »Ich kann mich nicht erinnern, daß ich Sie als Scalawag bezeichnet habe.«

Leute lachten und riefen durcheinander, während Kinder zwischen den Tanzpaaren tollten. Als sie jetzt dicht beieinander in Tanzhaltung verharrten, nahm Colleen erst richtig seine Berührung wahr. Seine Hände waren warm. Nicht nur das, sie empfand die Wärme als angenehm – was die Situation für sie nur noch peinlicher machte. Sie stritt mit ihrem Gewissen, versuchte zu entscheiden, ob sie das Gefühl genießen oder widerwillig erdulden sollte. Sie entschied sich für ersteres, atmete tief durch, hielt seinem Blick stand und entspannte sich.

»Nun, Sie sind einer«, sagte sie entschieden.

»Ich werde diese Bewertung nur akzeptieren, wenn er in dem Sinne gemeint ist, daß ich ein Lump bin – *kein* Sympathisant der Republikaner. Letzteres könnte ich nicht ertragen, Colleen.«

»Ein Lump«, gestand sie ihm zu.

Er ließ sie plötzlich los und verneigte sich tief und anmutig. »Zu Ihren Diensten, Madam!«

Das überrumpelte sie, und sie lachte. Die Musikanten spielten einen anderen Walzer. Douglas umfaßte Colleen schnell und führte beim Tanz. Sie ließ es widerstrebend geschehen.

»Erzählen Sie mir etwas über Captain Williford?« wechselte sie abrupt das Thema.

Douglas stöhnte auf. »Was? Sie möchten lieber etwas über diesen anständigen Gentleman hören als über meine skandalöse Art? Ich bin tief enttäuscht.«

»Oh, schweigen Sie und erzählen Sie!«

»Was soll ich denn nun – schweigen oder erzählen?«

»Erzählen.«

»Nun, wenn Sie darauf bestehen«, stimmte er zu. »Captain George Williford ist mein guter Freund und der ehemalige Chef einer Kompanie der Neunten Infanterie von Illinois. Seine Kompanie war fast ständig im Kampf, von Shiloh bis zum Ende des Kriegs, als er verwundet und erschöpft ins Lazarett kam. Im April wurde er von General Dodge in seine gegenwärtige Position eingesetzt. Meine Liebe, er ist vermutlich der beste verdammte Commander in der Armee der Union.«

»Sie sagen das über einen Mann, der noch vor ein paar Monaten Ihr Feind war?« Colleen musterte Douglas, und sie sah nichts Anzügliches und Freches mehr in seinem Blick. Sie fand seine Ernsthaftigkeit irgendwie aufregend. Seine blauen Augen spiegelten plötzlich Verletzlichkeit und Weichheit wider.

»George Williford war nie mein Feind. Wir kämpften nur auf verschiedenen Seiten, das ist alles.«

»Genaugenommen war er Ihr Feind.«

»Ich habe es noch nie so genau genommen, mein Schatz!« Er blickte sie wieder frech und spöttisch an.

Sie war so fasziniert von der Veränderung seines Verhaltens, daß sie die vertrauliche Bezeichnung gar nicht richtig erfaßte. Welch ein Rätsel war dieser Mann!

»Nun, möchten Sie nicht etwas über mich und meine – äh – Heldentaten hören? Zum Beispiel . . .«

»Nein«, log sie und seufzte, als sei sie schrecklich gelangweilt.

»Dann lassen Sie uns über Sie reden«, sagte er hastig. »Sie sind neunzehn, irischer Abstammung und kommen von New York. Ist das richtig?«

»Ja.« Colleen senkte den Kopf. Sie konnte sich nicht erinnern, ihm ihr Alter genannt zu haben. Hatte er danach gefragt? Trotz der abendlichen Kühle brach ihr der Schweiß aus. Ihre linke Handfläche wurde feucht. Sie schob die Hand auf eine andere Stelle seiner Schulter, damit sie keinen Schweißfleck auf seinem Uniformrock verursachte.

Er lächelte, als erahne er ihre Gedanken, doch seine Frage klang ernst. »Und Ihr Vater schürfte nach Gold?«

»Ja.«

»Wo?«

»Er war lange in California.«

»Weit weg von New York«, murmelte Matthew Douglas und blickte sie forschend an.

»Ja, wir haben in der Kinderzeit nicht viel von ihm gesehen.«

»Und er kam zu viel Geld, sagten Sie, also muß er bei den Funden Ende der vierziger Jahre beteiligt gewesen sein.«

»Er ging 1849 fort.«

»Ah.« Matthew Douglas nickte wissend. Seine Stimme nahm einen scharfen Klang an. »Und wann kehrte er zurück, um seiner Tochter ein Vater zu sein?«

Colleen musterte ihn überrascht. War ihr so deutlich anzusehen, was sie über ihren Vater dachte, oder riet er nur? Sein Blick verriet es ihr nicht. »Er kehrte zurück, als ich zwölf war.«

»So lange dauerte sein Glück?«

»Nein. Nein, er arbeitete eine Zeitlang im Frachtgeschäft, als es noch guten Gewinn brachte.«

»Hm, er muß einsam gewesen sein.«

Er zog sie näher an sich und drehte sich mit ihr im Tanz. Sie ließ sich führen und beobachtete, daß sich seine Miene wieder veränderte, einen weichen Zug annahm. Und er hielt sie jetzt anders, zärtlicher. Sie fühlte sich geborgen in seinen starken Armen, und sie ließ sich treiben, bis ihr klarwurde, wie eng sie tanzten. Sie wollte sich beschämt von ihm lösen, doch er zog sie nur noch mehr an sich.

»So gefällt es mir.«

Es verschlug ihr die Sprache, und das Blut stieg ihr in die Wangen. Sie tanzten in enger Umarmung. Er war es anscheinend gewohnt, Frauen beim Walzer an die Brust zu drücken. Sie beendeten den Tanz schweigend, wobei Colleen Matthew Douglas mit ärgerlichen Blicken bedachte und er mit höflichem Lächeln antwortete.

Als die Musik verstummte, gab er sie frei. Colleen wollte davoneilen, doch er ergriff ihre Hand und hauchte einen Kuß darauf. Er verneigte sich tief und begann laut eine kleine Ansprache, in er er ihr überschwenglich dafür dankte, daß sie sich herabgelassen hatte, mit einem einsamen Soldaten zu tanzen, der gezwungen war, die Härten der Wildnis zu ertragen, und der zweifellos von den roten Teufeln getötet werden würde, bevor der Treck das Montana-Territorium erreichte. Er sprach so laut und demütig, daß sie sich genötigt sah, freundlich zu erwidern, daß es ihr ein Vergnügen gewesen war.

Sein unverschämtes Lächeln spottete über ihre Höflichkeit, als er sie zu ihrem Ehemann zurückführte.

Danach war sie ständig auf der Tanzfläche. Jeder Mann im Camp schien den Wunsch zu verspüren, mit ihr zu tanzen, und ihr Mann war nur zu bereit, es zuzulassen. Das heißt, jeder Mann außer Williford, der sich zurückhielt und seine Männer zum Tanzen ermunterte, bevor er selbst einmal tanzte. Als sie einmal Robert fragte, ob er mit ihr tanzen möchte, sagte er kalt: »Nein. Der Colonel und ich reden über Möglichkeiten, wie die Indianer verjagt werden können, damit dieser Landstrich als Farmland genutzt werden kann.«

»Oh«, sagte Colleen nur. Und sie nahm sofort eine Aufforderung zum Tanz von einem hageren, krummbeinigen Private an, der ihr während des ganzes Tanzes von den Schrecken des Gefangenenlagers Alton erzählte.

»Mein Gott«, unterbrach sie einmal seinen Redeschwall, »und ich dachte, es wäre eines von den besseren Lagern.«

Er räusperte sich und starrte auf den Boden. »Keines war sehr gut, Ma'am.«

Sie nickte verständnisvoll.

Schließlich war sie erschöpft und atemlos. Sie entschuldigte sich von der Feier und wanderte zu den kühlen Hügeln. Weil es der Vierte Juli war, hielt sich jeder bei der Feier auf. Es waren keine Wachen aufgestellt worden, Das war nicht ungewöhnlich. Nur bei dem Korral mit den Tieren waren des Nachts Wachen.

Die Dunkelheit hüllte Colleen ein, und die kühle Brise erfrischte sie. Sie hob ihr langes, blondes Haar über den Kopf, damit der Wind den Schweiß trocknen konnte.

Schließlich fand sie einen sandigen kleinen Hügel, von dem aus sie das Camp überblicken konnte. Sie setzte sich hin und gähnte müde. Vom Hügel aus sah sie, daß sich Tänzer zu einem Reel formierten. Sie lachte leise. Die paar Frauen reichten nicht für die Reihe der Tanzpaare bei dem schottischen Volkstanz. Männer banden einfach Halstücher um ihren Arm, um weibliche Tanzpartner abzugeben, und der Tanz und die Feier gingen weiter.

Colleen ließ den Blick über die vom Mondschein erhellten Hügel schweifen. Viele waren ein Dutzend Yards hoch und ragten wie riesige Ameisenhügel vor dem dunkelblauen Himmel auf. Die friedliche Szenerie hatte etwas Beruhigendes für Colleen, und sie wunderte sich darüber. Als sie aus der bewaldeten Region ihrer Heimat in die weiten Prärien gelangt waren, hatte sie sich gefürchtet. Die Wälder hatten irgendwie inneren und äußeren Schutz gegeben. Die offenen Ebenen gaben ihr das Gefühl, verletzlich und nicht sicher zu sein. Aber die Angst war verschwunden. Jetzt freute sie sich darauf, des Morgens in die weite Ferne zum Sonnenaufgang zu schauen. Es war, als strecke die weite, unbegrenzte Wildnis die Hände nach ihr aus, um ihr in den staubigen Armen Trost zu spenden.

Sie atmete tief die kühle, wohlriechende Luft ein und schaute zu den sandigen Hügeln. Ein kleiner weißer Punkt auf einem fernen Hügel weckte ihre Aufmerksamkeit. Er schien mit einem inneren Licht zu glühen, nicht von etwas, das den Mondschein reflektierte. Sie schaute eine Weile auf den hellen Punkt, und dann schweifte ihr Blick zurück zum Camp. Die Musik schien sie zurückzulocken. Sie summte mit. Es war das Lied ›When This Cruel War Is Over‹. Flüchtig fragte sie sich, ob die Leute zur Melodie von einem ›blauen Rock‹ sangen, wie es im Norden der Fall gewesen war, oder von einem ›grauen Rock‹ wie im Süden. Sie lauschte angestrengt, doch sie konnte es nicht verstehen. Es war auch nicht wichtig. *Der Krieg war vorüber!* Sie zog die Knie an und legte die Arme darum.

Gähnend blickte sie wieder in die Ferne. Der weiße Punkt war größer geworden. Colleen setzte sich überrascht auf. Was war es? Ein Tier? Nein, es konnte kein Tier sein. Es war nur ein heller Punkt. Colleen betrachtete ihn genauer; er bewegte sich nicht. Die Wahrnehmung mußte auf das wechselnde Licht zurückzuführen sein, das der bisweilen von Wolken verdeckte Mond warf. Sie entspannte sich und beobachtete den Mond, vor dem Wolkenfetzen zogen. Sonderbare Schatten bildeten sich auf den Hügeln, krochen durch das Camp und verschwanden im Licht der Laternen. Ja, der helle Punkt war nur auf das Spiel von Licht und Schatten zurückzuführen.

Colleen dachte an New York. Ihre Mutter trug ihr langes, blondes Haar stets in einem einzelnen Zopf, der über ihren Rücken hing. Colleen lächelte bei den Erinnerungen. Marie Meara war eine starke und warmherzige Frau. In all den Jahren der Abwesenheit ihres Mannes hatte Mrs. Meara nie Schmerz oder Zorn gezeigt. Sie hatte die ganze Sache mit einem schwachen Lächeln hingenommen und nur gesagt: »Es ist die Art deines Vaters, Kind. Ich könnte ihn genausowenig hierhalten, wie ich den Wind zurückhalten kann.«

Colleen wollte wieder zu dem hellen Punkt hinschauen, aber er war verschwunden. Siehst du, schalt sie sich, es war nichts!

Und was war mit ihrem Vater? Sie sah vor ihrem geistigen Auge den stämmigen Mann mit dem rötlichen, sommersprossigen Gesicht und dem roten Haar. Würde er ihr fehlen? Ihre Gedanken schweiften von Erinnerung zu Erinnerung, aber sie riefen kein Gefühl der Liebe wach, nur schwache Angst. Ihr Vater hatte sie nie in den Armen gehalten, nie getröstet, wenn sie geweint hatte. Er war nur daran interessiert gewesen, daß sie einen reichen Mann heiratete und ihm viele Enkelkinder schenkte. Sie erinnerte sich deutlich an den harten Blick über die Brille hinweg, als sie gezögert hatte, Robert zu heiraten. »Du hast Glück, wenn du ihn bekommst, Mädchen!« hatte er gebrüllt. »Du solltest den Heiligen für das Geschenk danken!«

Würde sie ihn vermissen? Nein, obwohl etwas tief in ihr das wünschte. Sie blickte zum silbernen Mond und verbannte die schmerzlichen Gedanken. Federwolken zogen langsam über den sternenübersäten Himmel, streichelten das Gesicht des Mondes wie mit dünnen, durchsichtigen Fingern. Müde ließ Colleen sich auf den Rücken sinken, streckte sich aus, wandte den Kopf und – erstarrte.

Ihr stockte der Atem. Es hatte keinen Sinn, wegzulaufen, denn der Wolf war nur ein paar Schritte entfernt. Sie würde niemals ins Camp gelangen. Schon nach ein paar Schritten würde sich der Wolf auf sie stürzen und sie in Stücke reißen!

Der Wolf näherte sich, bahnte sich einen Weg zwischen Büschen, und der Blick seiner schwarzen Augen fixierte sie. Sie wollte um Hilfe schreien, als er sich näherte, doch sie brachte keinen Ton heraus. Sie wollte aufspringen, doch ihre Beine verweigerten ihr den Dienst. Colleen war vor Entsetzen wie betäubt und hatte das Gefühl, jeden Augenblick ohnmächtig zu werden.

Der Wolf kam näher. Colleen starrte ihn an und konnte den Blick nicht von dem schneeweißen Gesicht nehmen. Die schwarzen Augen schienen sie zu hypnotisieren. Eine sonderbare Euphorie erfüllte sie. Sie hatte das Gefühl, in der kühlen Nachtluft zu schweben und nicht mehr im Sand zu liegen.

Plötzlich veränderte sich ihr Gesichtsfeld. Sie sah sich plötzlich in einer Art Hütte aus Häuten. Neben ihr saß ein Mann, der Mann mit den langen, schwarzen Zöpfen. Sie schnappte nach Luft, als sie den Indianer ihrer Träume erkannte. Sein Gesicht war scheußlich bemalt, aber er war es. Ein anderer Mann, der alt und grau war, warf süßlich riechendes Gras auf die Glut eines Feuers. Der junge Mann reinigte sich in dem Rauch, der emporstieg. Er hatte sie noch nicht bemerkt, aber plötzlich schaute er sie an, und der Blick seiner dunklen Augen war forschend. Sie starrte in die braunen Tiefen seiner Augen und empfand freudige Erregung und Furcht zugleich. Seine Augen spiegelten beherrschte Kraft, aber auch Besorgnis und Ärger wider. Seltsamerweise wollte sie zu ihm gehen, ihn trösten und ihm die Ängste nehmen.

Dann befand sie sich wieder auf dem Sand und von Mondschein eingehüllt. Der Wolf trottete zu ihr und legte eine Vorderpfote auf ihr Bein. Verzweifelt wollte sie schreien, doch sie konnte es nicht.

Die Augen des Wolfes glänzten. »Geh zurück«, befahl eine tiefe, beruhigende Stimme.

... und sie war wieder bei dem Mann. Diesmal kniete er im Sonnenschein des Nachmittags auf dem Boden. Seine Blutsbrüder stießen ein Messer in seine rechte Brustseite, schnitten ein Stück Haut heraus und schoben einen hölzernen Spieß in die Wunde. Colleen nahm den Geruch von Blut wahr, das über seine braune Brust strömte. Dann spürte sie plötzlich seinen Schmerz. Der peinigende Schmerz war in ihrer eigenen Brust. In ihrer Qual zerrte sie an ihrer Haut, wollte den hölzernen

Spieß herausreißen, doch ihre Hände waren scheinbar weit fort. Sie preßte die Zähne zusammen, um nicht aufzuschreien. Entsetzt beobachtete sie, daß der alte Mann wieder mit dem Messer vortrat. Sie schrie, als der kalte Stahl durch das weiche Gewebe ihrer linken Brust drang und der alte Mann einen Hautlappen herausschnitt. Die Haut wurde mit der Klinge zur Seite gehalten, und ein anderer hölzerner Spieß glitt durch ihr Fleisch. Die Lederriemen an den Spießen waren mit einer Stange verbunden, die aus einem sonderbaren Zelt aus Häuten ragte.

Sie beobachtete, wie sich der Mann in ihren Träumen wankend auf die Füße erhob, und sie hatte das Gefühl, mit ihm aufzustehen. Er warf sich gegen die gespannten Riemen und versuchte, die Spieße aus dem Körper zu reißen. Ein überwältigender Schmerz erfüllte Colleen, als sie erkannte, daß sie in dem Körper des Mannes oder er in ihrem war. Sie teilten die Qual des anderen. Sie konnte das schnelle Pochen seines Herzens in ihrer eigenen Brust spüren und seine Gedanken wahrnehmen. Er warf sich – und sie – immer wieder zurück, und der Schmerz stach unerträglich durch seine und ihre Brust zugleich. Sie wanden sich unter den Krämpfen des peinigenden Schmerzes. Schließlich warf er sich und sie mit aller Kraft zurück, und die Spieße wurden herausgerissen. Heißes Blut bedeckte ihre Brust, aber sie waren frei und erhoben sich zu den Sternen. Der Schmerz verschwand, und eine Welt von Licht nahm sie auf. Dann war sie von seiner Zärtlichkeit eingehüllt. Die Kraft seiner Seele umflutete sie wie ein Ozean, war tröstend und schützend. Zusammen tanzten sie einen Tanz von Licht und Dunkelheit, Leben und Tod.

Dann war alles schwarz.

Als Colleen erwachte, stellte sie fest, daß sie sich in ihrem Wagen befand – auf den sandigen Ebenen Nebraskas. Sie blickte in die besorgten Gesichter von Robert, Matthew Douglas und Dr. Tingley.

Colleen setzte sich auf und schaute jedes Gesicht mit großen Augen und furchtsam an. »Habt ihr ihn gesehen?« fragte sie mit heiserer Stimme. Ihre Kehle war so trocken. »Habt ihr ihn gesehen?«

»Wen?« fragte Robert spöttisch und blickte zu den anderen Männern.

»Den Wolf!«

Colleen erinnerte sich und glaubte wieder den quälenden Schmerz in ihrer Brust zu spüren. Sie riß sich das Kleid vorne auf und entblößte den weißen Busen, während sie verzweifelt nach den Wunden suchte. Robert sprang auf den Wagen, packte ihre Hände und zwang sie gewaltsam auf das Bett.

Matthew Douglas wandte sich höflich um und ging davon.

»Hör auf, Colleen!« rief Robert. Sein Griff war absichtlich brutal. Sie wimmerte, weil er ihr weh tat, und sank zurück auf das Bett.

»Verdammt noch mal!« brüllte er. »Du hast zuviel getanzt, bist in den Sand rausgegangen und eingeschlafen. Wir hörten dich schreien und rannten hin. Das war alles! Verstehst du? Da war kein Wolf!« Er schrie es verächtlich und ließ sie los.

Ihre Augen füllten sich mit Tränen. Sie schob sich tiefer in den Wagen und suchte nach ihrem Rosenkranz. Sie fand ihn, zog ihn über das Bett, drückte ihn an den Busen und weinte. Ihre Brüste hoben und senkten sich unter schweren Atemzügen, während sie sich bekreuzigte und das Glaubensbekenntnis stammelte: »Ich – ich glaube an Gott – Gott, den allmächtigen Vater, Schöpfer des Himmels und der Erde. Ich glaube an Jesus Christus . . .«

Sie drehte sich auf die Seite und flüsterte weiter.

Die Worte flossen ihr wie von selbst über die Lippen, während sie eindöste – so spontan wie die Vision von den blauen Bergen und dem Mann mit den langen, schwarzen Zöpfen.

Matthew Douglas stand benommen im grauen Licht der Morgendämmerung. Er konnte deutlich die Stelle sehen, an der Colleen in der vergangenen Nacht gesessen hatte. Ihr Kleid hatte den Sand eingedrückt. Abdrücke von kleinen Händen waren im Sand zu sehen, auf einer Seite umgeben von Wolfsspuren und auf der anderen von den Stiefelabdrücken derjenigen, die zu ihr gerannt waren, als sie geschrien hatte; seine eigenen Fußabdrücke waren dort. Er schob die blaue Feldmütze zurück und krempelte die Hemdsärmel auf. Es war schon warm, obwohl die Sonne noch nicht aufgegangen war.

Sein Blick glitt über den Sand. Er war früh aufgestanden, um zu sehen, ob er den Wolf verfolgen und töten konnte, aber als er zu der gewundenen Fährte über die Hügel spähte, wurde ihm klar, daß dieses Ziel falsch gewesen war. Er tastete nach dem Springfield-Gewehr, das am Riemen an seiner Schulter hing. Er hatte die Fährte des Wolfes viermal überprüft. Sie führte von der Stelle fort, an der Colleen gesessen hatte, zu einem kleinen Hügel, der ungefähr hundert Yards entfernt war, und endete dort.

Der Lieutenant legte die Hände auf die Hüften. Die sandigen Hügel ragten rings um ihn auf, und Schatten hafteten auf ihren gelbbraunen Oberflächen. Der Horizont war blaßrosa, und goldene Strahlen stachen empor. Douglas zwirbelte ein Ende seines Schnurrbarts. Er konnte noch einmal suchen, aber er würde dasselbe finden. Der Wolf war aus dem Nichts erschienen und ins Nichts verschwunden. Es gab nichts zu verfolgen. Douglas atmete tief durch und schaute zu dem Wagen, auf dem Colleen noch schlief. Die weiße Plane des Wagens wellte sich im Wind des frühen Morgens. Besorgnis stieg in ihm auf, und Erinnerungen setzten ihm zu. Er schüttelte den Kopf und berührte den Kolben seines Gewehrs. Nein, beruhigte er sich, es kann keinen Zusammenhang geben. Die Cheyennes und die Big Horns waren noch dreihundertfünfzig Meilen entfernt. Dennoch – ein Geisterwolf? Hier?

Er schaute zur aufgehenden Sonne. Ein goldener Schimmer lag jetzt auf den Hügeln.

Matthew Douglas kannte die Art des Wolfs, aber er hatte keine Antworten auf seine Frage »warum?« Er nahm die Feldmütze ab und wischte sich mit dem Ärmel über die Stirn. Er hatte das Gefühl, daß sein Körper etwas verstand, was sein Verstand nicht glauben wollte. Weitere Erinnerungen kamen – Geschichten, die im Winter an lodernden Feuern erzählt wurden. »*Das alte verrückte Maultier ist einer davon, einer der* Eehyoim«, flüsterte Großmutter Beaver Tail. »*Es kann Leute töten oder beeinflussen, ganz gleich, wie fern sie sind. Ich denke, wir sollten es erschlagen und seinen teuflischen Kadaver den Wölfen überlassen. Seine Zauberkraft ist zu stark. Es macht sich falsche Vorstellungen über seine Macht.*« Sie erhob eine Faust und schüttelte sie vor dem Gesicht von Großvater Crescent Moon. Er wischte die Faust beiseite. »*Das ist nicht er, du dumme alte Frau.*« Er senkte seine brüchige Stimme, neigte sich über das Feuer und flüsterte: »*Es ist Broken Star. Er ist es. Seine Seele fliegt überall herum. Oder manchmal verwandelt er sich in Tiere und pirscht sich an seine Feinde heran. In der vergangenen Woche ermordete er zwei Shoshoni. Ich hörte davon ...*«

Matthew Douglas massierte seine Stirn. Er bekam Kopfschmerzen, und er hatte ein flaues Gefühl im Magen. Zauberkraft hatte keine Grenzen. Ein wahrer *Eehyoim* konnte schneller durch den Raum reisen als der Wind. Und er stieg hier und dort auf wie ein Adler – wo auch immer und wann auch immer er das wollte.

Matthew Douglas' Haut prickelte, als nagten winzige Zähne daran. Er atmete tief durch und ging zurück zum Treck. Die Wagen würden bald weiterrollen.

FÜNFTES KAPITEL

Der Sonnentanz begann.

Box Elder stand neben dem heiligen Feuer im Einsamen Tipi. Der blinde Medizinmann erinnerte sich, wie die orangefarbenen Flammen aussahen, und er sah im Geiste Bilder von den achtzehn Sonnentanz-Zeremonien, an denen er teilgenommen hatte. Er bückte sich und nahm eine Handvoll Zedernnadeln. Seine Zöpfe hingen wie graue Stricke über sein weißes, perlenbesetztes Hemd. Er wischte sich den Schweiß von der langen Hakennase und seufzte, während er die Zedernnadeln ins Feuer warf. Rauch stieg auf und füllte das Tipi, und der starke würzige Duft hüllte ihn ein.

Der Medizinmann nahm sein Büffelfell und schlang es um die Schultern. Dann duckte er sich über das schwelende Feuer und bildete mit seinem Fell eine Art Zelt, um den reinigenden Rauch aufzufangen. Die Kraft des Großen Geheimnisses erfüllte ihn, als er den süßen Duft einatmete. Er genoß die Reinigung noch eine Weile – das Gefühl, die Ewigkeit in seiner Seele zu haben – und richtete sich dann auf, um zur südöstlichen Stange des Tipis zu gehen. Langsam schritt er dann in jede der vier Richtungen, kehrte zur Mitte des Tipis zurück und verharrte völlig reglos. Der Frieden des Großen Geheimnisses strömte in ihn hinein, schien seine Seele wie mit einer gewaltigen Hand zu streicheln. Er seufzte zufrieden, schlug das Fell am Zugang zum Tipi zur Seite und trat in das gedämpfte Licht des späten Nachmittags hinaus. Er ging langsam in einem Kreis um das Lager herum. Obwohl er blind war, ertastete er mit den Füßen mühelos den Weg zwischen Salbei.

»Der Pfandgeber hat Mitleid mit euch!« rief er. »Er hat seine

Frau den Oberen Mächten gegeben, den Unteren Mächten und sich an den anderen *maiyum* gewandt!«

Als er wieder beim Einsamen Tipi eintraf, breitete er vor den andächtigen, aufgeregten Dorfbewohnern die Arme aus, lächelte breit, kehrte in das von Zederndüft erfüllte Tipi zurück und zog das Fell vor den Zugang. Bald würde er die Tänzer rufen.

Wounded Bear wartete gespannt am Rand des Dorfes. Dort hatten sich viele Krieger versammelt, um am Tanz teilzunehmen, sowohl Cheyennes als auch Sioux. Aber in seinem Medizin-Tipi war nur Platz für vier Krieger. Er und diese anderen jungen Männer saßen allein und still zwischen einer Gruppe Espen. Die vier Krieger trugen ihre beste Kleidung. Wounded Bear berührte sein weiches Rehlederhemd. Auf seiner Brust glänzten rote, blaue und gelbe Perlen. Eine einzelne rote Perle befand sich am Ende jeder Franse des Rehlederhemdes an den Ärmeln und an der Hose.

Er ließ seinen Blick über die anderen Tänzer schweifen. Red Hawk, Willow und Running Elk hatten den Kopf gesenkt und schauten geistesabwesend auf das lange Gras, das sich wie ein Teppich zwischen den Bäumen ausbreitete.

Running Elk zupfte einen Grashalm aus der Erde, schob ihn in den Mund und kaute langsam. Jeder junge Mann war nervös. Es war ihnen klar, was sie zu erwarten hatten, aber sie wußten nicht, wie sie sich dabei fühlen würden. Nur Willow hatte schon am Sonnentanz teilgenommen. Er trug stolz die Narben auf seiner Brust; sie waren ein Zeichen von Tapferkeit, ein Symbol seiner Treue und Hingabe zu der alten Lebensweise. Doch auch er zeigte Anzeichen von Unruhe. Er fummelte nervös an den Fransen seiner Ärmel herum; er begann an der Schulter und zupfte an jeder einzelnen Franse den Arm hinab.

»Manchmal erscheinen die Geister der Ahnen zu den Tänzen«, flüsterte Willow.

Red Hawk sah ihn mit großen Augen an. »Was tun sie?«

»Sie sitzen im Medizin-Tipi und geben merkwürdige Tierlaute von sich. Das tun sie so oft, daß du denkst, du bist das Tier geworden, und dann stößt du selbst diese Laute aus.«

»Und was passiert?«

»Manchmal nichts. Aber bisweilen hält sich der Tänzer nie wieder für einen Menschen. Er lebt sein ganzes Leben als Tier. Seine Familie muß ihn wie ein Tier behandeln.«

»W-wie?« Red Hawks Stimme stockte, und deutlich war ihm Furcht anzusehen.

»Sie füttern ihn nur mit rohem Fleisch und lassen ihn sogar im Winter draußen schlafen.«

»Aber – aber hat er große Zauberkraft?«

»O ja.«

Wounded Bear schaute Willow zweifelnd an. Die Geschichte war interessant, aber er hatte so etwas noch nie gehört. Er argwöhnte, daß Willow sie gerade erst erfunden hatte, um Red Hawk, dem jüngsten der Tänzer, Angst einzujagen.

»Das muß mit dir passiert sein«, bemerkte Wounded Bear trocken.

»Wieso?«

»Du bist noch ein Tier. Deine Frau sagt . . .«

Willow sprang ihn lachend an. Sie rangen einen Augenblick lang im Gras, um festzustellen, wer am längsten oben blieb. Willow gewann. Wounded Bear gab auf.

»Es stimmt also nicht?« fragte Red Hawk hoffnungsvoll.

»Das habe ich nicht gesagt . . .«

Wounded Bear blickte ihn strafend an.

»Nun, vielleicht stimmt es nicht ganz«, räumte Willow ein.

Die Zeit zog sich dahin. Wounded Bear schaute zum Himmel. Der Sonnenuntergang färbte die Wolken mit purpurnem Schimmer. Zwischen zitternden Espenblättern konnte er einen Adler am Himmel sehen. Der große Vogel schwebte auf der Luftströmung dahin und schlug mit den Flügeln, um in den Böen das Gleichgewicht zu bewahren.

»Es wird nicht mehr lange dauern«, sagte Willow.

Jeder Tänzer nickte und setzte sich gerader. Wounded Bears Herz klopfte schnell. Er blickte zu Red Hawk. Der Sechzehnjährige saß wie versteinert da. Vielleicht hat Red Hawk mehr

Angst als ich, dachte Wounded Bear. Er lächelte leicht. Bei diesem Gedanken fühlte er sich besser; er machte ihm Mut.

Der Gesang war zuerst leise, klang wie das Zwitschern eines Wiesenstärlings im Wind, doch dann wurde er lauter. Box Elder rief sie, und seine Stimme klang fröhlich und melodiös.

»Kommt, ihr jungen Männer«, sang er. »Bringt die heilige Trommel zum Einsamen Tipi.«

Die Tänzer erhoben sich und bildeten eine Reihe. Willow führte die Gruppe an, und Wounded Bear ging am Schluß. Sie schritten durch die Mitte des Lagers. Leute waren vor den Tipis versammelt und lächelten und tuschelten, als die Tänzer an ihnen vorbeigingen. Aus dem Augenwinkel sah Wounded Bear seinen Bruder Little Deer und die anderen Familienangehörigen, die stolz dastanden. Sein dreijähriger Neffe, Black Bird, hüpfte auf und ab, als sein Onkel vorbeiging, und hielt eine Hand vor den Mund, um sein Kichern zu ersticken. Little Deer war kein Gläubiger, aber er hielt aus Achtung vor seinem Bruder an der Tradition fest, und er nickte Wounded Bear respektvoll zu. Yellow Leaf stand am Ende der aufgereihten Leute. Sie hielt den Kopf hoch erhoben, und ihr schwarzes Haar flatterte im Wind. Ihr herzförmiger Mund war zu einem sanften Lächeln verzogen. Im Waldstück hinter ihr raschelten Pappelblätter. Die Schultern von Yellow Leafs Rehlederkleid waren kunstvoll mit Perlen besetzt. Die Brust des Kleids war mit roten Blumen auf gelbem Untergrund bemalt. Yellow Leaf war eine der besten Künstlerinnen des Stammes. Wounded Bear lächelte sie an, als er vorüberging. Sie nickte ihm zu und betrachtete ihn mit sanftem Blick. Wärme stieg in ihm auf. Seine Entscheidung, am Tanz teilzunehmen, war gut – er spürte, daß sie richtig war. Er würde das Volk erneuern, es wieder auf den Pfad der Harmonie und Schönheit zurückführen, wie die Alten es ihn gelehrt hatten. Dann würde der Büffel zurückkehren, und es würde keinen Hunger mehr geben. Das Leben würde wieder friedlich sein.

Das Einsame Tipi stand am Rand des Dorfes, und die Häute hatten die Farbe eines neugeborenen Hirschkalbs. Wounded Bear senkte den Kopf, als sie sich dem Tipi näherten, und Furcht und Aufregung erfüllten ihn – eine köstliche Mischung. Willow führte sie in das Tipi hinein.

Als Wounded Bear eintrat, verlor er für einen Augenblick die Orientierung. Blinzelnd folgte er Red Hawk um das Feuer in der Mitte des Tipis nach hinten, wo sie sich nebeneinander hinsetzten. Nur der Schein des Feuers und die Glut in der heiligen Pfeife spendeten Licht in dem Tipi. Wounded Bear atmete tief die nach Zedernrauch duftende Luft, reinigte seine Lunge und bereitete sich auf die nächsten vier Tage vor.

Draußen herrschte Stille, die nur von den gedämpften Geräuschen der Kinder gestört wurde. Wounded Bear blinzelte im Halbdunkel und berührte die Pfeife aus einem Adlerknochen an seinem Hals. Sie hatte die Wärme seiner Brust aufgesogen und fühlte sich tröstlich in seinen kalten Fingern an. Bald würde er die Pfeife an die Lippen halten, den Adlerschrei zum Himmel schicken und den Geistern und dem Großen Geheimnis erzählen, daß er erkoren war, das Volk zu erneuern.

Draußen waren Box Elders Schritte zu hören. Der Medizinmann schlurfte um das Einsame Tipi. Dann zog er die Seiten des Tipis auf, um die Tänzer dem dunkel werdenden Himmel zu enthüllen. Sterne funkelten am Himmel. In der zunehmenden Brise flatterten die Häute des Tipis und schlugen leicht gegen die Kiefernstangen.

Wounded Bear schaute hinaus in das Lager. Leute saßen mit ehrfurchtsvollen Mienen im Gras um das Einsame Tipi und warteten. Das Trommeln begann, zuerst schwach, dann stärker, bis das Echo von den Bergen ringsum widerhallte. Er ließ sich von dem Rhythmus mitreißen und wiegte sich im Takt. Schließlich hielt er die Pfeife an die Lippen, blies hinein, und die schrillen Pfiffe mischten sich mit dem Gesang und den Trommeln. Er schloß die Augen. Die Vision, die er in dem Blut des Dachses gesehen hatte, war verblaßt und in Hoffnung übergegangen. Hoffnung, daß sein Volk überleben, daß die Wagenkolonne gestoppt werden würde.

Er sang viermal die Wolfslieder und hielt jedesmal zwischendurch inne, um die kühle Abendbrise zu genießen, die über seine erhitzte Haut strich. Das Licht der Sterne schien in ihn einzudringen, seine Seele zu erhellen und das schneeweiße Gesicht seines geistigen Helfers zu schicken. Während der ersten Nacht kehrte das Gesicht des Wolfs immer wieder. Der

Wolf nickte und sagte ihm, daß das Volk die Prophezeiungen von Sweet Medicine vergessen hatte. Es mußte daran erinnert werden, damit es überleben konnte. Wounded Bear betete zu dem Wolf und versprach ihm, dem Volk die Augen zu öffnen, damit es nicht in die verhängnisvolle Falle geriet, die Sweet Medicine vorausgesagt hatte.

Der Wind trieb die Gerüche üppiger Vegetation heran, und die Düfte hüllten Wounded Bear ein. Er atmete tief die würzige Luft ein und aus.

Schließlich verließen die Tänzer das Einsame Tipi. Am Morgen beim Sonnenaufgang würden sie in das Medizin-Tipi gehen und bemalt werden. Wounded Bear würde in den nächsten vier Tagen nichts essen und trinken und nicht schlafen; er mußte für den letzten Tanz rein sein, mußte seine Seele von allen falschen Gedanken läutern. Für diejenigen, die ernsthaft suchten, wartete Verzückung am Horizont.

Am vierten Tag des Sonnentanzes erwachten Wounded Bears Sinne. Er sah klarer und hörte besser. Er streichelte über die Perlen an seinen Mokassins und nahm die Farben intensiver, leuchtender wahr. Er schnürte die Mokassins auf, zog sie aus und legte sie beiseite. Für den Rest des Sonnentanzes würde er sie nicht brauchen. Die kühle Luft war gut auf seinen nackten Füßen. Wounded Bear wandte seine Aufmerksamkeit dem Medizin-Tipi zu. Er zählte jede Stange und betrachtete die vielfältigen Muster, die von Würmern im Holz geschaffen worden waren. Die Muster enthielten eine Botschaft von Leben und Tod, die er nie zuvor verstanden hatte. Alle Dinge hinterließen ihr Zeichen, einige komplizierter und schöner als andere. Er betete darum, daß sein Zeichen so schön sein würde wie das der Würmer.

Der Geruch von Männern, Zedernrauch und Salbei war eine berauschende Mischung im Tipi. Es war der Duft der Andacht und Gebete. Wounded Bear atmete tief, während er beobachtete, wie die Maler Felle in Form eines Halbmondes auf dem Boden ausbreiteten. Sie zeichneten den Umriß der von Menschenhand geschaffenen Form auf den Boden und bedeckten ihn mit heiligem Salbei. Dann zogen sie sich zurück und machten ihm Platz.

Wounded Bear trat leichtfüßig in die Mitte des Betts aus Salbei und spürte ein Prickeln unter den Füßen. Die blaßgrünen Blätter waren kühl.

Der Priester warf süßlich riechendes Gras in die Glut des Feuers, und Wounded Bear kniete sich hin, um ein Bad in dem gesegneten Rauch zu nehmen. Er rieb ihn in seine Arme, in Beine und Brust, in die Nasenlöcher und Augen und Ohren. Der süße Duft drang in seine Seele und reinigte ihn. Er fühlte sich leicht, glaubte über den Flammen zu schweben und vom heiligen Rauch emporgetragen zu werden durch das Loch an der Spitze des Tipis.

Plötzlich veränderte sich seine Stimmung. Sein Bewußtsein wurde auf die Erde hinabgerissen. Er schaute sich sorgfältig um, spähte in das Dunkel außerhalb des rötlichen Feuerscheins und suchte. Aber wonach? *Irgend etwas* forderte seine Aufmerksamkeit. Er blickte nach rechts. Da war es! Er wußte es, obwohl seine Augen nichts wahrnahmen. Sein Herz spürte, daß es da war. Dann verschwand es so plötzlich, wie es gekommen war, wie ein Rauchwölkchen im Wind.

Wounded Bear schüttelte den Kopf und blinzelte müde. Ein Bruchteil einer Vision? Vielleicht. Er würde warten. Wenn das Große Geheimnis wollte, daß er es ganz sah, würde es wiederkehren.

Die Maler kamen und steckten ihm einen heiligen Grashalm ins Haar. Er neigte den Kopf. Das Finale des Sonnentanzes nahte; Freude und Furcht stiegen in ihm auf. Sein Blick wurde klarer. Er fieberte dem Pfahl entgegen.

Box Elder ging vor Wounded Bear und sang die letzten Lieder des Tanzes. Die Stimme des alten Mannes erhob sich kräftig und melodiös. Grelles Sonnenlicht brannte in Wounded Bears Augen, und Schmerzen stachen durch seinen Kopf. Er blinzelte und wartete, bis sich seine Augen nach den Tagen im Tipi an die Helligkeit gewöhnten. Der Pfahl stand vor ihm – Erleichterung erfüllte Wounded Bear.

Alle aus dem Dorf versammelten sich um das Medizin-Tipi, und jedes Gesicht war ernst und besorgt. Für diesen letzten Augenblick trugen alle ihre feinste Kleidung. Leuchtend blaue und gelbe Perlen schimmerten im Sonnenschein. Yellow Leaf saß stumm inmitten einer Gruppe Kinder und beobachtete.

Wounded Bear kniete sich hin, senkte den Kopf und schloß die Augen. Der Priester trat zu ihm, hob das Messer mit dem beinernen Griff, stieß es in Wounded Bears rechte Brustseite und durchbohrte das Fleisch dicht unter der Haut. Wounded Bear zuckte bei dem scharfen Schmerz zusammen, aber kein Laut drang über seine Lippen. Sie schoben den hölzernen Spieß durch die Wunde, und der Priester senkte das Messer auf die linke Brustseite zu.

Wounded Bear riß die Augen auf. Die Erkenntnis traf ihn wie ein Fausthieb. Die Vision war zurückgekehrt. Er suchte den Boden vor dem Medizin-Tipi nach einem Zeichen ab, konnte jedoch keines finden. Doch als die Messerklinge in seine linke Brustseite drang, erkannte er das Zeichen. Der unsichtbare Geist war gekommen, um in ihm zu wohnen. Er erforschte die andere Seele. Es war eine Frau! Das Große Geheimnis hatte sie geschickt, damit sie mit ihm suchte. Aber sie hatte schreckliche Angst. Ihre Seele schrie nach Trost, und er beruhigte sie, sagte ihr, daß alles in Ordnung war, daß der Schmerz gut war. Die Qual erneuerte das Volk.

Er taumelte auf die Füße, und Blut strömte über seine Brust hinab. Er zog die Frau an sich, hielt sie in den Armen, hörte ihr Atmen und spürte den Schmerz und das Entsetzen.

»Du wirst verstehen«, flüsterte er ihr zu. »Wir werden zusammen zu den Sternen fliegen.« Ein zufriedenes Lächeln spielte um seine Lippen, während er sich hart vom Pfahl zurückwarf und sich die Stricke spannten, mit denen die hölzernen Spieße am Pfahl befestigt waren. Fleisch riß in seiner Brust. Der Schmerz half ihm, klarer zu sehen; er wiederholte die Prozedur immer wieder. Der Schmerz stach durch ihn wie ein glühendes Messer. Er versuchte zu der Frau zu sprechen, doch sie konnte ihn nicht hören. Ihre Furcht verhinderte, daß sie ihn verstand – aber das war in Ordnung. Bald würde der Schmerz enden, und sie konnten miteinander sprechen.

Wounded Bear sammelte all seine Kraft, und mit einem Ruck wurden die hölzernen Pflöcke aus seiner Brust gerissen, und er war frei und stieg zu *Seyan* empor, dem Land der Toten. Er streichelte die Seele der Frau, suchte ihr Bewußtsein, bis ihre Furcht abklang und sie verschmelzen konnten. Ihre Seelen umschlangen sich und tanzten, während die Ahnen sie von der Erde fort und empor zogen.

Wounded Bear lag erschöpft im Sonnenschein des späten Nachmittags. Das Erdreich war warm unter seinem nackten Rücken, und der wohlriechende Wind kühlte sein Gesicht. Mit jedem Atemzug spürte er, wie ihn der Duft der Welt durchflutete. Seine Augen waren halb geschlossen, und ein Lächeln spielte um seine Lippen.

»Alles in Ordnung, Bruder?« fragte Little Deer und hob Wounded Bears Kopf auf seinen Schoß.

»Ich habe *Seyan* gesehen«, krächzte Wounded Bear kaum hörbar. Seine Lippen waren trocken und aufgesprungen, und er hatte den Geschmack von Blut im Mund.

Little Deer neigte sich mit besorgter Miene näher zu ihm. »Sag es noch einmal, Bruder. Ich konnte es nicht verstehen.«

Wounded Bear lächelte und blinzelte müde. »*Seyan*, Bruder. Die Ahnen sagten mir – sagten mir ...« Die Müdigkeit drohte ihn zu überwältigen. Er kämpfte dagegen an.

Little Deer gab ihm einen Klaps auf die Schulter und nickte. »Du mußt schlafen.«

»Nein!« Wounded Bear hob eine zitternde Hand. Er riß die Augen auf, blinzelte und schloß sie wieder. Er sah eine Frau mit perlenbesetztem Kleid, dessen Fransen im Wind flatterten, seitlich hinter Little Deer. Eine Frau? »Sie sagten mir, daß – daß unser Volk überleben wird. Die weiße Frau – wird helfen. Sie wird ...«

Halb im Unterbewußtsein hörte er Yellow Leafs wohlklingende Stimme. »Weiße Frau?« fragte sie. »Wen meint er?«

»Ich weiß es nicht«, sagte Little Deer. Dann neigte er sich zu seinem Bruder und flüsterte ihm sanft und beruhigend ins Ohr. Aber Wounded Bear nahm es nicht mehr wahr; die Tage des

Fastens und Betens hatten ihn geschwächt. Er konnte nicht mehr gegen die Müdigkeit und Erschöpfung ankämpfen. Er hatte das Gefühl, emporgehoben zu werden und über seinem Körper zu schweben.

Seine Seele war frei – endlich frei.

SECHSTES KAPITEL

Matthew Douglas saß allein in seinem Zelt und starrte auf das weiße Segeltuch über seinem Kopf. Der Wind heulte und zerrte an dem Zelt und blähte die dünnen Wände. Douglas ließ methodisch die Ereignisse der vergangenen zwei Wochen Revue passieren. Da gab es etwas, das er spürte, aber nicht erklären konnte, so sehr er sich auch bemühte, das Rätsel zu lösen.

Er erhob sich und füllte von neuem seinen Zinnbecher mit Kaffee aus der Kanne. Der Kaffee war kalt geworden, aber er nahm es nicht wahr. Er nippte geistesabwesend den abgestandenen kalten Kaffee, und seine Gedanken drehten sich in einem Kreis aus Fragen und Antworten. Warum war ein Helfer der Geister zu Colleen Merrill gekommen? Weil sie irgendwie verbunden mit der indianischen Geisterwelt war. Wie konnte sie damit verbunden sein? Sie war immer nur in New York gewesen und hatte niemals einen Indianer kennengelernt. Vielleicht hatte ihr Vater eine Beziehung aufgebaut, als er im Westen gewesen war? Antwort: unbekannt. Und der Kreis begann von neuem.

Matthew Douglas stellte den Becher auf den Boden, streckte sich aus und schob seine Deckenrolle unter den Kopf. Helfer der Geister zeigten sich nur sehr selten, doch diese zierliche kleine Frau aus New York war von einem aufgesucht worden – sehr zu ihrem Schrecken. Er erinnerte sich an ihr Entsetzen nach dem Auftauchen des Wolfs. Er hatte am nächsten Tag zu ihr gehen und ihr sagen wollen, daß die Geisterkreatur es nicht böse mit ihr meinte – aber das konnte er nicht. Er schüttelte den Kopf und schloß die Augen. Sie war praktisch eine Fremde – und Katholikin. Sie würde nie verstehen, was es bedeutete, solch eine Kreatur auf ihrer Seite zu haben. Höchstwahrscheinlich würde sie den Helfer der Geister nicht als einen Agenten Gottes betrachten, sondern als einen ›Dämon‹, der vom Satan geschickt worden war, um sie zu quälen.

Ein Gedanke kam ihm, und ihm stockte der Atem. Vielleicht – ein *Eehyoim*? Er glaubte Broken Stars Stimme zu hören. War es möglich, daß der alte Medizinmann das Schema der Zeit beeinflußt und seine und Colleens Schicksalsfäden miteinander verflochten hatte? *Warum?* Alter Haß?

»Nein«, flüsterte Matthew. »Nein!« Er hieb mit der Faust auf den Boden. »Großvater, nicht, *bitte* nicht. Habe ich nicht genug bezahlt? Laß mich gehen – laß mich in Frieden.«

Er wälzte sich auf die Seite. Erde haftete an seiner blauen Uniform. Zum erstenmal seit Jahren ließ er seine Gedanken an den Barrieren vorbeischweifen, die er vor zwölf Jahren so sorgfältig errichtet hatte. Der Schmerz traf ihn überraschend, die Erinnerungen waren wie ein Schlag in die Magengrube. Seine Frau blickte mit bleichem und vor Schmerz verzerrtem Gesicht zu ihm auf – und er konnte es kaum ertragen.

»Du wirst sie wiedersehen«, versprach er sich selbst und versuchte den Aufruhr seiner Gefühle unter Kontrolle zu halten.

Ja, er würde über die Milchstraße wandern und sie im Jenseits treffen. Er tastete zu den Narben auf seiner Brust. Er glaubte immer noch die Qual zu erleiden, als er sich bei dem Pfahl aufgebäumt hatte, und die Ekstase zu spüren, als er sich von den Pflöcken befreit hatte. Er kannte *Seyan*, das Land der Toten. Er war dort gewesen.

Er dachte wieder an Colleen. Sie hatte ihm gesagt, daß sie Alpträume hatte, sich jedoch geweigert, Näheres preiszugeben. Er klaubte eine Hand voll Erde auf und ließ sie durch die Finger rieseln. Wenn der Wolf ein Helfer der Geister war und keiner der *Eehyoim*, dann hatte er, Matthew, vielleicht nichts mit Colleens mystischen Erlebnissen zu tun. Oder vielleicht waren ihre Schicksale aus anderen Gründen als dem Haß eines verbitterten alten Mannes verbunden. Zweifellos waren die Träume die Art der Kommunikation des Wolfs, aber Colleen war zu verängstigt, um es zu verstehen. Wenn er sie dazu bringen konnte, ihm die Einzelheiten der Alpträume zu erzählen, dann würde er sie vielleicht zu deuten wissen.

... und vielleicht werde ich ihr sagen können, welche Spiele die Geisterwelt mit unserem Leben treibt.

Eine Stimme schrie verzweifelt in ihm, als verlange seine Seele: »Kehr um! Verschwinde aus dem Westen!« Aber er konnte nicht zurückkehren. Er hatte versucht, den nördlichen Ebenen zu entfliehen, und es war ihm bis vor ein paar Monaten gelungen. Doch als die Rekrutierer ins Gefangenenlager Alton gekommen waren und gesagt hatten, daß jeder, der der Union Treue schwor und dem Dienst an der Siedlungsgrenze zustimmte, frei sein würde, hatte er die Chance beim Schopf gepackt. Er hatte es für klug gehalten, Hunger und Krankheit zu entgehen. Und die Möglichkeit, daß er ins Dakota-Territorium zurückkehren mußte, war scheinbar so gering gewesen. Erst als er sich verpflichtet hatte, war die Army dahintergekommen, daß er im Westen gelebt hatte, und man hatte ihn zum Scout ernannt. ... *die Fäden des Schicksals.*

Er mußte es wissen. Aber würde Colleen mit ihm reden, ihm vertrauen? Er war ein Fremder.

Nun, sie würde irgendwann einen Freund brauchen. Vielleicht konnte er es arrangieren, dann zur Stelle zu sein. Er betete lautlos zu dem Wolf.

Trommelnder Hufschlag außerhalb des Camps riß ihn aus seinen Gedanken. Williford und die anderen ranghöheren Offiziere waren bei einer Besprechung mit Sawyers, und er, Douglas, führte in ihrer Abwesenheit den Befehl bei militärischen Operationen. Er erhob sich und trat in die Mittagshitze hinaus. Es war achtunddreißig Grad Celsius, und die Temperatur stieg immer noch. Der normalerweise türkisfarbene Himmel war jetzt blaßblau. Douglas beschattete die Augen mit einer Hand und beobachtete das Nahen des Reiters. Obwohl es Sonntag war und Sawyers auf einem Ruhetag bestand, waren Soldaten zum Dienst eingeteilt.

Private Will Lacey zügelte sein Pferd, saß ab und salutierte steif. Matthew erwiderte den Gruß träge. Eine Schicht von Schweiß und Staub bedeckte Laceys Gesicht.

»Was ist, Lacey?« Douglas stemmte die Hände in die Hüften.

»Frische Indianerspuren, Sir.« Lacey wies nach Nordwesten zum Fluß, dem sie seit Tagen folgten. Das Wasser floß durch einen gewundenen Canyon, dessen Wände steil aufragten. Kiefern, Balsampappeln und Espen wuchsen an den Ufern des Flusses. »Ungefähr zwei Meilen entfernt am Fluß.«

»Ein Kriegstrupp?«

Der junge Soldat hob unsicher die Brauen. »Ich, äh – Sir, ich weiß nicht, wie ich es sagen soll. Da waren vielleicht fünf oder sechs Ponys . . .«

»Ein Jagdtrupp«, fiel ihm Matthew Douglas ins Wort. Nur wenige Männer der Eskorte waren schon westlich des Mississippi gewesen. Deshalb wußten sie über die Präriestämme nur, was sie in den Zeitungen gelesen hatten. »Wie frisch sind die Spuren?«

Lacey rieb sich mit einer schmutzigen Hand eine braune Haarsträhne aus der Stirn. »Wir haben sie nicht gesehen, aber nach den Spuren würde ich sagen, daß die Roten heute morgen dort waren.«

»Nur frische Spuren oder sonst noch etwas?«

»Wir fanden einen Antilopenkadaver. Die Roten müssen das Tier gestern getötet haben, aber es waren noch frische Schnitte am restlichen Fleisch, als hätten die Roten heute morgen Fleisch zum Frühstück abgeschnitten.«

»Kojoten haben nicht davon gefressen?«

Lacey schüttelte den Kopf. »Nein.«

Matthew nickte. In diesem Teil der Welt waren Kojoten und Wölfe Experten im Aufspüren von toten Tieren. Wenn sie nicht von dem Kadaver gefressen hatten, dann war jemand in der Nähe gewesen, der sie davon abgehalten hatte. Er klopfte dem jungen Soldaten auf die Schulter. »Gute Arbeit. Ich werde es dem Captain melden, wenn er mit der Besprechung fertig ist.«

»Jawohl, Sir.« Lacey grüßte schneidig.

Douglas erwiderte den Gruß halbherzig, denn er haßte das militärische Protokoll, und grunzte: »Wegtreten!«

Lacey vollführte eine fast perfekte Kehrtwendung und schritt zu seinem Pferd. Er nahm die Zügel auf, schwang sich in den Sattel und ritt zurück in die staubige Ebene.

Douglas strich nachdenklich über seinen Schnurrbart. Ein

Jagdtrupp so nahe? Das war merkwürdig. Die Indianer mußten die Staubfahne des Trecks am Tag und Dutzende von Feuern in der Nacht gesehen haben. Die Stämme standen nicht auf gutem Fuße mit der US-Regierung, nachdem das Sand-Creek-Massaker erst vor acht Monaten stattgefunden hatte. Ein kleiner Jagdtrupp würde auf Distanz bleiben.

Er spähte zu den Bäumen am Fluß und ließ seine Gedanken schweifen. Vielleicht war es kein Jagdtrupp. Späher? Er verschränkte die Arme vor der Brust. Der heiße Wind blies ihm Strähnen seines schwarzen Haars vor die Augen. Welche Stämme würden den Treck beobachten? Und aus welchem Grund? Die Tage, in denen Indianer beim Militär um Almosen gebettelt hatten, waren vorüber. Die Beziehungen zwischen Rot und Weiß hatten in den vergangenen Jahren durch zu viele gebrochene Versprechungen zu sehr gelitten. Keine Seite traute der anderen.

Matthew Douglas krempelte die Ärmel seines blauen Hemdes hoch und knöpfte die drei obersten Knöpfe auf. Das war nicht besonders korrekt von einem Offizier, aber es verschaffte ihm Linderung in der Hitze. Er rieb sich leicht über das Kinn. Zu schade, daß Lacey die Krieger nicht gesehen hatte. Er hätte vielleicht erkennen können, zu welchem Stamm sie gehörten.

Besorgnis stieg in ihm auf. Er spähte zu den Anhöhen und suchte sie nach Kriegern ab.

Die Frage kam ungebeten: So weit im Osten konnten es keine Cheyennes sein – oder?

Matthew Douglas schlenderte mit geschultertem Gewehr durch den vom Sternenlicht erhellten Sand. Die Nachricht von dem indianischen Spähtrupp hatte ihn beunruhigt, und er hatte nicht schlafen können. Er hatte keinen Wachdienst, aber er fühlte sich besser, wenn er eine Runde um das Camp machte – besonders weil nur ein Posten draußen war und dieser Mann bei den Tieren Wache hielt. Er blickte zum mondlosen Himmel und betrachtet die Sternbilder. Der Große Bär hing tief über dem Horizont. Die Sandsteinhügel darunter schimmerten wie elfenbeinfarbene Blöcke, die auf der Ebene verstreut waren.

Er schob eine Hand in die Hosentasche und wanderte um das Camp, wobei er aufmerksam den Blick über die Wagen und Sandhügel schweifen ließ. Der Treck drang ins Gebiet der Sioux ein, ein Gedanke, der ihn aufwühlte. Sie mußten damit rechnen, daß Indianer den Treck überfielen, um Pferde zu erbeuten, und Sawyers laxe Sicherheitsmaßnahmen verschlimmerten die Sache. Wenn die Sioux feststellten, daß nur ein Mann den Korral bewachte, würden sie ihn töten, mit den Pferden davonpreschen und ihren Triumph über die Unfähigkeit der Weißen herausbrüllen. Williford hatte wiederholt auf diese Tatsache hingewiesen, aber Sawyers hatte stur behauptet, daß die Gefahren so weit im Osten minimal waren. Deshalb wurde des Nachts selten um die Wagen patrouilliert, und es gab nur wenige Wachtposten. Und James Sawyers war der Führer der Expedition. Willifords Befehle lauteten nur, daß er den Treck begleiten und militärisch unterstützen sollte – der Captain hatte keinerlei Befehlsgewalt über die zivile Mannschaft. Obwohl der Kongreß die Gelder für die Expedition bewilligt hatte, war es eine zivile Operation mit dem Zweck, eine Straße von Sioux City zu den neu entdeckten Goldfeldern des Montana-Territoriums anzulegen.

Douglas lachte leise und schüttelte den Kopf.

»Welcher Idiot kann auf den Gedanken kommen, eine Straße mitten durch die letzten Jagdgründe der Sioux und Cheyennes anzulegen?« murmelte er, als er den Weg fortsetzte.

Die hiesigen Stämme würden bestimmt etwas dagegen haben. Straßen vertrieben das Wild und brachten weiße Siedler, und beides erschwerte den Indianern das Leben. Den Stämmen würde nichts anderes übrigbleiben, als alle verfügbaren Möglichkeiten zu nutzen, um den Bau einer solchen Straße zu verhindern. Zuerst würden sie es mit Reden versuchen – dann würden sie töten, um ihre Jagdgründe zu schützen.

Kurz bevor Matthew Douglas Texas verlassen hatte, um seine Dienste der Konföderation anzubieten, hatte er gehört, daß die Bent-Brüder, George und Charley, mit ihren Halbbrüdern, den Cheyennes, auf den Kriegspfad gegangen waren. Er hatte die Bents nie kennengelernt, aber sie waren an allen Lagerfeuern der Cheyennes gut bekannt. Ihr Vater, William

Bent, hatte am Arkansas River einen Handelsposten errichtet. Später hatte er das Cheyenne-Mädchen Owl Woman geheiratet und nach deren Tod ihre Schwester, Yellow Woman. Die Bents hatten insgesamt drei Söhne und zwei Töchter gehabt. Und obwohl sie die meiste Zeit beim Volk ihrer Mutter lebten, waren George und Charley in St. Louis ausgebildet worden. Folglich kannten sie sowohl die Welt der Roten als auch die der Weißen. Ihre Entscheidung, auf der Seite des Volks ihrer Mutter zu kämpfen, hatte vielen ihrer weißen Freunde einen Schlag versetzt.

»Ich kann es ihnen nicht verdenken«, flüsterte Douglas vor sich hin.

Nach dem, was er gehört hatte, war George beim Sand-Creek-Massaker verwundet worden, und Charley war nur gerettet worden, weil Old Medicine Calf Beckwourth ihn in einem Wagen mit einem verwundeten Offizier der U.S. Army versteckt hatte. Die Soldaten hatten jedes Halbblut ›aus Prinzip‹ töten wollen.

Douglas blieb stehen und kniff die Augen zusammen. Er hatte Bewegung auf einem der Sandhügel wahrgenommen. Schnell und lautlos nahm er das Gewehr von der Schulter, kniete sich hin und legte es an. Aber seine Vorsicht war überflüssig. Ein Kojote stieg auf die Hügelkuppe und heulte zum Himmel. Douglas lächelte über die schöne Serenade, erhob sich, schulterte das Gewehr und setzte den Weg fort.

Als er sich dem Wagen der Merrills näherte, hörte er einen erstickten Aufschrei und gedämpfte Stimmen. Er verharrte und schaute zum Wagen. Wieder Alpträume? Douglas preßte die Lippen zusammen. Er konnte nichts tun. Gedämpfte Stimmen drangen aus dem Wagen.

»Verdammt, Colleen!« sagte Merrill. »Wach auf! Wach auf!«

»Hm«, ertönte Colleens schläfrige Stimme.

»Steh auf! Ich kann nicht schlafen, wenn du dich so aufführst!«

»Oh! Es – es tut mir leid. Ich wußte nicht . . .«

»Mach einen Spaziergang oder sonst was!«

»Na schön«, murmelte sie.

Douglas stockte der Atem. Vielleicht hatte der Wolf ihn

doch erhört. Der Lieutenant verschränkte die Arme und wartete.

Schließlich stieg Colleen vom Wagen. Sie hielt ein Buch in der Hand und zog ein weißes, gehäkeltes Umhängetuch über ihr grünes Baumwollkleid. Ihre Miene spiegelte Verwirrung und Bestürzung wider. Sie entdeckte ihn fast sofort und lächelte schwach. Er salutierte und erwiderte das Lächeln. Sie ging langsam an ihm vorbei und gähnte.

»Ziemlich spät für einen Abendspaziergang, finden Sie nicht auch, Mrs. Merrill?«

Colleen nickte in die Dunkelheit. »Ich hatte Alpträume, Mr. Douglas.« Sie erschauerte.

»Kommen Sie und setzen Sie sich«, sagte er und wies auf einen flachen Sandsteinhügel in der Nähe. Er führte sie hin und damit außer Hörweite vom Wagen. Am Tag war der Sandstein ockerfarben, doch im Licht der Sterne schimmerte er grau.

Douglas nahm auf der flachen Kuppe Platz und forderte Colleen mit einer Geste auf, sich zu ihm zu setzen. Sie tat es mit einem verlegenen Lächeln und gähnte von neuem.

Einen Augenblick lang saßen sie schweigend beisammen und schauten zum sternenübersäten Himmel. Douglas war nervös. Sie war nahe bei ihm, sie waren allein, und er wünschte sich, Colleen in die Arme zu nehmen, aber er unterdrückte das Verlangen, weil ihm klar war, daß sie weggehen würde, wenn er es versuchte.

»Alpträume?« fragte er sanft mit tiefer Stimme. »Welche?«

Colleen zuckte mit den Schultern und blickte versonnen vor sich hin. »Sonderbare Dinge.« Sie zögerte und sah mit einem schmerzlichen Ausdruck in den Augen zu ihm auf. Sie packte das Buch fester und rückte es an den Busen. »Ich – ich bezweifle, daß Sie es sehr interessant finden würden.«

»Stellen Sie mich auf die Probe.«

Sie schaute geistesabwesend auf ihre nackten Füße. Er blickte ebenfalls darauf und bemerkte die kleinen aufgeplatzten Blasen. Es würden Schwielen werden. Die Füße einer Frau, die Hunderte Meilen durch die Wildnis geht. Zierliche Füße, aufgerissen vom Sand und der Hitze der Prärien.

»Es ist ein ...« Sie schluckte und mied seinen Blick. »Ein Traum, den ich schon öfter hatte.«

»Über den Wolf?« riet er und lehnte sich zurück gegen den rissigen Sandstein.

Sie blickte ruckartig auf und musterte ihn. »Nein. Nein – über einen Dachs.«

Er erstarrte. Erinnerungen aus der Vergangenheit wallten in ihm auf. Er zwang sich, seiner Stimme einen ruhigen Klang zu geben.

»Und?«

»Ein Gesicht«, sagte sie angespannt. Sie zog das Umhängetuch am Hals zusammen und schaute in die Ferne.

Er schob sich ein wenig näher an sie heran, verharrte jedoch, als sich ihre Schultern strafften. »Wessen Gesicht?«

»Ich – ich weiß es nicht. Ein Indianer.« Sie blickte nachdenklich nach Nordwesten.

Er folgte ihrem Blick und sah vor seinem geistigen Auge die dunkelblauen Gipfel der Big Horns. Wieder stiegen Erinnerungen in ihm auf. Er sah Colleen an. Sie atmete jetzt heftig, und er spürte ihre Furcht.

»Keine Sorge«, flüsterte er verschwörerisch und klopfte auf die Waffe an seiner Seite. »Ich werde ihn erschießen, wenn er auftaucht und Ihnen etwas antun will.«

Colleen lächelte gequält. Sie schloß die Augen, zog die Knie an und stützte den Kopf darauf. Das schwarze Buch hatte sie neben sich in den Sand gelegt. Matthew sah jetzt, daß es eine Bibel war.

»Darf ich?« Er wies auf die Heilige Schrift.

Colleen nickte.

Ein goldenes Lesezeichen markierte eine Passage. Er schlug die Bibel an dieser Seite auf und hielt sie dicht vor seine Augen. Im schwachen Sternenschein hatte er Mühe, die Worte zu entziffern.

»Welche Passage haben Sie gelesen?«

»Matthäus, Kapitel sieben, Vers fünfzehn«, antwortete sie nervös.

Er las stockend: »Hütet euch aber – vor den falschen Propheten – die in Schafskleidern – zu euch kommen – inwendig sind sie aber – reißende Wölfe.» Er schloß die Bibel und legte sie sachte neben Colleen.

»Der Wolf, den Sie sahen, machte anscheinend keine Prophezeiungen«, sagte er ruhig.

»Aber . . .« Sie blickte ihn an, bekreuzigte sich und flüsterte etwas, das er nicht verstehen konnte. »Gott schütze uns! Glauben Sie nicht, daß der Wolf ein falscher Prophet war, der geschickt wurde, um mich zu täuschen? Auch wenn er sich nicht hinter einer Verkleidung versteckte?«

»Nein, das glaube ich nicht.«

Sie blinzelte und wollte etwas sagen, überlegte es sich jedoch anders und schwieg, doch ihre Miene blieb fragend, als erbitte sie eine Antwort. Er hielt ihrem Blick ruhig stand.

Schließlich schaute er zum Himmel. »Versuchte er, Sie irrezuführen?«

»Ja! Er . . .« Sie verstummte und getraute sich nicht, ihm den Rest zu erzählen. Sie zog das weiße Umhängetuch vor ihrem Busen zusammen und starrte auf ihre Hände.

»Das tat er?« Matthew schaute sie skeptisch an.

»Nun, Lieutenant, ich – ich weiß es nicht genau.« Sie rückte von ihrer vorherigen Äußerung ab.

Er lächelte. Ihr Tonfall war unbeschwerter. Das verriet ihm, daß ihre Ängste nachließen.

»Sagte der Wolf, daß Jesus nicht Ihr Erlöser ist?«

»Nein, aber . . .«

»Sagte er, daß der Katholizismus eine falsche Religion ist?«

»Nein!«

»Forderte er Sie auf, sich dem Satan zu unterwerfen?«

»Verflixt, Lieutenant, nein!« Sie schlug gegen ihr Bein.

Er zuckte mit den Schultern und rieb über den rauhen Sandstein, während sein Blick über die Sandhügel schweifte. »Hm. Das klingt für mich nicht nach einem falschen Propheten. Das klingt nicht mal nach einem durchschnittlichen Dämon. War er geil auf Sie?«

Er lachte, als sie ihn entgeistert anstarrte.

»Sie sind der unverschämteste, ungezogenste . . .«

»Scalawag!« ergänzte er hilfreich.

Sie lachte. Es klang glockenhell.

»Ja«, bekräftigte sie und sah ihn strafend an.

»Erzählen Sie mir, was geschah?«

Sie zögerte. »Er – er ließ mich Dinge sehen, Matthew.« Es klang erleichtert, als wäre sie froh, mit jemandem darüber reden zu können.

Er lächelte, weil sie ihn mit dem Vornamen ansprach. »Zum Beispiel?«

»Zum Beispiel ein Mann mit – mit ...« Sie verstummte, und ihre Miene verriet wieder Furcht.

»Mit einem *was*?« fragte er zweideutig.

Sie blickte ihn finster an. »Nicht mit einem *was*, Mr. Douglas.«

»Nun?«

»Nun – er hatte Holzpflöcke in der Brust, und sie waren an Stricken befestigt ...«

Sie verstummte, als er sich kerzengerade aufsetzte. Er schob sich näher zu ihr, sein Blick war plötzlich hart, und sie spürte seine Anspannung.

»Was sonst noch, Colleen?«

Sie schreckte zurück und starrte zu Boden.

Bei dieser Reaktion zwang sich Matthew zur Ruhe. Er atmete tief durch, und etwas von seiner Anspannung wich.

»Verzeihen Sie«, murmelte er. »Es ist ein – Ritual, mit dem ich vertraut bin.«

Ihr Kopf ruckte hoch, und sie musterte ihn. Dann berührte sie ihn mit einer Hand an der Schulter.

»Erzählen Sie mir davon?« Colleen sah ihn bittend an.

Er legte seine Hand auf ihre und drückte sie leicht. Colleen blinzelte und wollte die Hand fortziehen, doch er ließ sie nicht los. Er schlug die Beine übereinander, rückte näher an Colleen heran und umfaßte ihre Hand mit beiden Händen. Ihre Finger waren kühl.

»Sonnentanz«, sagte er sanft. »Es ist eine Zeremonie im Sommer.«

Sie blickte auf und wartete begierig darauf, daß er weitersprach. »Was noch?«

Er neigte sich vor und schaute ruhig in ihre braunen Augen. Sie versuchte nicht mehr, ihre Hand wegzuziehen. »Erzählen Sie mir von Ihrem Traum.«

»Ich – wir – wissen Sie, was das letzte – Fliegen bedeutet?«

Er nickte leicht, und sein Gesicht war todernst. »Es ist eine Reise in die Welt der Geister.«

»Ich – ich denke ...« Sie konnte es nicht ausdrücken. Sie schloß die Augen.

»Colleen«, sagte er ernst. »Es ist *keine* Reise in die Hölle, meine Liebe. Es ist eine Reise zu Gott.«

»Aber, Matthew, die Indianer sind Heiden. Ihre Götter sind falsch!«

»Tatsächlich?« Er ließ abrupt ihre Hand los. Starke Erinnerungen wühlten ihn auf. Es kostete ihn Mühe, seine Gefühle zu verbergen und ruhig zu sprechen. »Wenn Sie einen der Tänzer fragen, wird er Ihnen sagen, daß die Reise sehr angenehm war. Überhaupt nicht die Hölle.«

»Ich – weiß.«

Er schaute sie prüfend an.

»Ich weiß es!« wiederholte sie entschieden und legte wieder eine Hand auf seine Schulter.

Er schaute kurz auf die Hand und blickte ihr dann in die Augen. »Sie – wissen es?«

»Ja! Ich – und der Wolf ...«

»Der Wolf brachte Sie dorthin?« Er hob die Augenbrauen.

»Ja.« Sie ließ die Hand langsam auf ihren Schoß sinken.

Matthew ergriff die Hand und drückte sie an seine Brust. Gedanken wühlten ihn auf. Warum erwies die indianische Geisterwelt dieser weißen Frau aus dem Osten eine so große Ehre? Was wollte der Wolf ihr übermitteln? Und *warum?*

»Sie glauben mir?« fragte Colleen leise.

»Selbstverständlich.«

»Ich – ich dachte schon, Robert hat recht mit der Ansicht, daß ich – nicht ganz richtig im Kopf bin, verstehen Sie?«

»Blödsinn! Sie sind geistig perfekt gesund.«

Sie blickte ihn dankbar an.

»Erzählen Sie mir mehr«, drängte er. Er hielt immer noch Colleens Hand an seine Brust.

Colleen blickte wieder nordwärts und sah etwas vor ihrem geistigen Auge. Er folgte ihrem Blick. Sterne funkelten am westlichen Himmel.

»Was sehen Sie?«

»Berge«, flüsterte sie. »Zerklüftete, blaue Berge.«
»Hm – die Big Horns, nehme ich an.«
»Die Big Horns«, wiederholte sie und nickte langsam.
Colleens Hand an seiner Brust war jetzt warm, und sie streichelte unbewußt über sein blaues Hemd. Er versuchte, die Gefühle zu ignorieren, die ihre Berührung in ihm hervorriefen.
Er ließ widerstrebend Colleens Hand los und setzte sich auf. »Ich nehme an, Gott hat einfach eine andere Art Engelsboten zu Ihnen geschickt?«
»Das glauben Sie?«
»Ja, das glaube ich.«
»Aber was ist die Botschaft, Matthew?« Sie nahm ihre Bibel.
Er hob die Schultern. »Das, Colleen, können nur Sie selbst herausfinden. Hören Sie auf die Träume.«
»Ich soll auf Wölfe hören?«
»Wenn das die Art ist, die Gott wählt.«
»Es war sehr freundlich, Matthew, daß Sie mir zugehört haben.«
Er hob die Brauen. »Das war reiner Egoismus, das versichere ich Ihnen.« Er ließ den Blick lüstern über ihren Körper gleiten.
Sie blickte ihn mißtrauisch an. »Hören Sie damit auf!«
»Ja, das sollte ich besser.« Er nahm die Mütze vom Kopf und spielte mit einem Schnurrbartende. »Außerdem sollte ich meine Patrouille fortsetzen.«
Er erhob sich und hielt ihr eine Hand hin. Der Halbmond ging auf, und silbernes Licht fiel auf Colleens blondes Haar; Matthew sah den Glanz auf den Locken, als er Colleen auf die Füße zog.
»Matthew.« Sie entzog ihm nicht die Hand. »Bitte – erwähnen Sie nichts . . .«
»Liebe Lady!« Es klang tadelnd. »Ich mag Fehler haben, aber vertrauliche Gespräche bleiben für mich vertraulich!« Er lächelte provozierend. »Natürlich erwarte ich, daß ich eines Tages dafür belohnt werde.«
»Sie dürfen meine Hand küssen.«
Er seufzte und tat es. »Krümel sind besser als nichts, nehme ich an.«

Colleen blickte Matthew kopfschüttelnd nach, als er in der Dunkelheit verschwand. Dann schaute sie auf ihre Hand. Sie war noch warm von seiner Berührung. Sie öffnete die Hand und schloß sie wieder, wie um die Wärme darin zu halten, als könne sie ihn dadurch länger bei sich behalten.

»Sonderbarer Mann«, murmelte sie, als sie zu ihrem Wagen ging.

Matthew Douglas war offen und selbstsicher. Colleen fühlte sich geborgen bei ihm. So sollte ein Ehemann sein. Das Blut stieg ihr in die Wangen, als sie das erkannte. Der Gedanke erschreckte sie ein wenig.

Sie zog das Umhängetuch von den Schultern, stieg auf den Wagen und zog sich aus. Dann streifte sie ihr hellblaues Nachthemd über den Kopf. Robert lag still neben ihr. Sie musterte die reglose Gestalt im schwachen Licht, das hinten in den Wagen fiel. Es sah aus, als würde er nicht mal atmen. Colleen nahm an, daß er tief und fest schlief. Sie faltete das Umhängetuch, legte sich hin, schob es unter ihren Kopf, drehte sich auf die Seite und schloß die Augen.

Sie erschrak, als sie eine harte Hand auf ihrem Arm spürte. Robert wälzte sich zu ihr herum.

»Robert! Was . . .«

»Dachtest du, ich bin blöde und weiß nicht, daß du mit diesem verdammten Soldaten kokettiert hast?« Sein Gesicht war dicht vor ihrem.

»Wir haben nur geredet!«

»Nur geredet!« Er packte sie fester, seine Finger gruben sich hart in Colleens Haut.

Colleen schrie vor Schmerz auf. »Robert, bitte!«

»Bitte?« grollte er, pachte sie an den Schultern und riß sie an sich. Er küßte sie hart, biß ihr dabei absichtlich in die Lippen. Sie wich von ihm fort und wischte das Blut ab, das auf ihr Kinn sickerte. »Komm her!« fuhr er sie an und zerrte sie zurück.

Sie wehrte sich, bäumte sich auf, um sich aus seiner brutalen Umklammerung zu befreien. Er packte ihre Hände und preßte sie gegen seine Brust.

»Bitte, Robert«, wimmerte Colleen, als er sie noch fester umklammerte. »Hör bitte auf! Du tust mir weh!«

Er stieß sie grob von sich. Sie prallte gegen die Seite des Wagens und stieß sich den Kopf.

Er stieß den ausgestreckten Zeigefinger auf sie zu und keuchte zornig: »Du schleichst dich zu diesem verdammten Soldaten und verweigerst mir dann meine Recht als Ehemann?«

»Nein, Robert! Du warst nur . . .«

»Dann komm her!«

Ihre Augen füllten sich mit Tränen. Sie begann zu zittern. Er würde ihr weh tun! Sie wollte es nicht zulassen. Hastig rappelte sie sich auf und wollte vom Wagen springen. Doch Roberts Hand schoß vor und packte sie am Haar. Er riß sie zurück, und als sie stürzte, schleifte er sie am Haar über den Wagenboden zurück.

»Dachtest du, du könntest mir davonlaufen?« Er preßte den Mund auf ihre Wange, und sie spürte seinen heißen Atem. »Das schaffst du nie.« Er zerrte sie aufs Bett und wälzte sich auf sie.

Sie wollte schreien, doch sie brachte nur ein leises Wimmern zustande, bevor er ihr eine Hand auf den Mund legte. Er war schwer, hundertfünfzig Kilo, und er preßte sie auf den Wagenboden, daß ihr die Luft wegblieb. Sie rang nach Atem.

Wilder Zorn erfaßte sie. Verzweifelt zerkratzte sie ihm mit der freien Hand das Gesicht. Warmes Blut tropfte aus den Kratzern auf ihre Stirn.

»Verdammtes Weib!« fluchte er und spreizte gewaltsam ihre Beine. Dann fetzte er den Stoff weg, der ihm im Weg war.

In ihrer Verzweiflung tastete Colleen mit der Hand über Kisten und Fässer, suchte nach etwas, irgend etwas, mit dem sie sich wehren konnte. Schließlich berührte sie kühles Metall – glatten Stahl. Sie umfaßte den Griff des Revolvers und schlug dann wie von Sinnen mit dem Lauf auf Roberts Kopf, wieder und wieder.

Robert schrie vor Schmerz auf und preßte immer noch die Hand auf ihren Mund. Dann zog er den Arm zurück und holte mit der Faust aus, um sie ihr ins Gesicht zu schlagen.

Das Krachen der Waffe klang ohrenbetäubend durch die Stille der Nacht und schreckte die Leute in der Nähe aus ihren friedlichen Träumen.

Matthew Douglas wirbelte herum, riß sein Gewehr von der Schulter, legte es an und verharrte geduckt. Er hörte aufgeregte Stimmen beim Treck. Dann rannte er los und suchte das dunkle Terrain schnell nach einer Bedrohung ab. Als er in die Richtung hetzte, in der der Schuß gefallen war, sah er, daß der Wagen der Merrills von Leuten umringt war. Das Herz schlug ihm bis zum Hals, als er beim Wagen eintraf.

»Platz machen!« befahl er.

Männer bahnten eine Gasse für ihn, doch bevor er zum Wagen gelangte, steckte Robert Merrill den Kopf durch die Plane am Heck. Sein braunes Haar war blutgetränkt, und Blut rann über sein Gesicht.

»Weg von meinem Wagen!« brüllte er und schwenkte wild die Arme.

Douglas hob das Gewehr an und richtete es auf Merrill. »Was ist hier los?« fragte er mit kalter, ruhiger Stimme.

»Nichts!« schrie Merrill schrill. »Weg hier! Verschwindet! Der Schuß fiel aus Versehen, das war alles!«

Matthew hörte gedämpftes Schluchzen hinter dem großen Mann im Wagen. Stumm schätzte er die Möglichkeiten ein.

»Geht, Leute«, sagte er dann sanft. »Wir haben morgen einen schweren Tag.«

Die Menge murrte, löste sich aber auf. Die Gesichter waren ernst und angespannt. Matthew ließ das Gewehr sinken und starrte auf den Wagen. Merrill hatte sich schnell zurückgezogen, und das leise Schluchzen war verstummt. Vermutlich hatte Merrill seine Frau bedroht.

Für den Rest seiner Patrouille ging Douglas beim Wagen der Merrills auf und ab, und seine Miene spiegelte Verachtung wider.

SIEBTES KAPITEL

Wounded Bear hockte träge vor Little Deers Tipi. Die Mittagssonne brannte auf seiner nackten Brust. Sparrow, die Frau seines Bruders, stand in der Nähe und schabte ein frisches Büffelfell. Die Arbeit war anstrengend und zeitraubend, aber der erste Schritt für ein warmes Fell im Winter. Wenn das Bindegewebe und die Fleischschicht entfernt waren, konnte sie mit dem Gerben anfangen. Sparrow war eine unscheinbare Frau mit zu großen Augen und zu pausbäckigem Gesicht, doch durch die Fülle ihres pechschwarzen Haars, das bis auf ihre Schultern fiel, wirkte sie fast attraktiv.

»Er wird bald hier sein.« Sie lächelte und zerrte an einem Stück Gewebe.

Wounded Bear nickte. Er wußte, daß Little Deers morgendliche Jagd nicht viel länger dauern konnte. Sie hatten die Antilope kurz nach dem Sonnenaufgang gesehen, und jetzt war es schon Mittag. Aber Antilopen rannten wie der Wind. Wenn Little Deer die Herde erschreckt hatte, mußte er einen Kreis schlagen und sich vorsichtig von der anderen Seite nähern.

Unterdessen genoß Wounded Bear die Sonne und beobachtete seinen Neffen Black Bird und dessen zwölfjährigen Freund Crow Foot, die vor dem Tipi spielten. Black Bird war dünn und schlaksig, klein für seine drei Jahre. Um wettzumachen, was ihm an Körpergröße fehlte, lief er ausdauernder, ritt schneller und spielte wilder als jeder andere Junge mit schulterlangem, schwarzem Haar. Er trug stets ein rotblaues, mit Perlen besetztes Stirnband. Er war ein guter Junge, gut angesehen beim Stamm, immer ehrerbietig gegenüber den Älteren, stets zuverlässig. Alte Frauen flüsterten, daß Crow Foot eines Tages ein großer Häuptling werden würde, und Wounded Bear bezweifelte es nicht.

Er lächelte, als Black Bird eine Stelle am Boden markierte, dann fünfzig Schritte abmaß und wieder auf den Boden stampfte. Dann blickte er auf und winkte.

»Du zählst, Onkel!«

»Ich werde zählen«, versprach Wounded Bear und drehte sich zur Seite, um den Wettlauf besser verfolgen zu können.

Black Bird holte tief Luft und blies sie heftig aus. Dann stellte er sich auf die Zehenspitzen und breitete die Arme aus. Wounded Bear lachte. Der Junge sah aus wie ein Adler, der von einer Klippe fliegen wollte. Crow Foot lächelte seinen jüngeren Gefährten an und nahm seine Position neben ihm ein.

»Bereit?« rief Wounded Bear und hob eine Hand.

»Bereit!« erwiderte Black Bird. Wounded Bear stieß die Hand nach unten, und beide Jungen rannten los. Auf halber Strecke wurde Crow Foot langsamer neben Black Bird. Es war offenkundig, daß er den Jungen gewinnen lassen wollte.

Black Bird lief über die Ziellinie, stoppte schlitternd und wandte sich schwer atmend zu Wounded Bear um. Crow Foot atmete nicht mal schneller.

»Wie lange?« fragte Black Bird.

Wounded Bear hielt drei Finger hoch. »Drei Atemzüge.«

Der Junge stemmte die Hände auf die Hüften und runzelte die Stirn. »Vielleicht etwas weniger?«

»Vielleicht.«

Black Bird lächelte breit, und seine Augen funkelten. »Das ist ein Rekord!«

»Klar.«

»Nein, wirklich. Es ist einer!«

»Kannst du Little Owl besiegen?«

Black Bird scharrte mit einem nackten Zeh und wirkte verlegen. Wounded Bear nickte wissend. Little Owl war zehn und das schnellste Kind im Dorf.

»Wenn ich Little Owl finde, bist du dann hier und zählst?« fragte Black Bird hoffnungsvoll.

»Ja, ich werde hier sein.«

Der Junge strahlte und rannte davon. Staub wirbelte hinter

ihm empor. Wounded Bear verfolgte seinen Weg den Hügel hinab.

Crow Foot schlenderte zu Wounded Bear und setzte sich neben ihn. Er nickte zu Black Bird hin. »Er ist schnell für sein Alter.«

Wounded Bear lachte leise. »Ja, besonders, wenn sein Gegner ihn gewinnen läßt.«

Crow Foot zuckte mit den Schultern und streckte die Beine aus. »Es macht ihn glücklich, wenn er gewinnt.«

Es war ein schöner, friedlicher Tag. Frauen lachten und plauderten vor den Tipis, während sie Häute abschabten und Fleischstreifen zum Trocknen auf Holzgestelle hängten. Der Geruch von trocknendem Büffelfleisch erfüllte die Luft. Schwarzes Haar flatterte in gelegentlichen Windstößen.

Wounded Bear wandte sich Crow Foot zu und musterte ihn von oben bis unten. Der Junge starrte geistesabwesend zu den Wolken. »Ich hörte, du möchtest ein Hundesoldat werden?«

Crow Foot lächelte. »Ja, und vielleicht erlauben sie es. Zuerst muß ich mich als würdig erweisen.«

Wounded Bear schaute ebenfalls zu den Wolken und ließ seine Gedanken treiben. Die Hundesoldaten waren der stolzeste Männerbund des Cheyennes und wagten ständig Kämpfe gegen die Blauröcke. Bei dem Gedanken, daß ein Junge in diesem zarten Alter mit ihnen ritt, wurde Wounded Bear das Herz schwer. »Warum hast du es so eilig, ein Krieger zu sein?«

»Weil . . .« Crow Foot zögerte und sah Wounded Bear mit großen Augen an. »Die Weißen sind schlecht. Sie versuchen die Tsistsistas auszulöschen. Ich liebe mein Volk.«

Wounded Bear seufzte und dachte an die Wagenkolonne. »Ich verstehe.«

Am anderen Ende des Lagers saßen alte Männer in einem Kreis und stellten Pfeilspitzen aus Kieselsäuregestein her. Die Brise trug das ständige Klopfen von Hämmern auf Stein herüber. Die meisten Männer benutzten jetzt eiserne Pfeilspitzen, diese Alten jedoch nicht. Sie glaubten, die neuen Eisenspitzen brächten Pech und nur die steinernen Spitzen könnten von Zauberkraft erfüllt werden.

»Was wirst du tun, um zu beweisen, daß du würdig bist?«

Crow Foot zog ein Knie an. Mit einem geheimnistuerischen Lächeln flüsterte er: »Ich werde viele Pferde von den Sioux stehlen.«

»Das ist nicht leicht«, gab Wounded Bear zu bedenken. »Sie bewachen ihre Pferde scharf.«

»Ja, aber ich schaffe es.«

»Ich glaube dir. Denk nur daran, daß du nicht mit den Kriegern reiten kannst, wenn du tot bist.«

Der Junge lachte. Es war ein schrilles, kindliches Lachen. »Ich werde daran denken.«

»Gut, denn ich möchte nicht herausfinden, ob meine Medizin stark genug ist, um Sioux-Pfeile aus dir zu entfernen.« Er schaute den Jungen von der Seite an. Crow Foot lachte wieder.

»Dazu wird es nicht kommen.« Er stand auf.

»Du gehst?«

»Ich versprach meiner Mutter, ein Kaninchen zum Abendessen zu bringen.«

Wounded Bear winkte ihm zu. »Schieß ein großes.«

Der Junge winkte zurück und schlenderte zum Tipi seiner Familie.

Wounded Bear blickte wieder zu den grauhaarigen alten Männern. Sie saßen im Schatten einer hohen Balsampappel, und im Wind tanzten die Schatten der Blätter über ihre runzeligen, braunen Gesichter. Leise Stimmen drangen von der Gruppe herüber, und gelegentlich hörte Wounded Bear Gelächter und das Klatschen einer Hand auf ein Knie.

Sparrow ging zur anderen Seite der Büffelhaut, und ihr steinerner Schaber verursachte kratzende Geräusche.

»Ist – die Frau zurückgekommen?« fragte sie zögernd, ohne ihn anzusehen.

Die Frage riß Wounded Bear aus seinen friedlichen Gedanken. Seine Schwägerin wußte, wie heikel das Thema war. Es zeugte von Mut, daß sie die Frage stellte – von Mut und Besorgnis. Er schaute auf die heilenden Wunden in seiner Brust.

»Nein«, antwortete er leise.

Ein Windstoß pfiff durch das Dorf. Sandkörner wirbelten ihm ins Gesicht, bevor er den Kopf abwenden konnte. Sparrows schwarzes Haar wurde um ihren Hals gepeitscht. Sie schirmte die Augen mit den Händen ab.

Als der Wind nachließ, klopfte sie Wounded Bear auf die Schulter. »Sie wird wiederkommen, keine Sorge.«

Er schaute auf die Hände, die er auf dem Schoß verschränkt hatte, und nickte. Er hatte um ihre Rückkehr gebetet, aber in den acht Tagen nach dem Sonnentanz war er innerlich allein gewesen. Die weiße Frau war nicht zurückgekehrt.

»Vielleicht«, murmelte er.

Am Fuß des Hügels sprang Black Bird auf und ab, schwenkte die Arme und wies auf die Prärie hinaus. Wounded Bear runzelte die Stirn und erhob sich. Er versuchte, zwischen den Tipis hindurchzuspähen, um zu sehen, was das Kind in Aufregung versetzte. Der Junge rief etwas, doch der Wind trug die Worte davon.

Wounded Bear beschattete die Augen mit einer Hand, um sie vor der grellen Sonne zu schützen. In der Ferne sah er eine Staubfahne in den Hügeln.

»Reiter«, murmelte er.

Sparrow hielt in der Arbeit inne, ging zu ihm und spähte in die Richtung, in die er schaute. »Sie sind schnell.«

»Ja.« Furcht stieg in Wounded Bear auf. Er ließ die Hand sinken und ging den Hügel hinab zu Black Bird. Der Junge lief ihm entgegen.

»Onkel! Die Späher!« rief er atemlos und zupfte an den Fransen von Wounded Bears Hose.

»Bist du sicher?« Er ging weiter, und der Junge klammerte sich an die Fransen.

»Ja! Gray Squirrels Pferd ist an der Spitze!«

»Wir werden sehen.« Wounded Bear schritt zum Rand des Lagers und spähte zwischen den letzten Tipis hindurch. Der Junge hatte recht. Der große Kastanienbraune galoppierte an der Spitze des Trupps. Wounded Bear streichelte über Black Birds schweißnasses Haar. »Gehst du und sagst es dem Ausrufer?«

Der Junge strahlte und rannte den Hügel hinauf zu dem Kreis der alten Männer.

Wounded Bear wartete. Der Wind spielte mit seinen Zöpfen,

die von Zeit zu Zeit gegen seine nackte Brust klatschten. Die Reiter beeilten sich. Er beobachtete, wie sie einen Hügel hinabpreschten und den nächsten hinaufjagten.

Der Widerrist des großen Kastanienbraunen war mit Schaum bedeckt. In Wounded Bear stieg Besorgnis auf. War die Botschaft so dringend?

Gray Squirrel galoppierte zum Rand des Dorfes, zügelte das Pferd und saß ab. Er winkte einem Jungen und wies ihn an, den Braunen zu versorgen. Wounded Bear wartete gespannt. Der Späher schritt mit ernster Miene zu ihm. Er legte Wounded Bear eine Hand auf die Schulter und sah ihm in die Augen.

»Sie sind hier, Bruder.«

»Die Wagen?«

»Ja.«

Wounded Bear schluckte und blickte zu den anderen Reitern. Auch sie wirkten erschöpft und ernst. Nur acht Männer führten ihre Pferde zum Korral.

»Sind noch Erkundungstrupps draußen?« fragte Wounded Bear leise.

Gray Squirrel nickte. »Sie beobachten, was die Weißen tun, wohin sie ziehen.«

Hinter ihnen ertönte die Stimme des Ausrufers. »Kommt! Ich habe dem Häuptling gesagt, daß du hier bist!« Er wies zu Dull Knifes Tipi. Der Mann in mittleren Jahren trug nur einen Lendenschurz, und sein muskulöser Körper glänzte vom Schweiß.

Gray Squirrel legte einen Arm um Wounded Bears Schulter. Zusammen gingen sie den Hügel hinauf.

»Es sind viele Soldaten«, sagte Gray Squirrel.

»Wie viele?« Der Wolf hatte ihm nichts über die Blauröcke gesagt.

»Über hundert.«

Wounded Bear schaute ihn besorgt an. »Wir werden einen größeren Kriegstrupp aufstellen müssen.«

Gray Squirrel seufzte. »Einen viel größeren. Die Soldaten haben zwei der großen Waffen, die riesige Löcher in den Boden blasen.«

»Haubitzen?« Wounded Bear hatte das Wort in Fort Laramie gelernt.

»Ja.«

»Und – sind andere – bei den Wagen. Frauen?« Er wollte nicht offen heraus fragen, ob sein Freund die gelbhaarige Frau gesehen hatte.

»Nicht viele – aber einige. Und auch Kinder.«

»Kinder?«

»Ja.«

Er senkte den Blick. Er wollte keine Kinder töten. Ein Gefühl der Leere war in ihm.

Der Nachmittag war heiß, und der Westwind peitschte den Menschen und den Tieren Sand entgegen.

Colleen hielt ihre Haube unter dem Kinn fest und versuchte etwas in dem Sandschleier voraus zu sehen, doch sie konnte es nicht. Sie wandte den Kopf zur Seite und nahm aus halb zusammengekniffenen Augen wahr, daß der Staub, der durch die Böen aufgewirbelt wurde, um die schwankenden Wagen wirbelte und wie unheimliche Finger in den blaßblauen Himmel stieg.

Der Treck zog nach Westen auf die sinkende Sonne zu, deren goldene Strahlen vom Sand reflektiert wurden, daß sie fast blendeten. Colleen spähte zum westlichen Horizont und dann zurück zu dem Wagen, der neben ihr schwankte und knarrte. Das Geschirr der Ochsen klirrte. Robert saß steif auf dem Wagenbock und versuchte, die Tiere davon abzuhalten, in den Graben zu stolpern, der den Rush Creek säumte.

»Hü!« schrie er und ließ die Peitsche über den Rücken der Ochsen knallen. »Vorwärts, verdammt!«

Colleen beobachtete Robert, doch sie versuchte es zu verbergen, indem sie ihre Haube zur Seite zog, so daß es aussah, als blicke sie nach vorne. Über eine Woche lang hatte Robert sie mit Schweigen bestraft, hatte nur gesprochen, wenn es absolut nötig gewesen war, und jetzt sehnte sie sich nach Gesellschaft und einem lieben Wort. Die Bestrafung ging immer noch weiter. Colleen hatte ihn angefleht, etwas zu sagen, sie anzuschreien, aber er hatte sich geweigert.

Sie ließ ihre Gedanken treiben. Irgendwo vorne ritt Matthew

als Vorhut. Er hatte früh am Morgen vorbeigeschaut, um mit ihr zu reden, aber er war sofort weggeritten, als Robert zurückgekehrt war, und Matthews Gesicht hatte starke Abneigung widergespiegelt. Seit jener Nacht vor einer Woche, in der sie über ihre Alpträume gesprochen hatte, war Matthew die einzig freundliche Person in ihrem Leben gewesen. Er hatte anscheinend stets gespürt, wenn sie sich einsam oder verwirrt gefühlt hatte, und er war wie aus dem Nichts aufgetaucht, hatte an seine staubbedeckte blaue Feldmütze getippt und sie mit diesem frechen Grinsen angeschaut.

Sie lächelte und wandte das Gesicht ab, damit Robert das Lächeln nicht sehen konnte. Matthew war anscheinend unerklärlich interessiert an dem Inhalt ihrer ›Visionen‹, wie er sie nannte. Und die Möglichkeit, die beunruhigenden Träume mit jemandem zu teilen, nahm ihnen viel von ihrem Schrecken.

Sie seufzte. Matthew Douglas hatte etwas Wildes an sich, das sie durcheinanderbrachte. Sie spürte, daß unter seinem beherrschten Äußeren ein Feuer loderte, und das wirkte sich auf sonderbare Weise auf sie aus. Oftmals, wenn sie miteinander sprachen, klopfte ihr Herz verrückt wie das eines gefangenen Tiers, das plötzlich befreit wird. Und sie fühlte sich zunehmend zu ihm hingezogen und dachte ständig an ihn. Vor ein paar Nächten war sie aus einem besonders starken Traum erwacht und hatte sofort seinen Namen gesagt. Sie war unsagbar erleichtert gewesen, als sie erkannt hatte, daß Robert tief und fest schlief.

Colleen wurde aus ihren Gedanken gerissen, als der Wagen neben ihr plötzlich mit quietschenden Bremsen anhielt. Sie schaute auf und sah, daß Robert auf dem Wagenbock stand und die Augen vor dem Staub abschirmte.

»Was ist?« rief sie und hoffte, daß sie in Lärm und Wind gehört wurde. Der ganze Treck hielt an.

Robert blickte zu ihr herab, schaute dann wieder über die Ebene und rief schließlich: »Reiter! Sie nähern sich in einem Höllentempo!«

Sie erhob sich, stellte sich auf die Zehenspitzen, doch sie konnte keine Reiter sehen. Dann hörte sie Robert aufgeregt schreien. »Indianer! Indianer!«

Colleen schnappte nach Luft. Sie stieg vom Wagenbock, hetzte zum Heck des Planwagens und kletterte hinein, als Robert schon anfuhr, um sich schnell dem Kreis anzuschließen, der gebildet wurde. Sie legte sich flach auf den Wagenboden und spürte das Schwanken des Wagens und einen Ruck, als sich die Räder zweier Wagen berührten.

»Was ist passiert?« rief sie, als der Wagen stoppte, aber Robert gab keine Antwort. Er sprang vom Wagen und verschwand.

Stimmen verhallten. Sie hörte jetzt nur ihre Atemzüge. Blonde Locken waren unter der Haube hervorgequollen und hingen vor ihrem Gesicht. Sie nahm die Haube ab und strich die Locken hinter die Ohren.

Plötzlich krachten Schüsse, und furchterregende indianische Schreie ertönten. Die Schreie der Krieger schienen ihre Seele zu durchdringen. Eine überwältigende Trauer erfüllte sie. Verwirrt wälzte sie sich auf den Rücken, starrte zur weißen Plane empor und versuchte den Grund der Trauer zu ergründen. Die Schüsse fielen jetzt näher, und jedes Krachen war wie ein Stich in ihr Herz. Sie preßte die Hände auf die Ohren und rollte sich zusammen. Plötzlich durchzuckte sie ein Gedanke, und sie setzte sich kerzengerade auf. War *er* bei den Kriegern?

Sie sprang vom Wagen und lief durch den Kreis der Wagenburg. Sie hörte kaum die bestürzten Stimmen, die ihren Namen riefen. Als sie jenseits der Wagen war, raffte sie ihr gelbes Kleid und rannte über die Prärie. Die Stimmen hinter ihr klangen jetzt scharf und streng, doch sie hetzte weiter. Sie mußte zu ihm!

Voraus sah sie den Kampfplatz. Inmitten einer Staubwolke nahm sie schemenhaft Gestalten und Pferde wahr. Sie streckte eine Hand aus, rief zu den Kriegern, aber ihre Stimme ging im Heulen des Windes und dem Krachen von Schüssen unter.

»Mrs. Merrill!« schrie jemand hinter ihr. »Stopp! Stopp!«

Sie gehorchte nicht. Sie rannte noch schneller, und ihr blondes Haar flatterte im Wind. Plötzlich wurde sie von jemandem zu Boden gerissen. Colleen trat nach dem Mann, schrie ihn an, versuchte ihm zu entkommen, zu den Cheyenne-Kriegern zu kriechen. Doch der Mann hielt sie fest und schrie etwas, das sie nicht verstand. Sie schlug mit den Fäusten nach ihm, traf seinen Rücken und sein Gesicht und kroch durch den Sand von ihm fort.

»Aufhören, Mrs. Merrill!« brüllte der Mann, umschlang ihre Hüfte und hielt sie fest. »Hören Sie auf!«

Sie stemmte sich in den Sand und suchte in der Staubwolke nach den Kriegern. Dann sah sie die Cheyennes. Sie ritten fort, zogen sich zurück. Colleens Augen füllten sich mit Tränen. Verschwommen nahm sie wahr, daß einige Soldaten die Verfolgung aufnahmen.

Sie wehrte sich nicht mehr, legte den Kopf in den warmen Sand und schloß die Augen. Immer noch fielen Schüsse, aber sie wußte, daß sie den Kriegern nichts mehr anhaben konnten.

Der Mann starrte ihr ungläubig ins Gesicht. Jetzt erkannte sie ihn. Es war Nat Hedges, der neunzehnjährige Führer der zivilen Frachtwagen. Er wollte in Virginia City ein Geschäft eröffnen.

»Was war los mit Ihnen, Ma'am?« fragte er und zog den breitkrempigen Hut über seine braunen Augen. »Wollten Sie sich umbringen?« Seine Stimme klang besorgt und ärgerlich.

»Sie waren . . .« Colleen zögerte. »Wir dürfen diese Straße nicht bauen!« Sie hielt die Hände vors Gesicht, als eine Windbö ihr Sand entgegenpeitschte.

Dann hörte der Wind auf, und sie schien zu schweben. Der Wolf war neben ihr, und seine großen, schwarzen Augen funkelten. Furcht stieg in ihr auf. Der Mann mit den langen, schwarzen Zöpfen tauchte auf. Er war nackt und hatte Narben auf der Brust. Er schüttete Wasser auf heiße Steine und badete sich im aufsteigenden Dampf. Sie stand unter einem überhängenden Sandsteinfelsen. Der Indianer rief nach ihr, und seine Stimme klang sanft und beruhigend. Ihre Furcht ging in Freude über. Er breitete die Arme aus, um sie zu empfangen, und sie mühte sich ab, zu ihm zu gelangen, doch jemand hielt sie zurück.

Nat Hedges schüttelte sie und schützte ihren Körper mit seinem, als sich das Krachen von Gewehrschüssen näherte.

»Unten bleiben!« schrie er. »Bleiben Sie unten!«

Sie wehrte sich nicht mehr. Dann ließ das Krachen der Schüsse nach, und sie schloß wieder die Augen. Im Geiste konnte sie sehen, daß die Soldaten zwei Indianerponys erbeuteten, während die Krieger durch Salbei davonjagten.

Hedges wälzte sich von ihr herunter und wirkte schüchtern und verlegen. Seine Ohren waren rot.

»Verzeihung, Ma'am«, sagte er. »Ich fand keine andere Möglichkeit, für Ihre Sicherheit zu sorgen.« Sie atmete schwer, als er ihr aufhalf und sie stützte, während sie zu den Wagen zurückgingen. Leute beobachteten sie mißtrauisch, und ihre Mienen waren angespannt. Sie hörte im Vorübergehen Getuschel und verstand einige Worte: »verrückt«, »verwirrt« und »krank«.

Als Hedges sie beim Wagen ablieferte, schluchzte sie, und Tränen rannen durch den Schmutz auf ihren Wagen. Hedges blieb verlegen stehen und wußte nicht, was er tun sollte. Er nahm den Hut ab und drehte ihn nervös in den Händen, während er darauf wartete, daß Colleen sich beruhigte.

»Kann ich etwas für Sie tun?« fragte er und versuchte, sie vor den neugierigen Blicken der Leute abzuschirmen. Als sie keine Antwort gab, traf er seine Entscheidung. »Ich werde Ihren Mann suchen«, murmelte er und wandte sich ab.

Seine Ankündigung traf sie wie ein Fausthieb. »Nein!« rief sie flehend. »Bitte, nicht!«

Er kehrte zu ihr zurück und tätschelte ihr beruhigend den Arm. Dann sprach er im Flüsterton. »Ma'am, wenn Sie es nicht möchten, werde ich darauf verzichten, aber ...« Er legte eine Pause ein und blickte zu den Leuten. »Aber ich bin nicht der einzige, der Sie dort rauslaufen sah. Ihr Mann wird es bald ohnehin erfahren.«

»Ich weiß, Mr. Hedges.« Colleen zwang sich zu einem schwachen Lächeln. »Ich brauche einfach etwas Zeit.«

Er tippte an die Hutkrempe und nickte. »In Ordnung, Ma'am.« Dann schlenderte er davon und bahnte sich einen Weg durch die Menge.

Colleen musterte benommen die Zuschauer und wandte sich dann ab und starrte auf den Wagen. Sie fühlte sich so müde, so erschöpft. Sie lehnte sich gegen den Wagen und hatte das Gefühl, hundert Meilen weit gelaufen zu sein.

Sie zog ein Taschentuch aus der Tasche des Kleides und hob

den Deckel des Wasserfasses an, das an der Seite des Wagens hing. Sie tränkte das Tuch mit Wasser und wusch sich Arme und Gesicht. Das kühle Wasser tat gut wie der Herbstwind in New York. Vor ihrem geistigen Auge glaubte sie Schnee auf den Dächern von Gebäuden zu sehen. Sie schloß die Augen und versuchte sich vorzustellen, daß sie dort in ihrem Elternhaus war und Schnee vor dem Fenster fallen sah.

Eine harte Hand packte sie am Arm und riß sie herum.

»Was, zum Teufel, hast du gemacht?« brüllte Robert, und der Blick seiner grünen Augen schien sich in ihre Augen zu bohren.

»Ich – ich...« stammelte Colleen. Sie wußte, daß sie ihm nicht die Wahrheit sagen konnte. Plötzlich glaubte sie Matthew zu sehen, der als Vorhut ritt. Sie sprach die Frage aus, bevor sie an die Konsequenzen denken konnte. »Ist Matthew wohlauf?«

Robert ließ sie los und starrte sie an. Bei seinem zornigen Blick wich sie zurück, bis sie gegen den Wagen prallte.

»Du bist dort rausgelaufen, um zu sehen, ob Douglas wohlauf ist?« Er ballte die Hände zu Fäusten.

»Nein! Ich – nein!«

Roberts Gesicht verzerrte sich vor Wut. Er blickte zu der zunehmenden Zahl von Zuschauern und versuchte offenbar, ihre Meinung über ihn angesichts des verrückten Verhaltens seiner Frau zu ergründen. Er packte Colleen an den Schultern und schüttelte sie heftig.

»Die Indianer!« rief sie und duckte sich ängstlich. »Sie sagten, wir können diese Straße nicht bauen!« Tränen rannen über ihre Wangen. »Wir dürfen nicht...«

»Wie, zur Hölle, willst du das wissen?« schrie er sie an. »Diese Wilden sprachen Cheyenne! Keiner davon sprach Englisch!«

Sie richtete sich auf und suchte seinen Blick. »Aber das kann nicht sein«, sagte sie benommen. »Woher weißt du das? Warst du dort draußen?«

»Nein.« Sein Blick schweifte wieder zu den Gaffern. »Ich kümmerte mich dort drüben um die Tiere.« Er wies hinter sich. »Aber ich hörte es von jemandem, der dort draußen war!«

Das Blut stieg ihm in die Wangen, und sein Griff lockerte sich. Sein Zorn ließ nach und ging in ein anderes Gefühl über.

Verwirrt von seiner schuldbewußten Miene fragte Colleen:

»Du warst am Schluß des Trecks, während die anderen Männer vorne mit ihrem Gewehren kämpften? Warum . . .«

Die Faust schien aus dem Nichts zu kommen, traf ihre Wange und schleuderte Colleen zu Boden. Sie wollte von ihm fortkriechen, doch er riß sie hoch und schlug sie von neuem. Sie rief schwach um Hilfe. Dann glaubte sie einen Blitz zu sehen, und ihr Kopf schlug unter einem neuen Hieb in den heißen Sand. Sie klammerte sich an einem Salbeistrauch fest und wollte sich hochziehen, doch sie hatte keine Kraft mehr.

Und der Krieger streckte ihr wieder die Hand entgegen, und sein Blick war herzlich. Sie wollte zu ihm laufen, konnte es jedoch nicht. Etwas hielt sie zurück.

Robert packte sie am Haar und zog sie hoch. Sie hob schützend die Arme vors Gesicht, schrie auf und duckte sich, weil sie damit rechnete, wieder geschlagen zu werden. Robert ließ sie jedoch unvermittelt fallen. Sie stürzte in den weichen Sand.

Eine kalte und tiefe Stimme ertönte. »Wenn Sie sie noch einmal anrühren, Merrill, blase ich Ihnen ein Loch in den Schädel.« Es folgte ein metallisches Knacken.

Robert wich mit schlurfenden Schritten zurück, und seine Hose schabte an einem Strauch vorbei. Seine Stimme klang krächzend und verriet Furcht. »Bleiben Sie von meiner Frau weg, Douglas!«

Matthew? Sie wollte es schreien, doch sie brachte keinen Laut heraus.

»Vorsichtig, Mister!« sagte Matthew schleppend und kalt. »Nach meiner Meinung verdient kein Mann, der eine Frau schlägt, am Leben zu bleiben. Ich wäre an Ihrer Stelle sehr vorsichtig, mich nicht in Versuchung zu führen, diese Meinung mit Blei zu bekräftigen.«

Matthews Schritte näherten sich, während sich Roberts entfernten, und dann kniete Matthew neben ihr und strich ihr einen Haarsträhne aus dem Gesicht.

»Colleen?« fragte er. »Können Sie aufstehen?«

Sie versuchte es, doch sie sank vor Schwäche in den Sand zurück. Dann spürte sie, daß sie auf starke Arme gehoben und fortgetragen wurde.

Sie schlief.

Kalte blaue Berge ragten aus der Prärie. Sie trieb ihr braunweißes Pony mit den Hacken an und galoppierte zu den Bergen mit den zerklüfteten Gipfeln. Als sie dort war und absaß, bemerkte sie, daß sie weiche Wildlederkleidung trug. Neugierig tastete sie über die Fransen am Wildlederhemd. Dann stieg sie über ein Bett von duftenden Kiefernnadeln den Berghang empor. Das Pony wieherte hinter ihr und warf den weißbraunen Kopf auf und ab.

Als sie den Hang emporstieg, erschauerte sie in der Kühle des nahenden Abends. Zwischen hoch aufragenden Bäumen gelangte sie auf eine üppige Wiese. Das Gras stand hoch, strich über ihre Schenkel und rieb über ihre Fingerspitzen. Sie spielte mit dem Gras und ließ es durch ihre Finger gleiten. Schließlich blieb sie stehen und reckte die Arme zum Himmel – und dann erkannte sie benommen, daß sie bei ihm war. Wieder einmal teilten sie und der Cheyennekrieger Geist und Körper. Seine Güte und Sanftheit hüllten sie ein wie eine warme Decke. Sie ließ sich treiben, griff nach ihm, und er zog sie in die Arme, und ihre Seelen verschmolzen. Sie hatte das Gefühl, mit ihm in einem weiten Ozean aus ewiger Stille zu schweben.

Bis er sich plötzlich zurückzog.

Colleen stand auf einmal neben ihm im schwindenden Licht des Waldes. Der Krieger kniete sich vor sie, und der Blick seiner braunen Augen war weich und flehend.

»*Mistai?*« sagte er zärtlich. »Sprichst du mit mir?« Eine Brise zerrte an seinen schwarzen Zöpfen.

Sie wollte zu ihm gehen, sich ins Gras legen und ihre Seele mit seiner verschmelzen lassen, bis es keinen Unterschied mehr gab. Sie ging auf ihn zu und streckte ihm die Arme entgegen.

»Colleen?« Eine andere Stimme ertönte irgendwo hinter ihr. »Colleen?«

Und sie spürte Sand unter sich, roch Salbei und fühlte den Wind durch ihr Haar wehen. Sie öffnete die Augen, und ein Hauch von Ewigkeit blieb in ihrer Seele. Matthew saß neben ihr im Sand. Er hatte sie von den Wagen fort auf einen kleinen Hügel hinter dem Camp der Soldaten gebracht. Unterhalb des Hügels sah Colleen Soldaten zwischen Zelten schlendern.

»Colleen?« fragte Matthew von neuem und wischte mit einem kühlen, nassen Tuch über ihr Gesicht. Sein Blick war besorgt. »Sind Sie wieder bei mir?«

Sie wollte sich aufsetzen, sank jedoch mit einem Schmerzenslaut zurück.

»Oh!« stöhnte sie und tastete über die Schwellungen ihres Gesichts. Sie hatte schreckliche Kopfschmerzen.

Er half ihr, sich aufzusetzen.

Blonde Haarsträhnen fielen ihr ins schmerzende Gesicht. Benommen strich sie die Haare zurück und blickte zu Matthew auf.

Er schaute sie einen Augenblick lang an. Dann lehnte er sich gegen einen Strauch und schob die staubige Feldmütze zurück. Seine Miene spiegelte Erleichterung wider. »Gott sei Dank. Ich dachte schon, er hätte Sie schlimmer verletzt, als es den Anschein hatte.«

»Es – es ist alles in Ordnung.« Ihre Gedanken waren noch weit fort, irgendwo voraus auf dem Trail. Sie zog die Knie an und schlang die Arme darum. Das gelbe Kleid war schmutzig, der Saum war durch irgendeinen dornigen Strauch bei ihrer Flucht zu den Kriegern eingerissen.

Matthew hob ihr Kinn an und schaute ihr prüfend in die Augen. Er sagte sich anscheinend, daß wirklich alles in Ordnung war, und erhob sich. »Ich gehe zu meinem Zelt, aber ich komme gleich zurück. Bleiben Sie, wo Sie sind, ja?«

Colleen nickte, und er ging davon.

Als sie allein war, blickte sie nach Westen. Die Sonne ging unter. Wie lange war ihr Geist fort gewesen? Sie betastete vorsichtig die Beulen im Gesicht und schloß die Augen. Sie konnte jetzt nicht an Robert denken. Dann würde sie wieder weinen. Sie verdrängte die Gedanken und strich mit der Hand durch den Sand.

Der Wind hörte auf, und es wurde zunehmend kühler. Sie blickte zu den Wolken am Horizont. Sie zogen träge am Himmel und flammten orangefarben auf, wenn sie sich vor den goldenen Ball der Sonne schoben. Colleen genoß den schönen Anblick.

Matthew tauchte mit einer Feldflasche und zwei Bechern aus dem Camp unterhalb des Hügels auf. Er stapfte den sandigen

Hügel hinauf und setzte sich neben Colleen. Seine Miene war besorgt.

Er schenkte bernsteinfarbene Flüssigkeit aus der Feldflasche in die beiden Becher ein, überreichte ihr einen und sagte im Befehlston: »Trinken!«

Sie spähte in den Becher und schnüffelte. Beim scharfen Geruch von Alkohol rümpfte sie die Nase. Sie blickte Matthew von der Seite an, als er sich im Sand ausstreckte und sich auf die Ellbogen zurücklehnte. Dann trank sie, zuerst langsam, schließlich in großen Schlucken. Wärme breitete sich in ihr aus. Sie ließ den Becher sinken und wischte mit der schmutzigen Hand über den Mund.

»Gut«, sagte Matthew und schenkte von neuem aus der verbeulten Feldflasche ein. »Sie werden sich besser fühlen.«

Sie trank noch mehr. Der Whisky ging ihr ins Blut, und sie spürte die Wärme bis in die Zehen.

»Welch ein herrliches Gefühl.« Sie fühlte sich viel besser.

Er musterte sie wieder prüfend. »Und jetzt erzählen Sie mir, was heute passierte. Ich hörte von Nat Hedges, daß Sie hinaus zum Kampf liefen – und ihm ziemlich zu schaffen machten, als er versuchte, Sie zurückzuhalten.« Er schüttelte ungläubig lächelnd den Kopf.

Sie seufzte und spähte in den wieder leeren Becher. Die Wirkung des Alkohols gab ihr Mut. Sie hielt Matthew den Becher hin: »Noch einen?«

Er hob amüsiert eine Augenbraue. Dann schenkte er ein, schüttelte die Feldflasche und runzelte die Stirn. »Ich hatte keine Ahnung, meine Liebe, daß Sie so eine Vorliebe für Whisky haben. Nun, das ist kein Anzeichen für eine gute Kinderstube. Hätte nicht gedacht . . .«

»Ich hatte eine gute Kinderstube«, beteuerte sie verwirrt.

»Aha.« Seine blauen Augen funkelten belustigt.

»Wo waren Sie heute?« fragte Colleen.

»Auf Erkundung. Ich entdeckte einen Kriegstrupp. Zufällig hörte ich, daß Ihr Göttergatte denkt, Sie rannten hinaus, weil Sie um meine Sicherheit bangten.« Er lächelte höhnisch. »Aber wir beide wissen, daß das nicht stimmt.« Seine Stimme wurde weicher. »Warum haben Sie es also getan?«

»Sie brachten zwei Ponys.«

Er musterte sie neugierig. »Stimmt.«

»Ponys der Cheyennes.«

Matthew nickte und zwirbelte nachdenklich seinen Schnurrbart.

»Sie wollen nicht, daß wir diese Straße bauen.«

Er setzte sich auf. »Stimmt, das wollen sie nicht.«

Colleen spielte mit einer Falte ihres gelben Kleids und strich sie dann glatt. Er beobachtete jede ihrer Bewegungen. »Woher wissen Sie das?« fragte er.

»Ich – ich . . .« Sie schluckte und dachte an Roberts Worte. »Ich hörte, daß sie es Ihnen sagten.«

»Es wurde nicht gesprochen . . .«

»Ich rede nicht von heute«, platzte sie unglücklich heraus. Ihr Blick schweifte nach Nordwesten. Der Indianer war irgendwo dort. Der Krieger war real und wartete auf sie.

Matthew folgte ihrem Blick und schaute sie aus dem Augenwinkel an. »Er hat mit Ihnen geredet? In den Träumen, meine ich?«

Sie nestelte wieder an dem Kleid und nickte.

»Und Sie haben verstanden, was er sagte?«

»Nur ein Wort nicht.«

»Welches?«

»Er nannte mich – *mistai.*«

Matthew blinzelte und nickte wissend vor sich hin. Er schöpfte eine Handvoll Sand und ließ ihn durch die Finger rieseln, während er zum dunkler werdenden westlichen Horizont schaute. Die Wolken waren jetzt schwarz.

»Was bedeutet das?« fragte Colleen.

»Geist.«

»Oh.«

Daß der Krieger in ihr einen Geist sah, ergab einen Sinn, denn sie sah ihn im selben Licht. Nicht nur das, die wohlige Wärme in ihrem Magen führte ihre Gedanken von allem Ernsten fort. Sie musterte Matthews lässige Haltung. Da war etwas an seiner Art, das ihr gefiel. In ihrem vom Whisky benebelten Gehirn entstanden Gedanken, die sie noch nie gehabt hatte. Sie sah ihn zum ersten Mal richtig. Er war ein bemerkenswert gutaussehender Mann. Sehr männlich. Sie betrachtete die gerade Nase und die dunkelblauen Augen, die breite Brust und die muskulösen Beine, um die sich der Stoff spannte – und sie berührte seinen Oberschenkel.

Matthew blickte sie an und hob die Brauen, als sie leicht über seinen Oberschenkel streichelte. Er neigte sich vor, nahm ihren Becher und blickte hinein.

»Aha.«

»Was?« fragte sie unschuldig und schüttelte den Kopf, so daß ihr Haar in schimmernden blonden Wellen über die Schultern fiel.

Er beobachtete es belustigt. Sie sah, daß er ein Lachen unterdrückte. »Was?«

»Nun, ich dachte ...«, er blickte zu den Sternen, die jetzt am dunklen Himmel zu sehen waren, »... daß Sie drauf und dran sind, einen Wunsch zu äußern, den Sie morgen früh schrecklich bereuen werden.« Er schenkte ihr ein strahlendes Lächeln.

»Nun – vielleicht werde ich es nicht bereuen.«

»Aber vermutlich.«

Colleen senkte den Blick, und ihre Wangen wurden eine Spur dunkler, doch der Whisky gab ihr Kühnheit. »Matthew, ich – ich kann heute nacht nicht in meinen Wagen gehen. Ich möchte ...«

»Ja, ich sehe, daß Sie es möchten, und ich kann Ihnen nicht sagen, wie gern ich das Angebot annehmen würde, aber ...« Matthew verstummte und wirkte, als hasse er sich wegen seiner Worte. Er zupfte an seiner Feldmütze und seufzte. »Aber ich denke, meine Liebe, daß Sie am meisten – äh – Ruhe brauchen.«

Sie zog ruckartig die Hand von seinem Oberschenkel, fühlte sich gekränkt. Dann preßte sie die Zähne zusammen, als er schallend lachte. »Sie sind der größte ...«

»Keine Sorge, Colleen«, sagte er sanft, und sein tiefgebräuntes Gesicht nahm wieder einen ernsten Ausdruck an. »Ich habe nicht vor, Sie die Nacht mit diesem Feigling verbringen zu lassen, den Sie Ehemann nennen.«

»Feigling?«

Matthew verlagerte sein Gewicht. »Ich dachte, Sie wüßten, was los war.«

»Nein. Sagen Sie's mir?«

»Einer der Fuhrleute hatte alle Mühe, Ihren Göttergatten unter einem Wagen hervorzuziehen, nachdem heute das Geplänkel vorüber war. Er flüchtete anscheinend wie ein Kaninchen in Deckung, als der erste Schuß fiel.«

Colleen blinzelte. Deshalb hatte Robert also so gewalttätig reagiert, als sie ihn gefragt hatte, wo er während des Kampfes gewesen war.

Sie blickte in ihren leeren Becher. Sie wollte nicht über Robert nachdenken, sie wollte an Matthew denken.

»Ich gehe nicht zu meinem Wagen zurück?« fragte sie.

»So ist es.«

Matthew räusperte sich, stand auf und reichte ihr die Hand. Sie ließ sich von ihm auf die Füße ziehen, drängte sich an ihn und blickte zu ihm auf.

Er schüttelte den Kopf und seufzte. »Du machst es nicht gerade leichter, weißt du das?«

In seinen Augen loderte es auf. Sie schlang die Arme um seinen Nacken und zog ihn an sich. Der amüsierte Ausdruck verschwand aus seinem Gesicht, als er sie küßte. Sein Mund war warm, und der Kuß erregte sie. Matthew legte die Arme um sie und zog sie noch fester an sich. Ihr klopfte das Herz bis zum Hals, während sich ihre Lippen öffneten und sie den Kuß erst leicht und zärtlich, dann voller Verlangen und Leidenschaft erwiderte. Sie bemerkte, daß seine Arme zu zittern begannen. Plötzlich schob er sie von sich, holte tief Luft und hielt sie auf Armlänge von sich. Sein Gesicht glänzte vor Schweiß.

»Hör nicht auf«, flüsterte sie und schmiegte sich an ihn. Sie war leicht verärgert über diese unerwartete Enttäuschung.

»Ich soll nicht aufhören?« fragte er. »Liebste, wo ist deine Moral geblieben?«

»Es hat sie nie gegeben.«

»Nie?«

»Nie.«

»So kann man sich irren.«

Er legte einen Arm um ihre schmalen Schultern und führte sie den Hügel hinab, nicht zu seinem Zelt, sondern zu einem fremden Wagen.

Als sie sich dem Camp näherten, sah Colleen eine dralle Matrone mit weißem Haar und breitem, rosigem Gesicht, die Brennholz in ein kleines Feuer warf.

»Maureen?« rief Matthew, als sie den Wagen umrundeten. »Ich möchte dich mit Colleen Merrill bekanntmachen, von der ich dir erzählt habe.«

Die ältere Frau musterte Colleen, betrachtete schnell jede Beule und jeden Kratzer. Dann eilte sie zu ihr und strich ihr sanft über die Schulter. Matthew trat einen Schritt zurück.

»Es freut mich, Sie kennenzulernen, Colleen«, sagte Maureen mit irischem Akzent. Ihre Miene war besorgt. Offenbar hatte Matthew Colleens Lage erklärt. »Wir werden einen Platz brauchen, an dem Sie ein paar Tage bleiben können, sagte Mr. Douglas. Es wäre uns eine Ehre, wenn Sie bei uns bleiben.«

»Oh. Ich...« Colleen blickte verwirrt zu Matthew. Er lächelte sarkastisch. »Ich wäre sehr – dankbar«, fuhr sie fort, als ihr klarwurde, daß Matthew dies alles geplant hatte. »Wenn ich Ihnen keine Umstände mache.«

»Himmel, nein! Mr. O'Brian und ich möchten, daß Sie so lange bleiben, wie Sie möchten. Sie werden neben unserer Tochter schlafen. Ich hoffe, das macht Ihnen nichts aus?« Sie neigte sich vor und wies auf ein rothaariges Mädchen, das in eine Decke gehüllt unter dem Wagen lag. Das Mädchen lächelte.

Colleen erwiderte das Lächeln und fragte: »Wie heißt du?«

»Elizabeth.«

»Hast du etwas dagegen, wenn ich neben dir schlafe, Elizabeth?«

»Nein, Ma'am.«

»Danke.«

Matthew legte die Hände auf die Hüften und gähnte hörbar. Mrs. O'Brian schaute ihn von der Seite an, tauschte einen wissenden Blick mit ihm und verstand den Wink.

»Nun, Colleen, meine Liebe, ich gehe jetzt schlafen. Ich habe Ihre Decke neben Elizabeth gelegt, damit Sie sich schlafen legen können, wenn Sie das möchten.«

»Sie sind sehr freundlich, Mrs. O'Brian. Danke.«

»Gute Nacht Ihnen beiden.« Sie nickte freundlich und zog sich zum Heck des Planwagens zurück.

»Gute Nacht, Maureen«, rief Matthew ihr leise nach.

Er ging zum Wagen, kniete sich hin und spähte zu dem Kind mit dem sommersprossigen Gesicht. »Liza, Mrs. Merrill und ich machen einen kurzen Spaziergang, aber wir sind gleich wieder zurück. Okay, Schatz?«

Das Mädchen kicherte. »Ja, Onkel Matthew.«

Matthew ergriff Colleen am Arm und führte sie hinaus in die Dunkelheit. Dann legte er beide Hände auf ihre Schultern und lächelte sie an.

»Lieber hätte ich etwas anderes arrangiert«, erklärte er, »aber wenn du nüchtern bist, wirst du mir dankbar sein.«

Sie stampfte schmollend mit dem Fuß auf. »Das werde ich nicht.«

»Nein?«

»Nein!«

Er grinste breit. »Ich gebe dir ein Versprechen. Willst du es hören?«

»Was?« flüsterte Colleen. Sie fühlte sich abgewiesen.

»Wenn du das nächste Mal vorschlägst, daß wir – engeren Kontakt haben, werde ich mich von dem Verhalten eines Gentleman entbinden und den Vorschlag annehmen. Verstehst du?«

Sie dachte darüber nach, blickte ihn finster an und nickte dann knapp.

Er nickte ebenfalls, als hätten sie es damit besiegelt.

»Geh jetzt schlafen«, sagte er leise, ließ sie los und schritt in die Dunkelheit zum Camp der Soldaten.

Colleen stand eine Weile da und schaute in das Dunkel, in dem er verschwunden war. Sterne funkelten über ihr, und Kälte hüllte sie ein. Sie verschränkte fröstelnd die Arme und kehrte zum Wagen der O'Brians zurück. Ihr Gang war leicht schwankend.

ACHTES KAPITEL

Dunkle Gewitterwolken hüllten die Gipfel der Big Horn Mountains ein. Wounded Bear schaute sehnsüchtig zu den bewaldeten Hängen. Der Wind nahm zu, peitschte die Fransen seines Wildlederhemdes und zerrte an seinen Zöpfen. Der kräftige Duft der Vegetation erfüllte die feuchte Luft. Wounded Bear atmete tief durch und versuchte den Aufruhr seiner Gefühle unter Kontrolle zu bringen. Die Cheyennes zogen südwärts zum Sommerlager am Powder River und verließen die heiligen Berggipfel, wo er seine Visionen gehabt hatte. Er wollte nicht fort – aber es mußte sein. Der Treck war nur ein paar Tage entfernt. Sie mußten näher an die Weißen heran, um sie abzufangen und zu stoppen.

Das Pinto-Pony unter ihm stampfte ungeduldig mit den Hufen. Das Pferd wollte sich der Herde anschließen. Wounded Bear nahm den Blick von den Hängen und spähte nach Süden zu der langen, in Staub gehüllten Kolonne von Pferden, die Travois' zogen. Leute gingen neben den Pferden und führten sie am Zügel. Kinder spielten am Rand der Kolonne. Helles Gelächter mischte sich mit dem grollenden Donner.

»Ho, Kleiner«, sagte Wounded Bear beruhigend und streichelte über den langen Hals des Ponys. »Wir werden früh genug reiten. Laß mir noch einen Augenblick.«

Das Pferd schnaubte und wurde ruhiger. Wounded Bear tätschelte die Mähne, während er zu den Bergen schaute. Er konnte den Blick nicht von den Stellen auf den Hängen nehmen, wo ihm der Wolf und der Dachs geholfen hatten. Würden sie sich ihm auf den Prärien im Süden zeigen? Würden die Sandsteinfelsen sein besorgtes Herz beruhigen, wie es diese

Giganten aus Granit taten? Ein schmerzliches Gefühl stieg in ihm auf.

Leise pochender Hufschlag näherte sich hinter ihm. Wounded Bear wandte den Kopf und sah Little Deer. Ein Lächeln spielte um seine Lippen, als sein Bruder auf dem gescheckten Pony herantritt.

»Bedauerst du, daß wir weiterziehen?« fragte Little Deer, und in seinen braunen Augen zeichnete sich Besorgnis ab.

»Ja«, sagte Wounded Bear, und sein Blick schweifte wieder zu den zerklüfteten Berggipfeln. Es klang gequält, aber er konnte seine Gefühle nicht verbergen.

Little Deer nickte und schaute auf den lohfarbenen Boden, als die ersten Regentropfen fielen. Staubwölkchen wirbelten unter dem Aufprall der Regentropfen empor.

Wounded Bear dachte an die weiße Frau, und sein Blick glitt unbewußt zum alten Lagerplatz und der Stelle, an der das Medizintipi gestanden hatte. Die Kluft, die das Verschwinden der weißen Frau hinterlassen hatte, wurde größer, und er fühlte sich leer. Es war ihm nicht bewußt, daß sein Gesicht einen weichen Ausdruck angenommen hatte, sein Blick wie in weite Ferne gerichtet war und er sehr einsam wirkte.

Little Deer bemerkte es. »Sie ist nicht zurückgekehrt.« Es war eine Feststellung. »Und du befürchtest, du wirst sie für immer verlieren, wenn du dieses Bergland verläßt?«

Wounded Bear atmete tief ein und aus. »Ich befürchte, daß ihr Geist nur hier wohnt.« Seine Augen spiegelten Schmerz wider.

Er zog sein Pony herum, um den anderen südwärts zu folgen. Little Deer trabte neben ihm. Sie schwiegen eine Zeitlang und lauschten dem Donnergrollen und dem Prasseln des lauen Regens auf ihrer Wildlederkleidung.

»Bruder?« begann Little Deer unbeholfen und schaute zu der gewellten Ebene, die sich voraus erstreckte. »Du mußt vorsichtig sein. Die weisen Alten sagen ...« Er verstummte und seufzte, als ringe er um eine Entscheidung, ob er weiterreden oder schweigen sollte. Dann blickte er seinen Bruder an, sah ihm in die Augen, und seine Miene nahm einen härteren Ausdruck an. »Sie flüstern, diese Frau, die du in deinem Herzen spürst, ist eine *ho ho ta ma itsi hyo ist.*«

Wounded Bear fuhr ärgerlich zu Little Deer herum. »Sie hat keinen bösen Pfeil in mein Herz geschossen, Bruder! Wer sagt das?«

Little Deer schwieg und hielt dem feindseligen Blick seines Bruders stand.

»Wer?«

»Viele.«

Wounded Bear packte die Zügel seines Ponys fester. Er kämpfte gegen seinen Zorn an. Wie konnten die Alten so etwas sagen? Hatte er sich irgendwie anders verhalten, seit die Frau erschienen war? Hatte er etwas getan, das dem Volk schaden würde? Sie war nicht böse!

Er bemühte sich um einen sanften Tonfall. »Warum sagen sie diese Dinge?«

Little Deer zuckte mit den Schultern. »Vielleicht weil sie nicht verstehen, warum sie dir erscheint, Bruder. Wenn sie eine Helferin der Geister ist, dann sollte sie dir eine Botschaft bringen und dich verlassen. In diesem Fall würdest du nicht diese Qual der Einsamkeit erleiden. Wenn sie ein Geist ist ...« er zögerte und schüttelte den Kopf, »... dann peinigt sie dich aus irgendeinem Grund. Geister kommen nicht mit guter Absicht zu den Lebenden.« Sein Blick war kalt geworden.

In Wounded Bear wallte Zorn auf. Er preßte die Lippen zusammen. Er wollte seinen Bruder nicht anschreien. Er trieb sein Pony hart mit den Hacken an und ritt in Richtung Berge. Little Deer blieb weit zurück. Wounded Bear betete, während er mit dem Pony förmlich über den Salbei der Ebene flog. Er bat den Wolf inständig, ihm die Frau zu schicken, damit er sie nach ihren Absichten fragen konnte. Little Deers Enthüllung, daß die Alten flüsterten, sie könnte ein böser Geist sein, hatte ihm einen Schock versetzt. In ihrer Anwesenheit fühlte er sich wunderbar, und er hatte nie die Möglichkeit erwogen, daß sie ihn vielleicht für einen üblen Zweck benutzte. Hätte ihn der Wolf nicht gewarnt?

Ja! schrie eine innere Stimme. Der Helfer der Geister hätte nicht zugelassen, daß er so getäuscht wurde.

Er hielt an, saß ab und band die Zügel des Ponys an eine Kiefer. Dann sammelte er abgestorbene Äste von den unteren

Zweigen der Bäume und machte ein Feuer. Er würde sich reinigen und anschließend Naheo bitten, die Frau zu ihm zu schicken.

Wounded Bear warf Steine ins Feuer und ließ sie heiß werden, als die Flammen herabbrannten. Dann ging er mit seinem ausgehöhlten Kürbis zu einem Felsen in der Nähe, über den Wasser rann, und füllte die Kürbisflasche. Er kehrte zum Feuer zurück, legte die Kürbisflasche daneben und zog sich aus. Hemd und Hose hängte er über einen Zweig einer jungen Espe. Der Regen kühlte seine nackte Haut.

Er betete und sang die Wolfslieder zum Himmel. Der Wind trug seinen Gesang zwischen den Bäumen davon. Wounded Bear sang, bis sich sein Herz öffnete und sein Geist von Gedanken befreit wurde. Jetzt war er verletzlich und ängstlich. Er schüttete das Wasser aus der Kürbisflasche auf die Glut und badete sich in dem aufsteigenden Dampf. Er schloß die Augen und betete.

Wounded Bear wußte nicht, wie lange er dort zusammengekauert beim erlöschenden Feuer hockte. Seine Seele konzentrierte sich auf das Große Geheimnis und die Frau, aber plötzlich sagte ihm ein Gefühl, daß seine Gebete beantwortet worden waren. Er öffnete die Augen und schaute zu dem überhängenden Sandsteinfelsen in der Nähe. Auf einmal erfüllte ihn innere Ruhe. Der Wolf hatte ihn gehört. Die Frau mit dem langen, blonden Haar stand dort und suchte verzweifelt seinen Blick. Er blinzelte langsam, streckte die Hände aus und rief: »Bitte, sprichst du mit mir? Ich brauche . . .«

Aber sie verschwand.

Wounded Bear schlug mit der Faust auf den nassen Boden. Er wußte, warum sie sich weigerte, mit ihm zu sprechen. Er war zu unrein! Sein Leben war zu sehr angefüllt mit Emotion und Feindseligkeit! Er hatte noch nicht die Lektionen der Zurückhaltung und Selbstbeherrschung gelernt, die von den Ahnen gelehrt worden waren. Er schlug die Hände vors Gesicht.

Schließlich schaute er wieder zu dem leeren Sandsteinfelsen. Er würde es noch einmal versuchen. Vielleicht kehrte die Frau zurück, wenn er näher beim Großen Geheimnis war. Sein Blick schweifte zu dem bewaldeten Hang empor. Ja, er würde höher hinaufsteigen, so hoch er konnte, bis ihn die Dunkelheit stoppte. Er zog sich an, band sein Pony los und ritt so weit den Berghang hinauf, wie das Tier gehen konnte. Dann saß er ab und band die Zügel an eine kleine Kiefer. Das Pony wieherte, als er davonging.

Als er sich einen Weg zwischen den Bäumen bahnte, drang die Kühle des Nachmittags durch seine nasse Kleidung, und die Kälte der Schatten kroch über seine Haut. Er fröstelte.

Dann stieg wieder Erregung in ihm auf, und er schloß die Augen und atmete tief durch. Sie war zurückgekehrt. Er konnte ihren Atem auf seiner Brust spüren. Die Leere, die ihn seit Tagen gequält hatte, verschwand und ging in prickelnde Wärme über. Er erforschte ihren Geist. Sie war müde und fror. Er betastete die Fransen seines Wildlederhemds und hoffte, die Kleidung würde warm genug sein, während er höher hinaufstieg. Er spürte den felsigen Hang rauh unter seinen Mokassins, doch seine Bewegungen waren lautlos. Schließlich gelangte er auf eine kleine Wiese, die mit blauen, weißen und gelben Blumen gesprenkelt war. Hohes Gras wogte in der Brise.

Wounded Bear ging in die Mitte der Wiese und breitete die Arme aus. Er bat den Wolf, ihm die Verbindungsstelle zwischen seiner Seele und der Seele der blonden Frau zu zeigen. Langsam spürte er ihre Anwesenheit, und er streichelte im Geiste über ihr Haar und flüsterte ihr zu, daß sie keine Angst haben sollte. Er fühlte, daß ihre Ängste verschwanden und sie ihr Herz für ihn öffnete, ihn zu einer Verschmelzung ihrer beider Seelen einlud, wie er es an jenem Tag beim Sonnentanz getan hatte.

Er konzentrierte sich, schickte ihr seine Seele entgegen, und sie hielt ihn, verband Fäden ihres Seins mit ihm, schwebte gewichtslos im Herzen von Maheo. Die Zeit stand still, während sie durch ein unendliches Meer von Licht und Stille tanzten.

Aber er mußte mit ihr reden. Sanft löste er sich von ihr. Sie griff verzweifelt nach ihm, doch er trennte sich widerstrebend von ihr. Als er die Augen öffnete, sah er die Frau auf der Wiese stehen, und ihr blondes Haar flatterte im Wind. Er kniete sich hin und streckte ihr die Hände entgegen.

»*Mistai?*« rief er leise. »*Mistai*, sprichst du mit mir?«

Sie lächelte ihn an, und ihr Blick zeigte ihm, daß sie sich nach seiner Gesellschaft sehnte. Und auch sie streckte ihm die Hände entgegen. Als er sich erhob und auf sie zuging, verschwand ihr Lächeln, ihre Miene wurde angespannt, und sie verschwand.

»Nein! Komm zurück!« rief er zu den stillen Bergen. »Ich muß mit dir sprechen!«

Seine Rufe verhallten im Wald.

Colleen erwachte von lauten Stimmen. Es hatte die ganze Nacht geregnet, und Wasserrinnsale waren bis zu ihren Decken geflossen. Um trocken zu bleiben, hatte sie einen großen Teil der Nacht damit verbracht, Abzugrinnen zu graben, um das Wasser in eine andere Richtung zu leiten. So hatte sie nicht viel Schlaf gefunden. Gähnend wälzte sie sich auf die Seite, um zu sehen, was die lauten Stimmen zu bedeuten hatten.

Bei der Bewegung schmerzte ihr Kopf, und Übelkeit stieg in ihr auf. Sie atmete langsam und tief ein und hielt eine Hand an die Stirn. Die Stirn war heiß. Die lauten Stimmen verstärkten noch ihr Unwohlsein; jeder Ruf war wie ein Hammerschlag in ihrem Kopf. Sie kniff die Augen zu Schlitzen zusammen, als sie den Grund für die ärgerliche Störung sah.

Captain Williford stand lässig mit verschränkten Armen vor Colonel Sawyers. In der Ferne war der Horizont lavendelfarben und rosa gefärbt. Die Sonne ging auf.

»Verdammt, Williford!« Sawyers senkte die Stimme zu einem Zischen, als er bemerkte, daß sich Leute ansammelten. »Sie *werden* meine Befehle befolgen! Dieser Treck zieht weiter!«

Williford hielt ruhig dem zornigen Blick des Colonels stand. »Colonel, meine Männer können nicht barfuß durch Feigenkakteen, Klapperschlangen und Dornengestrüpp gehen. Ihre Stiefel sind völlig verschlissen, Mann!«

»Ich . . .« Sawyers wußte nicht mehr weiter. Sein langes, schmales Gesicht bebte in ohnmächtigem Zorn. »Finden Sie eine Möglichkeit, die Stiefel zu flicken. Das geht gewiß . . .«

»Nein, Sir.« Williford schüttelte unnachgiebig den Kopf. »Entweder erhalten meine Männer anständiges Schuhwerk für den Rest des Weges ins Montana-Territorium, oder ich reite nach Fort Laramie und ersuche darum, daß wir von diesem Dienst hier abgelöst werden.«

Sawyers reckte das Kinn vor. »Sie – Sie würden Frauen und Kinder ohne militärischen Schutz in feindlichem Gebiet lassen, Captain?«

Willifords Stimme nahm einen trügerisch sanften Klang an, doch sein Blick war hart. »Wollen Sie damit sagen, Colonel, daß Sie ohne Eskorte weiter in das Herz des Landes der Sioux und Cheyennes ziehen würden?«

Sawyers fuhr sich mit zitternder Hand durch seinen grau werdenden Bart. »Sir, ich habe vom Kongreß der Vereinigten Staaten den Auftrag, eine Straße zu den Goldfeldern von Montana zu bauen. Die Wagen mit den Emigranten können meinetwegen in die Sicherheit von Fort Laramie zurückkehren, wenn die Leute das wollen. Aber meine Straßenbau-Mannschaft ist nicht so feige wie Sie und Ihre – äh – *Männer.* Wir ziehen weiter!« Sawyers trat feindselig einen Schritt auf den Captain zu.

Colleen war bei Sawyers' Worten zusammengezuckt. Der Mann versuchte offenkundig, Williford so zu beschämen, daß er mit dem Treck weiterzog, indem er alles andere als Feigheit abstempelte.

Williford ließ die Arme sinken und ballte die Hände zu Fäusten. Er kniff die grauen Augen zu Schlitzen zusammen. »Colonel, ich würde an Ihrer Stelle wieder einen Schritt zurücktreten.«

Sawyers schluckte, als er den Ausdruck in Willifords Augen sah. Er gehorchte widerwillig.

Williford stieß einen Finger auf ihn zu. »Ich empfehle Ihnen, diesen Treck für ein paar Tage zu stoppen, während ich einen Trupp nach Fort Laramie schicke und Ausrüstung und Proviant holen lasse. Ich denke, Lieutenant Dana schafft das in ...«

»Ich kann mir diese Verzögerung nicht erlauben, Captain! Wir hinken bereits hinter dem Zeitplan her. Ich nehme nicht hin, daß mich die Unfähigkeit der Army weitere Zeit kostet.« Er wandte sich ab und ging davon.

Williford rief ihm kalt nach: »Ich lasse von Dana die Sachen holen, Colonel. Mein Kommando wird hier zehn Tage bis zu seiner Rückkehr lagern. Wenn Sie sich entscheiden, weiterzuziehen, dann müssen Sie auf uns verzichten.«

Die versammelten Leute waren in fieberhafter Aufregung. Besorgte Stimmen riefen durcheinander. Colleen blickte sich um. Die Soldaten standen starr da, ihre Mienen waren ernst. Die Männer waren offensichtlich Willifords Meinung. Ihre Füße hatten im Laufe der vergangenen Wochen viel ertragen, als ihre Stiefel völlig verschlissen worden waren und die Männer gezwungen gewesen waren, überwiegend barfuß durch heißen Sand und Kakteen zu marschieren. Aber die körperlichen Beschwerden waren nur ein Element der Debatte. Williford wollte seine Männer nicht unvorbereitet in ein Gefahrengebiet führen. Hundertfünfzehn der insgesamt hundertvierzig Männer der Eskorte waren *Infanteristen!* Es war schon lächerlich, berittene indianische Krieger zu Fuß zu verfolgen, aber es war Selbstmord, Männer zu zwingen, das ohne Sohlen unter den Stiefeln zu tun. Die angespannten Gesichter der Soldaten verrieten ihre Ängste.

Sawyers blieb stehen, wandte Williford jedoch weiterhin den Rücken zu. Colleen konnte sein Gesicht sehen. Er sah wie ein gescholtenes Kind aus, das schmollte. »Geben Sie mir Ihr Wort, Captain, daß dieser Treck in zehn Tagen weiterzieht?«

Williford seufzte schwer, starrte auf den Boden und glättete ein Stück aufgeworfenes Erdreich mit der Stiefelspitze. »Nein, Sir.«

Sawyers fuhr zu ihm herum, und sein Gesicht war rot vor Zorn. »Was?«

»Ich kann das nicht versprechen, Colonel. Dana könnte unterwegs auf einen Kriegstrupp stoßen . . .«

»Sie . . .!« Sawyers war nahe daran, ein Schimpfwort zu benutzen.

Williford hob eine Hand und gebot ihm, zu schweigen. Er starrte den Colonel drohend an. »Ich will jedoch sagen, wenn Dana nicht in der genannten Zeit zurück ist, werde ich mit meinen Männern *versuchen,* mit Ihnen weiterzuziehen. Dana kann dann unserer Fährte folgen. Aber Sie werden das Tempo beträchtlich verlangsamen müssen, Colonel.«

Sawyers brauchte eine Weile, um das zu verarbeiten. Er nagte an der Unterlippe. »Schicken Sie den Lieutenant nach Fort Laramie, Captain!« Er machte kehrt und schritt schnell davon.

Williford salutierte lässig und murmelte: »Das hatte ich vor, Colonel.«

Die Menge begann sich aufzulösen, und Colleen wälzte sich auf den Rücken. Der Planwagen über ihr schien sich zu bewegen. Sie schloß die Augen und stöhnte leise, als ihr Magen rebellierte.

»Fühlst du dich nicht wohl?«

Colleen zuckte bei Matthews Frage zusammen. Sie öffnete ein Auge und starrte ihn an. Er kniete sich neben den Wagen und grinste mitfühlend. »Was hast du mir angetan?« stöhnte sie.

Er lächelte sie strahlend an. »Ich bedaure nur, daß ich dir nichts angetan habe.«

Sie war so besorgt wegen ihrer körperlichen Verfassung gewesen, daß sie nicht an die Ereignisse des vergangenen Abends gedacht hatte. Seine Worte brachten lebhaft in Erinnerung, was geschehen war. Ihre Wangen röteten sich. Langsam zog sie die Decke über ihr Gesicht, bis nur ein paar blonde Haarsträhnen hervorlugten. Die Demütigung war schlimmer als der bohrende Kopfschmerz.

»Meine Liebe«, sagte er mit offener Belustigung und deutete ihr Verhalten absichtlich falsch. »Sag mir nicht, es stört dich, daß wir kein Verhältnis angefangen haben.« Er senkte die Stimme zu einem Flüstern und zog die Ecke der Decke von ihrem Gesicht. »Kann ich diesem Mißstand abhelfen?«

»Du bist der unanständigste Mann, den ich jemals kennengelernt habe.«

Er lachte schallend und musterte sie abschätzend. »Denk daran, wieviel schlimmer dieses augenblickliche Treffen gewesen wäre, wenn ich – äh – deinen Wunsch erfüllt hätte. Die Begegnung wäre viel früher erfolgt, wenn du erwacht wärst und dir klargeworden wäre, was wir beide . . .«

»Matthew!« flüsterte sie. Sie blickte sich schnell um und stellte erleichtert fest, daß niemand in Hörweite war.

»Was?«

Sie überlegte eine scharfe Erwiderung, doch als sie seinen

fröhlichen, spöttischen Blick sah, mußte sie lachen. Jetzt rebellierte wieder ihr Magen. Sie setzte sich kerzengerade auf und hielt eine Hand auf den Leib.

Er musterte sie. »So schlimm?«

Sie nickte schwach.

»Colleen«, sagte er zärtlich und strich ihr eine blonde Haarsträhne aus der Stirn. »Ich habe eine Kanne Kaffee in meinem Zelt. Wenn du einen Becher Kaffee bei dir behalten kannst, wirst du dich viel besser fühlen.«

»Oh, Matthew, ich würde es niemals bis zu deinem Zelt schaffen.«

Er lächelte sarkastisch. »Und gestern abend warst du so wild danach.«

»Hörst du auf...« Sie verstummte, als von neuem Übelkeit in ihr aufwallte. Wie schrecklich, wenn sie sich vor einem Mann übergeben mußte. »Mir – geht's gut, danke. Geh jetzt.«

»Wenn du darauf bestehst. Aber ich werde wiederkommen.« Er erhob sich und ging zum Camp der Soldaten. Colleen atmete erleichtert auf. Sie wälzte sich auf die Seite, blickte sich vorsichtig um und grub mit der Hand ein Loch in den Boden. Wenn sie den Inhalt des Magens verlor, wollte sie wenigstens wissen, wo er landete.

Colleen hatte gerade eine Mulde aus dem Boden gekratzt, als sich ihr Magen entschloß, das Angebot zu nutzen. Sie zog die Decke über den Kopf und bildete ein kleines Zelt über der Mulde, um sich vor neugierigen Blicken abzuschirmen. Dann erbrach sie sich. Danach fühlte sie sich viel besser. Sie bedeckte das Erbrochene mit der Erde, die sie zuvor aus dem Boden gekratzt hatte, und glättete sie. Abgesehen von einer leichten Verfärbung im Dreck sah es aus, als wäre dort nie ein Loch gegraben worden.

Seufzend hob sie die Decke an – zuckte zusammen. Ein Bein mit einer blauen Uniformhose war neben ihr ausgestreckt.

»Besser?« fragte Matthew amüsiert.

»Wie lange hast du dort gesessen?«

»Lange genug.«

Sie richtete sich auf und ließ langsam die Decke sinken. Eine Kaffeekanne und zwei Becher standen auf dem Boden vor ihr.

Sie nahm ihren Rest von Würde zusammen, atmete tief durch, straffte die Schultern und sagte: »Welch eine wunderbare Idee, Mr. Douglas. Schenken Sie bitte ein?«

Er unterdrückte sein Lachen, goß Kaffee in die Becher und gab ihr einen.

Sie nippte an dem Kaffee und fragte sich, ob sie ihn im Magen behalten würde. Der dampfende Kaffee rumorte ein wenig im Bauch, traf aber keine Anstalten, aus ihm zu flüchten. Colleen seufzte, kroch unter dem Wagen hervor und setzte sich neben Matthew. Sie zupfte das gelbe Kleid um ihre Waden und schaute zum Sonnenaufgang. Es kam bereits Wind auf, der goldene Wolken über den Horizont blies. Sie schaute zu Matthew.

Er lächelte sie an. »Du siehst besser aus.«

»Besser als was?« fragte sie und wurde sich ihres ungepflegten Äußeren bewußt. Ihr Kleid war schmutzig und am Saum eingerissen und sah aus, als hätte sie darin geschlafen – was der Fall war.

Er zwirbelte seinen Schnurrbart und betrachtete sie von oben bis unten. »Du siehst besser aus als alle Frauen, die ich in den vergangenen Monaten gesehen habe.«

»Natürlich«, murmelte sie skeptisch. »Du kommst gerade erst aus dem Gefängnis.«

»Das ist eine Spitzfindigkeit.«

Sie schwiegen, und jeder schaute zum Sonnenaufgang. Die Sonne stand jetzt über dem Horizont, und in ihrem Schein schimmerte der Salbei silbriggrün. Die Wolken waren zu dünnen Fetzen geworden, die am azurblauen Himmel wie Streifen weißer Spitze wirkten. Adler ließen sich auf Luftströmungen treiben.

Colleen fühlte sich viel besser. Matthew hatte recht gehabt; der Kaffee tat ihr gut. Sie neigte das Kinn auf die Knie und beobachtete das Treiben im Camp. Feuer brannten. Die Brise wehte den Duft von gebratenem Speck und Brot herüber.

»Hungrig?« fragte Matthew.

»Du meinst, ich könnte etwas bei mir behalten?«

Er rekelte sich träge, und seine Augen funkelten. »Schwer zu sagen.«

Sie musterte ihn, während er zum Militärcamp schaute. Willifords Trupp, der Ausrüstung und Proviant holen sollte, hatte Pferde und Wagen erhalten. Matthew lehnte sich auf die Ellenbogen zurück und streckte die langen Beine aus. Sein Gesicht, der Hals und die Haut unter dem V des nicht ganz zugeknöpften blauen Hemds waren tiefgebräunt. Schwarzes Brusthaar lugte aus der Öffnung. Die Enden des Schnurrbarts, der seine vollen Lippen umrahmte, hingen fast bis zum Kinn. Aber am meisten war Colleen von seinen blauen Augen fasziniert. Sie spiegelten Selbstbewußtsein und zugleich Argwohn wider – die Augen eines Mannes, der zu viele Gefahren gesehen und erlitten hatte, um sich jemals behaglich auf der Welt zu fühlen.

Er schaute sie an und lächelte. »Der Blick einer Katze vor dem Mauseloch. Hast du etwas Abwegiges gedacht?«

Sie machte eine lässige Geste. »Ich habe mich nur etwas gefragt.«

»Was?«

Es bereitete ihr Unbehagen, persönliche Themen anzusprechen.

»Sag es, ich bin nicht verklemmt.«

»Ich fragte mich, warum du so nett zu mir warst. Warum sich jemand mit deiner ›Erfahrung‹ die Mühe macht.«

Er grinste sie an. »Ich habe es dir gesagt. Eines Tages erwarte ich eine Belohnung.«

»Oh, Matthew, sei ernst! Du kannst nicht nur an meiner – Gunst interessiert sein.« Eine Spur von Zweifel war in ihr. Sie musterte ihn. »Oder?«

»Aber Colleen, welch eine ungezogene Frage. Ich bin schockiert.«

Sie sah ihn abschätztend von der Seite an. »Du? Bestimmt nicht.«

Er verschränkte die Hände. »Das gefällt mir nicht.«

»Was?«

»Daß du die Oberhand hast – das ist unnatürlich.«

Sie raffte ihr gelbes Kleid und wollte aufstehen. »Wenn du nicht antwortest . . .«

Er ergriff ihren Arm und zog sie in den Sand zurück. »Ich bin interessiert«, sagte er in resignierendem Tonfall, »weil du jung und verletzlich bist – und weil ich dich sehr attraktiv finde.«

»Oh!« Sie fummelte an ihrem Kleid herum. »Ich – ich bin verheiratet.«

»Das ist mir klar, Mrs. Merrill.«

Sie ließ die Augenlider flattern, wie es ihr von ihrer Mutter empfohlen worden war, wenn sie ihre Bescheidenheit zeigen und zugleich Männer bezaubern wollte.

»Hör damit auf, Colleen«, sagte er, »so wirkst du wie eine dumme Gans.«

»Ich . . .« Warum brachte er sie immer so durcheinander? »Ich meine, Mr. Douglas, es schickt sich nicht . . .«

Er stand ärgerlich auf. »Wenn du wieder damit anfängst, dann *gehe ich!«* Er wandte sich abrupt ab und ging durch den Sand davon.

Colleen hob die Hand, wollte ihn zurückhalten, doch er entfernte sich mit langen Schritten.

Sie beobachtete ihn, als er zu den Soldaten zurückkehrte, und sie verlor ihn in dem Gewimmel der Blauröcke aus den Augen. Das Lager der Soldaten befand sich ein paar hundert Yards vom Treck entfernt unter dem Baldachin von Balsampappeln.

Warum konnte er so aufregend und widerwärtig zugleich sein? Sie fühlte sich in seiner Nähe stets sonderbar, als balanciere sie auf einem Fuß auf einem dünnen Pfahl und ringe immer um ihr Gleichgewicht. Es war, als käme er aus einer anderen Welt und verachte zutiefst die Dinge ihrer Welt, die als heilig gepriesen worden waren, wie feminine Koketterie und maskuline Kinderei.

Sie dachte an New York. Nach der Rückkehr ihres Vaters aus Kalifornien war das Leben schwierig gewesen. Marie Meara hatte sich ganz daran gewöhnt, schwierige Entscheidungen allein zu treffen, und sie hatte das zehn Jahre lang gut geschafft. Doch nach der Rückkehr von Patrick mußte sie diese Unabhängigkeit sofort aufgeben. Das war nicht leicht. Colleen rief sich in Erinnerung, wie zornig ihr Vater gewesen war, als Marie den Bankier der Familie ermächtigt hatte, Geld von einem Konto auf ein anderes zu überweisen, wie sie es seit Jahren getan hatte. Patrick war wütend durch das Haus gestampft, hatte mit Dingen um sich geworfen und geschrien. »Du glaubst wohl, du hast in dieser Familie die

Hosen an, was? Geld ist Männersache, Frau! Du läßt die Finger davon, verstanden?«

Marie war ihm händeringend gefolgt und hatte sich entschuldigt. Später hatte sie Colleen unter vier Augen gesagt: »Männer sind einfach kleine Jungen in Körpern von Erwachsenen, mein Liebling. Sie brauchen Hege und Pflege und Führung – aber du darfst sie nie wissen lassen, daß du ihnen das gibst. Himmel, nein. Wenn sie meinen, du kannst das, nun . . .« sie war erschauert und hatte Colleen ernst angeschaut, ». . . dann könnten sie dich verlassen!«

Colleen spielte mit einer Falte ihres Kleides und dachte über die Worte ihrer Mutter nach. Ihre Mutter hatte – natürlich – recht. Eine erwachsene Frau ohne Mann, der sich um sie kümmerte, würde ein schreckliches Schicksal haben.

»Gott schütze uns!« murmelte sie nachdenklich. Sie mußte natürlich insgeheim zugeben, daß Frauen gut in der Lage waren, selbst für sich zu sorgen, aber keiner wollte der Kritik einer Susan B. Anthony ausgesetzt sein. Sie hatte über Miss Anthony und ihre Suffragetten auf der Titelseite *Seneca Country Courier* gelesen. Die Zeitung war in ihrem Urteil über die Frauenrechtlerinnen nicht freundlich gewesen, hatte sie als ›versauerte alte Jungfern‹ oder – noch skandalöser – ›geschiedene Frauen‹ bezeichnet! Und solche Frauen wurden aus jedem zivilisierten Ereignis ausgeschlossen und nur widerwillig bei unzivilisierten Ereignissen geduldet! Eine ›unabhängige Frau‹ zu sein bedeutete *einen fast vollständigen Verlust von gesellschaftlichem Status!* Colleen schüttelte den Kopf.

Sie blickte wieder zu den Soldaten. Im Camp herrschte lebhafter Betrieb. Soldaten rannten durcheinander, um Gewehre und Proviant für den Marsch nach Fort Laramie zu sammeln. Williford stand mit in die Seiten gestemmten Fäusten inmitten der hektischen Betriebsamkeit. Sein längliches Gesicht war ernst. Er war anscheinend ganz Herr der Lage, als wisse er jede Einzelheit jeder Situation, in die der kleine Trupp auf dem Weg nach Süden geraten konnte.

Colleen erhaschte einen Blick auf Matthew Douglas. Er lehnte lässig an einem Baum, hatte die Arme vor der Brust verschränkt und sprach mit einem anderen Soldaten. Sie glaubte trotz der Entfernung sein freches Lachen zu hören. Verwirrt und ärgerlich runzelte sie die Stirn. Er war kein Kind, wie ihre Mutter ein Kind in jedem Mann gesehen hatte. Aber er war auch kein typischer erwachsener Mann. Matthew tat selten Dinge, die sie als ›gentlemanlike‹ bezeichnen konnte, und oftmals legte er es anscheinend darauf an, genau das Gegenteil zu tun, als wolle er absichtlich ihren Sinn für Anstand beleidigen, um seine Ansicht durchzusetzen. Leider hatte sie keine Ahnung, was diese Ansicht war. Ihr war nur klar, daß er eine Art Verachtung für alles ›Zivilisierte‹ empfand.

Er war wirklich rätselhaft – wie ein wilder Vogel, der mitten in einen Hühnerstall fiel. Es war, als hielte er es für seine heilige Pflicht, die Hühner über den Zaun zu werfen und ihnen, wenn sie sich weigerten, in die Freiheit zu laufen, das Genick zu brechen, um zu zeigen, wie falsch ihr Verhalten war.

Colleen lächelte und hielt dann die Hand auf den Mund, um nicht laut zu lachen. Sie sah vor ihrem geistigen Auge Matthew als Adler in einem Hühnerstall, der dumme Hühner vertrieb. Bei dieser Vorstellung versteifte sie sich. Tat er das mit ihr? Versuchte er, sie zu vertreiben, damit sie den Schmutz des Käfigs sah?

War ihr Anstand – ein Käfig? Aber Schicklichkeit war das Herz alles Guten und Zivilisierten. Jeder wußte das! Sie runzelte die Stirn. Zivilisation – ein Käfig? Das war ein sonderbarer neuer Gedanke. Sie trommelte mit den Fingern gegen ihre Knie.

Matthew hatte eine Tür in ihrem Kopf aufgeschlossen und ihr einen Schlüssel für die anderen Türen gegeben. Sie kroch zum Wagenrad und lehnte sich mit dem Rücken dagegen. Der Eisenbeschlag des Rads war kühl. Sie brauchte jetzt Zeit zum Denken.

NEUNTES KAPITEL

Wounded Bear duckte sich am Ufer des Baches, und sein Puls raste. Stimmen hallten vom Tafelland oberhalb des Baches – Stimmen von Weißen. Pferde wieherten. Das Bachbett war glitschig, und während er seinen Weg vorsichtig am Ufer entlang wählte, rutschten seine Mokassins im Schlamm aus. Das Gurgeln des Wassers klang laut, und der Geist des Baches drängte ihn, sich zu beeilen, vor den blauuniformierten Soldaten zu fliehen.

»Du da! Halt!« ertönte eine Stimme, und das metallische Klicken eines Gewehrs folgte.

Wounded Bear wirbelte herum und preßte sich mit dem Rücken gegen die Uferböschung. Er atmete schwer.

»Du kannst dich nicht verstecken, Rothaut!«

Wounded Bear schloß die Augen und schluckte hart. Langsam drehte er den Kopf und schaute an der Böschung hinauf. Dort stand auf der ersten Terrasse ein rotgesichtiger Soldat, der hämisch grinste. Der Mann spuckte braunen Tabaksaft auf ihn hinab und lachte.

»Hier ist er, Jungs!« rief er über die Schulter.

Wounded Bear hörte Hufschlag und Schritte nahen. Unzählige weiße Gesichter neigten sich über die Uferböschung und starrten ihn an. Er schloß die Augen und betete verzweifelt zum Großen Geheimnis, flehte um Hilfe.

»Bringen Sie ihn rauf!« rief ein Mann mit den Doppelbalken eines Captain und wandte sich vom Ufer ab.

Wounded Bear fürchtete sich. Er stand da wie eine Statue, als zehn Männer die Böschung hinabstiegen, ihm Gewehrmündungen in die Seiten und auf den Rücken drückten und ihn hinauf über die Terrasse und zu ihrem Camp brachten. Die Gewehrmündungen waren kalt an seinem nackten Rücken.

Er taumelte schwer atmend vorwärts, und höhnisches Stimmengewirr umgab ihn. Dann gelangte er zu einem Zelt, vor dem der Captain mit grimmiger Miene stand.

»Welcher Stamm?« fragte der Captain und unterstrich die Worte mit schneller Zeichensprache.

»Tsistsistas«, murmelte Wounded Bear und machte das Zeichen für sein Volk. Sein Blick huschte in die Runde. Das Camp der Soldaten war groß. Hunderte schmutzigweiße Zelte standen in dem flachen Tafelland. Wie hatte ihm das entgehen können! Wie war er so nahe an das Lager geraten, ohne die vielen Pferde und Feuer zu riechen?

»Hm«, grunzte der Captain und verschränkte die Arme. »Warst du bei dem Kriegstrupp?« fragte er in Zeichensprache.

Wounded Bear schüttelte heftig den Kopf. Er konnte diesen Männern nicht sagen, daß er eine Vision gesucht hatte. Sie würden es nicht verstehen.

»Natürlich warst du nicht dabei!« johlte ein kleiner Private ohne Schneidezähne. »Man kann keiner Rothaut trauen, Captain. Hölle, es könnten tausend Wilde jenseits des nächsten Hügels sein, und er würde uns das nie sagen! Wir sollten ihn umlegen!«

Zustimmendes Stimmengewirr hallte zwischen den Pappeln.

Wounded Bear brachte mit reiner Willenskraft seinen vor Furcht zitternden Körper unter Kontrolle. Er würde dem Tod wie ein Krieger ins Auge sehen – nicht unterwürfig und betelnd. Er nahm eine stolze Haltung ein und starrte hart in die grauen Augen des Captain.

Der Offizier nickte. »Ich nehme an, das sollten wir tun.«

Der kleine Private hob begierig sein Gewehr an und richtete es auf die nackte Brust des Indianers. Wounded Bears Muskeln verkrampften sich, während er auf den Einschlag der Kugel wartete.

»Wartet!« rief jemand durch das Stimmengewirr.

Ein dunkelhaariger Lieutenant trat vor und hob eine Hand. Der Private ohne Schneidezähne ließ widerstrebend das Gewehr sinken und murrte leise. Der Lieutenant war groß, breitschultrig und muskulös. Er hatte einen langen Schnurrbart, dessen Enden bis zum Kinn hinabhingen. Wounded Bear blickte furchtlos in die blauen Augen des Lieutenant. Der Offizier neigte plötzlich den Kopf zur Seite, blinzelte und musterte Wounded Bear, als kenne er ihn, als habe er ihn in guter Erinnerung. Sein Gesicht nahm einen weicheren Zug an.

»Von welcher Stammesgruppe bist du?« fragte der Lieutenant auf Cheyenne.

Wounded Bear war überrascht. Der Soldat kannte die Sprache seines Volkes! »Dull Knife«, antwortete er in würdevollem Ernst.

Der Lieutenant schaute verstohlen zu den finster dreinblickenden Männern in Blau und sagte dann leise auf Cheyenne: »Ich werde dafür sorgen, daß du nicht getötet wirst, und heute nacht werde ich dich befreien. Warte.«

Wounded Bear nickte. Warum würde ihm ein weißer Soldat helfen? Das Verhalten des Mannes ergab keinen Sinn. Doch es war etwas merkwürdig Vertrautes an dem Lieutenant, etwas Schmerzliches, das tief in seinem Unterbewußtsein schlummerte – aber er konnte es nicht erklären.

»Captain?« rief der Lieutenant. »Wenn er zu einem Kriegstrupp gehört, würden unsere Schüsse nur das ganze Camp der Roten alarmieren. Ich schlage vor, Sir, wir fesseln ihn und erkunden dieses Gebiet sorgfältig. Wenn wir feststellen, daß er allein ist, können wir ihn morgen immer noch töten.«

Der Captain zuckte mit den Schultern und machte eine ungeduldige Geste. »Tun Sie das!«

Der Private ohne Schneidezähne trat vor und stieß sein Gewehr brutal gegen Wounded Bears Rücken. Schmerz schoß durch seinen Körper ...

...und er schreckte aus seinem Traum, dessen Bilder immer noch sehr lebendig waren. Seine rote Decke rutschte von der Schulter und blieb an seiner Hüfte hängen. Die kühle Brise strich über seine nackte Brust, während er in die Dunkelheit starrte und suchte – suchte. Der Himmel war wolkenverhangen, und die Welt war schwarz und trist. Er fröstelte und legte die Hände um seine Schultern. Sein Blick schweifte über die dunklen Hügel. Der Traum war so lebhaft gewesen. Er sah die Bilder immer noch deutlich.

Kalter Schweiß rann seine Stirn hinab und brannte in seinen Augen. Er hob eine zitternde Hand, um den Schweiß wegzuwischen. Dann erhob er sich. Er schwankte leicht auf weichen Knien – vor Schläfrigkeit und Furcht. Der Traum war wichtig. Er spürte, daß der Wolf zu den Bildern beigetragen hatte. In der Geschichte war eine Botschaft versteckt – eine Lektion, die gelernt werden mußte. Er kannte den Unterschied zwischen normalen und symbolischen Träumen, die sein geistiger Helfer schickte, um ihm einen Bruchteil der Zukunft zu zeigen. Nach symbolischen Träumen fühlte er sich ängstlich und leer – wie jetzt.

Wer konnte der dunkelhaarige Lieutenant sein?

Wounded Bear zog seine Decke über die Schultern und schritt leise durch das Dorf. Die Tipis waren dunkel und still, nur gelegentlich durchbrachen Schnarchen und das Weinen eines Babys die Ruhe der Nacht. Wounded Bear atmete tief und versuchte das Entsetzen und die Leere zu vertreiben, die durch den Traum hervorgerufen worden waren. Die kühle Brise zerrte an seinem losen Haar, und schwarze Strähnen flatterten vor seinem Gesicht. Er ignorierte sie und starrte geistesabwesend durch den schwarzen Schleier zu den Tipis seines Volkes.

Gehörte der Soldat zu der Wagenkolonne, die eine Bedrohung für die Zukunft war? Würde er dem Volk helfen – ihm, Wounded Bear, helfen?

Eine sonderbar gedämpfte Stimme hallte in den Tiefen seiner Erinnerung, aber er konnte die Worte nicht verstehen. Er wußte jedoch, daß sie in einem Zusammenhang mit dem Soldaten standen. War er ein Mann aus der Vergangenheit des Volkes?

Wieder rief ihm eine undeutliche Stimme etwas zu, versuchte sich Gehör zu verschaffen und mit einer Botschaft zu ihm durchzudringen. Wounded Bear verharrte und lauschte. Aber die Stimme verklang, und er empfand nur einen dumpfen Schmerz. Wounded Bear schloß die Augen und spürte den Schmerz, den Aufruhr seines Körpers. Die Stimme hatte zu ihm gesprochen – auch wenn er die Worte nicht verstehen konnte.

Er ging an den letzten Tipis vorbei in die Dunkelheit zu einem mit Salbei bewachsenen Hügel. Dort setzte er sich hin und zog die Decke enger um sich. Sein Blick schweifte über die Hügellandschaft. Der Mond ging auf und warf mattes, silbriges Licht auf die Wolken.

Wounded Bear breitete die Arme aus und öffnete sein Herz der Nacht und dem Wind und dem Mond, suchte ihre Weisheit und bat um Hilfe, damit er die geheimnisvolle Bedeutung des Traums verstehen konnte.

Er betete lange in dieser Nacht und ließ das Licht des Mondes in sich eindringen und die Kraft des Windes seine schmerzende Seele streicheln. Er betete, bis er es schließlich wußte – bis er wußte, daß der Soldat bei dem Treck war – und die gelbhaarige Frau.

Matthew Douglas und George Williford hockten unter den hohen Pappeln, die den Hat Creek säumten, und beobachteten das vorbeifließende Wasser. Der Bach war nicht besonders eindrucksvoll, nur ein schmales, flaches Rinnsal. Aber er floß schnell über ein Bett aus Schiefer und verursachte interessante Strudel und Spritzer, wenn das Wasser über aufragende Steine floß. Der wahre Grund für die Wahl dieser Stelle war jedoch die Arbeit der Straßenbaumannschaft, die mit Hacken und Schaufeln auf der Ostseite des Creeks im Gange war. Eine harte Tonwand ragte senkrecht aus dem Wasser auf. Sawyers hatte seinen Männern befohlen, die Straße vom Tafelland zum Creekbett zu graben, durch die Tonwand.

Matthew lehnte sich gegen den Stamm einer Pappel, zog seine Feldmütze über die Augen und gähnte.

»Wie lange wird es dauern, George?« fragte er schläfrig.

»Was?«

Matthew wies zu den Arbeitern. »Bis sie die Überquerung durch den Ton gegraben haben.«

Williford runzelte die Stirn. Er schlug nach einer Fliege auf seinem Hemdsärmel. »Oh, ich nehme an, eine Woche.«

»Aber nur, wenn es nicht regnet«, sagte Matthew.

Beide Männer blickten westwärts. In der Ferne ballten sich dunkle Gewitterwolken über den orangefarbenen Sandsteinfelsen.

Williford schüttelte angewidert den Kopf. »Der Mann ist ein verdammter Wahnsinniger, Douglas.«

»Wer?«

Der Captain wies zu den schwitzenden Arbeitern. »Sawyers! Teufel, selbst wenn sie es schaffen, ein Loch in diese Wand zu schlagen – es ist Ton!«

»Und?«

»Der Abfluß des Hochwassers im nächsten Jahr wird diesen Übergang unbenutzbar machen.«

Matthew nahm seine blaue Mütze ab und klopfte den Staub heraus. »Das macht nicht viel aus. Diese Straße ist ohnehin zum größten Teil ein Wassergraben.«

Plötzlich weckte etwas ihre Aufmerksamkeit. Einer der Straßenbauer hatte seine Hacke hingeworfen und fluchte laut. Er hatte kaum eine Delle in den Ton geschlagen, als die Hacke in zwei Teile brach. Williford lachte, zuerst leise und dann lauter, als der wütende Arbeiter Colonel Sawyers in seine farbige Tirade mit einbezog. Der Mann stieß beide Fäuste in die Luft und trat gegen die Stücke der Hacke wie ein Kind gegen einen Ball.

»Hat Sawyers schon mal eine Straße gebaut?« fragte Matthew, setzte die Feldmütze auf und zog sie wieder über die Augen. Helles Sonnenlicht sickerte durch die Blätter der Bäume und bildete helle Tupfer auf Mütze und Gesicht.

»Ich hörte, daß er vor ein paar Jahren einige Forts in Iowa baute.«

Matthew blickte ihn von der Seite an, neigte den Kopf so, daß er die Augen des Captain unter der Feldmütze sehen konnte. Die Sonnenstrahlen blendeten ihn wieder, und er blinzelte. »Dies ist nicht Iowa, George. Das Terrain ist ganz anders.«

»Der Colonel konnte das nicht prüfen. Er ist zum ersten Mal in den nördlichen Prärien.«

Matthew richtete sich gähnend auf. »Welcher Schwachkopf würde einem Greenhorn den Auftrag geben, eine Expedition in das Herz des Cheyenne- und Siouxlandes zu führen?«

»Ein Kongreßabgeordneter namens Hubbard.«

Matthew schüttelte den Kopf und lehnte sich wieder mit dem

Rücken an den Baumstamm. »Kein Wunder, daß diese Straße ein Wassergraben ist. Politik!«

»Und Geld.«

»Machen Sie mal einen Punkt, George.« Matthew hob die Hand, um das Gespräch zu stoppen, während er nachdachte. »Sie meinen, diese Straße bedeutet nur Geld in den Taschen von jemandem und nicht den Teil des glorreichen Programms der Regierung?«

»Ich bin überzeugt, daß die Bewohner von Sioux City so denken.« Williford hob einen schwarzen Stein auf, warf ihn in die Luft und fing ihn auf.

»Wieso?«

»Wenn diese Straße fertig ist . . .«

»Und das hängt von den Sioux und Cheyennes ab.«

Williford nickte träge und kratzte sich an der Wange. »Jedenfalls wird Sioux City eine Menge Geld verdienen, denn es wird die östliche Versorgungsbasis für die Straße sein.«

»Ah, und deshalb hat der Kongreßabgeordnete Hubbard sich dafür stark gemacht?«

»Er hat getan, als gäbe es keine Zukunft, wenn Iowa keine Straße zu den Goldfeldern Montanas baut.«

»Und wer hat den Kurs dieser Straße entschieden? Ich meine, es ist nicht besonders klug, eine Straße durch die letzten Jagdgründe zweier der mächtigsten verbliebenen Indianerstämme des Landes zu legen. Besser wäre eine gerade Verbindung von Duluth nach Virginia City.«

»Der Kongreß gab Sawyers völlig freie Hand im Festlegen der Route und der Ausführung der notwendigen Arbeiten.«

»Allmächtiger!« Matthew schüttelte den Kopf. »Erst heuert man einen Mann an, der keine Erfahrung im Straßenbau hat und die nördlichen Prärien nicht kennt, und dann gibt man ihm freie Hand, damit er eine Straße an der falschen Stelle anlegt?«

»Moment mal«, wandte Williford ein und hob eine Hand. »Diese Straße wäre einfach prima, wenn wir die Hälfte der verdammten Hügel sprengen und in die verdammten Abflüsse werfen würden.«

»Es gibt nicht genug Hügel dafür. Die Straße würde immer noch ein Abflußgraben sein.«

Williford nickte resigniert. »Ich nehme an, Sie haben recht.«

Je mehr Matthew darüber nachdachte, desto lustiger fand er die Sache. Er begann zu kichern, und dann lachte er laut. Williford schielte aus dem Augenwinkel zu ihm, lachte leise mit und brach dann ebenfalls in schallendes Gelächter aus. Sie lachten so laut, daß die Straßenbauer in der Arbeit innehielten und zum Creek schauten. Als Matthew die erstaunten Gesichter sah, brüllte er vor Lachen, wies zu den Männern und klatschte sich auf die Schenkel. Williford blickte in die Richtung, in die Matthew gewiesen hatte, sah die entgeisterten Mienen der Straßenbauer und lachte ebenfalls schallend. In ihrer Fröhlichkeit entging ihnen die Ankunft von Colonel Sawyers.

Die Miene des Colonels verfinsterte sich, als er sie sah. Dann stieg er die Tonwand hinab, watete durch den seichten Creek und blieb vor den beiden Infanteristen stehen. Sein längliches Gesicht lief rot an, als er auf die beiden entspannt dahockenden, heiteren Soldaten starrte. Er zupfte an seinem Bart, wischte sich mit schweißnasser Hand über sein rotes Hemd und spreizte die Beine.

»Captain? Ich möchte mit Ihnen sprechen.«

»Ich bin hier, Colonel.«

»Ich werde eine Versammlung einberufen, um den Leuten unsere – Verzögerung zu erklären. Ich wüßte es zu schätzen, wenn Sie und Ihre Männer anwesend sein können, falls es Fragen in militärischen Dingen gibt.«

»Wann?«

»Heute abend.«

Williford nickte. »Ich werde Wachen postieren und meinen übrigen Männern befehlen, dort zu sein, Colonel.«

»Danke, Captain.« Sawyers machte schneidig kehrt und stolzierte davon.

Williford stieß einen Grunzlaut aus und beobachtete, wie der Mann durch den Hat Creek watete. »Ich frage mich, worum es bei der Versammlung in Wirklichkeit geht.«

Matthew schob seine Mütze zurück und wischte sich den Schweiß von der Stirn. »Um Verleumdung.«

Colleen spülte das letzte Geschirr des Abendessens und wedelte mit den Händen, damit sie schneller trockneten. Lawrence O'Brian lächelte sie vom Feuer her an. Er war ein stämmiger, sommersprossiger Mann mit leuchtend rotem Haar und blitzenden grünen Augen. Seine Nase war schief, gebrochen in zu vielen Kämpfen, und seine Lippen waren so schmal, daß sie mehr zu erahnen als zu sehen waren.

»Sind Sie bereit, Mädchen, zum großen Treffen zu gehen?«

Colleen lächelte schwach. Sie befürchtete, daß Robert dort war und sie zwang, zu seinem Wagen zurückzukehren. »Gehen Sie hin?«

Er nickte. »Jawohl, Mädchen. Und ich werde nicht zulassen, daß jemand Sie zwingt, etwas zu tun, was Sie nicht wollen.«

»Sie sind sehr freundlich, Mr. O'Brian. Ich weiß nicht, wie ich Ihnen jemals danken kann . . .«

»Unsinn!« Er winkte ab. »Sie sind willkommen, Colleen. Und allein, daß Sie meinem Wildfang von Tochter beibringen, eine Lady zu sein, ist es wert, Sie um jeden Preis hierzubehalten!«

Colleen lächelte. Sie und Elizabeth hatten sich schnell angefreundet. Das Mädchen ließ bereits ihr langes, rotes Haar lose im Wind flattern, statt es in strengen Zöpfen zu tragen.

Lawrence O'Brian wies mit dem Stiel seiner Pfeife auf Colleen. »Wissen Sie, worum mich Elizabeth vor einer Weile bat?«

Colleen schüttelte den Kopf.

»Sie wollte wissen, ob sie ihr Gesicht vor der Versammlung waschen kann.« Er setzte sich gerader auf und schüttelte den Kopf. »Ach, Mädchen! Diese Range hat nie in ihrem Leben darum *gebeten*, ihr Gesicht waschen zu dürfen. Sie haben einen positiven Einfluß auf sie!«

Colleen lachte und schaute zu dem großen Feuer, das Sawyers inmitten der Lichtung des Waldstücks hatte anzünden lassen. Blätter reflektierten den Schein des Feuers und schimmerten golden, während sie im Wind raschelten. Leute versammelten sich. Sie musterte die Vielfalt von Hüten und Mützen, die wippten, während Männer miteinander plauderten und zum Feuer gingen. Ihre buntkarierten und unifarbenen Hemden bildeten einen farbenfrohen Kontrast vor den Baumstämmen im Hintergrund. Eine große Kiste war vor dem Feuer für Sawyers aufgestellt worden, und als er zwischen den Bäumen auftauchte, ging er geradewegs darauf zu, stieg jedoch nicht hinauf.

O'Brian folgte Colleens Blick.

»Wissen Sie«, sagte O'Brian und wies mit dem Pfeifenstiel zu Sawyers, »die Expedition mag eine Katastrophe sein, aber ich bin froh, daß wir mitgefahren sind.«

»Warum?«

»Weil wir dabei mitwirken werden, dieses neue Land aufzubauen. Ich und meine Familie.« Seine Stimme hatte einen weichen Klang angenommen, und sein sommersprossiges Gesicht war ernst. »Ja, vom Alten Land ist nichts mehr übriggeblieben. Es ist proppenvoll mit Leuten und Farmen und Städten. Aber dieses neue Land – das ist etwas anderes.«

»Es gibt gewiß noch viel unbesiedeltes Land«, sagte Colleen und schaute zu den Leuten am großen Feuer. Die Soldaten waren eingetroffen und drängten sich am Waldrand auf der Lichtung, aber sie hatte Matthew Douglas noch nicht entdeckt.

»Ja, und unbesiedeltes, weites Land bedeutet Freiheit. Freiheit, etwas aus sich zu machen, ohne daß einem der König eine Schlinge um den Hals legt. Ich könnte Ihnen einige Geschichten darüber erzählen.« Er lachte laut und nickte heftig.

»Ist das Gesetz von Irland hinter Ihnen her, Lawrence?« fragte Colleen interessiert.

»Hinter jedem mit etwas Mumm ist im Alten Land das Gesetz her.«

Colleen lachte. »Warum?«

»Oh, ich nehme an, weil das Land zu bevölkert ist. Es gibt zu viele hungrige Leute und zu viele andere, die von ihrem Elend leben.« Er stieß die Pfeife in Colleens Richtung. *»Deshalb* ist das neue Land das Richtige. Hier kann man wachsen, wie man will, ohne daß sich jemand um die Wurzeln herumdrängelt.« Er schob den Pfeifenstiel in den Mund und deutete zur dunklen Prärie. »Hier kann man so wild sein, wie man will.«

»Wild?« Sie dachte sofort an Matthew. Er war gewiß ein Beispiel dafür.

»Ja, und ein Mann muß frei und wild sein, wenn er ein Mann sein will.«

Sie nickte geistesabwesend. Sie dachte immer noch an Matthew und seine aufregend wilde – und ruppige – Art und Weise.

»So ist es, Mädchen. Wenn man einen Mann gefügig macht, abrichtet wie ein Pferd, dann ruiniert man ihn. Er verliert den Mut zum Kämpfen. Und darum geht wirklich alles im Leben, Mädchen: um den Kampf für das, was man glaubt. Es ist wie bei den Tieren. Wenn man zum Beispiel ein Wildpferd, das daran gewöhnt ist, bei einem Angriff auszukeilen, um zu überleben, in ein Geschirr zwingt und Wagen ziehen läßt, verliert es nach einer Weile seinen Kampfgeist und Elan. Bei Menschen ist es genauso.«

Colleen lächelte und fragte sich verwirrt, was er meinte. Tiere und Menschen sollten gleich sein? Gott behüte! Aber sie sagte nichts, denn sie wußte, daß er weitererzählen würde, wenn sie widersprach oder Fragen stellte, und sie war begierig darauf, zu der Versammlung zu gehen. Es hatte den Anschein, als ob sich bereits alle versammelt hatten außer ihnen!

Lawrence O'Brian blickte zu der Versammlung. Sawyers stieg auf die Kiste, und die ersten Leute verstummten in ihren Gesprächen und blickten erwartungsvoll zu ihm.

»Wir müssen uns anscheinend auf den Weg machen.«

Colleen nickte.

»Ich hole Elizabeth und Maureen«, sagte O'Brian, erhob sich und ging zur anderen Seite des Wagens.

Colleen suchte die Menge nach Robert ab. Er hatte sie in den vergangenen vierundzwanzig Stunden in Ruhe gelassen, aber sie wußte nicht, wie lange der Frieden anhalten würde. Sie hatte Angst vor der unvermeidlichen Begegnung.

»Alles klar«, sagte O'Brian mit dröhnender Stimme, als er mit seiner Frau und Tochter zurückkehrte. »Hören wir uns an, was der Colonel zu sagen hat.«

Elizabeth eilte zu Colleen und ergriff ihre Hand.

»Du siehst hübsch aus!« flüsterte Colleen ihr zu, als sie sich auf den Weg machten.

Das Kind hielt eine Hand vor den Mund und kicherte stolz. Elizabeth hatte eines ihrer besten Kleider angezogen, ein grün und rot kariertes Kleid mit Rüschen. »Du auch«, flüsterte sie zurück.

Colleen schüttelte den Kopf. Leider wußte sie, wie gräßlich sie aussah. Sie hatte zwar gebadet und ihr langes Haar gewaschen, aber sie hatte immer noch keine frische Kleidung. Das eingerissene gelbe Kleid mußte riechen, bis sie das Gefühl hatte, zu ihrem Wagen zurückkehren zu können. Vielleicht brachte sie morgen den Mut dazu auf.

Als sie in den Kreis der Leute traten, entdeckte sie Matthew. Er lehnte an einem Baum und hatte die Hände in den Taschen seiner blauen Hose. Er wirkte gelangweilt und schläfrig. Sie hielt Ausschau nach Robert, konnte ihn jedoch nicht sehen. Ihre Anspannung ließ etwas nach. Sie legte eine Hand auf Elizabeth' Schulter und atmete tief durch.

Colonel Sawyers räusperte sich laut. Sein langes, schmales Gesicht und das rote Hemd schimmerten orangefarben im Schein der Flammen. Als er die Hände hob, um Schweigen zu gebieten, bewegte sich sein pfeffer-und-salz-farbiger Bart beim Sprechen von Worten, die im Stimmengewirr von über zweihundert Leuten untergingen, die ihre Nachbarn zum Schweigen ermahnten.

Schließlich wurde es still, und der Colonel ließ die Hände sinken und schaute über die Versammelten hinweg. Die Soldaten befanden sich zu seiner Rechten, und der Rest der Expedition war vor ihm und zu seiner Linken. Über den Köpfen der Versammelten raschelten die Blätter der hohen Pappeln in der kühlen Abendbrise. Sawyers legte die Hände auf die Hüften.

»Freunde, ich habe diese Versammlung anberaumt, um Sie wissen zu lassen, daß es eine Verzögerung von ein paar Tagen gibt. Captain Williford sagte mir, daß er und seine Männer diese Expedition nicht länger begleiten können . . .«

Besorgtes Stimmengewirr setzte ein, und alle blickten zu Williford, der mit verschränkten Armen und gespreizten Beinen neben Matthew Douglas stand und dessen Miene ausdruckslos war. Sawyers hob die Hände.

»Weil . . .« schrie er gegen den Lärm an, »weil seine Männer keine Sohlen mehr unter den Stiefeln haben.« Das Stimmengewirr ließ nach. »So schickte er Lieutenant Dana heute morgen nach Fort Laramie, um die Dinge zu holen, die er für den Rest des Weges braucht. Das hat zur Folge, daß wir die nächsten paar Tage hierbleiben und auf Danas Rückkehr warten. Ich schlage vor, daß jeder die Vorteile des Creeks nutzt, um Wäsche zu waschen und so weiter. Es sollte jedoch jedem bewußt sein, daß wir das Gebiet der Sioux und Cheyennes betreten haben und daß diese Stämme zweifellos Erkundungstrupps ausschicken. Gehen Sie nirgendwo allein hin, und bleiben Sie so nahe wie möglich beim Treck. Wenn Sie . . .«

Nat Hedges unterbrach ihn. Sein junges Gesicht spiegelte Ungläubigkeit wider. Er zupfte an der Krempe seines braunen Schlapphuts. »Hölle, Colonel! Wir haben über zweihundert Waffen, zwei Berghaubitzen und genug Munition, um jeden Kriegstrupp in die ewigen Jagdgründe zu blasen, den die Stämme schicken könnten!«

Beifällige Rufe ertönten. Leidenschaftliche Unterhaltungen begannen unter den zusammengedrängten Männern, Fäuste wurden emporgereckt, und zuversichtliches Gelächter hallte über die Lichtung.

Lawrence O'Brian neigte sich zu Colleen und flüsterte: »Eine Horde verdammter Idioten!«

Colleen nickte.

»Immer langsam!« rief Sawyers. »Immer langsam!« Der Lärm ließ nach. »Das stimmt. Wir sind gut ausgerüstet, um uns zu verteidigen, aber ich will nicht, daß jemand von Ihnen Risiken eingeht. Die Indianer kennen nicht die Art und Weise zivilisierter Leute. Denen ist zuzutrauen, daß sie sich anschleichen, und Ihnen in den Rücken schießen, wenn Sie gerade die Hosen runtergelassen haben, um zu kack . . . äh, Verzeihung, Ladys . . . um ein dringendes Geschäft zu erledigen. Wir haben in den vergangenen Jahren Missionare ausgeschickt, aber die Indianer haben noch nicht gelernt, christliche Werte zu schätzen. Sie verehren immer noch tierische Götter und haben eine abscheuliche Moral. Deshalb will ich nicht . . .«

Wieder begann ein Tumult, und Colleen sah, daß O'Brian seine Frau und Elizabeth zu sich zog. »Macht euch keine Sorgen«, sagte er und klopfte auf den Revolver an seiner Seite. »Diese roten Teufel werden nicht mal in unsere Nähe kommen!«

Colleen schaute zu Matthew. Der Schein des Feuers geisterte über den dunkelblauen Uniformrock und das hellere Blau der

Hose. Matthew rieb sich über die Nase. Seine Miene wirkte bedrückt. Er veränderte die Haltung, lehnte sich mit der anderen Schulter gegen den Baumstamm. Matthew erweckte den Eindruck, daß er sich bemühte, nicht in die Diskussion hineingezogen zu werden.

»Nun – warum haben die Roten keine christlichen Tugenden gelernt?« rief Nat Hedges. »Jeder hier weiß, warum! Weil sie Wilde sind, die nicht ihre perverse Lebensweise aufgeben wollen!«

Colleen stieg das Blut in die Wangen, und sie atmete schneller. Die Männer verhielten sich, als suchten sie einen Kampf! Als seien sie begierig darauf, Indianer zu töten. Als würde Gott das gutheißen. Sie nahm ihr Kruzifix in die Hand und bekreuzigte sich.

»Teufelsbrut!« brüllte jemand hinter Nat Hedges, und Hedges wandte den Kopf zu dem Mann. »Das sind sie! Sie haben genug von unseren anständigen Jungs in Blau umgebracht und ...«

»Da hast du recht, Mann!« schrie Hedges. »Frag nur den Captain!« Er wies auf Williford.

Williford bewegte sich unbehaglich, und sein Blick schweifte nervös über die Menge.

Sie putschten sich auf, steigerten sich in Wut, als Vorbereitung auf den Kampf, den sie erhofften. Colleens Blick schweifte über die aufgeregte Menge. Williford stand mit zusammengepreßten Lippen da, den Blick auf Sawyers gerichtet. Matthew lächelte jedoch verächtlich, als hätte er es mit Dummköpfen zu tun.

Er schob die Hände wieder in die Taschen und lehnte einen Fuß mit dem Absatz gegen den Baumstamm. »Colonel«, rief er in seinem schleppenden Tonfall, »ich weiß etwas über die Stämme in diesem Gebiet. Darf ich etwas zu dieser Diskussion sagen?« Sein Verhalten war höflich, doch seine Augen spiegelten noch Verachtung wider.

Sawyers nickte knapp, und seine Abneigung gegen den Offizier war offenkundig. »Nur zu.«

Matthew Douglas zog eine Hand aus der Hosentasche und zwirbelte seinen Schnurrbart. »Gentlemen«, sagte er sehr höflich, »ist Ihnen in den Sinn gekommen, daß wir nur zweihundert Leute sind und es hier mindestens zehntausend Prärieindianer gibt? Wenn sich die Stämme entscheiden, diesen Treck anzugreifen, dann werden sie uns bis auf den letzten Mann auslöschen, dessen bin ich sicher.«

»O Gott«, murmelte Colleen, und ihr Blick schweifte über die fassungslosen Gesichter. Frauen schnappten hinter ihr nach Luft, und Männer ballten die Hände zu Fäusten. Feindselige Blicke wurden unter den Versammelten ausgetauscht.

Dr. A. M. Tingley, der Arzt, Geologe und Botaniker des Trecks, trat vor und stellte sich neben Colonel Sawyers. Sein weißes Haar schimmerte rötlich im nachlassenden Feuerschein. Er hob beide Hände zu der Menge und erinnerte Colleen an einen Prediger, der eine Predigt über Hölle und Verdammnis halten wollte. Sein schmales Gesicht spiegelte gerechten Zorn wider, und so klang auch seine Stimme.

»Hört zu, Leute«, rief er. »Mein Bruder William, den viele von euch kennen, ist Pastor in Sioux City, und ich habe mich mit ihm viele Stunden über das Indianerproblem in diesem Land unterhalten. Ich möchte betonen, daß christliche Nächstenliebe uns gebietet, großherzig zu sein. Wir wollen nicht gegen diese Indianer kämpfen müssen.«

Matthew Douglas verscheuchte eine Fliege von seinem Ärmel und nickte übertrieben heftig.

»Unsinn!« schrie Hedges und trat vor. »Man wird am besten mit den Wilden fertig, indem man Feuer mit Feuer bekämpft! Wir müssen . . .«

»Nein, bitte!« rief Tingley beschwörend. Der Schein des Feuers fiel rötlich auf sein runzliges Gesicht, als er sich Hedges zuwandte. »Gott hat ins Herz des Indianers Neigungen und Gefühle gegeben, die nur zu edlen Zielen geformt und gelenkt werden müssen! Der Indianer ist unser Bruder, so irregeleitet und rückständig er auch sein mag, aber er ist unser Bruder!«

Sawyers trat nahe an Tingley heran und schwenkte die Arme, um sich in dem Geschrei der Andersdenkenden Gehör zu verschaffen. »Der gute Doktor hat recht!« rief er. »Es ist unsere Pflicht, die indianische Rasse auf den Pfad der Frömmigkeit zu führen – nicht, sie zu töten.«

»Ja!« ertönte Matthew Douglas' tiefe Stimme. »Wir müssen

diese Wilden von ihrer falschen Vorstellung von einem gütigen Gott abbringen.«

Sein spöttischer Tonfall zeigte Wirkung. Empörte Männer warfen sich in die Brust und starrten Douglas aus zusammengekniffenen Augen an.

Williford warf Douglas einen warnenden Blick zu und ging dann zu ihm und lehnte sich an denselben Baumstamm. Die Lippen des Captains bewegten sich bei einer unhörbaren Bemerkung, woraufhin Douglas laut lachte.

»Sir!« Nat Hedges reckte das Kinn vor und wischte seine feuchten Handflächen an seinem buntkarierten Hemd ab. Er sah unglaublich jung im Vergleich zu Douglas und Williford aus. Sein rundes Gesicht mit den großen Augen war so glatt wie das eines Babys. »Wollen Sie damit sagen, daß diese perversen Teufel . . .«

»Ah, Perversion!« Matthews schleppender Tonfall wurde trügerisch sanft. »Sir, ich würde es niemals als tugendhaft bezeichnen, daß der Cheyenne strikten Wert auf weibliche Keuschheit und Sittsamkeit legt. Ich ziehe unser System vor, verschwiegene Puffs – äh . . .« er verneigte sich tief vor ein paar Ladys und machte eine entschuldigende Geste, senkte dann die Stimme zu einem verschwörenden Flüsterton und zwinkerte Hedges zu, ». . . Etablissements mit schlechtem Ruf zu betreiben.«

Hedges lief rot an. »Ich – ich – Sir!« stammelte er. »Sie – Sie wissen, daß ich das nicht meinte. Ich meinte, die Roten töten unbarmherzig und haben nicht die geringsten Skrupel, unseren hilflosen Frauen und Kindern die schlimmsten Qualen zuzufügen und . . .«

Colleen zuckte zusammen. Es war erstaunlich, wieviel Lärm ein paar entsetzte Frauen verursachen konnten. Hedges wandte sich schnell den Frauen zu.

»Es tut mir leid, Ladys!« Er verneigte sich ehrerbietig. »Ich wollte Sie nicht erschrecken. Ich wollte nur . . .«

Matthew Douglas hob die Augenbrauen und lächelte den jungen Mann zynisch an. »Ja! Ich stimme Ihnen völlig zu, Mr. Hedges. Indianer töten unbarmherzig.« Dann veränderte sich plötzlich sein Gesichtsausdruck, wurde so nachdenklich höflich, fast naiv süß, daß Colleen fand, sein Verhalten war eine

Beleidigung an sich. Er fuhr fort: »Aber sie sind aus genau den Gründen Barbaren, die Dr. Tingley nannte. Ihre natürlichen guten Neigungen müssen geformt werden. Und Gott weiß, wir sind nicht heldenhaft genug wie unser glorreicher Colonel Chivington, um das Beispiel zu geben, das die Indianer brauchen.« Er legte eine Hand aufs Herz und spitzte die Lippen wie um zu sagen »Schande über uns alle«.

Das Publikum war wieder auf seiner Seite. Köpfe neigten sich zustimmend, und Leute bekannten, daß es ihre Christenpflicht war, den Wilden ein besseres Beispiel zu geben. Colleen rieb sich übers Kinn. Hatte sie nicht irgendwo gelesen, daß es eine Ermittlung des Kongresses gegen Chivington wegen des Massakers am Sand Creek im vergangenen November gab? Daß man sich ernsthaft fragte, ob seine Taten glorreich oder einfach Mord waren?

»Trotzdem können wir nicht unsere ganze Zeit damit verplempern, den roten Teufeln die besseren Dinge im Leben beizubringen«, rief Nat Hedges. »Wir haben eine Mission zu erfüllen und dieses große Land zu entwickeln . . .«

»Ja, die Teufel verstehen einfach nicht, daß wir Christenvolk dieses Land brauchen«, fiel ihm Matthew Douglas ins Wort.

Ein lauter Aufschrei »Das stimmt!« ertönte, gefolgt von einer Reihe widerstreitender Gefühlsausbrüche, einige für die Indianer, die meisten dagegen.

Sawyers hatte Douglas' spöttischen Tonfall bemerkt. Er blickte plötzlich auf, und seine Miene spiegelte Zorn wider. »Lieutenant, die Indianer wissen dieses reiche Land nicht zu nutzen. Gold und Silber, reiches Farm- und Grasland werden vergeudet. Es ist wichtig, daß wir Zugang zu diesem Land gewinnen, damit unser eigenes wachsen kann. In unserem Land hungern zivilisierte Leute. Menschen verhungern, während fruchtbare Felder im Westen brachliegen!« Seine Stimme war zu einem schrillen Crescendo angeschwollen, und seine Augen funkelten.

Auf einmal herrschte Totenstille.

Colleen schlug das Herz bis zum Hals. Sie blickte wieder zu Matthew. Er lächelte unverschämt selbstsicher, und seine weißen Zähne schimmerten unter seinem Schnurrbart. Sein leises

Lachen war wie ein Schlag in die Magengrube der Befürworter von Sawyers Einstellung.

»Ja, Colonel«, sagte Matthew schleppend in die tiefe Stille, »die meisten von uns hier kennen gut den Hunger im Süden.« Er wies zu den Männern in Blau, deren Gesichter Schmerz und Wut zeigten.

Ärgerliches Stimmengewirr setzte bei den Soldaten ein. Colleen beobachtete, daß die Mienen der Männer Verbitterung zeigten und sie angewidert abwinkten. Matthew richtete sich auf, und sein Lächeln verschwand. Sein Blick war auf einmal hart, und er wandte sich um und schritt in die Dunkelheit davon. Es dauerte scheinbar nur Sekunden, bis ihm alle Soldaten folgten und die Straßenbauer und Emigranten zurückließen.

Sawyers preßte die Lippen aufeinander. Nervös starrte er den Soldaten nach. »Es ist alles in Ordnung, Leute! Diese Straße, die wir bauen, ist gut für das Land. Sie wird dieses große Land öffnen und unsere Expansion von Meer zu Meer beschleunigen. Wenn wir die feindlichen Wilden im Zaum halten und diese reichen Gebiete nutzen können, wie Gott es bestimmt hat, wird jeder davon profitieren – sogar die Indianer. Wenn sie erst sicher in Reservationen sind, können wir ihnen beibringen, wie man Land bewirtschaftet und ein anständiges Leben führt.«

»Das ist richtig!« pflichtete Nat Hedges ihm bei und stieß eine Faust in die Luft. »Wenn diese Stämme wüßten, was wir für sie tun, indem wir ihnen eine Hand reichen, um ihnen aus der Barbarei herauszuhelfen, wären sie uns dankbar!«

Zustimmendes Nicken und Seufzer der Erleichterung. Nach Douglas' Weggang lief alles wieder glatt, und die Verwirrung der Leute ließ nach.

»Gehen wir jetzt schlafen, Leute.« Sawyers ließ seinen Blick über die verbliebenen fünfzig Leute schweifen. Dann stieg er von der Kiste herunter. »Wir werden hier ein paar Ruhetage haben, aber Virginia City ist noch vierhundert Meilen entfernt.«

Die Versammlung löste sich auf. Colonel Sawyers schloß sich einer kleinen Gruppe von Fuhrleuten an, während die Emigranten mit ihren wenigen Kindern zu ihren Wagen gingen.

Colleen folgte den O'Brians. Ihre Gedanken waren noch bei der Versammlung. Matthew war ein so widerwärtiger Typ. War ihm nicht klar, daß diese Leute das Land erschließen wollten und daß die Indianer so streitsüchtig waren und nicht in den Reservationen leben wollten, die ihnen von der Regierung angeboten wurden? Es lag doch auf der Hand, daß die Indianer besser dran sein würden, wenn sie das zivilisierte Leben lernten. Colleen war in Gedanken versunken, als sie von der Stimme erschreckt wurde und zusammenzuckte.

»Colleen!«

Sie fuhr herum. Robert stand zwischen zwei Frachtwagen, und seine Miene war finster.

»Komm zurück zu unserem Wagen!« Er schaute sich unsicher und besorgt um, ob es irgendeinen versteckten Beschützer gab.

»Nein.« Sie schüttelte den Kopf. »Ich brauche mehr Zeit.«

»Los!« Er wies an der Reihe der Wagen entlang.

Colleen verschränkte die Arme und starrte zu Boden. »Nein.«

Er trat zwischen den Frachtwagen hervor und stürzte auf sie zu. Sie wich zurück und suchte verzweifelt nach Lawrence O'Brian. Zu ihrer Erleichterung hatte er bemerkt, daß sie zurückgeblieben war, und stampfte bereits zurück. Er schaute Robert feindselig an.

»Verdammt!« sagte Robert. »Du bist meine Frau. Es ist deine Pflicht!«

»Du läßt sie in Frieden!« sagte O'Brian, als er heran war und sich neben Colleen stellte. »Sie wird zurückkehren, wenn sie dazu bereit ist, und nicht eher!« Er drehte sich so, daß die Waffe an seiner Seite gut sichtbar war. Eine stumme Drohung.

Robert starrte weiterhin Colleen an und schenkte O'Brian kaum Beachtung. »Du bist meine Frau!« wiederholte er. »Komm zurück!« Sein Arm zitterte, als er von neuem zu ihrem Wagen wies.

»Gib mir noch einen Tag, Robert. Dann werden wir miteinander reden.«

Er ließ den Arm sinken, und seine Nasenflügel bebten vor Verlegenheit und Zorn. Er blickte zu O'Brian, der ihn verächtlich anschaute.

»Noch ein Tag!« stieß er gepreßt hervor. Dann machte er kehrt und ging schnell fort.

Colleen atmete erleichtert auf.

»Es ist mir gleichgültig, was Sie denken, Mädchen«, bemerkte Lawrence O'Brian und ballte die Hände. »Ich kann den Kerl nicht ausstehen.«

Colleen nickte schwach – sie war sich nicht sicher, ob sie das gleiche empfand.

ZEHNTES KAPITEL

Wounded Bear hatte gejagt und zwei Waldhühner, die sich zwischen den Bäumen am Bachufer versteckt hatten, mit Steinen erlegt. Er hielt sie in der Linken, und ihre graubraunen Federn plusterten sich in der Brise auf. Er schwang die Jagdbeute auf seiner Wanderung, und seine Gedanken waren bei dem Treck – und der gelbhaarigen Frau. An welchem Tag würden die Eindringlinge eintreffen? Wann würde der Kampf beginnen? Wann würde er der Frau begegnen?

Die Luft duftete nach Gras und Blumen. Donner grollte in der Ferne, wo sich dunkle Wolken ballten. Die starke Brise von Norden raunte klagend zwischen Bäumen und Büschen. Leichter Regen fiel. Wounded Bear hob das Gesicht zum Himmel und ließ seine Haut von den kühlen Regentropfen streicheln.

Als er sich dem Dorf näherte, stutzte er und ging langsamer. Frauen hasteten herum, und ihr dunkles Haar flatterte. Hunde liefen zwischen den Tipis, bellten, als Leute vorbeieilten. Angst stieg in ihm auf. Er packte die dünnen Hälse der Waldhühner fester und nahm die Szenerie in sich auf. Eine Gruppe fremder Pferde schnaubte und stampfte im Corral. Kinder kauerten in Gruppen unter den Pappeln, verängstigt durch den Aufruhr.

Wounded Bear verharrte verwirrt. Ein klagender Laut erhob sich in der Brise, hoch und scharf. Und Rufe waren zu hören – erbitterte Rufe des Zorns und Schmerzes.

In der Ferne näherten sich Reiter, deren Pferde Travois' zogen. Eine Linie von braunem Staub markierte den Weg, auf dem die Reiter vom Süden her gekommen waren. Er beschirmte die Augen vor dem Regen und musterte die Pferde. Red Dogs schwarzweiße Stute war an der Spitze des Trupps. Furcht stieg in Wounded Bear auf. Red Dog hatte die Späher angeführt, die den Treck aufspüren sollten! Wounded Bear eilte los und stolperte im Salbei. Dann hörte er das schrille Wehklagen von den Travois', und er rannte Hals über Kopf zu den Tipis. Ein Kampf? Hatte es einen Kampf gegeben? Mit dem Treck?

Yellow Leaf begegnete ihm, als er ins Dorf lief. Ihre braunen Augen waren groß und blickten gequält. Das perlenbesetzte Rehlederkleid war mit Blut bespritzt. Ihr schwarzes Haar flatterte im Wind.

»Schnell!« sagte sie und ergriff ihn am Arm. »Box Elder hat nach dir gerufen. Er braucht deine Hilfe bei den Verwundeten!«

»Was ist geschehen?« fragte er entsetzt.

»Unsere Männer kämpften gegen die Blauröcke von Fort Caspar. Viele wurden verwundet. Unser Dorf war das nächste, und so kamen sie her.«

»Wo ist Box Elder?« fragte Wounded Bear schnell. Er verstand jetzt. Ihre Späher hatten sich einem Kriegstrupp der Hundesoldaten angeschlossen und das Fort angegriffen. Die Opfer des Kampfes waren tagelang mitgeschleppt worden, und ihre Verletzungen waren nur von Kriegern versorgt worden.

Yellow Leaf hob eine zitternde Hand und wies den Pfad zwischen den Tipis entlang. »Box Elder ist dort unter den Bäumen.«

Wounded Bear warf die Waldhühner neben ein Tipi und machte sich mit schweren Schritten auf den Weg. Er bahnte sich eine Gasse zwischen Leuten, die hektisch nach Verbandsstoff oder Heilkräutern suchten. Tränen liefen über ihre braunen Gesichter. Sie trauerten um die Toten.

Wounded Bear eilte zu dem Waldstück und suchte nach der zierlichen Gestalt von Box Elder. Die Verwundeten lagen im Schatten der hohen Pappeln. Wounded Bear passierte einen im Fieber phantasierenden Krieger und bemühte sich, nicht die stillen, reglosen Gestalten zu stören, die verstreut am Boden lagen. Die meisten der Verwundeten waren bleich und zu schwach, um in ihrer Qual zu klagen.

»Warte!« keuchte der fiebernde Verwundete und blinzelte mit glasigen Augen auf den Medizinbeutel, der von Wounded Bears Gürtel baumelte. Der perlenbesetzte Beutel enthielt eine Pfeife und ein paar kostbare heilige Objekte. Der verwundete Krieger nickte, und Schweiß rann über seine Wangen. Seine Wildlederhose war am linken Bein zerfetzt und blutverkrustet. Er streckte erschöpft die Hand aus, klammerte sich an die Fransen von Wounded Bears Hose und zog schwach daran. »Du bist – ein heiliger Mann – singst du – für mich?«

Wounded Bear kniete sich zu ihm und nahm die Hand des Mannes zwischen seine Handflächen. Die Hand war heiß und feucht, und der Geruch von fauligem Fleisch war stark. Wounded Bear schluckte.

»Der Kampf?« fragte er besorgt. »Haben wir gewonnen, Bruder?«

Der Krieger lächelte schwach und verzerrt und schloß die Augen. »Wir haben viele getötet.«

Wounded Bear senkte den Kopf – ein Sieg. Er hob die Stimme und sang, flehte das Große Geheimnis an, diesen tapferen Kämpfer zu heilen. Während er sang, betrachtete er die Verletzung. Fliegen schwirrten um das geronnene Blut, und ihr Summen übertönte fast das Stöhnen und Wimmern der Leidenden. Die Wunde war infiziert, und das Bein war dick geschwollen. Dieser Krieger würde sterben. Ein Gefühl der Leere war in Wounded Bear, als er das erkannte. Er drückte die schweißnasse Hand des Mannes, verdrängte den Aufruhr seiner Gefühle und sagte weich: »Bruder, du wirst leben. Ruhe dich aus.«

»Kalt«, ächzte der Krieger und zitterte plötzlich. »Kalt . . .«

Wounded Bear nahm eine grünrote Decke, die auf dem Boden lag – sie gehörte vielleicht dem Krieger –, und hüllte den Mann damit ein. Dann strich er ihm feuchtes Haar aus der Stirn. Der Krieger hatte hohes Fieber. Die Stirn war heiß.

Wounded Bear richtete sich auf und ließ seinen Blick schweifen. Am fernen Rand des Waldstücks, fern dem Creek, lagen die Toten, eingehüllt in bunte Decken. Frauen gingen klagend zwischen den Leichen herum und suchten nach Ehemännern, Brüdern und Söhnen. Wenn Verwandte identifiziert wurden, trug man sie zu ihren Tipis, wo sie gesäubert und auf die Bestattung vorbereitet wurden. Schluchzen und Wehklagen erfüllten das Dorf.

Unter einer riesigen Balsampappel klagte eine Gruppe Trauernder, während Verwandte ihnen das Haar abschnitten. Es war ein Symbol des Schmerzes und Verlustes. Lange schwarze Haarsträhnen fielen wie Herbstblätter auf den Boden.

Und in der Geräuschkulisse aus Klagen und Weinen hörte Wounded Bear das rhythmische Geräusch einer Kürbisrassel. Er hielt Ausschau nach dem Medizinmann. Box Elder hielt sich hügelabwärts auf und neigte sich über einen Jungen. Seine weiß überzogenen Augen waren himmelwärts gerichtet, und er schüttelte die Rassel, während er betete. Seine langen, grauen Zöpfe schwangen bei seinem Gesang und schleiften durch das Blut, das die nackte Brust des Jungen bedeckte.

Wounded Bear setzte sich benommen in Bewegung und versuchte, sich vorzubereiten. Verletzte Kinder zu trösten war die härteste Aufgabe für einen Heiler – und er lernte erst. Er hatte sich bisher um drei sterbende Kinder gekümmert, ihre Hand gehalten und sanft mit ihnen gesprochen, um ihre Ängste zu mildern. War das Lied des alten Schamanen eine Todesklage oder ein Bittgebet um Heilung? Wounded Bear konnte es in der Geräuschkulisse nicht genau sagen. Er ging schneller und bereitete sich auf das Schlimmste vor – daß das Kind lebte.

Als er sich dem Schamanen näherte, hörte Wounded Bear das Kind Unzusammenhängendes murmeln und erkannte die Stimme. Es war Crow Foot. Erinnerungen setzten ein, und es wurde Wounded Bear schwer ums Herz. Er erinnerte sich, daß er mit diesem Jungen gespielt hatte, Kreisel für ihn gedreht und ihn gescholten hatte, wenn er böse gewesen war. Erst vor Wochen hatte er Schiedsrichter bei einem Wettlauf gespielt.

Der Junge schlug mit einem Arm um sich und traf den Medizinmann in sinnlosem Aufbäumen. Wounded Bear kniete sich gegenüber von Box Elder hin, auf die andere Seite des jungen Kriegers, und packte den Arm und hielt ihn fest, um zu verhindern, daß der Junge sich selbst oder den Schamanen verletzte. Gesplitterte Knochen ragten aus der Schulter des Jungen. Der Jungkrieger verlor immer wieder kurz das Bewußtsein, und wenn er für einen Augenblick zu sich kam, schaute er Wounded Bear flehend an.

Box Elder beendete sein Gebet und richtete die blinden Augen auf Wounded Bear. Sein runzliges Gesicht zeigte Erschöpfung.

»Die Kugel steckt im Knochen«, sagte er mit bebender Stimme und wies auf das blutige Loch in der Schulter des Jungen. »Wir müssen sie herausholen.«

Wounded Bear nickte und blickte auf das zerfetzte Fleisch. Crow Foot war zwölf, doch er ritt wie ein Mann mit den Hundesoldaten, kämpfte gegen die Blauröcke und versuchte, sie vom Land der Cheyennes zu vertreiben. Box Elder zog das Fleisch vom Rand der Wunde zurück. Der Junge war halb bewußtlos, mal öffnete er die Lider, mal schloß er sie, und er flüsterte Unzusammenhängendes.

»Kommen – sie kommen – über die Brücke – kämpfen. Töten.«

Er zitterte, als der Medizinmann mit knorrigem Finger unter der Haut nach der Kugel suchte. Wounded Bear packte den Arm des Jungen fester, um zu verhindern, daß er um sich schlug.

»Neeeiin!« schrie der Junge plötzlich und bäumte sich auf. Blut floß aus der Wunde, an der sich Box Elder zu schaffen machte.

»Pst, *Krieger«,* sagte Wounded Bear dem Jungen ins Ohr und sprach das letzte Wort mit Stolz.

Der Junge wand sich und zwang Wounded Bear, ein Bein über seinen Körper zu legen, um ihn still zu halten, während Box Elder arbeitete.

»Schnell!« keuchte Crow Foot. »Blauröcke – immer mehr – kommen!«

»Krieger«, sagte Wounded Bear dem Jungen ins Ohr. »Du darfst dich nicht bewegen. Wir holen die Kugel heraus.«

Der Junge blickte gepeinigt mit flackernden Augen zu ihm auf, in Gedanken immer noch beim Kampf. »Wegreiten!« krächzte er und bäumte sich gegen Wounded Bear auf. »Verstecken!«

»Halte ihn still«, befahl Box Elder und zog die blutverschmierten Finger aus der Wunde, bevor mehr Schaden entstand.

Wounded Bear stemmte sein volles Gewicht auf die Brust des Jungen und raunte ihm ins Ohr: »Wir werden uns hier verstecken, in Ordnung? Zusammen. Und sie werden uns nicht finden.«

»Sie finden uns!« schrie der Junge und schluchzte. »Sie finden uns!«

»Nein«, murmelte Wounded Bear ihm ins Ohr und packte seine Arme so fest, daß er das Fleisch quetschte. »Ich habe Zauberkraft, Bruder. Der Wolf sagte mir, daß wir leben werden – wir beide.«

Crow Foots Muskeln entspannten sich etwas, und er blickte ängstlich und verzweifelt in Wounded Bears Gesicht. Er erkannte ihn plötzlich, und seine Furcht ließ nach. »Wounded Bear?«

»Ja, Bruder.«

Der Junge entspannte sich. Er fühlte sich wieder sicher, geschützt von der Zauberkraft dieses Mannes. »Der Wolf?«

»Ja, mein Bruder. Der Wolf kam zu mir auf den Berg. Er erzählte mir von deiner Tapferkeit – sagte, du wirst leben.« Es war eine Lüge, er hatte keine Vision von dem Kampf bei Fort Caspar gehabt, aber die Worte trösteten den Jungen anscheinend.

»Leben – leben . . .« Der Junge schluckte und murmelte es immer wieder. Regen fiel auf sein Gesicht, aber er nahm ihn anscheinend nicht wahr. »Verstecken – wir werden uns hier verstecken.« Sein Tonfall hatte sich verändert; eine Spur von Hoffnung klang darin mit.

»Ja, Bruder. Wir werden sicher sein. Aber du mußt still liegen.«

Wounded Bear fühlte sich hohl. Dieses Kind glaubte, daß er – Wounded Bear – es retten konnte, daß seine schwache Zauberkraft ihm einen weiteren Tag Leben geben konnte, an dem er noch einen Sonnenuntergang sehen oder das Zwitschern des Wiesenstärlings hören konnte. Aber Wounded Bear wußte, wie unbegründet dieser Glaube war – der Wolf hatte seit Wochen nicht mehr zu ihm gesprochen.

Der Krieger im Kindesalter dachte voller Furcht an die Soldaten, preßte die Zähne aufeinander und starrte zu den Wolken empor, ohne sie richtig wahrzunehmen.

»Kugelzange«, sagte Box Elder. »Gib mir eine Kugelzange!«

Wounded Bear streichelte über den Arm des Jungen und sah sich schnell um. Er wußte, daß er nicht aufstehen konnte, um die Bitte des Medizinmanns zu erfüllen. Yellow Leaf stand bei einem Tipi und hatte die Arme vor dem Busen verschränkt. Sie beobachtete einen älteren Mann, der seinen verstorbenen Sohn von den Verwundeten fort durch das Dorf zu seinem Tipi trug. Der Mann schwankte unter der Last. Der Blick seiner braunen Augen war leer.

»Yellow Leaf!« rief Wounded Bear.

Sie zuckte zusammen und blickte zu ihm.

»Schnell! Bring eine Kugelzange!«

Sie rannte los, und die Glöckchen an ihren Mokassins klingelten, als sie sich in ein Tipi duckte. Wounded Bear wartete besorgt. Der Regen hatte aufgehört, aber über den Bergen hingen dunkle Wolken, und der Wind pfiff durch das Waldstück. Die Fransen seiner Hosen flatterten.

Binnen Sekunden tauchte Yellow Leaf aus dem Tipi auf. Mit einer Kugelzange in der Hand rannte sie zu ihm. Wounded Bear nahm die Zange schnell aus ihrer ausgestreckten Hand.

»Hier ist die Kugelzange, heiliger Mann.«

Box Elder streckte eine zitternde Hand aus, und Wounded Bear legte die Kugelzange auf seine warme, runzlige Handfläche.

»Halte den Jungen«, sagte der alte Mann und öffnete und schloß die scherenartige Kugelzange.

Wounded Bear legte sich auf die Brust des Jungen und hielt dessen Arme fest.

Irgendwo auf dem Berg peitschte ein Gewehrschuß. Dann noch einmal. Vielleicht war jemand auf der Jagd. Aber für Crow Foot waren es Schüsse aus dem Gewehr eines weißen Soldaten. Er bäumte sich auf und keilte mit den Beinen aus.

»Sie sind hier!« schrie er. »Sie sind hier!«

Wounded Bear konnte ihn kaum bändigen. Er wandte sich an Yellow Leaf. »Kannst du seine Beine halten?«

»Ja.« Sie kniete sich hin, packte die Knie des Jungen und drückte sie auf den Boden.

»Sie reiten vorbei, Bruder«, raunte Wounded Bear dem Jungen ins Ohr. »Siehst du? Sie entdecken uns nicht. Die Kraft des Wolfs macht uns unsichtbar. Lieg still – ganz still.«

Crow Foots Muskeln spannten sich, und er atmete flach. »Der Wolf?«

»Ja, der Wolf hat sie gegen uns blind gemacht, und wir sind sicher. Beweg dich nicht.«

Die Augen des fiebernden Jungen waren glasig, aber kein Muskel seines Körpers bewegte sich.

Box Elder tastete wieder in der Wunde. Seine Finger bewegten sich wie Würmer unter der Haut. Crow Foot schien keine Schmerzen zu spüren.

»Da«, sagte der Medizinmann, »das Bleistück . . .« Er schob die Kugelzange in die blutige Schulter des Jungen, umfaßte mit dem gewölbten Ende die Kugel und zog – und wieder – und noch einmal.

Wounded Bear schaute mit schwerem Herzen bei der vergeblichen Aktion zu. Die Kugel steckte zu tief im Knochen. Sie mußten etwas anderes versuchen. Box Elder zog die Kugelzange aus der Wunde und seufzte. Gewebestückchen klebten an dem eisernen Gerät, und Blut tropfte hinab auf den Arm des Medizinmannes.

»Ist dein Messer gesegnet?« fragte er Wounded Bear mit ernstem Gesicht. Die milchig überzogenen blinden Augen wirkten in diesem grauen Tageslicht dunkler als sonst.

»Ja«, antwortete Wounded Bear, zog das scharfe Messer aus der Scheide und legte es auf Box Elders Handfläche.

Crow Foots Muskeln verkrampften sich, und er zitterte, als werde ihm plötzlich klar, was mit ihm geschah – und was als nächstes folgen würde.

Box Elder wischte sich müde mit der blutbeschmierten Hand über die runzlige Stirn und holte tief Luft.

Er senkte das Messer in die Schulter des Jungen.

Wounded Bear preßte härter auf die Arme des Jungen und signalisierte Yellow Leaf, das gleiche mit seinen Beinen zu tun. Sie blickte auf in sein Gesicht, das Leidenschaft widerspiegelte. Sie tauschten einen tiefen Blick, bevor er fortschaute. Wie immer war Liebe in ihren Augen, wenn sie ihn ansah. Es stimmte ihn traurig – das Wissen, daß sie ihn liebte. Er wandte seine Aufmerksamkeit wieder dem jungen Krieger zu.

»Sing«, flüsterte Box Elder.

Wounded Bears Stimme erklang stark und volltönend. Sein Lobgesang über die Tapferkeit des Kriegers wurde vom Wind durch die Bäume und empor zu Gott getragen. Es regnete wieder, und die Tropfen prasselten stetig auf den silbern glänzenden Salbei. Leute im Lager wandten den Kopf und lauschten. Das Wehklagen verstummte für einen Augenblick. Irgendwo zwischen den Bäumen setzte ein Trommeln ein, im Rhythmus zu seinem Gesang. Seine Stimme stockte, als der junge Krieger zusammenzuckte und sich seine Muskeln gegen den Schmerz anspannten. Wounded Bear sang lauter, versuchte Kraft auf den jungen Mann zu übertragen. Box Elder schnitt durch lebendes Gewebe hinab zu der Kugel. Blut quoll aus der Wunde, floß über die Brust des Jungen und tränkte den Boden. Crow Foot wimmerte leise.

Wounded Bear blickte zu Yellow Leaf. Tränen glänzten auf ihren Wimpern, während sie die zitternden Beine des Jungen auf den Boden preßte. Ihr Blick war traurig.

Box Elder hielt die blutige Wunde mit den Fingern offen, schob die Messerspitze unter die Kugel und versuchte, sie aus dem Knochen zu hebeln. Das Messer verursachte ein schabendes Geräusch. Während der Arbeit flüsterte Box Elder: »Wurden sie von den Blauröcken verfolgt?«

Wounded Bear blickte auf. Der Gedanke war ihm nicht in den Sinn gekommen. Er schaute besorgt zu den Hügeln und rechnete fast damit, Hornsignale zu hören und Soldaten zu sehen. Er schaute fragend zu Yellow Leaf. Sie schüttelte den Kopf. Er schloß kurz erleichtert die Augen. »Nein, heiliger Mann.«

Schließlich löste sich die verformte Kugel aus dem Knochen, und der Medizinmann schob blutige Finger in die Wunde, um das Blei herauszuholen. Als er die verformte Kugel heraus hatte, wandte er sich an Yellow Leaf. »Verbinde seine Schulter«, befahl er und richtete sich auf.

Er legte eine Hand auf Wounded Bears Schulter. »Andere brauchen ebenfalls Hilfe.«

»Darf ich noch einen Moment bleiben, heiliger Mann?«

Box Elder nickte und ging davon.

Wounded Bear neigte sich wieder hinab und rieb seine

Wange an der des Jungen. »Du machst mich stolz, Krieger«, sagte er.

Der Junge schluckte und schloß die Augen.

Wounded Bear erhob sich und schaute Yellow Leaf an. »Alles in Ordnung?« fragte er. »Brauchst du Hilfe?«

»Nein.« Sie schüttelte langsam den Kopf. »Geh. Heile die anderen.«

Er nickte und berührte leicht ihre Schulter. Yellow Leaf sah ihn dankbar an, und es wurde ihm schwer ums Herz. Sein Blick glitt über ihr schönes Gesicht und blieb auf dem herzförmigen Mund haften. Er wußte nicht, warum er sie nicht liebte. Sein Herz war einfach kalt. Mit einem schwachen Lächeln erwiderte er ihren herzlichen Blick. »Kommst du wirklich allein zurecht?«

»Ja.« Sie legte schüchtern kurz die Hand auf seine, die auf ihrer Schulter lag und senkte den Blick, bevor er ihre Gefühle an den Augen ablesen konnte. »Geh.«

Er wandte sich ab und schritt davon. Das Gefühl der Leere in ihm war jetzt noch stärker als vorhin. Er ballte die Hände und sagte sich, daß es nicht anders sein konnte, daß die Geisterwelt ihn zu einem einsamen Leben verdammt hatte. Doch irgendwo in seinem Unterbewußtsein schrie eine Stimme, daß er sich irrte.

Er verbannte die Gedanken an Yellow Leaf und öffnete Augen und Ohren wieder für das Dorf. Das dumpfe Grollen von Donner mischte sich mit dem schrillen Wehklagen der Trauernden und erinnerte ihn an das Heulen und Knurren von Wölfen. Seine Gedanken kehrten zu seinem geistigen Helfer zurück, und er glaubte die tiefe Stimme des Wolfes zu hören: ». . . bist du bereit?« Er nickte vor sich hin, blickte zu den dunklen Wolken und lief dann zu Box Elder, um ihm zu helfen.

Die Nacht war schwarz, als der letzte der Verwundeten zu seiner Familie gebracht wurde. Wounded Bear hob die Arme über den Kopf und reckte sich. Er war erschöpft, seine Glieder waren schwer und sein Rücken schmerzte. Box Elder saß an einen Baumstamm gelehnt und schlief. Der alte Mann hatte fieberhaft an den Schwerverwundeten gearbeitet und sich erst Schlaf gegönnt, als er gewußt hatte, daß Wounded Bear mit den verbliebenen Männern allein fertig werden konnte. Wounded Bear blickte zu dem kleinen Mann, dessen Kopf auf der Brust ruhte. Sollte er ihn wecken? Nein. Box Elder würde es in seinem Tipi nur ein wenig bequemer haben als hier in der warmen Brise der Nacht.

Wounded Bear ging vom Lager fort. Er war benommen, und seine Kleidung war voller Flecke aus getrocknetem Blut. Sechs Männer waren an diesem Tag in seinen Armen gestorben, ihre Augen waren plötzlich starr geworden, und ihre Qual hatte mit den letzten Atemzügen aufgehört. Es war ihm schwer ums Herz. Er blickte zu den funkelnden Sternen. Die Wolken waren davongezogen, und der dunkle Himmel war klar.

Er verschränkte die Arme vor seinem blutbefleckten Wildlederhemd und hing seinen Gedanken nach. Vielleicht war dies die einzig wahre Freiheit des Menschen – die Freiheit, ehrenvoll zu sterben. Der Rest war nur ein Bemühen, dem Leiden zu entkommen – die grausamen Absichten der Geisterwelt zu durchschauen und zu versuchen, ihnen zu entgehen. Er grub die Finger in die Arme. Das ganze Leben war anscheinend nicht mehr, als dem Tod ins Auge zu schauen.

Wounded Bear schlenderte zu einem hohen Hügel, von dem aus er den östlichen Horizont sehen konnte. Die Sichel des Mondes warf silbernes Licht auf die höchsten Hügelkuppen. Leere erfüllte ihn, betäubte seine körperlichen Sinne und öffnete seine Seele für verbotene Fragen. Die Geister kämpften auf der Seite seines Volks, informierten es, schützten es – oder nicht? Er stieg den sandigen Hügel hinauf, und seine Gedanken drehten sich um die Ziele des Lebens und die Rolle der Geister. Als er auf der Hügelkuppe war, verharrte er. Es saß bereits jemand auf der anderen Seite. Er seufzte und wandte sich ab, um fortzugehen.

»Geh nicht weg«, sagte Yellow Leaf zaghaft und stand auf. Der Mondschein fiel auf ihren schlanken Körper. »Ich werde gehen.«

»Nein.« Er ging zu ihr. »Bleib.«

Sie lächelte verlegen und setzte sich wieder hin. Er ließ sich neben ihr zu Boden sinken, streckte erschöpft die Beine aus und lehnte sich auf die Ellenbogen zurück. Seine Schultern schmerzten. Er legte sich flach auf den Sand. Die weißen Perlen an seinen Mokassins schimmerten im Mondschein. Er starrte darauf und versuchte nicht zu Yellow Leaf zu blicken, die an ihrem Rehlederkleid herumzupfte.

»Siebzehn haben überlebt?« fragte sie und blickte auf die Prärie hinaus.

»Ja.« *Aber sechs starben,* fügte er in Gedanken hinzu. Er konnte es nicht aussprechen. Es wäre ein Eingeständnis seiner mangelnden Zauberkraft. Er war ein Medizinmann! Man erwartete von ihm, daß er *heilte.*

Yellow Leaf spürte anscheinend seine Beklemmung. »Crow Foot schläft tief. Box Elder sagte, sein Fieber hat nachgelassen. Macht dir das Sorge? Er wird gesund werden.«

»Es geht nicht um Crow Foot. Ich *spürte,* daß er überleben wird.«

»Du bist ein sehr großer Medizinmann. Ich habe nie bezweifelt, daß er ...«

»Sag das nicht.« Wounded Bear drehte sich unbehaglich auf die Seite, zupfte ein Zweigchen Salbei und drehte es in den Händen. »Der Tod geht unermüdlich durch unser Lager – ganz gleich, was ich tue. Wenn ich wirklich ein großer Medizinmann wäre ...«

»Wenn das Große Geheimnis entscheidet, jemanden zu sich zu holen, kann nicht einmal der größte Heiler das verhindern. Es ist nicht deine Schuld.«

»Aber es ergibt keinen Sinn. Diese Krieger ...«

»Sollte es einen Sinn ergeben?«

Er blickte zu ihr auf. Ihr schönes Gesicht war ausdruckslos. Er schlug leicht mit dem Salbei auf seine fransenbesetzte Hose. »Ja, natürlich sollte es das.«

Ihre Stimme klang weich und hell und süß. »Sollte uns das Große Geheimnis alles enthüllen?« Ihr Haar flatterte im Nachtwind. Er beobachtete, wie die Strähnen im Mondschein tanzten. Irgendwo in der Ferne heulten Kojoten.

Er rieb über den Salbei. »Nicht alles – aber mehr.«

»Was verstehst du nicht?«

»Schmerz«, sagte er müde. »Seinen Zweck ...«

Sie schlang die Arme um ihre Knie und blickte nordwärts zu den dunklen Bergen. Die zerklüfteten Gipfel ragten vom Mondlicht umschmeichelt vor dem Hintergrund der Sterne auf.

»Und – und die gelbhaarige Frau?« fragte sie zaghaft mit einer Spur von Eifersucht. Sie zupfte an den Riemen ihrer Mokassins, und bei der nervösen Bewegung klingelten die Glöckchen.

Er blinzelte nachdenklich. Die Gerüchte, daß die Frau immer wiederkehrte, um ihn zu verfolgen, hatten sich wie ein Präriefeuer ausgebreitet. Er lehnte den Kopf zurück und blickte zu den Sternen. Sie wirkten wie verstreute Eiskristalle auf einer schwarzen Decke.

»Ja – und die gelbhaarige Frau«, antwortete er.

»Sie erscheint dir immer noch?«

»Ja.« Er spielte nervös mit dem Salbei. »Sie war eine Zeitlang fort – aber sie kommt wieder.«

»In deinen Träumen?«

»Jede Nacht.«

Yellow Leaf drehte sich ihm zu, schlug die Beine übereinander und strich glättend über den Sand neben ihm.

»Der Wolf schickt sie?«

Wounded Bear blickte zur Mondsichel und wußte nicht, wie oder ob er antworten sollte. Er riß ein Salbeiblatt ab, schob es in den Mund und biß darauf, um den Geschmack zu genießen. »Ich weiß es nicht.«

»Aber es ist möglich?«

Er zuckte mit den Schultern. »Ich nehme es an.«

»Du liebst sie?«

Er zögerte, und seine Gedanken jagten sich. Liebte er die gelbhaarige Frau? Er beobachtete Yellow Leaf aus dem Augenwinkel. Ihre Stirn war gefurcht, und sie starrte auf den Sand.

»Sie ist nicht meine Freundin – nicht wie du.«

Ein schwaches Lächeln spielte um ihre Lippen, verschwand jedoch schnell. Sie zupfte wieder an ihrem Kleid herum. »Darf ich dir als Freundin etwas sagen?«

Ihre besorgte Miene beunruhigte ihn. »Was?«

»Einige – einige der Älteren sagen, daß diese weiße Frau eine Hexe ist, die kommt, um uns zu schaden – durch dich.«

Er dachte an Little Deers Worte vor ein paar Wochen. Sein Bruder hatte gesagt, die Alten würden die Frau als ›Geist‹ bezeichnen, nicht als Hexe. Letzteres war weitaus schwerwiegender. »Wer – wer sagt das?«

Yellow Leaf senkte verlegen den Kopf und erwiderte leise: »Sogar Box Elder.«

»Du lügst! Du sagst das nur, weil . . .« Er konnte sich gerade noch zurückhalten. Fast hätte er sie der Eifersucht bezichtigt.

Sie erhob sich, ohne ihn anzuschauen, und wollte den Hügel hinabgehen.

»Nein – warte!« flehte er. »Bitte – ich – ich bin nur müde. Ich weiß nicht, was ich sage – oder denke.«

Sie blieb mit dem Rücken zu ihm stehen und hörte zu.

»Ich weiß, daß du es nicht sagen würdest, wenn es nicht wahr wäre.«

»Sei vorsichtig, Wounded Bear«, sagte sie leise. »Erzähl niemandem mehr von ihr. Alte Männer flüstern bereits, daß du einen Schamanen brauchst, der sie aus deinem Herzen reißt.«

Wounded Bear stand auf, und seine Gedanken jagten sich. Das Volk wollte ihn *zwingen* – einen *Medizinmann!* sich einer Hexenaustreibung zu unterziehen. Er versuchte sich zu beruhigen. Wenn solche Gerüchte die Runde machten, dann war der Stamm ernsthaft besorgt wegen der gelbhaarigen Frau.

»Yellow Leaf?«

Sie wandte den Kopf zu ihm. Tränen glitzerten in ihren Augen. Er schämte sich, weil er sie gekränkt hatte, als sie versucht hatte, ihm zu helfen.

»Danke für die Information.«

Sie nickte und ging schnell den Hügel hinunter. Wounded Bear schaute ihr lange nach. Er war verwirrt und aufgeregt.

»Eine Hexe?« sagte er laut und blickte wieder zu den Sternen. »Sie ist keine . . .« Er verstummte und musterte wieder die Sterne. Zweifel stiegen in ihm auf.

»Es kann nicht sein . . .«

Colleen schlich sich aus dem Camp und versteckte sich zwischen Wagen, bis die Posten weit genug entfernt waren und sie nicht sehen würden. Dann durchquerte sie den Creek und folgte einem Wildwechsel hinauf auf einen felsigen Hügelhang. Obwohl Sawyers die Leute ermahnt hatte, nahe beim Camp zu bleiben, hielten sich nur wenige daran. Der Creek war zu einer Stätte der Arbeit und des Spiels geworden. Leute wuschen dort Kleidung, plauderten miteinander, während Kinder im Wasser planschten, oder füllten Wasserfässer. Die Wachtposten kümmerten sich wenig darum und ignorierten für gewöhnlich das Treiben der Zivilisten.

Der Pfad, dem sie folgte, wand sich durch verkrüppelte Kiefern und über Sandsteinbänke. Colleen ließ ihre Gedanken schweifen. Sie mußte eine Zeitlang allein sein. Die O'Brians waren sehr freundlich, aber sie waren stets um sie herum, besonders Elizabeth, die ihre ständige Begleiterin geworden war. Die Gesellschaft hielt sie beschäftigt, und sie konnte nicht über die schmerzlichen Entscheidungen nachdenken, die getroffen werden mußten.

Als sie etwa eine Viertelmeile vom Treck entfernt war, fand sie einen Platz im Schatten, und sie setzte sich hin und lehnte sich mit dem Rücken an einen Felsblock. Unterhalb des Hügels, an den Ufern des Hat Creek, sammelten die Straßenbauer ihre Werkzeuge ein und gingen ins Camp, um zu Abend zu essen. Der Staub von der strapaziösen Arbeit der Männer hing wie Nebel in der Luft und schimmerte lavendelfarben im verblassenden Tageslicht. Colleen ließ den Blick über die Wildnis schweifen. Das gewellte Plateau hob sich dunkel vor dem pastellfarbenen Himmel ab. Die Abendbrise spielte mit Strähnen des blonden Haars, das über Colleens Schulter fiel.

Sie dachte daran, daß die Scouts an diesem Morgen frische Spuren von Indianern gefunden hatten. Die Spuren verrieten, daß die Krieger plötzlich angehalten und sich zurückgezogen hatten, als sie den Treck gesichtet hatten. Colleen verschränkte die Arme. Sie fürchtete sich ein wenig vor den Indianern, aber ihre Angst war nicht so groß, um zu verhindern, daß sie die Einsamkeit suchte, die sie brauchte, um über ihre Probleme nachzudenken.

Da war das Problem Robert. Sie liebte ihn nicht und hatte ihn nie geliebt, aber sie hatte immer gehofft, daß sie irgend-

ELFTES KAPITEL

Colleen warf sich in Matthews Arme: »Lauf! Lauf!«

Er hielt sie fest und sagte kühl: »Hör auf, Colleen!«

Sie drosch um sich und bäumte sich in seinen Armen auf. Er packte ihre Arme, zwang sie auf seine Brust und hielt Colleen noch fester an sich. Sie weinte, und Tränen fielen auf sein blaues Hemd.

»Pst«, flüsterte er. »Es ist alles in Ordnung.« Er streichelte über ihr Haar.

»Ist er weg?« fragte sie furchtsam, wandte den Kopf und spähte in die Dunkelheit. Nur das Raunen des Windes in den Kiefern war zu hören.

Er hob ihr Kinn an und sah ihr in die Augen. Leute versammelten sich, alarmiert von Colleens Schreien.

»Wer, Colleen?« fragte er sanft. »Wer ist weg?«

Sie klammerte sich an seine Arme und grub die Fingernägel in seine Haut. »Der Wolf!«

»Er war wieder da?«

Sie nickte. »Halt mich fest!«

Er löste sich aus ihrer verzweifelten Umklammerung. »Es ist alles in Ordnung«, sagte er beruhigend. »Ich bringe dich zu meinem Zelt, ja? Dort können wir reden.«

Colleen schaute zu ihm auf und nickte.

Er legte den Arm um ihre Schultern und ging mit ihr durch die Menge, die sich angesammelt hatte. Robert Merrill schob sich von der anderen Seite her durch die tuschelnden Leute und blockierte ihm den Weg. Der große Mann stand steif da, die Hände zu Fäusten geballt, und seine gewaltige Brust hob und senkte sich unter schweren Atemzügen. Als er Colleen ansah, zeigte sein Gesicht eine Mischung aus Verlegenheit und Verachtung. Matthew ging geradenwegs weiter auf ihn zu. Colleen blickte auf und sah ihren Mann. Ihr zierlicher Körper versteifte sich. Sie drängte sich näher an Matthew und legte einen Arm um seine Hüfte.

»Zur Seite!« sagte Matthew ruhig, als sie sich Merrill näherten.

Roberts Nasenflügel bebten, und Schweiß glänzte auf seiner Stirn. Er leckte sich nervös über die Lippen und legte die Hand auf den Griff des .44er Revolvers an seiner Hüfte. Matthew blickte auf Merrills zitternde Hand, reagierte aber nicht. Es war ein Prinzip. Wenn *seine* Hand jemals zum Revolver hinabstieß, dann zog er und schoß, um zu töten. Er war sich zu diesem Zeitpunkt nicht sicher, wie Colleen reagieren würde, wenn er ihren Ehemann erschoß.

Matthew lächelte leicht, als er vor Merrill stehenblieb, doch sein Blick wurde eisig, als er dem Mann in die grünen Augen starrte. Colleen legte eine Hand auf seine Brust und drehte nervös an einem der Messingknöpfe. Der Arm um seine Hüfte zitterte.

»Wollen Sie den benutzen?« fragte Matthew freundlich und wies auf Merrills Revolver.

Robert Merrills Blick schweifte in die Runde der flüsternden Leute. »Vie-vielleicht«, stammelte er.

Matthew atmete tief durch und legte die Hand lässig auf die Hüfte. Er traf immer noch keine Anstalten, die Hand auf den Revolver zu legen. »Dann tun Sie es.«

Merrill blickte verwirrt drein. Er leckte sich wieder über die Lippen, versuchte Matthews durchdringendem Blick standzuhalten – aber er schaffte es nicht. Er wich dem Blick aus.

»Dann gehen Sie mir aus dem Weg!« sagte Matthew und setzte sich in Bewegung. Merrill trat widerstrebend zur Seite, und es war ihm anzusehen, daß er sich schämte. Seine Hand lag immer noch auf dem Revolvergriff.

Als sie weitergingen, zwang sich Matthew, entspannt zu bleiben, obwohl er ein Prickeln zwischen den Schulterblättern spürte. Sein Gefühl sagte ihm, daß Merrill ihn nicht hinterrücks angreifen würde. Es gab zu viele Zeugen.

Sie schritten langsam durch die Mitte des Camps, vorbei an einem Dutzend Conestoga-Wagen. Leute beobachteten Matthew und Colleen und tuschelten mißbilligend. Matthew lächelte übertrieben höflich und tippte an seine Feldmütze, wenn sie Frauen passierten.

Er neigte den Kopf zu Colleen und flüsterte: »Verabscheuungswürdige Sache, ein guter Ruf. Aber du willst sowieso keine Schlinge.«

»Was?« fragte Colleen verständnislos und sah zu ihm auf. Blonde nasse Locken fielen über ihre Schultern. Sie hatte auf den Boden geblickt und das verächtliche Starren der Mitglieder des Trecks nicht bemerkt.

»Willst du?«

»Was?«

Er wies kurz zu den Zuschauern und grinste breit? »Willst du eine Schlinge um den Hals?«

Sie schüttelte verwirrt den Kopf. »Wieso?«

»Eine Schlinge – um dich aufzuhängen.«

Sie runzelte die Stirn. »Redest du mit mir?«

»Eigentlich nicht.« Er lächelte und zog sie enger an sich.

Als sie zum Wagen der O'Brians gelangten, sprang Maureen aufgeregt heraus, und ihr weißes Haar flatterte. Lawrence hielt Elizabeth im Wagen zurück. Seine Miene war besorgt. Matthew sagte Maureen, daß er sich um Colleen kümmern würde. Maureen musterte ihn besorgt und streckte die Hände zu Colleen hin. Er schüttelte den Kopf und lächelte selbstsicher. Maureen kehrte widerstrebend zum Wagen zurück.

Schmuddelige weiße Zelte standen neben dem Waldstück, und Lagerfeuer brannten. Dutzende Männer waren um jedes Feuer versammelt. Einige aßen noch zu Abend, andere unterhielten sich.

Die Gespräche verstummten sofort, als Douglas mit Colleen zwischen den Zelten auftauchte. Blicke folgten ihnen, einige anerkennend, andere entrüstet. Er ignorierte alle und führte Colleen jenseits des Lagers zu seinem Zelt, das ein gutes Stück von den anderen entfernt war. Er brauchte seine Privatsphäre.

Die Glut seines Feuers leuchtete noch orangefarben.

»Hier, setz dich«, sagte Matthew, und Colleen ließ sich am Feuer nieder.

Matthew holte Brennholz, legte es auf die Glut und blies eine Weile, um das Feuer anzufachen.

Colleen fröstelte. Sie rieb sich die Arme und starrte ins Feuer. Matthew musterte sie. Erst jetzt sah er, wie verschmutzt ihr gelbes Kleid war. Er berührte es.

»Mein Gott, Colleen. Du bist völlig durchnäßt. Zieh dich aus.«

Sie schaute ihn aus großen Augen an. »Jetzt? Hier?«

»Natürlich!« Er ging zu seinem Zelt und zog die Plane zur Seite. »Komm.«

Colleen erhob sich und ging zu ihm. Sie sah verlegen zu ihm auf. Er wies ins Zelt. Sie duckte sich und betrat es. Matthew ließ die Plane zufallen und kehrte zum Feuer zurück. Die Kaffeekanne am Rand des Feuers war noch warm. Er schüttelte sie. Sie war halbvoll. Er nahm seinen Becher, aus dem er vor einer Stunde getrunken hatte, und schaute hinein. Kaffeesatz bedeckte den Boden. Er schenkte etwas frischen Kaffee dazu, schüttelte den Becher und kippte den Inhalt aus. Der Kaffeesatz war verschwunden.

»Matthew – ich weiß nicht . . .« sagte Colleen aus dem Zelt.

»Ausziehen!« sagte er im Befehlston. »Alles!«

»Alles?«

»Auch das Unterhemd.«

»Oh, aber das kann ich nicht.«

»Willst du dir eine Lungenentzündung holen?«

»Matthew, ich . . .«

»Wenn du dann unter der Erde bist, werden dich Kojoten ausgraben. Die lieben abgelagertes Fleisch.«

Stille.

Dann war das Rascheln von Stoff zu hören. Matthew lächelte.

»Und was soll ich anziehen?« fragte Colleen hitzig. »Oder soll ich etwa nackt herauskommen?«

Er hob die Brauen, blickte zu den Feuern des Camps und wieder zum Zelt. »Schätzchen, wenn du nackt herauskommst, werde ich dich nicht schützen können. Da sind über hundert

Männer, die lange keine Frau mehr gehabt haben.« Er rieb sich übers Kinn. »Oder träumst du davon, mal unter die Hunnen zu geraten?«

»Die Hu . . .« Sie verstummte, als wäre sie es leid, sich jeden einzelnen Namen im Camp durch den schönen Kopf gehen zu lassen. Von Hunnen hatte sie noch nie etwas gehört. Das waren vermutlich zwei der Soldaten, die besonders wild nach Frauen waren. »Sind die verwandt mit dir?«

»Wie?« Er dachte kurz nach, entschied sich dann jedoch, nicht auf die Anspielung auf sein Verhalten einzugehen – wenn es eine sein sollte. »Keine Blutsverwandten.«

»Und warum bringst du sie dann zur Sprache?«

Er seufzte, streckte sich beim Feuer auf dem Rücken aus und verschränkte die Hände hinter dem Kopf. »Das weiß ich jetzt auch nicht mehr genau.«

»Matthew!« Sie stampfte mit dem Fuß auf. »Was soll ich anziehen?«

»Oh! Nimm meine Decke. Sie liegt hinten in der Ecke.«

Er schaute zu den raschelnden Blättern der Balsampappeln und rieb sich über die Stirn. Die Abendbrise war kühl und trieb Funken aus dem Lagerfeuer empor. Er beobachtete, wie die Funken zwischen den dicken Zweigen über seinem Kopf verschwanden.

Colleen tauchte in seine graue Wolldecke gehüllt zaghaft aus dem Zelt auf. Er lächelte und setzte sich auf. Sie hatte die Decke wie eine Toga um sich gewickelt. Eine Schulter war nackt. Colleen hielt die Decke an der Hüfte fest zusammen. Ihre Locken begannen zu trocknen.

»Skandalös schön!« sagte Matthew mit anerkennendem Blick.

»Ich wußte nicht, wie ich die Decke anders wickeln kann . . .« Sie zog ein paar Locken über ihre nackte Schulter.

»Komm und setz dich.« Er klopfte neben sich auf den Boden.

Colleen ging zum Feuer und setzte sich neben Matthew.

»Fühlst du dich jetzt besser?«

Sie nickte und lächelte schwach.

»Gut.« Er schenkte Kaffee ein und gab ihr den Becher. Dann stand er auf und ging in sein Zelt.

Sie schaute ihn entgeistert an, als er mit ihrem Kleid und der Unterwäsche aus dem Zelt kam und die Sachen über das Zeltdach hängte.

»Matthew! Ich sterbe vor Verlegenheit.«

»Dann wirst du wenigstens trocken sterben.«

Sie schaute zu den Soldaten. Sie waren zu weit entfernt, um zu sehen, was auf dem Zelt hing. Sie entspannte sich etwas.

Matthew kehrte zu ihr zurück, setzte sich und schenkte sich Kaffee ein. Dann streckte er die Beine aus und lehnte sich auf die Ellenbogen zurück. Er musterte Colleens Gesicht. Sie wirkte ruhiger.

»So«, sagte er, jetzt in ernstem Tonfall. »Erzählst du mir von dem Wolf?«

»Er – verfolgte mich.« Colleens Stimme bebte. »Ich rannte vor ihm fort.«

»Rief er dir etwas zu?«

Sie starrte ihn mit großen Augen an. »Ja – woher weißt du das?«

Matthew seufzte, nahm seine staubige Feldmütze ab und klopfte sie am Hosenbein ab. Dann warf er die Mütze zu seinem Zelt und sah Colleen enttäuscht an. »Schätzchen, warum hast du nicht mit ihm geredet?«

Ihr Mund klaffte auf, und sie schaute ihn entgeistert an. »Aber es ist – ein Tier! Eine Bestie ...«

Matthew schüttelte den Kopf. Sie tastete zu ihrem silbernen Kruzifix und war nahe daran, aus der Bibel zu zitieren. Er schlug die Beine übereinander. »Ein Wolf im Schafspelz?«

»Nun ...«

»Ah, Colleen. Wo steht das in der Bibel? Du wirst das besser wissen als ich – irgendwo bei Hesekiel, nehme ich an. Gott erscheint in einem Sturmwind dem Propheten und zeigt ihm vier Gesichter. Eines ist das Gesicht eines Mannes, und die anderen sind Tiere.« Er überlegte angestrengt, denn es war lange her, seit er die Heilige Schrift gelesen hatte. »Eines der Tiere ist ein Löwe, ein anderes ein Stier und – was verdammt noch mal ist das dritte?«

»Fluche nicht.«

»Also, was, zum Teufel, ist es?«

»Ein Adler.«

»Genau!« Matthew setzte sich auf und wies mit dem Zeigefinger auf Colleen. Brauner Staub haftete auf seiner Uniform. Er klopfte auf die Ärmel; Staub wallte aus dem Stoff. »Also?« fragte er erwartungsvoll.

Sie legte die Arme um die Knie und schaute ihn an. »Du meinst, daß Gott in vielen Gestalten auftreten kann – nicht wahr?«

»Genau!«

»Aber Matthew, ich will nicht zu Gott reden. Warum sollte er mit mir ...«

»Du bist eine Gans.«

Sie runzelte empört die Stirn. »Das bin ich nicht!«

»Wie oft am Tag betest du?«

»Nun – ein paarmal, nehme ich an.«

»Worüber?«

»Über die Träume ...« Plötzlich dämmerte es ihr. »Du meinst ...«

»Ja. Gott schickte dir einen Engel, damit du mit ihm über deine Träume sprechen kannst, und wie hast du ihn behandelt?«

»Aber Matthew, ich wußte das doch nicht.«

Er lächelte und schaute sie von der Seite an. Ein warmes Gefühl der Erleichterung erfüllte ihn. Die Kreatur konnte keine *Eehyoim* sein. Hexen erlaubten ihren Opfern nicht den Luxus, ein Gespräch zu verweigern. Der Wolf war offenbar ein hingebungsvoller Helfer der Geister. Aber womit hatte er ihr helfen wollen? Erforderte irgendein zukünftiges Ereignis diese ungeteilte Aufmerksamkeit? Wenn es nichts mit ihm, Matthew, zu tun hatte, was hatte dann Colleen getan – oder was *könnte* sie tun –, das solch eine hartnäckige Verfolgung rechtfertigte? Es ergab keinen Sinn. In letzter Zeit hatten Visionen von *Enanoshe* seine Träume erfüllt, und er hatte sich einsam und verletzlich gefühlt. Irgendwo tief in ihm war eine böse Ahnung.

Er schwenkte den Kaffee im Becher und beobachtete, wie das dunkle Gebräu über die Innenseiten des Bechers schwappte. Ganz gleich, wie hart er es versucht hatte, er konnte sich nicht überzeugen, daß es irgendeine geheime Verbindung zwischen seiner Vergangenheit, seiner Verbannung aus dem Stamm der Cheyennes, Broken Stars wütenden Verwünschungen und Colleens geheimnisvoller Faszination für den Krieger in ihren Träumen gab. Alle Anzeichen deuteten darauf hin, daß Colleens Weg und seiner vor langer Zeit in der nebelhaften Unterwelt von Geistern und Hexen miteinander verbunden waren. Matthew lief es kalt über den Rücken. Geister retteten oder verdammten. Es gab selten etwas dazwischen. Welche von beiden Möglichkeiten würde es diesmal sein? *Vielleicht beide?*

Er ergriff Colleens Hand.

»Matthew?« Sie befeuchtete nervös die Lippen mit der Zungenspitze. »Wird der Wolf wiederkommen?«

»Mach dir keine Sorgen«, sagte Matthew. »Gott liebt Narren und Iren. Auf dich trifft beides zu.«

Colleen blickte entsetzt vor sich hin, als überlege sie, wie sie reagieren sollte, wenn der Wolf das nächste Mal erschien. Sie entzog Matthew die Hand und wickelte die Wolldecke fester um ihre Hüften.

»Kalt?«

»Ein bißchen.«

Er schob sich näher zu ihr, legte den Arm um sie und zog sie an sich.

Sie saß still und schaute geistesabwesend zu den Balsampappeln.

»Nachdem wir das nun geklärt haben, laß uns über deinen Mann reden«, sagte Matthew leise.

Sie senkte den Kopf und blickte auf ihre im Schoß liegenden Hände. »In Ordnung.«

Er bemerkte ihre Verlegenheit. »Willst du zu ihm zurückgehen?«

Colleen spielte nervös mit den Fingern herum, drückte einen nach dem anderen, und dann schlüpfte sie unter seinem Arm fort und erhob sich. Sie ging vom Feuer fort und blieb neben dem Zelt stehen. Colleen verhielt sich, als versuche sie, nicht auf das Zelt zu schauen. Die Flammen warfen Schatten über ihr Gesicht. Sie wandte sich halb um, als wolle sie ihn anschauen, doch dann überlegte sie es sich anders und schlenderte vom Zelt weg zwischen die Bäume.

Matthew nippte an seinem Kaffee und beobachtete Colleen. Sie verschränkte die Arme vor dem Busen und hielt die graue Decke an ihrem Körper, während sie zum sternenübersäten Nachthimmel blickte.

Er verfluchte sich, weil er so schonungslos offen gewesen war. Vielleicht hätte er ihr mehr Zeit geben sollen. Er legte sich zurück und drehte sich auf eine Seite. Er wollte ihr nicht mehr Zeit geben – deshalb hatte er gedrängt. Er war im Begriff, sich in diese zierliche kleine Frau aus New York zu verlieben, und der Gedanke, daß sie zu ihrem Mann zurückkehrte, versetzte ihm einen Stich.

Er schaute wieder zu ihr. Colleen beobachtete ihn mit großen Augen und umklammerte steif die Decke. Sie senkte den Blick und ging zum Feuer zurück. Er blieb ausgestreckt auf der Seite liegen.

Sie kniete sich graziös neben ihn und sagte leise und angespannt: »Matthew, er ist mein Mann.«

Er nickte und griff nach einem Stock, um das Feuer anzufachen. Funken stoben auf und wirbelten in die Dunkelheit empor. Er schaute ins Feuer. Sein Herz pochte heftig.

Zögernd legte Colleen ihm eine Hand auf die Schulter. Er blickte auf. Ihre Augen schimmerten feucht, als sie seinen Blick suchte.

»Aber – ich will nicht mehr seine Frau sein.«

Er wartete besorgt auf den Rest. Colleen schniefte leise und wischte sich über die Nase. Dann nahm ihr Gesicht plötzlich einen trotzigen Ausdruck an. Er hob erwartungsvoll die Brauen.

Sie schlug mit einer Faust auf den Boden. Matthew zuckte zusammen, als Staub aufwirbelte. »Ich werde vermutlich in die Hölle kommen, aber . . .« Sie blickte ihn unsicher an. »Ich – ich will mit dir zusammensein.«

Matthew musterte sie prüfend. Ihre Lider flatterten. Sie war unsicher. Und ängstlich. Sie zog die Hand zurück.

Er setzte sich auf, und ein Lächeln spielte um seine Lippen, als er ihren Arm ergriff und sie an sich zog. Er drückte sie an sich und küßte sie.

»Bist du sicher? Hast du keine Angst vor der Hölle?«

»Doch – aber nur ein bißchen. Und du wirst schließlich dort bei mir sein. Also . . .«

»Wundervoll!«

Er küßte sie wieder, stand auf und zog sie auf die Füße. Der Wind nahm zu, zerrte an der Zeltplane und pfiff durch die Bäume. Colleens Haar flatterte in den Böen, als Matthew einen Arm um ihre Schulter legte und sie in sein Zelt führte.

Als Matthew erwachte, lag Colleen in seinen Armen, und ihr nackter Körper war weich an ihn geschmiegt. Lange blonde Locken lagen auf seiner Brust. Er berührte ihr Haar, wickelte Strähnen um seine Finger und versuchte, Colleen nicht zu wecken.

Der Wind heulte um das Zelt, und die Plane am Zugang schlug hin und her. Er rieb sich die Augen und starrte in die Dunkelheit hinaus. Der Himmel wirkte wie eine schwarze, mit Sternen bestickte Decke. Er lauschte auf das Heulen des Windes, während er nachdachte.

Matthew war müde. Er hatte die meiste Zeit der Nacht wachgelegen und gelauscht, während Colleen Bruchstücke von Unterhaltungen im Schlaf gesprochen hatte, vieles davon auf Cheyenne, und die meisten mit einem Krieger. Warum würde ein Cheyennekrieger seine Seele schicken, um Colleens Seele zu berühren? Oder schickte sie ihre Seele zu seiner? Ihre Stimme hatte leise und besorgt geklungen, als wäre der Dialog hastig und dringend.

Er nahm eine lange Strähne ihres Haars und rieb sie über sein Gesicht. Sie war wie goldene Seide auf seinen Wangen. Er zog das Haar über seine Augen und spähte hindurch zum Himmel. Das Haar schimmerte schwach im Schein der Sterne.

Colleen bewegte sich im Schlaf, legte einen Arm auf seinen Leib und schmiegte den Kopf an seine Schulter. Ihre Hand streichelte leicht über seine Seite. Er beobachtete die schläfrigen Bewegungen, sah ihr entspanntes Gesicht und die Zartheit ihres Körpers. Sie erinnerte ihn an eine gläserne Figurine: schlank und zerbrechlich. Ihre Zartheit rührte etwas in ihm, weckte den Wunsch, sie zu beschützen.

Er wischte behutsam die Locke zurück, die ihr ins Gesicht gefallen war. »Bist du wach?« flüsterte er.

»Hm.«

Er streichelte über ihren Arm. »Erzählst du mir von dem Krieger?«

Schläfrig öffnete Colleen die Augen, wälzte sich auf den Rücken und stemmte sich auf die Ellbogen. Sie blinzelte verlegen und blickte zur Zeltdecke, an der eine Bö zerrte.

»Habe ich – über ihn geredet?« fragte sie zaghaft.

»Ja.«

»Oh, Matthew – ich ...«

Er lächelte. »Bin ich so unfähig? In meiner Eitelkeit nahm ich an, du würdest von meinen Zärtlichkeiten träumen.«

»Oh, sei ernst.«

»Aber das bin ich! Ich habe mich sehr bemüht, dir alles zu geben«, sagte er mit einem breiten Lächeln, »und du träumst von einem anderen Mann.«

Sie neigte sich über ihn und küßte ihn flüchtig, die Hände auf seiner Brust. Unvermittelt hielt sie inne und tastete über seine Narben. Im schwachen Sternenschein sah er, daß sich ihre Miene veränderte. Ihr Lächeln verschwand, und ihre Miene wurde fragend und besorgt.

Er ergriff ihre Hände und versuchte sie von ihrem Gedankengang abzulenken.

»Erzähl mir von dem Krieger«, wiederholte er sanft.

Sie musterte sein Gesicht, suchte etwas. Er konzentrierte sich, sie herzlich anzublicken und sonst eine ausdruckslose Miene zu bewahren. Es war noch zu früh, ihr von seiner Vergangenheit zu erzählen. Es würde die Dinge nur komplizieren – ihre Beziehung schwerer und unsicherer machen.

»Er – kommt zu mir in meinen Träumen – und manchmal auch, wenn ich wach bin.«

»In Tagträumen?«

»Nein – nicht genau. Es ist mehr ...« Sie strich eine Locke hinter ihr Ohr. »Ich kann es nicht beschreiben, aber es ist mehr – irgendwie lebendig und real.«

Er nickte und drückte leicht ihre Hand. »Weißt du, wer er ist?«

»Nein«, flüsterte sie.

»Aber er ist ein Cheyenne. Das weißt du, nicht wahr?«

»Ich nehme es an. Aber ich weiß es nicht mit Sicherheit, Matthew.«

»Erzähl mir über ihn. Welche Muster sind auf seiner Kleidung, seinem Schild? Sind die Tipis in seinem Dorf irgendwie bemalt?«

Colleen blinzelte und setzte sich auf. »Ja – ein Tipi ist mit einem bunten Büffelkopf bemalt. Es ...«

Er erstarrte, und seine Hand spannte sich um ihre. Er sah das heilige Büffelkopf-Tipi deutlich vor seinem geistigen Auge. Is'siwun war dem Volk vom Helden der Suhtaio, Erect Horns, geschenkt worden, bevor die Tsistsistas und die Suhtaio ein Stamm geworden waren.

Die Anwesenheit in dem Dorf versprach, daß die übernatürliche Kraft des Büffels dort wohnte und die Cheyennes durch den Segen des Büffels vor dem Verhungern geschützt sein würden. Colleens Visionen drehten sich also um die Cheyennes. Der Krieger ...

»Was ist?« fragte Colleen und sah ihn mit großen Augen an. Sie versuchte, ihm ihre Hand zu entziehen.

Plötzlich wurde ihm klar, daß er ihr weh tat. Er lockerte den Griff, atmete tief durch und streichelte über ihre Hand. »Nichts«, murmelte er und schloß die Augen. »Ich sah nur – Bilder.«

»Bilder?«

Matthew öffnete die Augen und schaute Colleen an. Er zog sie an seine Brust und streichelte ihr langes Haar, das auf dem nackten Rücken lag. Ihre Haut war wie Samt, warm und weich.

»Es wird erst in ein paar Stunden hell. Laß uns schlafen.«

»In Ordnung«, erwiderte sie verwirrt. Sie schmiegte den Kopf an seine Schulter und tastete wieder zu den Narben vom Sonnentanz auf seiner Brust. Er versuchte nicht, sie davon abzuhalten.

Aber sie stellte keine Frage. Ihr resignierter Tonfall verriet ihm, daß sie verstand, wenn er nicht darüber reden wollte, aber diese Schüchternheit würde verschwinden, je mehr sie ihn kennenlernte – und dann würde sie Fragen stellen. Er täuschte Schlaf vor.

Aber er war zu sehr mit seinen Gedanken beschäftigt, um schlafen zu können.

ZWÖLFTES KAPITEL

Die Pumpkin Buttes erhoben sich wie viereckige Türme aus der gewellten Prärie, und ihr Sandstein schimmerte orangefarben im Licht des Nachmittags. Wounded Bear zügelte seinen Pinto und spähte über die flache Senke unterhalb der Sandsteinfelsen. Von seinem Aussichtspunkt auf dem grasbewachsenen Hügel sah der Powder River wie ein gewundenes smaragdgrünes Band aus, das von Balsampappeln und Espen gesäumt war.

Er seufzte und sprach zu seinem Pferd. »Sie sind dort, Kleiner.« Sein Blick schweifte über die Weite aus Salbei und Gras. »Irgendwo dort.«

Obwohl sich sein Dorf in der Nähe des Powder River befand, wurde der Kriegsrat weiter südlich abgehalten. Wenn sie von Soldaten entdeckt wurden, würden die Alten, Frauen und Kinder immer noch sicher und vom Kampf fern sein.

Das Pony rupfte Gras, wandte gelegentlich den Kopf zu seinem Reiter und spitzte ein braunes Ohr. Wounded Bear streichelte über die cremefarbene Mähne, tätschelte den langen Hals, gab dem Pinto die Zügel frei und ließ ihn wandern. Das Lager der Hundesoldaten lag flußabwärts. Dull Knife würde bereits Pläne gemacht und seine Kriegstrupps vorbereitet haben. Heute abend würde Zeit zum Reden und Beten sein.

Ungeduld und Besorgnis stiegen in Wounded Bear auf. Er ließ seinen Blick über die Prärie schweifen und dachte an die gelbhaarige Frau. Er hatte den Wolf gebeten, ihm zu sagen, welche Rolle sie spielte – aber er hatte keine Antwort erhalten. Es war, als wäre die Geisterwelt plötzlich verstummt. Die Stille stimmte ihn mißmutig.

Windstöße zerrten an seinen Zöpfen und peitschten sie über

seine Schultern, daß sie gegen seinen nackten Rücken klatschten. Er blickte zum Himmel und beobachtete die kreisenden Adler. Irgendwo über ihnen wartete der Wolf.

Wounded Bear nahm die Zügel auf, trieb seinen Pinto mit den Hacken an und ritt den Hang hinab auf den Fluß zu. Er mußte vor Einbruch der Dunkelheit ein Lager aufschlagen.

Als das Tageslicht abnahm, krochen Schatten über die Sandsteinfelsen, überzogen die Spalten und Risse wie Honig und warfen einen goldenen Schimmer über den Salbei. Verstreute Tupfer von Wolken zogen am westlichen Horizont und wirkten wie eine Handvoll Blüten von Feigenkakteen auf einem azurblauen See. Wounded Bear lenkte sein Pferd hinab ins Flußbett und bahnte sich einen Weg zwischen den Bäumen nach Norden.

Seine Gedanken kehrten zu der Frau zurück, und von neuem stieg Besorgnis in ihm auf. Er versuchte, ihr Bild zu verbannen, damit er sich auf den bevorstehenden Kampf konzentrieren konnte, aber es ließ ihn nicht los, kehrte immer wieder zurück. Seine Schwester hatte ihm vor vielen Jahren gesagt, daß er nicht wie andere Jungen war und zu sehr mit dem Kopf lebte. Erinnerungen an ihr neckendes Lächeln löschten das Bild der gelbhaarigen Frau aus, brachten ihm jedoch Schmerz. Seine Schwester war seit zwölf Jahren tot, aber ihr Bild war noch nicht verblaßt.

»Enanoshe«, flüsterte er ihren Namen.

Er sah ihr schönes Gesicht. Schwarzes Haar hing glatt ihren Rücken hinab, und ihre braunen Augen glänzten. Sie war neun Jahre älter als er gewesen und hatte sich um ihn wie eine Mutter gekümmert, nachdem ihre Eltern von den Shoshoni getötet worden waren.

Enanoshe war gestorben, als er acht gewesen war. Sie war von einer der schrecklichen Krankheiten der Weißen dahingerafft worden. Als er sie zum letzten Mal gesehen hatte, waren ihre Augen trüb und ihr Gesicht bleich und eingefallen gewesen. Er hatte geweint, als sie aus dem Lager fortgebracht worden war, und sich an das Wildlederhemd seines Großvaters geklammert. Die Worte, die der alte Mann vor so langer Zeit gesagt hatte, verfolgten ihn immer noch und wehten wie Wind durch seine Träume. »Die Geister merken sich das, Enkel. Der Verlust wird ersetzt werden.«

Wounded Bear versuchte, seine Aufmerksamkeit auf das schlammige Wasser zu lenken, das neben ihm floß. Allmählich verblaßten die Erinnerungen, und er fühlte sich benommen und müde. Er trieb das Pony zum Trab, begierig darauf, zum Kriegsrat zu gelangen. Als der Himmel dunkler wurde und Sterne durch das verblassende Blau lugten, sah Wounded Bear Lagerfeuer voraus auf dem Flußufer. Er bahnte sich einen Weg zwischen den Pappeln, bis er den Rand des Lagers erreichte. Dann zügelte er das Pony, saß ab und hobbelte es an.

Hier waren viele Krieger, viel mehr, als ihm seine Träume gezeigt hatten. Wounded Bear starrte mit großen Augen. Es mußten an die tausend Krieger sein. Er ging in das Gewühl hinein.

»Ah! Wounded Bear!« rief jemand.

Er schaute sich um und suchte nach dem Mann mit der vertrauten Stimme. Über den Köpfen winkte eine Hand. Er winkte zurück und bahnte sich einen Weg zu dem Mann.

»Bent!« Er klopfte dem Krieger auf den Rücken. Der Mann war groß und hatte ein breites Gesicht mit weit auseinanderstehenden Augen, einer geraden Nase und einem schwarzen Oberlippenbart. Bent war halb weiß; sein Vater war Händler am Arkansas River im Süden. Der Schnurrbart, ein charakteristisches Merkmal von Weißen, war der Anlaß für Scherze bei solchen Versammlungen. Aber keiner stellte seine Loyalität in Frage. Er hatte zu oft gegen seine weißen Brüder gekämpft, und seine Tapferkeit war das Thema vieler Geschichten an Lagerfeuern.

»Du lebst, Bruder. Das überrascht mich!« spottete Wounded Bear.

»Hast du etwas anderes gehört?«

»Nein, aber ich dachte, eine Kugel hätte dich vielleicht gefunden.«

»Keine, die tödlich war.« Das Lächeln verschwand von Bents Gesicht.

Im Hintergrund rief Box Elders rauher Gesang die Krieger zum Kreis der Häuptlinge. Als sie hingingen, bemerkte Wounded Bear, daß Bent humpelte.

»Eine Kugel?« fragte er betroffen.

»In der Hüfte.«

Solche Wunden heilten langsam. Sein Freund hatte zweifellos Schwierigkeiten beim Reiten, doch er war auf dem Kriegspfad. Zusammen bahnten sie sich einen Weg zum Kreis.

Dull Knife setzte sich als erster vor das lodernde Feuer. Sein rundes Gesicht war ernst, und seine vollen Lippen bewegten sich bei einem leisen Lied. Ein Fuchsfell war um seinen Hals drapiert und fiel über sein Hemd, das mit roten und blauen Perlen besetzt war. An den Rand des Fuchsfells waren Bärentatzen genäht, die dunkel im orangefarbenen Feuerschein glänzten.

Als nächster nahm der große Oglala-Häuptling Red Cloud Platz. Wounded Bears Augen weiteten sich beim Anblick des Sioux-Häuptlings. Er trug eine hohe Kriegshaube aus vielen Adlerfedern. Sein Hemd war mit waagerechten Reihen von Stacheln des Stachelschweins besetzt, und dazwischen schimmerten gelbe und weiße Perlen. Red Cloud war ein beeindruckender Mann, groß, mit gewaltiger Hakennase und schmalem Gesicht. Eine Aura von Würde und Macht umgab ihn.

Zu beiden Seiten der beiden Oberhäuptlinge nahmen Häuptlinge von Stammesgruppen Platz. Einige waren Cheyennes, die meisten waren Sioux. Wounded Bear drängte sich näher und blickte zwischen Männern hindurch, um die Sioux-Häuptlinge zu sehen. Warum hatten ihm seine Träume nicht gezeigt, daß ein anderer Stamm kommen und dem Volk im Kampf gegen den weißen Treck helfen würde? Die Anwesenheit der Sioux war ein gutes Omen. Sie hatten weit mehr Krieger als die Tsistsistas und ebenfalls mehr Pferde und Waffen.

Die Oberhäuptlinge plauderten miteinander, als der betagte Medizinmann der Cheyennes, Box Elder, in den zuckenden Flammenschein hinkte. Seine langen, grauen Zöpfe baumelten über sein kunstvoll mit Perlen besetztes Hemd, und er hielt die heilige Pfeife in den Händen. Box Elder sang Lieder von der Pfeife. Dann überreichte er sie Dull Knife. Der Häuptling nickte dankend, bevor er den Rauch tief inhalierte und in die vier Richtungen blies. Als er die Pfeife sinken ließ, war der Blick seiner schwarzen Augen nachdenklich, und seine Miene zeigte

Besorgnis. Er nickte müde den jungen Männern zu, die um das Feuer versammelt waren.

»Es ist gut, daß ihr gekommen seid, Brüder.« Er lächelte schwach und reichte die Pfeife Red Cloud.

Die Pfeife ging von Hand zu Hand, zuerst im Kreis der Führer, dann feierlich im Kreis der versammelten Krieger. Als sie schließlich bei Wounded Bear war, packte er sie fest und schaute zum Sternenhimmel. Seine langen Zöpfe hingen am Rücken hinunter und rieben leicht über seine Haut. Er betete lautlos zu dem Wolf, bevor er rauchte. Dann inhalierte er tief den Rauch, reinigte sich für den Kampf. Er gab die Pfeife an Bent weiter und schaute zu den Zweigen der Bäume empor, die sich schwarz vom Sternenhimmel abhoben.

Über eine Stunde lang sprachen die Häuptlinge miteinander über die Wagenkolonne und diskutierten, was getan werden sollte, um sie zu stoppen. Schließlich eröffneten sie die Diskussion für die gespannten Krieger.

»Brüder«, rief Dull Knife mit tiefer Stimme. »Die Wagen sind einen Zweitagesritt von uns entfernt. Der Weiße Mann reißt die Erde mit scharfen Stöcken auf und baut eine neue Straße durch unsere Jagdgründe. Wer will sprechen?«

»Ich werde sprechen!« ertönte eine Stimme hinter Dull Knife. Er wandte den Kopf und sah einen jungen Sioux, der sich durch die dichte Menge drängte.

»Ich bin Lame Coyote«, sagte der stämmige Mann. Er hatte ein spitzes und abgehärmtes Gesicht, und seine Hände waren zu Fäusten geballt. »Ich bin ein Krieger der Bad Faces. Ich habe allein fünfzehn Pferde der Crows gestohlen und zwölfmal Ehre im Kampf gegen meine Feinde erlangt.« Es folgt anerkennendes Gemurmel. Seine Vorstellung war beeindruckend und zeigte ihn als einen Mann, den man anhören mußte. Er fuhr fort: »Ich möchte wissen, was wir gegen die Weißen planen, die es wagen, in unser Land einzudringen!« Es war mehr eine Forderung als eine Frage.

Red Cloud antwortete langsam und deutlich. »Wir werden sie stoppen.«

Lame Coyote blickte hoffnungsvoll, und Haß loderte in seinen Augen. »Wir werden sie alle töten?«

Red Cloud schüttelte den Kopf. »Das ist nicht nötig. Wir müssen verhindern, daß sie die Straße bauen, das ist alles.«

Dull Knife und die anderen Häuptlinge rings um das Feuer nickten zustimmend, und einige neigten sich zueinander und tauschten im Flüsterton Meinungen und Vorbehalte aus.

Lame Coyote trat näher in den Kreis der Häuptlinge, und sein Gesicht verzerrte sich vor Zorn. »Mein Häuptling, wir müssen unser Land von der weißen Seuche befreien! Sieh dich um! Unser Volk hungert, weil die Straßen der Weißen das Wild vertreiben – und die Trecks bringen Krankheiten! Es gibt so viele Leidende in Siouxdörfern, daß heutzutage keinem mehr Haar wächst! Die Weißen müssen alle sterben!«

Kriegsschreie ertönten und hallten über den Fluß. Wounded Bear stockte der Atem. Sogar Bent fiel in den Schrei derjenigen ein, die den Treck auslöschen wollten.

»Lame Coyote hat recht«, flüsterte Bent ihm zu. »Ich kenne die Weißen! Man kann sie nur stoppen, indem man sie tötet!«

Wounded Bear schüttelte müde den Kopf. »Nein, Bruder. Ich sehe das anders.«

Bent zuckte mit den Schultern und schaute ihn hart an, während er sein Gewicht auf die unversehrte Hüfte verlagerte. Die Wunde schmerzte.

Das Stimmengewirr der Versammelten verriet verschiedene Meinungen. Schließlich hob Red Cloud eine Hand und erhob sich. Er stützte sich auf seine gefiederte Kriegslanze. Die gelben und weißen Perlen auf seinem Hemd schimmerten golden im Schein des Feuers. Seine Miene war hart, die eines Mannes, der zuviel Schmerz in sich hatte, um ignoriert zu werden. Ein Mann mit Weisheit. Sofort wurde es still.

Seine Stimme klang leise, jedoch hart und autoritär. »Ich bin kein Friedenshäuptling wie mein Freund hier«, erklärte er und wies auf Dull Knife. »Mein Volk hungert. Jedes Jahr wird die Jagd schlechter, und die Weißen werden stärker.« Er wies mit seiner Kriegslanze auf die Hügel ringsum. »Hier ist noch die Heimat des Büffels. Deshalb leben die Sioux. Wir müssen alle Weißen töten, die versuchen, uns dieses Land wegzunehmen – aber nur, wenn sie uns nicht in Frieden lassen. Laßt uns zuerst verhandeln.« Er nahm wieder Platz, neigte sich zu Dull Knife und flüsterte etwas, woraufhin er stumm nickte.

Andere traten vor, um zu sprechen, aber Wounded Bear hörte nicht hin. Seine Gedanken wanderten. Red Clouds Worte über den Büffel hatten ihn an die Geschichte von *Ehyophsta* erinnert, der heiligen gelbhaarigen Frau, die den Cheyenne gerettet hatte, indem sie ihm den Büffel geschenkt hatte. Dachte der Wolf, daß die gelbhaarige Frau des Trecks sie auf gleiche Weise retten würde? Indem sie ihnen Büffel schenkte? Der Gedanke war ihm nie gekommen und lenkte jetzt seine Aufmerksamkeit vom Kriegsrat ab. Vereinigte sich deshalb seine Seele mit der Seele der Frau? Er dachte über die Möglichkeiten nach.

Dull Knifes laute Stimme riß ihn plötzlich aus seinem Grübeln. Der Häuptling stand groß und würdevoll da, und seine Worte waren traurig. »Wir müssen alle Straßen der Weißen durch unser Land sperren und verhindern, daß sie neue anlegen.«

Bent schob sich zum Kreis hin. Sein langes, schwarzes Haar glänzte im Feuerschein, und sein Schnurrbart wirkte sonderbar fehl am Platz. »Nicht nur die Straßen sind das Problem, mein Häuptling. Die Weißen bauen Festungen, um die Straßen zu schützen. Wenn diese Forts erst einmal fertig und mit Blauröcken gefüllt sind, werden viele Cheyennes sterben, wenn sie versuchen, die Straßen zu sperren. Wir müssen die Weißen *jetzt* töten, bevor ihre Zahl zu groß für uns wird!« Erneut setzte Stimmengewirr ein. Krieger riefen Zustimmendes oder bekräftigten ihre Meinungen mit schrillen Schreien.

Dull Knife senkte einen Augenblick lang den Kopf und wartete, bis es ruhiger wurde. Dann erwiderte er: »Du kennst die Weißen besser als ich, mein Sohn.« Er atmete tief durch und legte die Hände auf die Hüften. »Aber ich denke, daß die Weißen keine Forts brauchen, wenn keine Emigranten durch unser Land ziehen. Und ohne Straßen werden keine Emigranten durch unser Land ziehen. Die Straßen sind das Problem – sie müssen gesperrt werden.« Er schaute wissend in Bents fanatisch glühende Augen, bis der Krieger seinem Blick nicht mehr standhalten konnte.

Wounded Bear verschränkte die Arme vor der Brust. Sollte er diesen Kriegern erzählen, daß seine Träume enthüllt hatten, daß ein neues Fort erbaut wurde – nur ein paar Meilen weiter südlich? Er dachte darüber nach und fragte sich, welche Wirkungen die Nachricht haben würde. Es verlagerte vielleicht den Schwerpunkt des Rats vom Treck zum Fort. Das würde nicht gut sein. Die Warnung des Wolfes bezog sich auf den Treck. Wounded Bear sagte sich, daß das Thema Fort warten konnte.

Die Diskussion dauerte bis lange in die Nacht, und jeder Krieger konnte im Kreis der Häuptlinge seine Meinung sagen. Wounded Bear wartete im Hintergrund und gähnte, während er sich den Austausch der Meinungen anhörte. Es entwickelte sich eine Übereinstimmung, daß die Menschen des Trecks nicht massakriert werden würden, wenn die Weißen zustimmten, das Land der Cheyennes und Sioux zu verlassen.

Nachdem Stunden vergangen waren, rief Dull Knife zu Wounded Bears Überraschung seinen Namen auf. Wounded Bear schreckte aus seinen Gedanken auf, trat in den Lichtschein des Feuers und rieb sich über die müden Augen.

»Erzähl ihnen von dem Wolf, mein Sohn«, sagte Dull Knife freundlich.

Wounded Bear schluckte und begann mit der Geschichte. Er ließ keine Einzelheiten aus – außer seinen Visionen von der gelbhaarigen Frau – und er betonte, daß der Wolf ihm gesagt hatte, der Bau der Straße müsse gestoppt werden. Der Wolf hatte nicht gesagt, daß all die Weißen sterben mußten.

Tiefe Stille entstand, als Wounded Bear geendet hatte. Er stand ruhig mit gespreizten Beinen und gesenktem Kopf da.

Red Cloud brach das Schweigen. »Wann kam der Wolf zu dir, Krieger?«

»Im Mond des Grünens.«

Dull Knife fügte hinzu: »Kurz nachdem er die Frauen in Sicherheit führte, die das große Massaker am Sand Creek überlebten.«

Red Cloud hob die schwarzen Augenbrauen und nickte langsam. Fast jeder kannte die Notlage der Frauen, die von der brutalen Schlacht in den Winter geflohen und fast verhungert waren, bis ein Wolf zu ihnen gekommen war und ihnen Nahrung gebracht hatte. Der Wolf hatte sie an ihren Feinden vorbei und zu den Lagern der Cheyennes geführt, und dann war der Helfer der Geister in den Hügeln verschwunden.

Wounded Bear sah vor seinem geistigen Auge, wie der Wolf zustimmend nickte, und er wußte, daß die Sioux ihm glauben würden. Er schloß die Augen und erwiderte im Geiste den Blick des Wolfes, während er dem Helfer stumm dankte, weil er Mitleid mit dem Volk gehabt und es vor Greueltaten gerettet hatte, die von den Weißen begangen worden waren. Red Cloud stand auf, und seine Kriegshaube schimmerte orangefarben im Feuerschein. Er hob beide Hände in einem stummen Gebet zum Himmel. Die Versammelten beobachteten seine ehrfurchtsvollen Aktionen, murmelten leise und warteten auf seine Worte. Als er die Hände sinken ließ, wurde es still.

»Der Wolf hat dich gut gelehrt, Krieger. Ich werde kämpfen, um die Straßen zu sperren – nicht um die Weißen vom Antlitz der Erde fortzufegen.« Er wandte sich um und schritt in die Dunkelheit davon.

Dull Knife stieß einen Grunzlaut aus und erhob sich. »Ich habe nichts mehr zu sagen«, erklärte er. Er reckte die Arme hoch, gähnte herzhaft und folgte Red Cloud.

Die Versammlung löste sich auf, und die Krieger gingen zu ihren Decken, um sich schlafen zu legen.

Wounded Bear schaute den Kriegern nach, die in verschiedenen Richtungen davonschlenderten. Dann begab er sich zu seinem Pinto und holte seine Decke. Er breitete sie in der Nähe in weichem Gras aus, hüllte sich darin ein und schloß die Augen.

Er träumte von der gelbhaarigen Frau.

Wounded Bear schlief noch tief und fest am nächsten Morgen, als jemand an seinem Arm rüttelte. Er schreckte aus dem Schlaf, öffnete die Augen, und Furcht stieg in ihm auf. Der blauuniformierte Soldat sprang ihn an, als er zu seinem Gewehr kriechen wollte. Sie rangen miteinander, rollten durch das hohe Gras, und der Soldat lachte hysterisch. Plötzlich erkannte Wounded Bear, daß er die Stimme kannte. Er hörte auf, sich zu wehren, und starrte den Mann mit der Offiziersuniform an.

»Bent!« sagte er. »Du bist tapferer, als es die Geschichten erzählen. Aber diesmal wärst du fast nicht von der Kugel eines Weißen getroffen worden, sondern von meiner.«

Der große Mann stand auf und breitete die Arme aus, um sich stolz bewundern zu lassen. »Ich erbeutete die blaue Uniform bei einem Überfall im Süden!«

Wounded Bear nickte und musterte die Uniform. Der Rock hing um den Oberkörper seines Freundes, die Ärmel und Hosenbeine waren viel zu lang. »Sie paßt dir nicht besonders gut«, bemerkte er.

Bent lachte, bückte sich und krempelte die Hosenbeine und dann die Rockärmel hoch. Er reckte die Schultern und warf sich in die Brust. »Siehst du. Jetzt paßt sie perfekt. Du wirst auch eine haben, wenn wir die Wagen angegriffen haben.«

Wounded Bear setzte sich auf und lächelte matt. »Nein. Ich befürchte, daß ich bereits zu sehr wie die Weißen handele. Ich lasse mich mehr von meinen Gefühlen leiten als von den Lehren der Alten. Eine Soldatenuniform würde nicht mein Gewissen erleichtern.« Er rieb sich müde übers Gesicht. Bent gab ihm einen Stoß, und Wounded Bear plumpste ins Gras zurück. »Du läßt dir ein großes Geschenk entgehen. Im Kampf wissen die Weißen nie genau, ob sie auf mich schießen sollen oder nicht. Diese Uniform hat mir bestimmt viele Male das Leben gerettet.«

»Ich werde es darauf ankommen lassen.«

Wounded Bear stand auf und ging zum trüben Powder River. Bent hinkte hinter ihm her. Die Ufer des Flusses waren grasbewachsen und mit Pappeln gesäumt. Abgestorbene Stämme lagen in einem Wirrwarr am Ufer. Die Strömung des Flusses war stark. Sie riß bisweilen Bäume aus den Ufern, und das Wasser trieb sie weiter, bis sie auf der ersten Terrasse liegenblieben, wenn der Wasserpegel sank.

Sie gingen zusammen zu einem Streifen weißen Sand am Ufer und entkleideten sich. Wounded Bear warf seine Wildlederkleidung auf einen gefällten Baum und watete in den Fluß. Er schnappte nach Luft im kalten Wasser. Bent stieß hinter ihm einen Schrei aus und tauchte ins Wasser – Wounded Bear schaute ihm lachend zu und folgte seinem Beispiel.

Als sie ihr Bad beendet hatten, streckten sie sich auf dem warmen Sand aus und lehnten sich mit dem Rücken gegen den gefällten Baum, auf dem Wounded Bears Sachen hingen und im Wind des frühen Morgens flatterten.

»Brr!« Bent wischte sich Wasser von den Armen und Beinen.

»Da weiß man, daß man lebt.« Wounded Bear fröstelte in der Brise des frühen Morgens, während er seine langen schwarzen Haare über die Schultern zog und das Wasser herausdrückte.

Mücken schwirrten um ihre nackten Körper. Die beiden Krieger schlugen nach den Plagegeistern.

»Ah, Wounded Bear, dies ist ein gutes Leben. Wenn wir nur verhindern können, daß die Weißen es uns wegnehmen.«

Wounded Bear dachte an Sweet Medicines Prophezeiungen, und er schöpfte eine Handvoll weißen Sand. Die Körnchen glitzerten im Licht des Sonnenaufgangs. Er hielt den Sand in beiden Händen, um ihn vor einem Windstoß zu schützen. Aber ganz gleich, wie sehr er sich bemühte, Körnchen wurden ihm aus den Händen gerissen und vom Wind zum Fluß getragen. Er beobachtete, wie das Wasser sie mitnahm. Etwas in ihm schrie auf.

»Was ist los?« fragte Bent. Er hatte die Veränderungen der Miene seines Freundes gesehen.

Wounded Bear wandte sich Bent zu und betrachtete sein Gesicht. Wassertropfen glänzten im struppigen Schnurrbart. Wounded Bear senkte den Blick und schüttelte den Kopf. »Nichts.«

Bent lehnte sich gegen den Baumstamm und strich durch sein nasses Haar. Wasser tropfte auf den Stamm. »Ich habe Geschichten gehört«, sagte er leise, während er auf den Fluß blickte.

»Geschichten?«

»Ich glaube sie nicht.«

»Welche Geschichten?«

Er zuckte mit den Schultern und schaute Wounded Bear an. Bents Gesicht war ausdruckslos. »Bevor du gestern abend eintrafst, flüsterten einige der Alten, daß du von einer Hexe verzaubert worden bist.«

Wounded Bear neigte sich seufzend vor. Schmerz stieg in ihm auf. »Sie ist keine Hexe, Bruder.«

Bent hob die Augenbrauen. »Es stimmt also? Eine Frau kommt, um dich zu verfolgen?«

»Nicht, um mich zu verfolgen«, murmelte Wounded Bear und ließ den Blick vom Fluß zu einer Gruppe Espen schweifen. Ihre dunkelgrünen Blätter raschelten im Wind. Jenseits der Espen waren niedrige, mit Salbei bewachsene Hügel.

»Warum dann?«

»Ich – ich weiß es nicht.« Wounded Bear senkte den Kopf und schaute wieder auf den weißen Sand, der seine Fußsohlen wärmte. Er grub die Zehen in den Sand und beobachtete, wie die Sandkörner über den Fuß rieselten.

»Ist sie eine Helferin?«

Wounded Bear hob die Schultern.

»Du willst nicht über sie reden?«

»Doch. Ich weiß einfach nur nicht wie.« Das war jedoch nicht der wahre Grund. Er zögerte, denn je mehr Leute von der gelbhaarigen Frau und ihrer gewaltigen Wirkung auf ihn wußten, desto mehr würden sie sie für eine Hexe halten. Yellow Leafs Rat, nicht über sie zu sprechen, war vernünftig gewesen. Aber er sehnte sich danach, jemandem von seiner Liebe zu erzählen.

»Ah – laß mich helfen. Sag mir, wie sie aussieht.«

Wounded Bear blickte auf und schaute nach Osten. Ein orangefarbener Ball spähte über die niedrigen Hügel und schickte eine Flut von kupferfarbenem Licht über den Salbei zum Fluß, dessen bislang schiefergraues Wasser jetzt eine grüne Tönung annahm.

»Sie ist weiß.« Wounded Bear blickte in Bents schwarze Augen. Das Gesicht seines Freundes war immer noch ausdruckslos und zeigte keine Anzeichen von Bestürzung oder gar Entsetzen, wie er erwartet hatte. Das ermunterte ihn ein bißchen. »Sie hat langes gelbes Haar.« Er wies zu seiner Hüfte, um die Länge des Haars anzuzeigen. »Ihre Augen sind – wie die des Volkes.«

Bent runzelte die Stirn und rieb sich nachdenklich übers Kinn. »Wann erschien sie dir zum ersten Mal?«

»Beim Sonnentanz.«

»Sie kam während einer unserer heiligsten Zeremonien?«

»Ja, sie kam und hielt mich während des Flugs zu Seyan.«

»Wer ist sie?«

»Ich weiß es nicht, Bruder.«

»Woher kommt sie?«

Wounded Bear zögerte, und Besorgnis stieg in ihm auf. Er glaubte, einen Kloß in der Kehle zu haben. »Vom Treck.«

Bent lehnte sich abrupt zurück, und seine Miene war angespannt. »Bist du dir dessen sicher?«

Wounded Bear nickte.

»Eine weiße Frau von dem Treck, den wir angreifen werden, kommt zu dir – und du denkst nicht an Hexerei? Hexerei der Weißen!«

»Nein! Nein!« Wounded Bear sah seinen Freund beschwörend an. »Sie kommt nicht, um uns zu schaden.«

»Woher willst du das wissen, Bruder? Sie ist weiß und kommt mit dem Treck, der eine Straße durch unsere letzten Jagdgründe gräbt.«

»Ja, aber . . .«

»Hilft sie dir?« Bents Ton war hart und skeptisch.

»Ja – sie – erfüllt mein Herz.«

Bent nickte wissend. »Das kann ich mir denken. Wie kann man einen Mann des Volkes besser täuschen als dadurch, ›sein Herz zu erfüllen‹?«

»Täuschen?« Wounded Bear dachte schnell über diese Möglichkeit nach. Er erinnerte sich an Yellow Leafs Worte – Worte, die er als zu albern abgetan hate, um sie ernsthaft in Erwägung zu ziehen. Aber jetzt nach Bents Äußerung fragte er sich, ob die gelbhaarige Frau eine weiße Hexe sein konnte, die ihn täuschte, damit ihr Treck den Tsistsistas schaden konnte. Kalte Furcht erfaßte ihn. Er lehnte sich gegen den Baumstamm.

»Die Weißen haben seltsame und mächtige Medizin, Wounded Bear.« Bent neigte sich vor und stieß einen Finger nach ihm. »Ich weiß das! Ich besuchte ihre Schulen in St. Louis. Ich sah ihren Zauber.«

»Aber . . .« flüsterte Wounded Bear und blickte zu den Narben des Sonnentanzes auf seiner Brust. Sie waren jetzt rosafarben, geheilt an der Außenseite, aber innen noch frisch. »Aber sie flog mit mir zu den Sternen. Die Ahnen in Seyan – sie sagten, sie würde helfen.«

»Bist du sicher, daß du die Worte von unseren Ahnen hörtest, Wounded Bear? Oder waren es *ihre* Worte?«

Wounded Bear blinzelte. Er war plötzlich verunsichert. Wenn die gelbhaarige weiße Frau eine Hexe war und ihn getäuscht hatte, dann war seine Liebe für sie eine Falle – eine Falle, um die Cheyennes von den Prophezeihungen von Sweet Medicine und den Lehren der Alten fortzulocken. Aber wie konnte das sein? Sie hatte nie versucht, ihm Dinge zu sagen, die im Widerspruch zu den Lehren standen. Ebensowenig hatte sie versucht, ihn zu Taten zu verleiten, die er für falsch hielt. Sie war nur zu ihm gekommen und hatte ihn glücklich gemacht – sein Herz erfüllt. »Ich hörte *unsere* Ahnen, Bruder«, sagte er entschieden. »Und die würden nicht lügen.«

»Ich hoffe, du hast recht«, sagte Bent. »Ich möchte nicht in eine Falle reiten, mein Freund.«

Wounded Bear senkte wieder den Blick, von neuem verunsichert. »Es wird keine Falle geben«, sagte er leise.

Bent stand auf und schaute auf ihn herab. Wounded Bear hob den Kopf und hielt seinem ernsten Blick stand. Er sah an den schwarzen Augen seines Freundes, daß er ihm widerstrebend glaubte.

»Es wird keine Falle geben«, versicherte er mit kräftigerer Stimme.

Der Wind blies Bents schwarzes Haar über seine Augen. Er strich die Haare zurück und nickte langsam. »Ich glaube dir, Bruder. Weil ich das muß. Wenn wir in den Kampf reiten und uns sorgen, daß eine weiße Hexe den Ausgang durch ihren Zauber beeinflußt . . .« Er ließ den Rest unausgesprochen und schaute zum Lager. »Wie viele andere wissen von der Frau?«

Wounded Bear dachte nach. »Ich bin mir nicht sicher. Die Alten, die Häuptlinge, ein paar Krieger – das sind alle, nehme ich an.«

Bent legte die Hände auf die nackten Hüften und seufzte. »Gut.«

»Warum?«

Bents Lippen verzogen sich zu einem Grinsen, doch seine Augen blickten hart. »Ein Krieger, der zweifelt, ist so gut wie tot. Bruder.«

Colleen kämmte ihr Haar, verließ das Zelt und ging hinaus in die warme Morgensonne. Sie schlenderte durch das Waldstück ins militärische Camp. Die Soldaten lümmelten mit offenen Hemden herum, hatten die Feldmützen über die Augen gezogen und dösten. Als Colleen vorbeischlenderte, grinsten einige unverschämt und lachten wissend. Sie ignorierte sie, raffte ihr schmutziges gelbes Kleid und bog die Schultern zurück.

Sie ging eilig durch das Camp und war von Furcht erfüllt, als sie an Robert dachte. Sie schritt durch Salbei, als wäre er nicht da, und sie versuchte nicht, den Sträuchern auszuweichen. Ihr Kleid verhedderte sich darin, doch sie zerrte es los, ohne stehenzubleiben. Sie mußte dies jetzt erledigen – bevor sie der Mut verließ.

Der warme Wind fauchte in ihre Ohren wie eine unsichtbare Bestie der Prärie und zerrte am Saum ihres Kleides. Der Sand war an einigen Stellen knöcheltief, und die Absätze ihrer Schuhe sanken ein, wodurch ihr Gang unbeholfen und stolpernd wirkte. Sie bemühte sich, würdevoll zu gehen, aber es spielte kaum eine Rolle. Es war ihr gleichgültig, was die Mitglieder des Trecks über sie dachten. Sie fühlte sich glücklich – froh wie ein Mädchen, das den ersten Heiratsantrag erhalten hatte. Matthew hatte ihr natürlich keinen Heiratsantrag gemacht, aber sie wußte, daß er es tun wollte. Trotz seiner schroffen Unverschämtheit und seiner bissigen Bemerkungen hatte er eine merkwürdige ehrbare Ader.

Die Gedanken an Matthew brachten die Erinnerung an Robert. Sie preßte die Lippen zusammen und stapfte weiter, die Hände fest auf ihrem Kleid, damit der Wind es nicht hochwirbelte und ihre Beine zu sehen waren. In den Wagen der Emigranten war es still, als sie vorüberging. Nur Kinder spielten darunter mit strahlenden Gesichtern, während sie aus Erde und Sand Burgen bauten. Colleen war froh darüber, daß keine Erwachsenen draußen waren. Nicht, daß es ihr etwas ausmachte, was sie dachten. Sie reckte das Kinn vor – borgte sich für einen Augenblick Matthews Schild von unverschämter Unbesiegbarkeit. So war es einfach leichter. Je weniger strenge Blicke sie auf dem Weg ertragen mußte, desto größer würde ihr Selbstvertrauen sein, wenn sie ihrem Ehemann gegenüberstand. Der Gedanke daran bedrückte sie und bescherte ihr weiche Knie, doch sie ging unbeirrt weiter. Als sie sich den letzten Conestogas der Emigranten näherte, stieg Ethel Lory von ihrem Wagen, und ihre Augen weiteten sich, als sie Colleen sah.

»Verschwinde von meinem Wagen!« kreischte die Frau und wies zur Prärie.

Colleen war wie betäubt. Sie blieb stehen und starrte die Frau an. Mrs. Lory war vierzig und hatte brünettes Haar mit grauen Strähnen und runzlige, tiefgebräunte Haut. Ihre blauen Augen waren zu Schlitzen zusammengekniffen, während sie ihr geblümtes Kleid vor dem Wagen ausbreitete, damit die Kinder Colleen nicht sehen konnten.

»Mrs. Lory, was...«

»Ich weiß alles über deine Sünden, Missy! Und ich will nicht, daß meine Kinder eine wie dich sehen! Dein armer Mann läßt den Kopf hängen, weil du davonläufst und es mit einem anderen treibst – du – du...« Sie senkte den Blick und sprach nicht aus, was sie dachte.

Colleen erschauerte. Man wußte es bereits beim Treck? Robert wußte es? Furcht stieg in ihr auf. »Ich werde gehen«, sagte sie zu Mrs. Lory und setzte den Weg fort.

»Mach einen Bogen um meinen Wagen, wenn du zurückkommst!« rief Mrs. Lory ihr nach. »Hure!«

Sie dachte an Matthew, um ihren Mut wiederzufinden. Er war so stark und zärtlich, und sein sarkastisches Grinsen sorgte dafür, daß sie sich weniger ernst nahm. Er half ihr, die verzerrten Wahrnehmungen der Realität in Ordnung zu bringen, damit sie das Leben klarer sah. Die Gedanken an Matthew halfen eine Weile, wenigstens bis sie näher zu Roberts Wagen gelangte, und dann verließ sie der Mut. Sie ging langsamer, und das Herz klopfte ihr bis zum Hals.

Ihr Blick schweifte zu den Hügeln, wo der warme Wind Staubschleier zum Himmel emporwirbelte, dessen Azurblau einen rostroten Ton annahm. Die weiten Prärien, die ihr zuvor so gefallen hatten, wirkten heute wie Ödland – so verlassen und einsam wie sie.

Als sie zum Heck des Wagens gelangte, nahm sie all ihren Mut zusammen und rief: »Robert?« Sie stand steif aufgerichtet da, obwohl ihre Knie zitterten. »Robert?«

Keine Antwort.

»Oh«, murmelte sie erleichtert und strich sich über die schweißnasse Stirn. Es war eine kurze Gnadenfrist, aber sie wollte sie genießen. Früher oder später mußte sie Robert gegenübertreten und ihm sagen, daß sie nicht zu ihm zurückkehrte – nie mehr. Aber unterdessen – sie ging auf Zehenspitzen und spähte vorsichtig zur anderen Seite des Wagens – betrachtete sie Roberts Abwesenheit als eine Art göttlicher Einmischung und nutzte die Gelegenheit, um ihren Besitz aus dem Wagen zu holen. Sie blickte sich schnell um, zog die Plane am Heck zur Seite, kletterte auf den Wagen und zog die Plane schnell wieder zu.

Sie fühlte sich sicherer und ließ den Blick über die Dinge schweifen, die ›ihnen‹ gehörten. In der vorderen rechten Ecke waren Kisten gestapelt, und weil sie den Inhalt verpackt hatte, wußte sie, daß sie Küchenutensilien enthielten, Töpfe und Pfannen und ein Porzellanservice, das ein Geschenk ihrer Großmutter war. Sie ging zu den Kisten und klopfte leicht auf die Kiste mit dem Porzellan, um es wissen zu lassen, daß sie es nicht zurückließ, weil sie es nicht haben wollte – sondern einfach weil sie keinen Platz mehr haben würde, um es zu bewahren. Sie konnte Captain Williford nicht bitten, Haushaltsdinge für sie zu transportieren. Colleen begann ihre Kleidung zu sammeln und in zwei Reisetaschen zu verstauen. Eine der Reisetaschen gehörte eigentlich Robert, aber das störte Colleen nur wenig. Sie hinterließ ihm schließlich alles sonst. Wie konnte er um etwas so Unbedeutendes streiten, wenn er soviel Sachen behielt? Er würde natürlich protestieren, aber daran wollte sie jetzt nicht denken. Wenn sie verschwinden konnte, bevor er zurückkehrte, mußte er zu Matthews Zelt kommen, um die Tasche zurückzuverlangen, und sie bezweifelte, daß Robert den Mut dazu hatte – sie hoffte es jedenfalls. Sie nahm ihre Schatulle mit Schmucksachen und drückte sie an ihren Busen. Es war eine kleine goldene Schatulle mit eingelegten Rubinen. Darin befanden sich Haarspangen und Broschen – Dinge, die keine Bedeutung für Robert hatten. Sie steckte die Schatulle schnell in eine der beiden Taschen. Es blieb wenig übrig, was sie als ihren alleinigen Besitz betrachten konnte. Plötzlich stieg Zorn in ihr auf. In all den Ehejahren hatte sie nur ein paar Kleider und Schmuckstücke angesammelt? Es war unglaublich – aber es stimmte. Robert besaß das Grundstück in New York, feine Kutschen und Pferde, Aktien und festverzinsliche Wertpapiere und eine Beteiligung an der Goldmine in Montana. Sie besaß nichts. Das war irgendwie ungerecht. Aber dann sagte sie sich, daß es eine Männerwelt war und eine Frau nichts tun konnte, außer sie so würdevoll wie möglich zu ertragen.

Sie schleppte die Reisetaschen zum Heck des Wagens und schaute sich ein letztes Mal um. Dann hörte sie draußen Geräusche. Sie war so in Gedanken gewesen, daß sie ihr entgangen waren. Ketten klirrten vorne am Wagen, als mache sich jemand am Geschirr zu schaffen. Ihr stockte der Atem. Sie wußte, wer es war. Leise zog sie die Plane am Heck zur Seite und sprang hinab in den Sand. Dann hob sie die erste Reisetasche vom Wagen und anschließend die zweite. Sie waren aus schwerem, rotgoldenem Brokat und glänzten in der Sonne. Aber bevor sie die Taschen anheben konnte, kam Robert um den Wagen herum zum Heck und prallte fast mit ihr zusammen.

»Was ist denn das?« Er wich einen Schritt zurück. Dann erkannte er, was los war, und sein Gesicht verzerrte sich vor Zorn.

»Robert, ich . . .« begann Colleen und wich vom Wagen fort, damit sie davonlaufen konnte, wenn es sein mußte. Aus dem Augenwinkel sah sie Matthews Zelt. War er schon zurück? Sie wagte nicht, den Blick von Robert zu nehmen und zum Zelt zu schauen. »Ich bin gekommen, um mit dir zu sprechen.«

»Verschwinde!« brüllte er. Er ballte drohend die gewaltigen Hände zu Fäusten. »Ich hätte dich nie geheiratet, wenn ich gewußt hätte, daß du eine dreckige Hure bist!«

Colleen starrte ihn offenen Mundes an und senkte den Kopf, als sich ihre Augen mit Tränen füllten. Wie konnte er es wagen, sie so zu bezeichnen! Sie hatte ihn nie betrogen – bis vor kurzem, und das nur, weil er so gemein zu ihr gewesen war und sie so schlecht behandelt hatte. Und weil Matthew so charmant war.

Empörung stieg in ihr auf, und ihre Ängste verschwanden. Sie raffte ihr Kleid, marschierte an ihm vorbei, nahm die Reisetaschen und wollte gehen. Seine jetzt leise Stimme stoppte sie.

»Du und dein Freier, ihr solltet sehr vorsichtig sein, Colleen. Niemand macht mir Schande, ohne dafür zu bezahlen!«

Sie wollte etwas erwidern, doch er drehte sich auf dem Absatz um und ging mit haßverzerrtem Gesicht davon. Colleen erschauerte, als sie die Reisetaschen nahm und von dem Wagen fortging.

Sie hatte noch keine zehn Schritte zurückgelegt, als Matthew an ihrer Seite war. Sein Lächeln war so unbekümmert und selbstsicher, daß sie sich sofort besser fühlte, als sie in seine lustig funkelnden Augen blickte. Er nahm ihr die Reisetaschen ab, schob eine unter seinen Arm und trug die andere am Griff, so daß er einen freien Arm hatte, den er um ihre Schultern legte.

»Tapferes Mädchen. Ich sagte dir, daß ich dich begleiten werde.«

»Nein, ich mußte es allein tun, Matthew.« Eine Spur von Bitterkeit war in ihrer Stimme, aber sie wußte nicht, warum. Es tat ihr nicht leid, daß sie Robert verließ, und sie hatte auch keine Zweifel hinsichtlich Matthew. Vielleicht bedauerte sie, daß es so schmerzlich enden mußte. Und daß sie nicht länger in irgendeinen gesellschaftlichen Teil des Trecks paßte. Viele der Soldaten würden Matthew weiterhin akzeptieren, aber das mußten sie, weil er ein Offizier war. Aber sie würde überall eine Ausgestoßene sein. Colleen seufzte und starrte auf ihre Füße, während sie mit Matthew durch den Salbei zum Pappelwald ging. »Nun, was hat er gesagt?« fragte Matthew.

»Warst du nicht nahe genug, um es zu hören?«

Er schüttelte den Kopf. »Ich habe kein Wort verstanden.«

»Er sagte, daß du und ich – daß wir vorsichtig sein sollen, weil ihm noch keiner Schande gemacht hat, ohne dafür zu bezahlen.«

Matthew hob die Brauen und schaute Colleen mit gespielter Besorgnis an. »Eine Drohung?«

»Ja«, antwortete sie beunruhigt. Er brach in lautes Gelächter aus. Seine blauen Augen funkelten belustigt, aber es war auch ein harter, kühl überlegender Ausdruck darin. Sein fröhliches Lachen war tief und dröhnte durch das Camp. Was ohne Zweifel beabsichtigt war, wie Colleen klarwurde. Sie zuckte zusammen und fragte sich, was die anderen Mitglieder des Trecks denken mußten.

»Es ist nicht lustig!« flüsterte sie Matthew zu. »Doch, das ist es, mein Liebling!« Er lachte von neuem, legte den Arm um sie und ging mit ihr weiter. »Ich kann mir nichts Lustigeres vorstellen, als deinen Ehemann in zwanzig Schritten Entfernung vor meinem Revolver. Das würde ein bereicherndes Erlebnis sein.«

»Bereichernd?«

»Oh – für seinen Charakter. Und Gott weiß, daß er es brauchen kann. Aber ich nehme an, ich werde die Chance nicht bekommen. Er mag tapfer genug sein, um einer Frau zu drohen, aber ich bezweifle, daß er den Mumm hat, einen Mann herauszufordern. Ein Jammer!«

»O Matthew«, stöhnte Colleen. »Ich will einfach nur in Frieden gelassen werden. Ich will keinen weiteren Ärger.«

Sein Gesicht nahm einen sonderbaren Ausdruck an, und er spielte mit einem Ende seines Schnurrbarts wie ein Schurke in einem billigen Theaterstück. Dann flüsterte er drohend: »Sei vorsichtig, Liebling! Es gibt nichts Ärgerlicheres für das gemeine Volk, als daß jemand ›nur in Frieden gelassen werden will‹. So etwas zu sagen ist, als ob man einen Fehdehandschuh hinwirft. Die Leute werden über uns herfallen wie Enten über einen Junikäfer.«

Colleen schaute zu ihm auf. »Matthew, ich wünsche, du wärst manchmal ernst.«

»Ah, aber das bin ich, Liebling. Von jetzt an werden wir beide auffallen.«

»Auffallen?«

»So ist es. Ich plane, unsere Gesellschaft jedem aufzunötigen, der nicht unhöflich genug ist, um zu sagen, daß er sie nicht haben will.«

»Aber ...«

»Kein Aber!«

DREIZEHNTES KAPITEL

Der kalte Regen fiel in grauen Schleiern, und Wind heulte um das Zelt.

James Sawyers hockte an seinem zusammenklappbaren Schreibtisch und schrieb in sein Tagebuch. Er trug ein warmes, blaues Wollhemd und hatte eine graue Decke um seine Schultern gelegt. Die Julinacht war kalt. Er zog die Lampe näher heran, um etwas Wärme zu haben.

»Diese Hochebenen im Westen sind sonderbar«, murmelte er vor sich hin und beobachtete, wie der Wind an den Zeltwänden zerrte.

Der Sturm drang ins Zelt, und die Lampe flackerte. Sawyers öffnete ein Buch und stellte es als Schild vor die Lampe.

»Colonel?« rief eine schroffe Stimme von draußen.

Sawyers seufzte. Das war zweifellos Merrill. Er hatte ihn vor zwei Stunden rufen lassen. Er warf die Decke von den Schultern und ließ sie zu Boden fallen. Es hatte keinen Sinn, wie ein alter Mann auszusehen – obwohl er sich in der letzten Zeit doppelt so alt wie seine Einundvierzig fühlte.

»Kommen Sie bitte herein, Mister Merrill.«

Der große Mann betrat das Zelt. Wasser tropfte von seinem Hut und dem Mantel. Seine Miene wirkte verlegen.

»Nehmen Sie bitte Platz.« Sawyers wies auf einen Stuhl neben seinem Schreibtisch.

Merrill nahm den Hut ab und schüttelte das Wasser ab. Dann setzte er sich. »Ich schaffte es nicht eher, Colonel, weil ich gerissenes Zaumzeug flicken mußte.«

»Schon gut.« Sawyers legte die Schreibfeder weg, schloß sein Tagebuch und schob es zur Seite. »Leder wird bei diesem trockenen Klima schnell brüchig.« Seine Worte klangen komisch angesichts des Gewitters, das draußen tobte.

»Jawohl, Sir.«

Sawyers legte die Hände auf den Schreibtisch und verschränkte sie nervös. »Mister Merrill, ich rief Sie her, um mit Ihnen zu sprechen – über Ihre Frau.«

Merrill bewegte sich unbehaglich hin und her und wischte Regentropfen von den Hosenbeinen. »Was ist mit ihr?«

»Ich hörte einige – äh – Beschwerden von den Mitgliedern des Trecks . . .«

»Beschwerden über ihre Hurerei?«

Sawyers hob die Augenbrauen und schaute dem großen Mann in die grünen Augen. Ein Gentleman würde so etwas nie sagen, selbst wenn er so über seine Frau dachte. »Sie wohnt anscheinend bei einem unserer Soldaten.«

In Merrills Augen flammte Zorn auf, und sein Gesicht nahm einen harten Ausdruck an. »Douglas«, sagte er grollend.

Sawyers lehnte sich zurück. Er fröstelte ohne die Decke. »Die Leute des Trecks befürchten, daß das Verhalten Ihrer Frau ›Einfluß‹ auf ihre Kinder haben könnte.«

»So?« Merrill fuhr sich mit der Hand durch sein nasses krauses Haar. »Was soll ich dagegen tun?«

»Es wurde vorgeschlagen, daß Sie sie vielleicht überreden, zu Ihrem Wagen zurückzukehren. Wenigstens für den Rest des Weges. Auf diese Weise . . .«

»Sie wollen mir befehlen, sie zurückzuholen? Zum Besten des Trecks?« Merrill lächelte haßerfüllt.

»Nein, nein«, stellte Sawyers schnell klar und starrte unbehaglich auf seine Hände. Er hatte bereits von Merrills Brutalität gegenüber seiner Frau gehört. Damit wollte er nichts zu tun haben. »Jedenfalls nicht, bevor wir anderes versucht haben. Ich wollte sagen, daß Sie ihr klarmachen, vernünftiger zu sein. Wenn Sie nicht in Ihrem Wagen bleiben will, kann sie vielleicht bei einer anderen Familie unterkommen.«

Sawyers blickte auf, als Merrill laut lachte. Der große Mann schlug sich auf die Knie.

»Sie können nicht von einer Hure verlangen, daß sie plötzlich eine Lady wird, Colonel. Huren sind Huren.«

Sawyers runzelte die Stirn und schwieg eine Weile, um sich zu sammeln. Er war es nicht gewohnt, daß Männer in seiner Gesellschaft so unverblümt das Wort ›Hure‹ benutzten. »Nun, vielleicht könnten Sie ...«

»Warum reden Sie nicht mit Captain Williford? Es muß irgendeine militärische Vorschrift geben, die Soldaten verbietet ...«

»Ungeziemendes Verhalten eines Offiziers?« murmelte Sawyers und rieb sich über sein bärtiges Kinn. Douglas war Lieutenant. Es konnte vielleicht klappen. Das würde den Treck beruhigen.

»Klar – oder die Benutzung von Eigentum der Army für illegale Dinge. Ehebruch ist immer noch ein Verbrechen in New York. Wie das hier draußen ist, weiß ich nicht.«

»Ich glaube, Mister Merrill, daß es überall ein Verbrechen ist – aber das ist eine Sache zwischen Ihnen und Ihrer Frau. Ich möchte nur verhindern, daß es Gezänk zwischen Mitgliedern dieses Trecks gibt.«

»Gibt es keine Strafe für Offiziere, die sich schlecht benehmen?«

»Das kommt auf den Captain an.« Je länger Merrill in seinem Zelt saß, desto mehr war ihm der Mann zuwider. Sawyers zog die Lampe näher an sich heran und legte die kalten Hände um den Metallfuß. Die Wärme ließ seine Hände kribbeln.

»Und wenn sie nicht zurückkommen will, und dieser Captain sie nicht dazu bringt – soll ich sie dann zurückschleppen?«

Sawyers trommelte mit den Fingern auf den Fuß der Lampe. »Vielleicht könnte ein kleiner Anstoß in dieser Art wirken. Manchmal braucht eine Frau nur zu erkennen, wer der Herr ist, und sie vergißt alle Flausen.« Er blickte zu Merrill auf. »Aber ich will nicht, daß ihr körperliche Gewalt zugefügt wird, Sir.«

»Die wird es nicht geben.«

»Nun, das wäre fein, Mister ...«

»Außerdem«, unterbrach ihn Merrill, »braucht sie jemand, der nicht in ihre verrückten Träume vernarrt ist. Sie ist nicht ganz richtig im Kopf, Colonel.«

Sawyers hielt den Blick auf die flackernde Lampe gerichtet. »Was meinen Sie damit?«

»Sie macht in den meisten Nächten ein Theater wie eine Todesfee, träumt von Indianern und solchem Kram.«

»Nun, vielleicht ist das nur eine natürliche Reaktion auf die Tatsache, daß wir indianisches Gebiet betreten haben.«

Merrill schüttelte heftig den Kopf. »Nein, sie hatte diese Träume schon, bevor wir uns entschlossen, in den Westen zu ziehen. Schon im vergangenen Winter, als wir noch in New York waren. Sie wachte nachts stöhnend auf und machte Theater. Und am nächten Morgen ging sie zur Kirche und weinte sich bei Pfarrer Donovan aus. Eine Zeitlang dachte er, sie wäre vielleicht besessen. Er sprach einmal mit mir darüber.«

»Besessen?« Sawyers kniff leicht die Augen zusammen und wirkte besorgt.

»Ja, Sir. Ich erwähnte es nie bei Colleen. Ich sagte Donovan, er soll es vergessen, denn ich wollte nicht, daß sie auf diese Weise durch den Schmutz gezogen wird. Aber vielleicht war das falsch. Vermutlich hätte ich ihn eine Teufelsaustreibung machen lassen sollen.«

Sawyers blinzelte nachdenklich. Daß jemand vom Teufel besessen war, wollte er bei den Mitgliedern des Trecks nicht einmal erwähnt haben. Großer Gott! Das konnte zu Entsetzen und Aufruhr führen. »Mr. Merrill, ich wüßte es zu schätzen, wenn Sie dies bei keinem sonst erwähnen. Es könnte – nun, Sie wissen ja – zu unberechtigter Sorge führen.«

»Ich werde kein Wort sagen, Colonel.«

Sawyers schaute ihm in die Augen. Die Worte des Mannes sagten eine Sache, doch sein Tonfall und sein Gesichtsausdruck sagten etwas ganz anderes. Sawyers wünschte, er hätte in diesem Punkt den Mund gehalten. Jetzt mußte er sich auf das Schlimmste gefaßt machen.

Merrill riß ihn aus seinen Gedanken. »Sie werden mich wissen lassen, was Williford dazu sagt?«

»Das werde ich, Sir. Danke für Ihr Kommen.«

Merrill setzte seinen Hut auf, nickte kurz und ging. Sawyers atmete erleichtert auf, hob seine graue Decke auf und hängte sie um seine Schultern. Er schüttelte den Kopf. Der Aberglaube würde in ein paar Tagen überhand nehmen. Er mußte sofort mit dem Captain sprechen. Wenn Mrs. Merrill bald wieder zu ihrem Wagen zurückkehrte, würde die ganze Sache vielleicht im Sande verlaufen. Der Gedanke, mit Williford zu reden, bereitete ihm schon Unbehagen, aber eine Diskussion über das Verhalten eines seiner Offiziere machte ihm noch mehr zu schaffen. Der Captain reagierte alles andere als freundlich auf negative Bemerkungen über seine Männer – obwohl Gott wußte, daß der Pöbelhaufen oft die schärfste Kritik verdiente. Sawyers zog sein Tagebuch über den Schreibtisch und schlug es auf, um seine Eintragungen fortzusetzen.

»Nun«, murmelte er resigniert, »es muß sein.«

Robert Merrill stand steif hinter seinem Ochsen und war von Zorn erfüllt. Die Demütigung machte ihm zu schaffen. Der Regen strömte herab, durchnäßte ihn und lief von seiner Hutkrempe. Der Blick seiner grünen Augen schweifte durch das stille Camp. Jeder hatte sich vor dem Regen und Sturm verkrochen. Sein Zorn wuchs, während er überlegte, wer Geschichten über seine privaten Dinge verbreitete. Vermutlich eine der alten Weiber oder einer ihrer schwächlichen Männer. Sie lachten alle hinter seinem Rücken über ihn. Besonders die Soldaten. Sie grinsten und kicherten, wenn er vorbeiging.

»Verdammter Rebellenabschaum!« murmelte er und zog den Hut tiefer über die Augen, um sie vor dem Regen zu schützen.

Die Straßenbauer waren genauso schlimm. Er hatte sie tuscheln gehört, daß er nicht in der Lage war, seine Frau an der Kandare zu halten. Nun, sie würde bald zurück sein. Er lachte vor sich hin und tätschelte den Ochsen. Und mit Billigung des Colonels! Und er würde sich auch rächen können. Der Moment würde kommen. Eines Tages würde er Douglas allein in der Wildnis aufspüren und ihm eine Kugel in den Schädel jagen. Oder Colleen würde einen ihrer einsamen Spaziergänge machen. Er wußte, wie er ihr weh tun konnte. Ein boshaftes Lächeln spielte um seine Lippen. Sie würde bezahlen, weil sie Schande über ihn gebracht hatte!

Er lehnte sich an den Ochsen, um Wärme und Schutz vor dem Sturm zu haben. Wenn er Colleen zurückholte, würde Douglas ein Problem sein, aber ein Kampf zwischen ihnen beiden würde den ganzen Treck in zwei Lager spalten und gegeneinander aufbringen. Und er, Robert Merrill, würde Sawyers auf seiner Seite haben.

Er konnte jetzt gleich anfangen, Gerüchte über Colleens Besessenheit zu verbreiten. Das würde mehr Leute auf seine Seite bringen, wenn der Moment der großen Auseinandersetzung kommen würde. Niemand würde eine Hexe verteidigen. Robert Merrill lachte vor sich hin.

Die drei Männer standen beisammen, und Sawyers rotes Hemd und der Schlapphut bildeten einen scharfen Kontrast zu den verschlissenen blauen Uniformen der beiden Soldaten. Zwei Frachtwagen standen in der Nähe, die hoch mit Werkzeugen beladen waren. Schaufeln, Hacken und Bohrmeißel ragten vor dem Hintergrund der Prärie und dem türkisfarbenen Himmel auf. Der Wind zerrte an der Kleidung der Männer.

»Jawohl, Sir, wir haben keinen Nachschub«, sagte Lieutenant Daniel Dana gleichmütig, lehnte sich an den Frachtwagen und ließ seinen Blick müde über die gewellte Prärie schweifen. Er war ein kleiner Mann mit schwarzem Haar und blauen Augen. Seine Hakennase war schief, was auf den Fausthieb eines Iren in einer Bar in Boston zurückzuführen war, und er hatte Pausbacken. Dana war mit vierunddreißig Jahren einer der ältesten Männer unter Willifords Kommando.

Es war unerträglich heiß, fast vierzig Grad Celsius. Er wischte sich mit einem schmutzigen roten Taschentuch über die Stirn und steckte das Tuch zurück in seine Hemdtasche. Dana war soeben nach einem harten Ritt von Fort Laramie zurückgekehrt und nicht in der Stimmung, die Kritik eines Zivilisten zu ertragen. Seine Miene zeigte Verärgerung.

James Sawyers war nervös und wütend. »Ihr Narren habt den Nachschub zurückgelassen!«

Willifords Miene nahm einen harten Ausdruck an. »Wie der Lieutenant meldete, Colonel, ließ der befehlshabende Offizier in Fort Laramie den Transport der Sachen nicht zu, weil er fünfzehn Männer als unzureichend für den Schutz der Wagen hielt.«

»Wo sind also die Sachen, Lieutenant?« fragte Sawyers hitzig. Sein rotes Hemd war verschwitzt. Dunkle Flecken waren auf der Brust und unter den Achseln zu sehen. Sawyers Nasenflügel bebten.

»Der Quartiermeister kommt in ein paar Tagen mit einer von General Connors Kolonnen hier durch und bringt die Sachen mit.«

»Sie . . .«

»Lieutenant«, unterbrach Williford, der die feindselige Miene des Colonels sah, »Sie haben Ihre Sache gut gemacht. Essen Sie etwas, und ruhen Sie sich aus.«

Dana salutierte und starrte Sawyers hart an, bevor er ging. Williford stemmte die Fäuste auf die Hüften.

»Der Mann hatte keine Wahl, Colonel«, sagte Williford. »Er konnte sich nicht den Befehlen eines vorgesetzten Offiziers widersetzen.«

Sawyers kniff die Augen zu Schlitzen zusammen. »Wollen Sie damit sagen, daß Ihre Männer den Treck nicht weiter eskortieren können?«

Williford hatte Mühe, ruhig zu bleiben, aber er schaffte es. »Ich sagte Ihnen schon vor Danas Wegritt, daß meine Männer nicht barfuß durch das Montana-Territorium marschieren können. Und nicht nur ihr Schuhwerk, auch ihre Uniformen sind verschlissen.«

Sawyers Bart bebte. »Ich nehme keine weitere Verzögerung hin! Ihre Befehle von General Dodge lauten . . .«

»Ich habe den Befehl, Sir, diese Expedition zu eskortieren und nötigen Nachschub bei den nächsten Forts zu besorgen. Und ich bemühe mich sehr, beides zu tun.«

»Ohne Erfolg!« rief Sawyers. »Die Expedition ist durch Ihre Unfähigkeit zum Stillstand gekommen!«

In Williford wallte Zorn auf, aber er war entschlossen, so lange wie möglich zivilisiert und professionell zu bleiben. »Colonel, ich werde Lieutenant Tom Stull und einige der Dakota-Kavalleristen zum Old Woman Fork schicken, damit sie die Nachschubkolonne treffen, wenn sie von Laramie kommt. Es sollte nicht länger als eine Woche dauern, bis meine Männer Schuhwerk haben . . .«

»Eine Woche!« Sawyers' Gesicht lief rot an. »Eine Woche, Captain?« Er schlug mit der Faust auf die Plane des Frachtwagens. Es klatschte dumpf. »Damit hätten Sie diese Expedition um zweieinhalb Wochen verzögert!«

Williford versteifte sich. Während er in Sawyers' grimmiges Gesicht blickte, versuchte er, sich an den genauen Wortlaut der Vorschriften zu erinnern. Es war gewiß strafbar, einen Zivilisten zu schlagen, aber konnte man deshalb zum einfachen Soldaten degradiert werden?

»Sir«, erwiderte er scharf. »Ich darf Sie erinnern, daß dieses Kommando in der zweiten Maiwoche am Niobrara River eintraf. *Sie* waren es, der uns fast einen Monat warten ließ, während sich Ihre Straßenbauer sammelten.«

»Was hat das damit zu tun?«

»Das war die wahre Verzögerung, Sir«, entgegnete Williford heftig und ballte die Hände zu Fäusten. »Und das hatte nichts mit militärischer Unfähigkeit zu tun!«

Sawyers hatte Mühe, seinen Zorn unter Kontrolle zu halten. Sein Blick glitt über die fernen Hügel. Plötzlich spielte ein leichtes Lächeln um seine Lippen. »Captain, Sie haben Angst davor, ins Gebiet der Sioux und Cheyennes zu ziehen. *Das* ist es, nicht wahr? Es hat nichts mit Nachschub zu tun.«

Willifords Gesicht schien zu versteinern. Er starrte Sawyers an. Angst? Er glaubte plötzlich wieder den Duft der Pfirsichblüte wahrzunehmen, der sich mit dem Geruch von Blut mischte. Shiloh. Nicht einmal der starke Aprilregen konnte den süßlichen Geruch vertreiben. Er rannte wieder, kniete sich in den Schlamm, legte sein Gewehr auf der Leiche eines gefallenen Offiziers der Konföderierten auf. Das Blut des Toten verschmierte seinen Gewehrkolben. Die Soldaten flüsterten, daß General Wallace tot war. Tot? Furcht stieg in ihm auf. Eine weitere Beförderung? Mehr Verantwortung – für mehr Menschenleben beten?

Williford blinzelte, riß sich von den Gedanken an die Vergangenheit los und wandte sich müde an Sawyers. »Colonel, ich schicke Lieutenant Stull sofort los. Meine Männer werden jeden Tag ein kurzes Stück vorrücken, bis er zurückkehrt. Das ist das einzige, was ich tun kann.«

»Sehr gut, Captain«, sagte Sawyers grollend. Er drehte sich wütend um und schritt schnell davon.

Williford verharrte einen Augenblick lang. In Gedanken war er zum Teil immer noch auf den staubigen Ebenen. Schließlich atmete er tief durch und ging langsam zum militärischen Lager.

Sawyers wagte es, ihn der Feigheit zu bezichtigen. Willifords Zorn wuchs. In der Ferne sah er Douglas. Der Lieutenant stand allein beim Pappelwald und beschäftigte sich mit Zaumzeug. Vermutlich verstaute er die Dinge, die Dana auf seinem Ritt nach Laramie benutzt hatte. Williford sagte sich, daß er an diesem Tag nur noch eine unangenehme Aufgabe erledigen mußte. Er zog seine blaue Feldmütze tief in die Stirn und machte sich auf den Weg zu dem Lieutenant.

»Douglas?« rief er, als er sich näherte. »Ich möchte mit Ihnen reden.« Williford schritt an Matthew Douglas vorbei in den Wald, um außer Hörweite der anderen Männer im Camp zu gelangen. Er hörte ein Murmeln und leichte Schritte hinter sich, bahnte sich weiter einen Weg zwischen dicken Baumstämmen und durch hohes Gras, bis er auf einen gefällten Baumstamm stieß, der als Sitzbank dienen konnte. Der Stamm lag am Rand des Wäldchens, man konnte von dort aus die weite Prärie überblicken, und er war weit genug von Lauschern entfernt. Williford wollte Douglas nicht in Verlegenheit bringen – obwohl er mit dem Gedanken gespielt hatte, ihm die Balken des Lieutenant abzunehmen und ihn zusammenzuschlagen. Er wollte einfach ein gutes, offenes Gespräch führen. Er schwang sich herum und schaute Matthew Douglas an.

»Was habe ich verbrochen, George?« Douglas hob die Arme in einer Geste der Kapitulation. Sein Hemd war bis auf die Mitte der Brust aufgeknöpft, und die Knie seiner hellblauen Hose waren dunkel, weil er im Dreck gekniet hatte.

»Sie Blödmann!« Williford wies neben sich auf den Baumstamm. »Setzen Sie sich!«

»Jawohl, Sir«, erwiderte Douglas. Er hockte sich hin, schlug die Beine übereinander und kratzte sich am Brusthaar, das aus seinem offenstehenden Hemd lugte.

Williford erhob sich und starrte auf ihn nieder. Der Lieutenant wirkte ehrlich bestürzt, aber Douglas konnte das vorspielen, wenn er das wollte.

»Lieutenant«, begann Williford, verschränkte die Hände hinter dem Rücken und ging im Gras auf und ab. »Es ist mir zu Ohren gekommen, daß Sie Eigentum der Army zu verbotenen Zwecken benutzen.«

»Zu verbotenen Zwecken?« Douglas hob amüsiert die Augenbrauen.

»Verdammt, Douglas, das ist mir ernst!« fuhr Williford ihn an. »Was, zum Teufel, treiben Sie mit der Frau in Ihrem Zelt?«

Douglas atmete tief durch und breitete beschwichtigend die Arme aus. »George, sie konnte nirgendwo anders bleiben. Ich habe nur . . .«

»Sie haben sich nur vergnügt und mir den Zorn des Trecks aufgehalst!«

Douglas runzelte die Stirn. »Was meinen Sie damit?«

»Ich meine, mein Freund, was mir vier Soldaten, fast alle Frauen des Trecks und Sawyers persönlich über Sie und Ihre interessanten Schlaf-Arrangements ins Ohr geflüstert haben. Und das gefällt mir verdammt nicht!«

Douglas schob seine Feldmütze aus der Stirn. »Was gefällt Ihnen nicht, meine Schlaf-Arrangements oder das Flüstern?«

Williford schwankte zwischen Lachen und dem Wunsch, ihn vom Baumstamm zu schlagen. »Sie sind ein verdammter Wahnsinniger, ist Ihnen das klar?«

»George, ich . . .«

»Ich will, daß die Frau aus Ihrem Zelt verschwindet!«

Douglas sprang auf und ballte die Hände zu Fäusten, als wäre er zu einem Kampf bereit. »Wohin soll sie denn gehen, George?«

Williford winkte unbeeindruckt ab. »Was weiß ich? Suchen Sie einen Platz für sie. War sie nicht eine Nacht bei der Familie O'Brian?«

»Um Himmels willen, George, da schlief sie im Dreck! Dorthin schicke ich sie nicht zurück!«

Douglas trat einen Schritt auf Williford zu, unbewußt, doch es regte Williford auf. Er versteifte sich. »Ich weiß, daß Sie diesen Schritt nicht so meinen, Matthew, aber . . .«

»Und ob ich den so meine!« rief Matthew wütend. Seine blauen Augen blitzten.

Es war völlig offen, wer sein Hemd schneller abstreifte, aber Williford landete den ersten Hieb. Seine Faust streifte Matthews rechte Wange und schleuderte ihn zu Boden. Er sprang auf den Lieutenant zu, als ihn ein gewaltiger rechter Haken an der Nase traf und ihm das Wasser in die Augen schoß. Er packte Matthew an den Schultern, und Matthew umklammerte ihn um die Hüfte, und sie wälzten sich durchs Gras wie fünfjährige Jungen, die aus Spaß miteinander rangen.

Nach einer Weile störte Matthews rauhes Lachen den Kampf. Zu diesem Zeitpunkt lag der Lieutenant unten und ließ Williford unvermittelt los. Der Captain blickte mit gerunzelter Stirn auf ihn hinab und sah, daß Lachtränen über Matthews Wangen rannen.

»Verdammt, Matthew!« Williford rollte sich von dem Lieutenant und setzte sich neben ihn ins Gras. Er bemerkte, daß seine Arme zerkratzt waren und bluteten, und dann stellte er fest, daß sie durch wilde Rosen gerollt waren.

Matthew hielt sich den Bauch vor Lachen. Williford begann ebenfalls zu lachen, während er Matthew schief ansah.

»Du hast soeben einen Offizier geschlagen, George«, sagte Matthew und wischte sich Tränen aus den Augen.

Williford nickte und betastete seine Nase; er war sich nicht ganz sicher, ob sie noch ganz war. »War ein verdammt gutes Gefühl, das kannst du mir glauben.«

Gerade hatten sie noch gekämpft, und jetzt duzten sie sich.

Matthew lächelte gequält. »Willst du einen Nachschlag?«

»Teufel, nein, Matthew. Ich meinte es von Anfang an nicht so ernst.«

Matthew nickte, rupfte einen Grashalm aus und schob ihn in den Mund. Er blickte seinen vorgesetzten Offizier belustigt an. »Ich weiß das, George.«

»Hatte einen schlimmen Tag, das ist alles.«

»Du mußtest mit Sawyers reden?«

Williford nickte und atmete tief durch. Er blickte Matthew entschuldigend an, streckte sich neben ihm aus und stützte den Kopf mit einer Hand. »Das mußte ich.« Er rupfte Gras aus. »Hilf mir, Matthew. Siehst du einen Ausweg?«

Matthew setzte sich auf und dachte offenbar nach. Der Wind zerzauste sein braunes Haar, strich durch das Gras und säuselte zwischen den Bäumen. »Wie wäre es, wenn ich mein Zelt weiter weg vom Camp aufschlage?«

»Klar, ich nehme an, die Sioux können einen langen blonden Skalp für ihre coup-Stöcke brauchen.«

Matthew blickte ihn von der Seite an und rieb sich übers Kinn. »Nun, was wäre, wenn ich – nein, das würde nicht klappen.«

Williford warf das gerupfte Gras weg und betastete wieder seine Nase. »Warum versuchst du nicht, ein Zelt von den Straßenbauern zu kaufen? Sie kamen mit Ausrüstung für ein halbes Jahr, und sie werden viel Ersatz haben. Oder dieser Junge aus Ohio, Nat Hedges. Der hat sechsunddreißig Wagen voller Waren für ein Geschäft. Bestimmt hat er auch Zelte, wenn er zu einem Loch wie Virginia City reist. Dort wohnt die Hälfte der Leute in Zelten.«

»Das könnte ich tun.« Matthew nickte. »Wird es das Problem lösen?«

»Soweit es mich betrifft.« Williford zögerte und wog seine nächsten Worte ab. »Aber es wird nicht das Gerede stoppen. Die Leute sind mächtig aufgebracht.«

»Erwarte nicht, daß die Rederei aufhört.« Matthew hob seine Feldmütze aus dem hohen Gras auf und klopfte sie auf seinem Knie aus.

»Eine verdammte Klemme, Matthew.«

»Ich hatte keine Wahl. Sie brauchte Hilfe.«

»Und du dachtest dir, daß du derjenige sein mußt, der sie ihr gibt.« Er schüttelte den Kopf.

»Richtig.«

»Und du hast nie richtig kapiert, was die Vorstellungen der Weißen von Recht und Unrecht sind.« Er blickte in Matthew Douglas' blaue Augen.

Der Lieutenant hob die Brauen und spähte über die gewellte Prärie. »Ich dachte immer, es gibt mehr als eine Möglichkeit, die Dinge zu beurteilen.«

»Indianer haben eine andere Auffassung von der Ehe, nicht wahr?«

Douglas blickte zu Boden und antwortete nicht.

Williford wartete einen Augenblick und fuhr dann fort: »Wie ich hörte, stellt eine Indianerin, die ihren Mann nicht mehr mag, einfach seine Habe vors Tipi, und sie sind nicht mehr verheiratet.«

Matthew Douglas lächelte. »So in der Art. Es kommt auf den Stamm an.«

»Nach dem Brauch bei den meisten Indianern würde man dich jetzt als mit Mrs. Merrill verheiratet betrachten, nicht wahr?«

»Bei den meisten.«

»Der Treck wird es nie so sehen.«

Matthew zuckte mit den Schultern.

Williford nahm sein Hemd aus dem Gras. »Macht dir das etwas aus?«

»Nein.«

»Aber Colleen macht es etwas aus?«

»Das nehme ich an.«

Sie schauten sich einen Moment lang in die Augen.

»Brauchst du Geld für das Zelt?«

Matthew lachte leise. »Die Army hat keinen von uns bezahlt, seit wir das Gefangenenlager Alton verlassen haben – woher soll ich also Geld haben?«

Williford griff in die Tasche und zog eine Zwanzigdollargoldmünze hervor. Er drehte die Münze auf der Handfläche. »Ich habe das gespart. Ich will das Wechselgeld haben.« Er warf Matthew die Münze zu.

Der Lieutenant fing sie auf.

VIERZEHNTES KAPITEL

Colleen schlenderte durch das Camp zum Creek. Sie hielt in jeder Hand eine Feldflasche. Zwei Flaschen Wasser mußten für sie und Matthew für einen weiteren Tag reichen. Der Creek war nur noch ein winziges Rinnsal, und sie hatten das Wasser rationiert und das meiste den Tieren gegeben. Die Mitglieder des Trecks durften nur noch von vierzehn bis sechzehn Uhr Wasser holen. Es war fast vierzehn Uhr. Colleen schreckte vor dem Gedanken zurück, daß sie Leuten begegnen würde, die sie verachteten, aber sie hatte keine Wahl. Vielleicht war noch niemand dort?

Ihr braunes, geblümtes Kleid flatterte um ihre Beine, als sie über die flachen Sandhügel ging und zum blaßblauen Himmel blickte. Kein Wölkchen war zu sehen. Nur Habichte kreisten am Himmel. Die Hitze war fast unerträglich. Colleen schwitzte. Sie hatte um Regen gebetet, aber Gott hatte ihre Gebete nicht erhört.

Ein paar schmutzige Kinder spielten am Ufer des Creeks, und der heiße Wind wehte ihr Kreischen und Lachen herüber. Als die Kinder sie sahen, liefen sie fort und versteckten sich hinter Büschen. Colleen runzelte die Stirn, sagte sich dann jedoch, daß sie Verstecken spielten und ihr Auftauchen zufällig mit dem Zeitpunkt zusammenfiel, an dem sie sich versteckten.

Als sie bei dem Wasserrinnsal war, entkorkte sie die Feldflaschen, kniete sich hin und hielt sie unter die Wasseroberfläche. Das Wasser rann kühl über ihre Hände und spülte Schmutz und Schweiß weg. Im Unterbewußtsein hörte sie ein leises Rascheln im Gebüsch, dachte sich jedoch nichts dabei – vermutlich war es ein Kaninchen.

Es raschelte weiterhin, und dann tauchte ein Kind mit ernstem Gesicht hinter dem Busch auf, schrie etwas und warf einen großen Stein. Der Stein prallte hart gegen ihren Rücken. Sie ließ die Feldflasche fallen. Die Feldflasche klatschte auf den Grund des Creeks. Weitere Kinder tauchten auf und warfen Steine, die ihre Arme, den Oberkörper und das Gesicht trafen. Blut rann von ihrer rechten Wange.

Entsetzen stieg in ihr auf. Weiterhin wurden Steine geworfen, Kinder schrien und hoben Steine auf. »Hört auf!« rief Colleen, richtete sich auf und hielt schützend die Arme vors Gesicht. »Hört auf!«

»Meine Mama sagt, du bist eine Hexe!« rief Sidney Lory schrill. Er war zwölf und tyrannisierte die anderen Kinder des Trecks und bezeichnete sich als ihr Anführer. »Hexen werden gesteinigt!«

»Was?« Colleen nahm die Arme vom Gesicht und starrte ihn benommen an. Ein blonder Junge, der einen großen Stein zum Wurf bereithielt, rief mit verzerrtem Gesicht: »Wir werden dich zu Tode steinigen, wie sie es in der Bibel taten!« Er warf den Stein.

Colleen wich zur Seite aus, und Zorn wallte in ihr auf und vertrieb die Furcht. Sie rannte auf die Kinder zu, die auseinanderflitzten. »Geht heim! Ihr alle – bevor ich das euren Müttern erzähle!«

Sie zogen sich ein wenig zurück, verspotteten sie jedoch weiterhin.

»Meine Mama würde das nicht jucken«, rief ein kleines Mädchen mit blauem Kleidchen, neigte sich vor und spuckte in Colleens Richtung. »Sie sagt, daß in deinem Kopf Dämonen wohnen!«

Die Träume? Die Kinder wußten von ihren Träumen? »Es – es interessiert mich nicht, was eure Mütter sagen!« schrie Colleen zurück, und ihre Augen füllten sich mit Tränen. »Es interessiert mich nicht, hört ihr?«

Der kräftige Sidney Lory reckte die Brust heraus und ging näher auf Colleen zu. »Gott bestraft dich, weil du eine Hexe bist!« rief er krächzend. »Er wird dich töten!«

»Dich töten! Dich töten! Dich töten!« riefen die Kinder im Chor.

Jedes Wort war wie ein Stich ins Herz für Colleen. Beulen bildeten sich auf ihren Armen, wo sie von den Steinen getroffen worden war.

»Hört auf!« schrie sie.

Wie haßerfüllt die Kinder sie anstarrten! Wer konnte ihnen so etwas Schreckliches gesagt haben?

»Rede nicht mehr mit indianischen Dämonen in deinem Kopf!« kreischte ein kleines Mädchen und hob einen Stein auf. »oder wir kommen wieder und machen dich tot!«

Das Mädchen warf den Stein, und er traf Colleens rechtes Bein. Sie zuckte zusammen. Schmerzen stachen durch das Bein. Die Kinder lachten und weideten sich grausam an ihrer Pein. Dann gab Sidney Lory den Kindern einen Wink, und sie folgten ihm, rannten fort zu den Wagen.

Colleen starrte ihnen tief betroffen nach, und das Herz klopfte ihr bis zum Hals.

Benommen zwang sie sich, die Feldflasche zu Ende zu füllen, und ihre Finger zitterten so stark, daß sie kaum die Tülle der Feldflasche unter den Wasserstrahl halten konnte, der über einen großen Stein rieselte. Als sie die Feldflaschen gefüllt hatte, schöpfte sie mit der Hand Wasser und klatschte es sich ins Gesicht. Dann erhob sie sich und musterte den Weg zum Camp der Soldaten. Keine Kinder zu sehen. Sie kämpfte gegen ihre Furcht an und machte sich auf den Weg.

Als sie hastig an den Wagen der Emigranten vorbeiging, hörte sie eine Stimme.

»Hexe!« zischte jemand. »Hexe!«

Sie fuhr herum und sah Robert, in dessen grünen Augen Haß loderte. Er sprang zwischen zwei Wagen hervor, packte sie am Arm und zerrte sie gewaltsam durch den Sand zu seinem Wagen. Colleen stolperte, und ihre Feldflaschen fielen in den Sand.

»Nein!« schrie sie. »Laß mich . . .«

Er preßte ihr eine Hand auf den Mund, riß sie an seine Brust und flüsterte hitzig in ihr Ohr. »Ich werde ein Wörtchen mit dir reden! Colonel Sawyers sagte mir, ich soll dich zurückholen, wenn Williford nicht dafür sorgt, daß du zurückkommst.«

Colonel Sawyers? Colleen wollte schreien, doch sie brachte nur einen erstickten Laut heraus, weil Robert ihr die Hand auf den Mund preßte. Er schob sie gegen das Heck seines Wagens und riß ihr mit der freien Hand das Oberteil des Kleides auf. Ihre nackten Brüste schimmerten weiß im Sonnenschein.

»Die Leute denken, daß du besessen bist, daß Satan dich zu einer Hure macht«, keuchte er wie von Sinnen. Sein Gesicht war dicht vor ihrem, und sie spürte seinen Vollbart auf ihrem Kinn. »Nun, ich will keine Hure in meinem Wagen, und deshalb hole ich dich *nicht* zurück.«

Sie wollte wieder schreien, doch er preßte die Hand nur noch fester auf ihren Mund und drückte sie mit seinem gewaltigen Körper gegen den Wagen.

»Aber du sollst wissen, wer den Leuten sagte, daß du eine Hexe bist – *ich war das*. Ich erzählte ihnen alles über deine Träume und daß Pfarrer Donovan mich bat, einer Teufelsaustreibung zuzustimmen, damit du die Dämonen loswirst.«

Colleen erbleichte. Mein Gott! Konnte es wahr sein? Warum hatte ihr der Priester nichts davon gesagt? Obwohl Matthew beteuert hatte, daß der Wolf und der Krieger gut waren, stiegen Zweifel in ihr auf. Besessen . . .?

Robert grinste, als er die Furcht in ihren Augen sah. »Ja, ich habe es niemandem erzählt, nicht einmal dir, weil ich nicht unter dem Gerede der Leute leiden wollte. Aber jetzt sieht die Sache ein bißchen anders aus, nicht wahr?«

Er ließ sie los und versetzte ihr einen Stoß. Colleen fiel auf den Rücken, und ihre nackten Brüste ragten aus dem zerrissenen Kleid. Sie zog das Oberteil des Kleides zusammen, rappelte sich auf und nahm die Feldflaschen an sich.

Mrs. Lory kam mit einem Kanister um ihren Wagen herum und wollte zum Creek, um Wasser zu holen, doch sie blieb abrupt stehen, als sie Colleen sah. Ihr Mund klaffte auf, und sie starrte auf Colleens zerrissenes Kleid. »Du Dreckstück . . .«, begann sie, spitzte die Lippen und hastete dann an Colleen vorbei.

Benommen ging Colleen zu Matthews Zelt. Matthew war auf einem Erkundungsritt und würde erst vor Einbruch der Dunkelheit zurückkehren. Collen legte die Feldflaschen neben das Zelt und betrat es, um sich umzuziehen. Dann hockte sie sich in die Ecke und zwang sich, ruhig zu denken. Sollte sie Matthew erzählen, was heute geschehen war? Sie brauchte verzweifelt seine Kraft und seinen Trost, aber was würde er tun? Er würde sich verpflichtet fühlen, sie zu unterstützen, und sich vielleicht zu etwas Gefährlichem hinreißen lassen. Ihre Gedanken wirbelten durcheinander, während sie die Knie an ihren Oberkörper zog. Und wenn Matthew wußte, daß Sawyers Robert geraten hatte, sie zurückzuholen – dann würde es vielleicht Blutvergießen geben.

Sie neigte die Stirn gegen ihre Knie.

Colleen hustete im Staub, der von den Wagen aufgewirbelt wurde. Dieser Teil der Prärie war knochentrocken. Jedes Bachbett, das sie passiert hatten, war ausgetrocknet. Es war Sonntag, aber Sawyers' üblicher Ruhetag war abgeblasen worden. Sie zogen ohne Wasser wie ziellose Wanderer durch die trockene Öde.

Colleen stolperte über einen stacheligen Strauch, fand jedoch das Gleichgewicht wieder. Sie hatte sich neben dem Wagen der O'Brians dahingeschleppt. Elizabeth hatte neben ihr Himmel und Hölle gespielt, aber Colleen war plötzlich zu erschöpft, um das Tempo mitzuhalten, und sie fiel zurück.

In der Ferne ragten viereckige Sandsteinfelsen auf. Sie schienen in der heißen Luft zu zittern und schimmerten messingfarben vor dem blaßblauen Himmel. Das Land war zerklüftet und hügelig, durchzogen von schroffen Einschnitten und voller Kakteen und Klapperschlangen. Colleen konnte kaum einen Schritt gehen, ohne daß sich ihr geblümtes grünes Kleid in Dorngestrüpp verfing. Sie hatte sich so oft gebückt, um den Saum des Kleides von Dornen fortzuzerren, daß ihre Rückenmuskeln schmerzten.

Wie als Antwort auf ihre Gebete ertönten Rufe »Anhalten!« und »Brr!«, und die Wagen wurden langsamer. Colleen beschirmte mit einer Hand die Augen vor dem grellen Sonnenschein und sah, daß Elizabeth zu ihr zurückrannte.

»Mittagessen, Colleen! Wir halten zum Essen!« Das Mädchen mit den roten Zöpfen schwenkte die Arme und sprang über einen Strauch, und ihr blaues Kleid wehte hoch und gab den Blick auf nackte Knie frei. Dann war Elizabeth bei Colleen und ergriff ihre Hand. »Komm, Papa sagte, ich soll dich holen!« Das Kind zog an ihrem Arm.

»In Ordnung, Elizabeth.« Colleen lächelte und ließ sich mitziehen.

Die Kolonne der Wagen erstreckte sich scheinbar endlos vor ihr. Sie schaute zur Spitze der Kolonne und sah einige Straßenbauer, die vor einem trockenen Einschnitt verharrten. Der schmale Canyon war nicht tief, aber erst passierbar, wenn er begradigt wurde.

Einige Männer schirrten Zugtiere aus und ließen Pferde auf dem grasbewachsenen Hang grasen, von dem aus der Einschnitt zu überblicken war.

»Ich nehme an, wir werden eine Weile hierbleiben, nicht wahr, Schatz?« sagte Colleen zu Elizabeth.

Das sommersprossige Mädchen nichte. »Papa sagte, ein paar Stunden.«

Hinter ihnen näherten sich eilige Schritte, doch bevor Colleen sich umwenden konnte, rief Elizabeth »Onkel Matthew!« und warf sich glücklich in seine Arme.

»Oh, Liza!« brummte er, als das Mädchen sich an ihn klammerte, die Beine um seine Hüften schlang und sich tragen ließ. »Du bist zu groß für solche Spielchen!«

Colleen lächelte und wartete, bis Matthew heran war. Dann fragte sie: »Was machst du hier? Ich dachte, Captain Williford hat dich zu irgendeiner ›harten Arbeit‹ eingeteilt.«

»Das hat er.«

Sie musterte ihn von oben bis unten, während er das Mädchen hielt, das die Beine um seine Hüften geschlungen hatte. »Du siehst prima aus.«

»Hm, du siehst für mich auch prima aus«, flüsterte er verführerisch und zwinkerte ihr zu.

Elizabeth kicherte und verdrehte die Augen. Colleen schüttelte den Kopf. Trotz seines Lächelns wirkte er mitgenommen. Die Ellenbogen seines Uniformrocks waren verschlissen, und seine braune Haut war darunter zu sehen. Er hatte dunkle Ringe unter den Augen, als hätte er sie den ganzen Vormittag überanstrengt.

»Welche Art harte Arbeit?«

»Die schlimmste – diplomatisches Verhandeln.«

»Mit wem?«

»Mit unserem erhabenen Führer«, sagte Matthew schleppend, hob eine Augenbraue und schürzte die Lippen, als wolle er ausspucken.

»Oh.« Colleen haßte inzwischen den Führer des Trecks. Voraus stand Maureen bei ihrem Wagen und winkte. Der Wagen stand oberhalb des Einschnitts, und der heiße Wind zerrte an der weißen Plane.

Maureen hatte die Heckklappe heruntergelassen und eine rotweißkarierte Decke darauf gelegt. Brot in einer Serviette lag auf einer Seite der Decke, damit sie nicht im Wind flatterte, und Lawrence saß auf der anderen Seite und hielt ein Brötchen mit Speck, das vom Frühstück übriggeblieben war, in seiner sommersprossigen Hand. Er lächelte beim Essen, als sie sich näherten.

»Ho, Mädchen.« Lawrence blickte mißbilligend auf seine neunjährige Tochter, die ihre Beine um Matthews Hüften geschlungen hatte. »Habe ich dir nicht gesagt, daß du zu alt für so was bist?« Ein Windstoß zerrte an seinem braunen, breitkrämpigen Hut, und er drückte ihn schnell fester auf den Kopf, damit er nicht davonsegelte.

Elizabeth löste sich von Matthew und sprang zu Boden, wobei ihr blaues Kleid vom Wind hochgewirbelt wurde. »Ja, Papa.« Sie lächelte scheu und wartete auf einen Tadel oder ein verzeihendes Nicken.

Lawrence winkte lässig ab. »Schon gut, nehme ich an – für heute!«

Elizabeth lachte, wirbelte herum und lief nach vorne zum Wagen, um den Ochsen zu tätscheln.

»Sie wird immer ein Wildfang bleiben, wenn du nichts unternimmst, Frau.« Lawrence blickte Maureen an.

Die Frau in mittleren Jahren zuckte mit den Schultern und hielt ihren grünen Rock fest, damit er nicht vom Wind erfaßt wurde. Sie ging zu ihrem Mann und legte ihm eine Hand auf die Schulter. »Es liegt an dieser Reise, Liebling. Deshalb ist sie zu aufgeregt, um sich wie eine kleine Dame zu verhalten. Wir werden daran arbeiten, wenn wir in Montana sind.«

»Bis dahin ist es vielleicht zu spät«, bemerkte Lawrence trocken, »besonders nachdem sie gestern den Lory-Jungen verprügelt hat. Kannst du dir das vorstellen? Ein Mädchen ihrer zarten Statur verpaßt dem großen Bengel ein blaues Auge!«

Maureen blickte grimmig drein, doch dann lächelte sie Matthew und Colleen an und wies auf das Brot und die Pfanne mit Speck. »Eßt, Kinder!« Ihr runzliges Gesicht strahlte. Das weiße Haar hatte sie ordentlich unter ihre grüne Haube gesteckt.

Matthew setzte sich und nahm eine Scheibe Brot.

»Colleen, du auch. Es ist nicht viel, nur ein Rest vom Frühstück . . .«

»Oh, Maureen, Sie sind sehr freundlich, aber ich habe keinen Hunger«, log Colleen lächelnd. Sie war hungrig, aber der Gedanke, salzigen Speck zu essen, ohne ihn mit Wasser hinunterzuspülen, schreckte sie ab. Sie ging zu Matthew, legte ihm eine Hand auf den Rücken und schaute ihm beim Essen zu. Er aß, wie er alles tat – herzhaft. Im Nu hatte er die Scheibe Brot mit Speck vertilgt, nahm sich die nächste und legte eine dicke Scheibe Speck darauf.

Lawrence rieb sich Krümel von den Händen. »Warum verdammt noch mal – äh – Verzeihung, Ladys – haben wir die Wagen nicht im Kreis aufgefahren, wenn wir hier halten müssen?« Er blickte Matthew finster an.

Matthews Blick schweifte zu den Hügeln. »Sawyers hielt das für unnötig«, erwiderte er kauend.

Beide Männer hielten ihre Kopfbedeckungen fest, als sie von eine Bö erfaßt wurden. Lawrence musterte Matthew ungläubig. »Weiß der Mann nicht, daß wir mitten im Indianerland sind?«

»Doch, das weiß er.« Matthew lächelte. »Ich habe es ihm nämlich gesagt.« Er zog seine Feldmütze tiefer in die Stirn und sah Lawrence an.

»Aber?« fragte O'Brian und wies zu den trockenen, mit Salbei bewachsenen Hügeln. »Dort gibt es unzählige Plätze, an denen sich ein Kriegstrupp verstecken kann. Wir sollten richtige Vorsichtsmaßnahmen ...«

»Auch das habe ich ihm gesagt«, fiel ihm Matthew ins Wort.

Lawrence hieb sich mit beiden Händen auf die Schenkel. »Man könnte meinen, wir werden von einem verdammten Idioten geführt!«

Matthew lachte freudlos auf. »Das habe ich ihm ebenfalls gesagt. Aber Sawyers ist überzeugt, unbesiegbar zu sein.«

Lawrence stieß einen grollenden Laut aus und wischte sich die Hände an der Hose ab. »Weshalb hängen wir hier überhaupt herum? eine Straße durch diese Wildnis ist einfach ...«

»... hirnrissig«, beendete Matthew den Satz, nickte freundlich und wies dann zu den fernen Sandsteinfelsen. »Sawyers sagt, wir werden nördlich von diesen Felsen auf den Powder River stoßen.«

»Nun, wir brauchen zweifellos Wasser«, murmelte Lawrence.

»Hm, Wasser und einen Krieg«, fügte Matthew ruhig hinzu.

»Einen – einen Krieg?« Maureens Stimme bebte, und sie starrte Matthew mit großen Augen an.

Matthew nickte gelassen. »Der Powder River ist zu dieser Jahreszeit ein wichtiger Platz – besonders für die hiesigen Stämme.«

»Und wir – wir könnten auf diese Stämme stoßen?«

»So ist es.«

Lawrence hieb mit einer Faust auf die Hecklampe. »Um so mehr Grund für uns, die Wagen im Kreis aufzufahren und Vorsorge zu treffen!«

Matthew seufzte, und sein Blick wurde grüblerisch, als er wieder zu den Hügeln spähte. »Stimmt.«

»Bei Gott! Ich werde jetzt jede Waffe laden, die ich habe«, grollte Lawrence. Er sprang auf und eilte davon, um seine Waffen unter dem Wagenbock hervorzuholen.

»Gute Idee«, bemerkte Matthew. Er erhob und reckte sich. »Nun, ich kehre besser zu meinem Dienst zurück.« Er tippte an die Feldmütze. »Prima Mittagessen, Maureen. Vielen Dank.«

Colleen folgte ihm. Sie verschränkte die Arme und blickte besorgt drein. Matthews Worte über einen Kriegstrupp hatten sie in Angst und zugleich in freudige Erregung versetzt. Ein Gefühl sagte ihr, daß er recht hatte. Die Indianer waren dort draußen und warteten. Das machte ihr angst. Aber eine andere innere Stimme flüsterte ihr zu, daß der Mann mit den langen schwarzen Zöpfen dabei war, und das führte zu der freudigen Erregung. So sehr sie auch über eine mögliche Besessenheit nachdachte, sie konnte sich nicht einreden, daß der Krieger böse war.

»Wohin gehst du?« fragte Colleen und schaute Matthew fragend an.

»Ich suche Williford und melde ihm das Debakel dieses Morgens.«

»Deba . . .« Colleen errötete und war verlegen und ärgerlich zugleich, weil er wieder ein Wort benutzt hatte, das sie nicht kannte. »Es ist – äh – so etwas wie eine Travestie, mein Schatz.« Matthew lächelte sie spöttisch an und lachte, als sie die Lippen aufeinanderpreßte. »Es bedeutet eine Katastrophe«, erklärte er.

»Warum hast du das nicht gleich gesagt?«

Er hob fragend die Augenbrauen. »Aber das habe ich doch.«

»Jedenfalls wirst du beschäftigt sein«, kehrte sie zum ursprünglichen Thema zurück.

»Ja.« Er legte einen Arm um ihre Schultern und drückte sie an sich. »Warum ruhst du dich nicht aus, machst ein Nickerchen oder so was? Die Straßenbauer werden ein paar Stunden beschäftigt sein, und es gibt nichts sonst zu tun.«

Colleen seufzte. »Also gut.«

Matthew blieb abrupt stehen, als wäre ihm plötzlich etwas eingefallen. Er legte die Hände auf Colleens Schultern und schaute ihr eindringlich in die Augen. »Aber keine einsamen Spaziergänge. Verstanden?«

»Verstanden.« Colleen salutierte scherzhaft.

»Es ist mir ernst. Der Gedanke, dich skalpiert zu finden, erfüllt mich nicht mit Begeisterung.«

»Matthew!«

»Ehrlich nicht.«

»Ich werde vorsichtig sein.«

»In Ordnung.« Er grinste, zufrieden mit sich, weil er ihr Angst eingejagt hatte, tippte an seine Feldmütze und schlenderte zum Ende des Trecks.

Colleen wandte sich um und schaute zum Wagen der O'Brians. Lawrence saß auf der Heckklappe und lud eine Pistole, während Maureen das übriggebliebene Brot einwickelte und im Wagen verstaute. Elizabeth tollte beim Wagen herum.

Colleen ging zu dem Planwagen zurück und lächelte Maureen scheu an. Sie hatte gesehen, daß Mrs. Lory am frühen Vormittag zum Wagen der O'Brians gegangen war. Es hatte einen heftigen Wortwechsel gegeben, aber Colleen wußte nicht, wie sie das Thema zur Sprache bringen konnte. Ethel Lory war eine prüde und boshafte Frau, und Colleen war sich im klaren darüber, daß sich die Diskussion um Matthew oder sie gedreht hatte.

Maureen erwiderte ihr zaghaftes Lächeln fröhlich. Ihr faltiges, rosiges Gesicht nahm einen liebevollen Ausdruck an. Sie tätschelte Colleens Arm und lehnte sich gegen den Wagen zurück. Bänder der geblümten Haube flatterten vor ihrem Gesicht. »Zu schlimm, daß der Colonel nicht auf deinen Matthew hört, Schätzchen. Eines Tages werden wir deshalb Probleme bekommen.«

Colleen lächelte stolz und senkte den Blick. Lawrence und Maureen hatten kein Wort über ihre ›unschickliche‹ Beziehung mit Matthew gesagt. Statt dessen waren sie sehr freundlich gewesen und hatten sie zu Abendessen und Gesprächen am Lagerfeuer eingeladen.

»Was denkst du, Colleen?« fragte Maureen besorgt, als sie Colleens ernste Miene sah. Weiße Locken lugten jetzt unter der Haube hervor, und der Wind spielte damit. Maureen legte Colleen eine Hand auf die Schulter. »Machst du dir Sorgen um Matthew?«

Colleen lachte. »Nein – jedenfalls keine, wie du denkst.«

Maureen lächelte erleichtert. »Gut, denn keiner kann so gut

auf sich selbst aufpassen wie Matthew. Er ist ein toller Mann.«

»Du magst ihn, nicht wahr?« fragte sie zögernd.

»Aber natürlich, Colleen. Wir mögen euch beide.«

»Maureen – was wollte Mrs. Lory heute morgen?«

Maureen zog die Hand von Colleens Schulter. »Hast du gehört, was sie gesagt hat?«

»Nein, ich hörte nur ärgerliche Stimmen«, erwiderte Colleen. »Es ging um mich und Matthew, nicht wahr?«

»Ah, Schätzchen. Mach dir deswegen keine Sorgen. Sie ist nur eine verbitterte alte Frau.«

»Was sagte sie?«

Maureen senkte den Blick und wirkte nervös. »Sie sagte – sie versuchte, den Leuten einzureden . . .«

Lawrence mischte sich mit dröhnender Stimme ein. »Menschenskind, Frau, Colleen hat ein Recht, es zu erfahren!« Er wies auf Colleen, doch die Worte waren an seine Frau gerichtet.

Maureen nickte. Sie blickte auf und streichelte über Colleens Wange. »Liebling, sie versucht, die Leute gegen dich aufzubringen und dich vom Treck ausschließen zu lassen.«

Colleen starrte sie sprachlos an.

»Mach dir keine Sorgen«, sagte Lawrence mit dröhnender Stimme und hielt seinen Hut fest, an dem der Wind zerrte. »Maureen sagte der blöden Alten, daß sie und ihr häßlicher Mann eher aus dem Treck ausgeschlossen werden als du!«

Colleen stieg das Blut in die Wangen, und ihre Augen füllten sich mit Tränen. Sie zwang sich, auf die vom Wind gepeitschte Prärie zu blicken, wo eine Antilopenherde graste.

»Es wird niemals passieren, Colleen!« sagte Maureen. »Sie ist eine Unruhestifterin, das ist alles.«

»Sie ist nur eine Schwätzerin«, fügte Lawrence hinzu.

»Vielleicht«, sagte Colleen. »Hat sie mit dem Colonel darüber gesprochen?«

Maureen und Lawrence tauschten schnell einen Blick.

»Ich sage dir die Wahrheit, Mädchen.« Lawrence senkte die Stimme. »Die alte Zicke findet keine Unterstützung beim Treck.«

Colleen lächelte schwach. Sie spürte, daß Lawrence aus Freundlichkeit log. Sie spielte mit, damit er sich besser fühlte. »In Ordnung. Ich mache mir keine Sorgen.«

Lawrence tätschelte ihre Schulter. »So ist es prima, Mädchen. Man soll sich keine Sorgen wegen ungelegter Eier machen.«

Colleen nickte und schlenderte davon. Ihr klopfte das Herz bis zum Hals. Ein Windstoß zerrte an losen Strähnen ihrer blonden Haare. Hörte der Wind denn niemals auf diesen weiten Prärien auf?

Colleen bahnte sich einen Weg durch Salbei zu dem Einschnitt, wo die Straßenbauer emsig mit Hacken und Schaufeln arbeiteten. Der Wind trug den Schweißgeruch der Männer heran. Jenseits des Einschnitts muhten freilaufende Rinder. Die Tiere hatten den ganzen Tag keinen Tropfen Wasser gehabt und litten. Die Bullen warfen unruhig den Kopf auf und ab und brüllten ihre Qual in den heulenden Wind. Einige der Pferde waren westwärts auf ein Waldstück zugetrottet. Ein Reiter folgte ihnen langsam, wohl um sie zurückzutreiben. Colleen spähte angestrengt hin, konnte jedoch wegen der großen Entfernung nicht erkennen, wer der Reiter war. Er trug Zivilkleidung, gehörte also nicht zur militärischen Eskorte.

Colleen spähte über den Rand des zerklüfteten Einschnitts. Dort unten war Schatten. Ein langer Schatten erstreckte sich unter einem Überhang aus Sandstein. Sie suchte nach einer Stelle, an der sie hinunterklettern konnte.

In dem Einschnitt war es kühler und fast windstill. Sie schlenderte weiter, strich über den Sandstein und hatte nach den Worten der O'Brians völlig Matthews Ermahnung vergessen. Aus der Sandsteinwand gegenüber ragte etwas heraus, aber sie konnte nicht erkennen, was es war. Sie stieg tiefer hinab in den Einschnitt und entfernte sich unbewußt immer weiter von den Arbeitern.

Schließlich stellte sie fest, was aus der Sandsteinwand ragte. Gewaltige Knochen. Der Teil eines Skeletts. Er war auseinandergerissen worden, als noch Wasser durch den jetzt ausgetrockneten Einschnitt geströmt war, und er ähnelte einer gefletschten Schnauze, aus der die Zähne in merkwürdigen Winkeln ragten. Colleen strich über die kühlen Knochen. Sie raffte ihr gelbbraunes Kleid, hockte sich hin und lehnte sich mit dem Rücken an die Sandsteinwand.

Klirrende Geräusche klangen durch den Einschnitt, begleitet von rauhen Rufen. Sie neigte sich vor und sah, daß leichtere Wagen durch den Einschnitt fuhren. Sie wischte sich Schweiß von der Stirn. Hatten die Straßenbauer bereits eine Passage geschaffen? Colleen hatte das Gefühl, daß erst ein paar Minuten vergangen waren, seit sie in den Einschnitt hinabgestiegen war. Sie seufzte. Sie mußte den kühlen Schatten bald verlassen.

Colleen lehnte sich zurück und schaute zu den schnell dahinziehenden Wolken empor. Sie wirkten wie zerfasernde Pferdeschweife. Je länger sie dort saß und zum Himmel schaute und auf das Klirren und Rasseln lauschte, während Maultiergespanne Wagen in den Einschnitt und zur anderen Seite hinauf zogen, desto sonderbarer fühlte sie sich – als wären ihre Sinne benebelt. Plötzlich fühlte sie sich benommen. Schwindel erfaßte sie. Vor ihren Augen begann sich alles zu drehen, und sie fiel zu Boden, landete auf dem Rücken und versuchte vergebens, sich am Sandstein festzuklammern. Blauer Himmel und Wolken schienen sich über ihr zu drehen.

Die Vision kam von einem Augenblick zum anderen, erfaßte sie wie Wogen von Farben und Wortfetzen männlicher Stimmen. »Er sieht uns nicht!« flüsterte eine Stimme. Die Worte hallten immer wieder um sie herum, und dann raschelten Blätter vor einem Hintergrund von Himmel – und das hohe Gras kroch kühl über ihre Arme. »Nur noch etwas länger!« Ein Pferd wieherte irgendwo. Die Welt schien sich zu drehen, und Übelkeit stieg in ihr auf – und dann tauchte der Mann auf. Der Krieger, ihr Krieger. Er kniete im Gras und hielt ein Gewehr. Sie streckte ihm die Hände entgegen. Er riß den Blick von ihr los, und sein Gesicht spiegelte plötzlich Entsetzen wider. »Renn weg!« rief er ihr auf Cheyenne zu. *»Renn!«*

Ein Krampf schüttelte ihren Körper, und sie war wach und lag mit hämmerndem Herzen da. Schüsse krachten, und das Knallen vermischte sich mit dem Heulen des Windes.

Colleen setzte sich auf. Schreckliche Angst stieg in ihr auf. Sie stemmte sich auf, raffte ihr Kleid und rannte taumelnd durch den Einschnitt. Männer riefen etwas oberhalb von ihr, schrien Befehle, und dann wurde der Tumult bei den Weißen von schrillen Schreien der Indianer übertönt. Die Roten näherten sich, ihre Schreie schwollen an.

Colleen hetzte durch den Einschnitt, hinauf zu der neuen, grob geschaffenen Passage, und kletterte inmitten der Hysterie aus dem Einschnitt. Männer rannten aufgeregt durcheinander, schrien Namen und verschwanden auf Wagen, um Waffen zu holen oder Schutz zu suchen. Leute drängten sich zwischen den Planwagen und legten Gewehre an. Frauen schnappten sich heulende Kinder und zogen sie unter Wagen, wo sie sich entsetzt mit ihnen in den Schatten drückten, während Krieger an ihnen vorbeipreschten.

Colleen war wie betäubt, fühlte sich wie schwerelos, während sie ziellos durch das Durcheinander wanderte. Die Zeit schien stillzustehen. Der Treck wurde zu einem Gemälde aus Wasserfarben. Menschen starrten entsetzt aus weit aufgerissenen Augen. Colleen lief von den Wagen fort ins Salbei- und Dornengestrüpp. Dornen rissen ihr die Haut an den Beinen auf, bis Blut warm hinabrann. Jeder Schritt dauerte scheinbar Stunden. Sie wandte sich quälend langsam um – und sah sie. Die Krieger trugen nur Lendenschurze. Rote und schwarze Streifen waren auf ihren Gesichtern, und die Krieger näherten sich schnell, galoppierten geradewegs auf den Treck zu. Eine lange Staubfahne wuchs hinter ihnen. Schüsse peitschten, und graue Rauchwölkchen stiegen auf, wenn die Krieger mit ihren Waffen feuerten.

Colleen konnte sich nicht rühren. Sie stand wie verwurzelt da. Als die Krieger auf die Pferdeherde der Kavalleristen zujagten und sie mit Schreien in panische Flucht versetzten, verengte sich Colleens Gesichtsfeld, und der Rand des Trecks wurde schwarz, bis nur die Krieger klar zu sehen waren. Und die Schüsse verstummten. Sie hatte das Gefühl zu schweben, und ihr Kleid und das blonde Haar flatterten im Wind. Sie sah immer noch Krieger feuern und blaugraue Rauchwölkchen im Wind zerfasern, aber sie war von Stille umgeben –

von einer unheilvollen Stille, die ein Gefühl der Leere in ihr hervorrief.

Ein Krieger zügelte sein scheuendes Pferd, das auf die Hinterhand stieg und mit der Vorderhand in die staubige Luft auskeilte. Er parierte das Pferd, wandte den Kopf und starrte Colleen mit schwarzen Augen an. Dann zog er das Pferd herum und galoppierte auf sie zu, als wollte er sie unter den Hufen zermalmen, die Dreck und Steinchen emporwirbelten. Aber ihre Beine waren bleiern, ihr Körper war wie betäubt. Der Krieger parierte das Pferd dicht vor ihr und starrte sie wild und voller Haß an. Er hatte einen Schnurrbart und ein breites Gesicht. Colleen nahm den Geruch vom Pferd und von Schießpulver wahr.

»Wo ist er?« fragte sie, denn sie spürte, daß es zwischen diesem Mann und dem Krieger in ihren Träumen eine Verbindung gab.

Der Krieger neigte den Kopf zur Seite und starrte sie an. Erkennen und Furcht waren in seinem bösen Blick. Kugeln schlugen rings um ihn ein und wirbelten Staubwölkchen empor. Er wandte den Blick von Colleen und spähte zum Treck. Das Feuer wurde jetzt erwidert und konzentrierte sich auf ihn. Er starrte Colleen noch einmal an, stieß einen schrillen Kriegsschrei aus und preschte über die Prärie davon, zurück zu dem Pappelwäldchen.

Colleen stand immer noch wie erstarrt da, beobachtete den Rückzug des Kriegstrupps und hörte die triumphierenden Schreie der Krieger. Ihr Puls war ganz normal. Sie empfand keine Spur von Aufregung. Nur das starke Gefühl von Einsamkeit und Verlassenheit war in ihr. Der Krieger war fort, seine Stimme war verstummt.

Ihre Augen füllten sich mit Tränen, und sie nahm alles nur noch verschwommen wahr. Ein Mann mit blauer Uniform rannte auf sie zu und rief etwas. Seine aufgeregten Worte waren unverständlich – eine fremde Sprache. Colleen starrte ihn benommen an. Sie wußte, daß es George Williford war, verstand jedoch nicht, was er sagte. Er hielt seine blaue Feldmütze fest, an der ein Windstoß zerrte, und wies zu den Wagen.

Ihre Knie gaben nach, und es wurde dunkler um sie. Sie nahm nur noch nebelhaft wahr, daß der Captain plötzlich die Augen zusammenkniff und nach ihr griff, und dann glaubte sie, in unendliche schwarze Tiefe zu fallen.

FÜNFZEHNTES KAPITEL

Maureen O'Brian eilte zum Wagen, schlug die Plane am Heck zur Seite und starrte auf Colleens bleiches Gesicht. Dann blickte sie verzweifelt zu Matthew auf. Er stand starr da, eine Hand auf dem Wagen, die andere locker an seiner Seite, und der Blick seiner blauen Augen war auf das ferne Pappelwäldchen gerichtet. Seine Feldmütze war tief in die Stirn gezogen, und der böige Wind zerrte an seiner Uniform. Sein Gesicht spiegelte Fassungslosigkeit wider – als hätte er einen Geist gesehen. Colleen murmelte Unzusammenhängendes in einer fremden Sprache. Matthews Finger spannten sich um die Heckklappe, während er zuhörte.

»Matthew?« Maureen rang die Hände und hielt vergebens Ausschau nach indianischen Kriegern. »Was ist passiert?«

Er preßte die Lippen aufeinander und schüttelte langsam den Kopf, als koste es ihn große Mühe. »Ich weiß es nicht.«

»Wurde sie ohnmächtig? Gott weiß, daß sie einen Grund hatte ...«

»Ich weiß es nicht«, wiederholte er und spähte immer noch zu den Bäumen, zwischen denen der Kriegstrupp vor dem Angriff aufgetaucht war.

»Was können wir tun ...«, begann Maureen, doch sie verstummte, als Matthew unvermittelt an ihr vorbei zu einer Gruppe herumirrender Soldaten schritt. Seine Uniform verschmolz schnell mit dem Blau der anderen, und Maureen konnte ihn in dem Durcheinander nicht mehr erkennen.

Zaghaft wandte sie sich um und schaute wieder Colleen an. Das Gesicht der jungen Frau war angespannt, und sie stieß sonderbare Worte hervor. Ihr Kleid hatte Schmutz- und Blutflecke. Maureen griff in den Wagen und tätschelte Colleen.

»Es ist alles in Ordnung, Schatz«, sagte sie und bemühte sich um einen beruhigenden Tonfall.

Hinter ihr ertönte die rauhe Stimme von Colonel Sawyers, der Namen aufrief. Der Anwesenheitsappell ergab, daß alle außer Nathanial Hedges anwesend waren.

»Hedges!« schrie Sawyers. »Hedges!«

Nur das Heulen des Windes antwortete.

Colonel Sawyers winkte einer Gruppe von Fahrern. »Organisiert einen Suchtrupp!«

Aufgeregter Lärm entstand, als Männer hin und her rannten, sich Gewehre schnappten und Befehle riefen. Maureen schaute bestürzt und verwirrt zu. Lawrence stand breitbeinig da und hielt Elizabeth an der Hand, während er Sawyers' Worten lauschte.

»Wir sind sicher«, flüsterte Maureen vor sich hin und gewann Kraft aus dem Anblick ihrer Familie.

Der Suchtrupp näherte sich vorsichtig dem kleinen Pappelwald und hielt die Gewehre schußbereit. Albert Holman, Fahrer der Straßenbaumannschaft, ging mit dem Gewehr im Anschlag schweigend zwischen die Pappeln. Was er sah, verschlug ihm den Atem. Er schluckte.

»Allmächtiger . . .«

»Was ist, Holman?« rief jemand hinter ihm. Schnelle Schritte näherten sich.

Männer versammelten sich, und Stimmengewirr setzte ein. Einige der Männer mußten sich übergeben.

Holman preßte die Zähne aufeinander und blickte schwer atmend auf die nackte Leiche. Nat Hedges lag auf dem Rücken, und seine gebrochenen Augen starrten zu den raschelnden Blättern empor. Sieben Pfeile ragten aus seiner nackten, blutigen Brust. Eine Kugel hatte seine linke Wange zerschmettert und ein großes Loch in sein Gesicht gerissen, und Dutzende andere Kugeln hatten seinen Körper getroffen. Der junge Mann war skalpiert worden. Der goldene Sonnenschein, der durch die Bäume sickerte, schimmerte auf seinem blutigen Schädel.

Holman schluckte von neuem und krächzte: »Bringen wir ihn zum Treck, Jungs.«

Der Wind trug das Klirren von Geschirren und den pochenden Hufschlag davon, als der Treck vorsichtig südwärts weiterzog. An diesem Abend hielten sie erst um einundzwanzig Uhr, als sie ein Wasserloch fanden. Williford gab den Befehl, die Wagen zu einer Wagenburg aufzufahren. Er stellte starke Wachen auf. Zuerst wurden die Tiere zur Wasserstelle hinabgetrieben. Die durstigen Tiere brüllten und soffen und suhlten sich im Wasser, bis es so schlammig war, daß die Mitglieder des Trecks Stunden warten mußten, bevor sie ihre Wasserfässer füllen konnten.

Matthew hielt Colleen in den Armen und schaute ins lodernde Lagerfeuer. Ihr blondes Haar fiel über seine Brust und auf seinen Schoß. Er wiegte sie sanft, murmelte Worte in Cheyenne, sagte ihr, daß alles in Ordnung war. Sie hatte nur erzählt, daß der Krieger zu ihr gekommen war. Er hatte aufmerksam den Worten gelauscht, die sie in fließendem Cheyenne gesagt hatte, und verständnisvoll dazu genickt. Dann hatte er versucht, auf englisch mit ihr zu reden, aber es war klargewesen, daß sie ihn nicht verstanden hatte. Danach hatte sie geschwiegen, ihn fest umklammert und das Gesicht an seine Brust geschmiegt.

Matthew blickte zum Himmel. Sterne funkelten, und ihr Schein schimmerte silbrig auf dem Salbei und Sand. Grillen zirpten jenseits der Wagenburg, und irgendwo heulte ein Kojote. Matthew lauschte geistesabwesend. Er war in Gedanken bei dem Angriff der Indianer und der Geschichte, die Williford über Colleens Verhalten erzählt hatte. Wer war der Krieger, der zu ihr geritten war? Nach Willifords Beschreibung war es wahrscheinlich einer der Bent-Brüder – George oder Charley? Wenn die Bents mit ihrem Wissen über die Art und Weise der Weißen beteiligt waren, dann war der Treck in größeren Schwierigkeiten, als er vermutet hatte.

»Colleen?« fragte Matthew leise und streichelte über ihre Wange. Dann sagte er auf Cheyenne: »Kannst du mir mehr erzählen?«

Sie bewegte sich leicht, grub die Finger in seine Arme und schaute flehend zu ihm auf. »Er ist fort«, flüsterte sie. Jede feine Nuance der indianischen Sprache klang perfekt. Ihr Blick schweifte zu den dunklen Hügeln.

»Fort?«

Colleen nickte langsam.

»Warum blieb der Krieger nicht?«

Sie blinzelte müde. »Der Wolf – ließ es nicht zu.«

Matthew zog sie enger an sich und drückte ihren zierlichen Körper an seine breite Brust. »Hat der Wolf dir das gesagt?«

»Nein.« Sie begann zu schluchzen.

»Pst«, flüsterte er tröstend. »Ich bin bei dir.«

Fast unbewußt erinnerte er sich an eine Melodie und den Text eines Wiegenliedes der Cheyennes, und begann es zu singen. Es war ein Trauerlied, das die Tapferkeit von Kriegern pries, die in Kämpfen gegen die Shoshoni gestorben waren. Seine Stimme klang tief und klar in der Stille der Wildnis, und er spürte, daß Colleen sich in seinen Armen entspannte. Während er sang, versiegten ihre Tränen, und sie lag still in seinen Armen.

Matthew wiegte sie sanft, rieb seine Wange an ihrer Stirn und sang jedes Lied, an das er sich erinnern konnte, bis das Feuer heruntergebrannt war und sie vom Dunkel der Nacht umgeben waren. Die Lieder linderten einen Schmerz tief in ihm, eine Wunde, die sogar nach zwölf Jahren noch nicht verheilt war. Erinnerungen erfüllten ihn. Er glaubte wieder Stimmen verhallen zu hören, das Knirschen von Schnee unter Mokassins, und er sah im Schein von Kochfeuern auf dunklen Seen umgekehrt widergespiegelte Bilder von indianischen Lagern. Und eisige Finger schienen in seinen Körper zu dringen.

Matthew schloß die Augen, neigte den Kopf und schloß Colleen fester in seine Arme. »Bitte, *Maiyun*«, betete er leise, »strafe *mich*.«

Vielleicht war es die Kombination aus dem Kampf und Colleens knappen Entrinnen vor dem Tod, der den alten Traum wiederbrachte, der ihn seit zwölf Jahren verfolgt hatte. Der Traum begann wie immer:

Ein eisiger Nordwind fegte große Schneeflocken heran. Matthew neigte den Kopf gegen die Mähne des Braunen. Er hatte seit zwei Tagen nicht geschlafen, und die Müdigkeit nahm ihm die Kraft, die er jetzt verzweifelt brauchte. Er klopfte dem Pferd den Hals, flüsterte ihm sanfte Worte zu. Dann kehrte er zu seinem Tipi zurück, und seine Beine zitterten vor Erschöpfung. Kalter Schweiß tränkte seine Wildlederkleidung, die an seiner Haut haftete. Der vom Wind gepeitschte Schnee stach ihm wie mit eisigen Nadeln ins Gesicht.

Er betrat das warme, dunkle Tipi, kniete sich neben seine Frau – seine geliebte Enanoshe – und strich eine Strähne des schwarzen Haares aus ihrem Gesicht, bevor er sie in die Arme nahm. Obwohl sie in fünf Decken eingehüllt war, war das Büffelfell auf dem Boden schweißnaß. Es blieb an seiner kalten Haut haften. Er hatte so schreckliche Angst, daß er kaum klar denken konnte.

Er hielt sie auf den Armen und trug sie hinaus in den eisigen Wind und Schnee zu dem wartenden Travois. Er war benommen, erlebte einen entsetzlichen Alptraum, aus dem er nicht erwachen konnte. Enanoshe war vor drei Tagen krank geworden, und jetzt lebte sie kaum noch. Er starrte auf sie hinab, während er durch den höher werdenden Schnee stapfte und dem Raunen des Windes in den Kiefern lauschte. Sie war bleich, und ihr zuvor so schönes Gesicht war eingefallen. Die Lider ihrer geschlossenen Augen zuckten, vermutlich im Schmerz. Sie schwankte ständig zwischen Fieberausbrüchen, Wachsein und Bewußtlosigkeit. Ihr langes schwarzes Haar fiel über seine Arme, wurde von einer Windbö erfaßt und rieb über sein Gesicht und den braunen Vollbart.

Als er sie auf die Schleppbahre legte, verkrampfte sich ihr geschwächter Körper vor Schmerz, und sie zitterte so stark, daß er sie kaum zwischen den Kiefernstangen halten konnte. Er hielt sie fest, damit sie nicht in den Schnee fiel. Dann begannen ihre Schreie, herzzerreißende Schreie, die ihn seit Tagen quälten, gepeinigte Schreie wie die eines Tiers, das in einer Falle kämpft. Er schloß die Augen und hielt Enanoshe fest an seine Brust gedrückt, seine Wange an ihrer. Ihr Gesicht war heiß; das schreckliche Fieber stieg immer noch.

Er streichelte über ihr Haar, kämpfte gegen die Tränen an und flüsterte: »Es ist alles in Ordnung. Ich bin hier.«

Sie entspannte sich plötzlich, ihre Kraft schwand, und sie verlor das Bewußtsein. Ihr Körper erschlaffte in seinen Armen. Er küßte sie auf die leicht geöffneten Lippen und hielt sie noch einen Augenblick länger fest. Der eisige Wind blies ihm ins Gesicht, als er sie widerstrebend losließ und dann mit Lederriemen auf dem Travois festband.

Aus dem Augenwinkel sah er den alten Mann aus dem Dorf hinken, den Weidenstock in der knorrigen Hand. Matthew tat, als bemerke er den Alten nicht. Er wickelte einen Strick um Enanoshes Beine und band ihn fest. Er hatte es bereits mit dem alten Mann diskutiert – verdammt zu lange! Es gab nichts mehr zu sagen.

Der alte Medizinmann stand starr da, und sein Gesicht war von tiefen Runzeln durchzogen. Sein Büffelfell war mit Schnee bedeckt, daß es fast aussah wie Lammwolle.

»Du wirst meine Enkelin *nicht* von ihrem Volk wegbringen!« sagte er klagend.

Der Schnee fiel stärker, und die Flocken wirbelten um sie herum.

»Ich muß es tun, Großvater.« Matthew schlang einen Lederriemen um Enanoshes Oberkörper und band ihn fest. Dabei wich er dem strengen Blick des alten Mannes aus.

Der jüngere Bruder seiner Frau rannte zwischen den Tipis hervor und stellte sich zu seinem Großvater. Der alte Mann legte einen Arm um die Schultern des Achtjährigen. Das Gesicht des Jungen war blaß und spiegelte Angst wider, und Tränen rannen über seine Wangen. Er starrte Matthew an, als sehe er einen bösen Geist.

»Wohin willst du?« fragte der alte Mann.

Matthew schluckte und beeilte sich. »Es gibt einen weißen Arzt bei den Shoshoni, der diese Krankheit kennt. Ich . . .«

»Du würdest sie *ihren Feinden* ausliefern!« In den Augen des alten Mannes flammte Empörung auf.

»Es bringt keine Ehre, einer kranken Frau etwas anzutun, Großvater. Die Shoshoni werden ihr nichts . . .«

»Du wirst sie nicht hinbringen!«

Matthew schwieg und überprüfte, daß die Riemen fest saßen.

»Nein!« schrie der Junge und warf sich gegen Matthew, drosch mit den Fäusten nach ihm und traf ihn an Armen und Brust. »Laß meine Schwester in Frieden!«

Matthew packte den Jungen, zog ihn an seine Brust und sagte ihm sanft ins Ohr: »Hör auf, mein Bruder. Du mußt ein Mann sein.«

Der Junge bäumte sich kurz auf, doch dann schmiegte er schluchzend das Gesicht an Matthews Lederjacke.

»Nimm sie nicht mit«, flehte er, zerrte an Matthews Ärmeln und schaute entsetzt zu ihm auf. »Bitte, nimm sie nicht mit!«

Matthew drückte den Jungen an sich und streichelte ihm über das lange, schwarze Haar. »Bruder, es geht ihr immer schlechter. Ich muß Hilfe finden.«

Der alte Mann erhob die Stimme. »Wenn das Große Geheimnis will, daß sie lebt, wird meine Medizin sie heilen! Sie braucht keinen Zauber von Weißen!«

Matthew wandte sich ihm zu, drückte den Jungen fester an sich und streichelte ihm über den Rücken. Der alte Mann starrte ihn haßerfüllt an, und seine Lippen zitterten.

Matthew hielt den Jungen auf Armlänge von sich und schaute ihm in die Augen. »Wounded Bear, ich tue dies für sie. Ich muß sie fortbringen, damit sie gesund wird. Ich werde sie zurückbringen.«

Der Junge warf den Kopf zurück, riß sich aus Matthews Armen los und rannte zu seiner Schwester. Er zerrte an den Lederriemen, wollte sie lösen und seine Schwester vom Travois ziehen. Matthew griff über die Schleppbahre und packte das Kind von neuem.

»Der Ausgleich, Sohn!« rief der alte Medizinmann. Er hob die Hand, stieß sie auf Matthew zu und wartete, beobachtete. »Was du nimmst, muß du zurückgeben!«

Broken Star war ein mächtiger und gefährlicher Mann, und seine Zauberkraft war legendär. Es hieß, daß seine Feinde schreckliche Krankheiten erlitten, ihre Familien auf scheußliche Weise starben und sogar ganze Dörfer auf geheimnisvolle Weise vernichtet wurden, wenn er die Hand hob und sie dazu verdammte. Obwohl die alten der Cheyennes den Einsatz seiner Zauberkräfte für Böses mißbilligten, wagte keiner ihn zu kritisieren.

Matthew wankte plötzlich, und vor seinen Augen schien sich alles zu drehen. Er tastete zum Pferd, um sich zu stützen, doch er stürzte in den Schnee. Es wurde ihm übel, und er preßte eine Hand auf den Leib, während er zu Broken Star aufblickte. Der alte Medizinmann lächelte boshaft.

Matthew rappelte sich mit weichen Knien auf und stützte sich auf die Travoisstange. Langsam schleppte er sich nach vorne, bis er die Zügel des Pferdes packen konnte. Dann führte er das Pferd aus dem Lager, hinab auf den Trail zum Land der Shoshoni. Der Schnee knirschte unter der Schleppbahre. Hinter ihm wurde Wounded Bears Weinen vom hysterischen Lachen des alten Medizinmannes übertönt.

Matthew wanderte stundenlang, zwang das widerspenstige Pferd durch Schneewehen, schrie zornig auf das Tier ein und schlug es, wenn es stehenblieb und wiehernd zurückschaute, daß die Schleppbahre hin und her ruckte.

Aber Enanoshe gab keinen Laut von sich. Sie regte sich nicht einmal, wenn sie durchgerüttelt wurde. Sie lag reglos da wie eine Tote.

In der Mitte der Nacht war der Schnee so hoch, daß ein Weiterkommen unmöglich war. Matthew riß verzweifelt an den Zügeln, wollte das Pferd weiterzerren, doch es war sinnlos. Das Tier sank zu tief im hohen Schnee ein.

Matthew ließ die Zügel fallen, stapfte schwankend zum Travois, band Enanoshe los, hob sie auf die Arme und drückte sie an sich, während er sie in den Schutz eines überhängenden Felsens trug.

Er legte sie behutsam auf trockenem, schneefreiem Boden ab und strich die schweißnassen schwarzen Haarsträhnen aus ihrem Gesicht. Sie regte sich nicht.

In plötzlicher Furcht zog er sie auf seinen Schoß und fühlte verzweifelt nach ihrem Puls an den Handgelenken und dann am Hals. Nichts. Kein Pulsieren von Blut, kein Herzschlag unter seinen kalten, zitternden Fingern.

Matthew schrie in den Sturm und die Nacht, und die Schreie hallten von den Hügeln wider. Er hielt Enanoshe fester in seinen Armen und küßte ihre kalten Lippen. Er schmiegte das Gesicht auf die Decken über ihrem Busen, weinte und flüsterte immer wieder ihren Namen.

Das Indianerlager war groß und erstreckte sich in einem unregelmäßigen Oval zwischen niedrigen Hügeln. Die Pferdeherde wurde in einem Pferch scharf bewacht, und fünfzig bewaffnete Krieger patrouillierten um das Lager herum für den Fall, daß die Soldaten des Trecks sich ihre Pferde zurückholen wollten.

Wounded Bear ließ den Blick über das riesige Lager schweifen. Hunderte Feuer glühten und wirkten wie orangefarbene Punkte auf einer schwarzen Decke. Unzählige Gesichter schimmerten golden im Feuerschein. Einige der Krieger lächelten und triumphierten, andere wirkten besorgt.

Er schaute auf sein eigenes kleines Feuer, während er gedankenverloren mit einem Salbeizweig spielte. Auf der anderen Seite des Feuers lachten Little Deer und Gray Squirrel, machten Scherze über den Überfall, bei dem die Pferde erbeutet worden waren, und prahlten, wer tapferer gewesen war und die meisten Pferde erbeutet hatte. Während des Plauderns und Lachens aßen sie Kaninchenfleisch, das sie über dem Feuer gebraten hatten. Ein Haufen Knochen wuchs am Rand der Flammen, verkohlte und stank. Die Abendbrise wehte den Gestank zu Wounded Bear herüber. Zu seiner Linken lag Bent ausgestreckt auf der Seite. Der Blick seiner schwarzen Augen war grüblerisch auf die fernen Hügel gerichtet. Er erzählte heute abend keine Geschichten von Tapferkeit.

Wounded Bear seufzte und warf den Salbeizweig in die Flammen. Die trockenen Blätter fingen Feuer, und Funken wirbelten in die Dunkelheit empor. Es war spät, die Siegesfeier dauerte bis lange in die Nacht, und Wounded Bear war müde. Er wollte aufstehen, doch Bents leise Stimme stoppte ihn.

»Ich sah sie heute.«

»Wen?« fragte Wounded Bear beklommen. Er ließ sich zurücksinken, schlug die Beine übereinander und schaute seinen Freund an.

»Die weiße Hexe, die dich verzaubert hat.«

»Bruder, sie hat mich nicht . . .«

»Sie fragte nach dir.« Der Ausdruck seiner schwarzen Augen war prüfend, fast verdammend, doch seine Miene war unbewegt und verriet keine Gefühle.

Little Deer und Gray Squirrel verstummten mitten im Gespräch und blickten mit großen Augen über das Feuer hinweg.

»Sie fragte nach mir?« flüsterte Wounded Bear und blickte ins Feuer. Sein Puls raste.

»Sie sagte: ›Wo ist er?‹« Bent stützte den Kopf mit einer Hand und blickte auf Wounded Bears sorgenvolles Gesicht. »Ich habe es ihr nicht gesagt.«

Wounded Bear zuckte mit den Schultern. »Sie weiß es.«

Bent runzelte die Stirn. »Du wirst zu ihr gehen?«

»Bald.«

Bent wandte sich ab und schöpfte nervös eine Handvoll Sand. Er ließ die Sandkörner von einer Handfläche auf die andere rieseln, hin und her, bis schließlich aller Sand weggerieselt war. »Tu es nicht!« sagte er dann eindringlich.

»Aber ich muß es tun.«

»Sie ist eine weiße Hexe, die uns schaden will! Warum kannst du das nicht begreifen?«

Little Deer und Gray Squirrel tauschten angespannt Blicke.

»Der heutige Überfall war erfolgreich. Sie hat keinen bösen Zauber gegen uns eingesetzt.«

Bent neigte sich vor und blickte ihn hart an. »Sie hatte keine Gelegenheit. Unser Angriff erfolgte zu schnell. Aber sie wird bösen Zauber gegen uns einsetzen. Vielleicht morgen.«

Wounded Bear atmete tief durch und erhob sich. Es war ihm schwer ums Herz. Verstand denn keiner? Der Wolf würde die Frau nur aus einem guten Grund zu ihm führen, nur wenn sie dem Volk auf irgendeine Weise helfen konnte. Er seufzte und blickte zu den angespannten Gesichtern am Feuer. Er schaute einem nach dem anderen in die Augen, versuchte stumm, seine Gedanken zu übermitteln, und ging dann in die Dunkelheit davon.

Er wanderte weit vom Lager fort zu einem Hügel, von dessen Kuppe aus er den Treck sehen konnte, und setzte sich in den Sand. Die Wagen dort unten standen im Kreis auf der ersten Terrasse des Ufers am Creek. Ein einziges Feuer brannte dort unten und warf flackerndes Licht auf die Wagen mit den weißen Planen. Sein Blick schweifte zum sternenübersäten Himmel und zurück zu dem orangefarbenen Punkt. Es war spät, und er war müde, aber er wollte auf den Treck schauen und sich vorstellen, wo die Frau war und was sie dachte. Er würde später versuchen, Kontakt mit ihr aufzunehmen, in seinen Träumen, aber jetzt brauchte er einfach den Blick auf ihr Lager. Das Wissen, daß sie so nahe war, hatte etwas Quälendes und zugleich Erregendes.

Die Brise wehte vom Treck Gerüche und Geräusche heran. Wounded Bear streckte die Beine aus und lehnte sich auf einen Ellenbogen zurück. Der Geruch von Pferden und dem Lagerfeuer mischte sich mit dem Duft von Salbei und dem Geruch von Schlamm und Wasser. Wounded Bear gähnte, schloß die Augen und lauschte. Er hörte Gesang, tiefen Gesang eines Mannes. Der Wind trug die Melodie in Intervallen heran. Er konnte die Worte nicht verstehen, aber die Melodie war ihm vertraut, erinnerte ihn an die Tage seiner Kindheit, als seine Schwester ihn in den Schlaf gesungen hatte, wenn er Angst gehabt hatte oder krank gewesen war. Er erinnerte sich immer noch daran, wie sie ihm zärtlich übers Haar gestreichelt hatte. Er legte sich flach in den Sand und schaute zu den funkelnden Sternen. Vermutlich irrte er sich mit dem Lied – niemand in einem Lager der Weißen würde ein solch süßes Wiegenlied kennen –, aber es tröstete ihn, zu glauben, daß es das Lied war, das er kannte.

Er entschloß sich, eine Weile zuzuhören. Zuzuhören und sich zu erinnern.

Beim Morgengrauen gab Sawyers den Befehl, die Tiere anzuschirren und sich auf den Aufbruch vorzubereiten. Leute holten ihre Ochsen von der Wasserstelle und beeilten sich, sie einzuschirren.

Matthew Douglas ging müde durch den inneren Kreis zu George Williford, der die militärischen Aktionen ordnete, seinen Männern Handzeichen gab, die Stimme über die allgemeine Geräuschkulisse des Trecks erhob und Befehle rief.

Matthew blieb neben dem Captain stehen, legte eine Hand auf die Hüfte und zog seine Feldmütze in die Stirn, während er wartete. Schließlich wandte sich Williford ihm zu und lächelte schwach. Sein längliches Gesicht war erschlafft, und seine sonst scharf blickenden Augen waren trübe vom Mangel an Schlaf.

»Schlaflosigkeit, George?« fragte Matthew und hob eine Augenbraue.

»Ein wenig.«

»Teufel, ich kann nicht verstehen, weshalb du Probleme mit dem Schlafen hast. Daß wir von einer fünffachen Übermacht von rund tausend Indianern umzingelt sind, ist doch kein Grund . . .«

»Matthew, bist du hier, um mich zu ärgern oder um zu helfen?«

»Kommt darauf an – was soll ich tun?«

»Ich . . .« Der Captain verstummte, und die Farbe wich plötzlich aus seinem Gesicht. Er schluckte schwer. Sein Blick schweifte über die Hügel jenseits von Matthew.

Matthew fuhr geduckt herum, und seine Hand stieß zum Revolver hinab. Furcht stieg in ihm auf, während er die Waffe aus dem Holster zog. Die Hügel waren voller Indianer. Aus jeder Erhebung ragten Federn von Kriegshauben wie hohes Gras. Perlen glänzten, und Federn flatterten im Morgenwind. Er suchte die Hügel ringsum ab. Keiner war leer. Der Treck war völlig umzingelt.

Ein Mitglied des Trecks nach dem anderen bemerkte die Indianer. Unruhe entstand. Das Gefühl, hilflos und verloren zu sein, breitete sich wie ein Präriefeuer aus. Männer eilten zu ihren Gewehren oder banden Tiere los und trieben sie ins Innere der Wagenburg.

»Du solltest schnell etwas tun, George«, sagte Matthew und richtete sich auf.

»Warum haben sie nicht angegriffen?«

»Vermutlich spricht jemand ein Gebet.«

»Ein Gebet?«

»Für Sieg und Ehre.«

Williford nickte langsam und ließ den Blick über die Krieger schweifen. »Du kennst einige dieser Gebete, Matthew?«

»Stimmt.«

»Schick ein paar für uns nach oben.«

Matthew nickte.

»Wann werden sie angreifen?«

»In fünf – vielleicht in zehn Minuten.«

Williford wandte sich schnell an seine Männer. »Stapelt ein paar Kisten, legt eure Munition dahinter und geht in Stellung.« Er legte eine Pause ein, und ein melancholischer Ausdruck war in seinen Augen, als er die mißtrauischen Blicke der ehemaligen Konföderiertensoldaten sah.

»Gentlemen«, sagte Williford in vertraulichem Tonfall. »Ich will keinen einzigen Mann verlieren. Ihr seid alle . . .«

Wilde Schreie ertönten. Die Indianer galoppierten von den Hügeln heran. Der Hufschlag von Hunderten von Pferden grollte wie Donner.

Männer verteilten sich. Matthew Douglas rannte durch die Wagenburg. Er holte seinen Ersatzrevolver, das Gewehr und Munition aus dem Wagen der O'Brians und ging dann zu Colleen, die stumm dasaß und zu den schreienden Horden blickte, die heranjagten. Matthew warf Kisten aus einem schweren Wagen der Army, trat eine Kiste auf und riß Munition heraus. Dann ließ er sich zu Boden sinken und legte das Gewehr auf einer der Kisten auf.

»Alles in Ordnung mit dir?« fragte er Colleen, während er einen schreienden Krieger anvisierte, der in gestrecktem Galopp auf die Wagen zu ritt. Colleen war anscheinend wieder in die Realität zurückgekehrt. Sie kauerte sich auf den Boden neben ihn und lehnte sich mit dem Rücken an eine der Kisten.

»Alles in Ordnung«, sagte sie auf englisch. Ihre Kenntnisse in Cheyenne waren anscheinend über Nacht verschwunden, und ihr Gesicht hatte wieder Farbe. Sie hatte am Morgen das Haar zu einem dicken Zopf geflochten, der über ihren Rücken hing.

»Gut.« Matthew gab ihr einen leichten Klaps auf die Schulter. »Kannst du meine Waffen aufladen?«

Colleen blinzelte. »Ich will nicht, daß du sie tötest.«

Er schoß nicht, atmete aus und duckte sich dicht zu ihr hinter der Kiste. Der Krieger galoppierte vorbei, feuerte auf die Wagen und brüllte wild. Die Kugeln prallten als Querschläger ab und pfiffen davon.

»Ich bin selbst nicht sehr stolz auf die Idee«, sagte Matthew und zuckte zusammen, als eine Kugel in eine Kiste einschlug und ihm Holzsplitter um die Ohren flogen. Er rückte lässig seine Feldmütze zurecht und lächelte Colleen gewinnend an. »Aber ich bin Egoist. Es sieht aus, als ob es um unser Leben oder das Leben einiger Roter geht. Ich bin für *unser* Leben. Und du?«

Colleen überlegte. Eine Kugel pfiff vorbei und riß eine lange Furche in den Boden neben Matthew. Er zog die Knie an den Leib. Colleen griff hastig nach seinem Ersatzrevolver. Der Wind fegte ihr geblümtes Kleid hoch, und weiße, wohlgeformte Beine waren zu sehen.

Matthew schrie gegen den zunehmenden Kampflärm an. »Willst du mich ablenken?«

Sie blickte ihn strafend an und füllte hastig die Kammern des .44er Remington. »Hier!« rief sie und legte die geladene Waffe neben ihm auf ihr Kleid, um sie aus dem Dreck herauszuhalten.

»Du bist eine prima Frau!« rief Matthew und duckte sich, als Pfeile in die Kisten einschlugen und Federn und Holzsplitter auf ihn niederregneten. Dann sprang er auf, legte schnell sein Gewehr an und feuerte. Ein Siouxkrieger mit bunter Kriegsbemalung fiel vom Pferd, und sein lebloser Körper überschlug sich am Boden.

Colleen hielt die Hände über den Kopf und zog die Knie an. Signalhörner ertönten von den Hügelhängen, und das Krachen der Schüsse in der Wagenburg ließ nach und verstummte. Jeder hielt angespannt Ausschau, suchte die Prärie nach Kavallerie ab – aber es kam keine. Statt dessen jagten Krieger die Hügel hinab, schrien Flüche der Weißen, hielten ein Signalhorn in einer Hand und ein Gewehr in der anderen.

»Ihr gottverdammten weißen Bastard-Hurensöhne!« schrie ein Indianer auf englisch, und von neuem ertönten Signalhörner.

Matthew lächelte und schüttelte den Kopf über die Englischkenntnisse. Die ›Musik‹ wurde offenbar gemacht, um die Weißen zu verspotten, um falsche Hoffnung bei ihnen zu wecken. Gesichter in der Wagenburg schienen zu versteinern, Schüsse krachten wieder, und Soldaten brüllten ähnlich derbe Worte wie zuvor die Indianer. »Wer von den Indianern kann so gut Englisch?« fragte Colleen. Sie saß immer noch zusammengekauert da, und ihr langer Zopf baumelte über ihre Schulter auf Matthews Bein.

Er visierte einen anderen Krieger an und feuerte. »Einer der Bent-Jungs, wette ich. Einen solchen Wortschatz haben sie bestimmt auf dem Handelsposten ihres Vaters gelernt.«

Das Peitschen der Schüsse steigerte sich, als eine andere Woge von Kriegern aus dem Einschnitt auftauchte und schreiend auf die Wagen der Emigranten schoß. Rinder in der Wagenburg brüllten, drängten sich fast in Panik und prallten mit den Hörnern aufeinander. Einige der kleineren Tiere hatten blutige Seiten.

Die Soldaten, die bei den Wagen der Emigranten in Stellung waren, feuerten in schneller Folge und schlugen den Angriff dieses Indianertrupps zurück.

Matthew warf einen Blick zu Colleen, bevor er wieder das Gewehr anlegte. Sie war ruhig und bedrückt. Mit großen Augen starrte sie auf die Prärie hinaus. Sie hatte den Kopf geneigt, als lausche sie auf etwas. Sie nickte leicht vor sich hin. Matthew blickte in die Richtung, in die Colleen schaute. Dort, auf einem fernen Hügel, war ein Krieger zu Pferde. Das Pony stampfte den Boden und wieherte bei den wiederholten Hornsignalen. Der Indianer streckte den Arm zu den Wagen aus. Colleen hob ihre Arme und wollte aufstehen.

»Bleib unten!« rief Matthew ihr zu, packte sie an der Schulter und drückte sie zu Boden. Colleen kroch jedoch unter seiner schützenden Hand fort, sprang auf und rannte. Aus dem

Augenwinkel sah Matthew, daß der Krieger den Hügel herabritt.

Colleen rannte auf ihn zu. Kugeln prallten von den Kisten ab, und Matthew warf sich hin und robbte hinter Colleen her, den Revolver in der rechten Hand. Aber Colleen war zu schnell. Ihr gelbbraunes Kleid flatterte im Wind. Wenn er nicht auf die Füße springen konnte, weil ihn die Schüsse zu Boden zwangen, dann würde Colleen die Wagenburg verlassen haben, bevor er sie stoppen konnte. Matthew wandte sich um und feuerte dreimal schnell auf Krieger, sprang auf und rannte los. Er wich panisch herumirrenden Rindern aus und schrie: »Colleen! Colleen!«

Sie war fast am Rand der Wagenburg, als er sie einholte. Er packte sie am Kleid und riß sie zu Boden. Dann wälzte er sich auf sie, schirmte sie mit seinem Körper ab und feuerte auf die Krieger, die dicht vor ihnen vorbeiritten und mit Pfeilen schossen. Er traf nur einmal mit seinen letzten drei Kugeln – und sein Revolver war leer.

»Matthew?« rief Colleen mit schwacher Stimme. »Laß mich gehen!«

Verzweifelt bäumte sie sich unter ihm auf, drosch um sich und trat nach ihm. Sie traf seine Schienbeine mit den Hacken ihrer Stiefel. Schmerz stach durch seine Beine, und es gelang ihr, sich loszureißen. Sie kroch von ihm fort, und Matthew war gezwungen, hinter ihr her zu hechten. Er schlang die Arme um sie, preßte ihre Hände gegen seine Brust, umschlang Colleens Beine mit seinen und rollte mit ihr in Deckung. Kugeln schlugen ringsum ein, und Staub und Sand wirbelten ihm ins Gesicht. Er kniff die Augen zusammen und rollte mit Colleen weiter, bis sie gegen ein Wagenrad prallten. Dann zog er sie hinter eine Reihe von Kisten in eine sitzende Haltung und hielt sie an den Schultern fest.

»Hör mir zu!« schrie er ihr ins Gesicht. »Er mag dich kennen, aber für die anderen Krieger bist du verdammt noch mal nichts anderes als eine weiße Zielscheibe! Hast du das verstanden?«

Matthew musterte sie. Der glasige Ausdruck verschwand aus ihren Augen, sie kam wieder zur Vernunft. Sie schlang die

Arme um Matthews Hüften und preßte das Gesicht an seine Brust.

»Sag mir, was geschieht, Matthew!« flehte sie und blickte zu ihm auf.

Er zwang sich zu einem Lächeln, nach dem ihm nicht zumute war, und streichelte über ihr Haar. »Mach dir keine Sorgen, es ist alles in Ordnung.«

Soldaten krochen in Deckung und preßten die Hände auf die Ohren, als Williford mit der Berghaubitze feuern ließ. Die Haubitze donnerte. Das Geschoß schlug inmitten einer Gruppe von Kriegern ein. Eine gewaltige Staubwolke stieg auf. Als das Donnern verhallt war und sich der Staub lichtete, war ein Krater zu sehen, in dem zerfetzte Leichen und tote Ponys lagen. Indianer flüchteten die Hügelhänge hinauf. Sie wirkten in der Ferne wie bunte Ameisen, die in wilder Flucht den Hügel hinaufkrabbelten, nachdem ihr Nest zerstört worden war. Männer in der Wagenburg ließen langsam ihre Gewehre sinken und atmeten auf, während sie den Rückzug der Krieger beobachteten.

Matthew starrte auf den leergeschossenen Revolver, den er immer noch in der Hand hielt. Er wischte sich mit zitternder Hand über die schweißnasse Stirn. Nur allmählich klang seine Anspannung ab. Er blickte auf Colleen hinab. Plötzlich wallte Furcht in ihm auf. Was geschah mit ihnen? Sie waren in eine Art Wirbelwind geraten und hin und her geworfen worden wie Stoffpuppen. Aber warum? Erinnerungen drohten in ihm aufzusteigen, aber er verdrängte sie. Er durfte jetzt nicht daran denken. Wenn er das tat, würde ihn die Angst fertigmachen. Schweiß sickerte durch seine Brauen und brannte in seinen Augen. Er blinzelte dagegen an.

Auf der anderen Seite in der Wagenburg kletterte Sawyers auf eine Kiste und schwenkte die Arme, um die Aufmerksamkeit der Leute zu gewinnen. Widerstrebend wandten die Leute den Blick von den Hügeln ab und schauten zu ihm.

Über dem Brüllen von Rindern und Wiehern von Pferden klang Sawyers' ernste Stimme flach und leise.

»Leute«, rief er. »Ich brauche jeden verfügbaren Mann, um eine Brustwehr um die Wagen zu errichten und Schützengräben auszuheben. Wer meldet sich freiwillig?«

Grimmige Männer erhoben sich aus ihren sicheren Stellungen und gingen zu ihm, gefolgt von Stimmengewirr.

Es wurde ein Erdwall bis zur Höhe der Wagenböden angelegt und Schießscharten geschaffen. Männer kauerten innerhalb des Kreises, hielten die Gewehre schußbereit und warteten.

Die Indianer waren noch da, versteckt in den Hügeln. Sie würden wiederkommen.

SECHZEHNTES KAPITEL

»Teufel, Teufel!« sagte Anthony Nelson von der Dakota-Kavallerie. »Die Roten haben heute jede Menge geballert, aber nichts getroffen!«

»Sieh dir das an!« John Rawze streifte seinen Ärmel hoch und zeigte auf eine große blaue Beule auf seinem Unterarm. »Ist das nichts?«

»Das ist doch läppisch«, meinte Daniel Dana.

Nelson spuckte aus. »Das meine ich ja. Wir haben ein paar üble Beulen und Schrammen abgekriegt, aber keiner kam ums Leben.«

Rawze neigte sich vor, und sein feistes Gesicht verzog sich abfällig. »Die haben keinen Mumm, Tony. Die haben Schiß. Hölle, wenn wir sie gejagt hätten, wären sie jetzt noch auf der Flucht.«

Dana blickte ihn finster an und bemerkte trocken: »Du bist verdammt optimistisch. Ihr tapferen Kavalleristen habt nach dem Überfall noch acht Pferde. Was wollt ihr machen? Wollt ihr auf Socken hinter berittenen Kriegern herlaufen?« Er zog einen Stock aus seiner Hemdtasche, nahm sein Messer und begann zu schnitzen, ohne sich um die wütenden Blicke der Kavalleristen zu kümmern.

Williford hob die Hände, um die Debatte zu beenden. »Vergeßt alle Gedanken an Heldentaten. Der Feind ist fünfmal stärker als wir. Wir kamen heute ohne Verluste davon, weil die Roten wenig Munition haben, aber das heißt nicht, daß wir sie immer zurückschlagen können.«

Matthew Douglas streckte die Beine am Feuer aus. »Und die Krieger mögen wenig Gewehrmunition haben, aber sie haben jede Menge Pfeile und einen unendlichen Vorrat an Werkzeugstein hier in der Gegend.« Er blickte in die Runde der Männer. Im gelblichen Schein des Feuers wirkten die Gesichter der Männer eingefallen, fast gespenstisch.

»Was, zum Teufel, soll daß heißen – ›Werkzeugstein‹?« fragte Rawze.

Williford blickte ihn mißbilligend an und verschränkte die Arme. »Sie sollten die Frage richtig stellen, Soldat!«

Rawze blickte verwirrt drein. Dann zuckte er mit den Schultern. »Was, zum Teufel, soll das heißen, *Sir*?«

Matthew Douglas schaute ihn gelassen an. »Gestein, aus denen sie Pfeil- und Lanzenspitzen herstellen wie aus Feuerstein.«

»Oh.«

»Fünffach überlegen, Captain?« fragte Dana, ohne im Schnitzen innezuhalten.

Williford nickte. »Das nehme ich an.«

»Mir scheint«, sagte Dana schleppend, »daß diese Straße zum Scheitern verurteilt ist, wenn die Roten was dagegen haben.« Er wies vage mit dem Messer zu den Hügeln und schnitzte dann weiter. Der Stock war fast schon weggeschnitzt.

»Eine vernünftige Einschätzung, Lieutenant«, sagte Williford.

Dana wies mit dem Messer auf den Captain. »Wenn die Army uns wählen ließe, würde ich dafür stimmen, daß wir den Schwanz einziehen und höllisch schnell zum nächsten Militärposten abhauen, Sir.« Er blickte in die Runde und beschäftigte sich dann wieder mit dem kurzen Stock. »Natürlich gibt es hier keine Wahl – aber ich wollte trotzdem meine Meinung kundtun.«

Williford lächelte. »Ich werde mir diese Abstimmung merken, Lieutenant.«

»Sonst noch etwas, Männer?« Er schaute in die Runde der Dutzend Gesichter. »Noch andere Fragen? Kennen alle ihren Auftrag für morgen?«

Die Soldaten nickten der Reihe nach.

»Wegtreten!« sagte Williford.

Die Gruppe löste sich auf, und die Männer gingen in verschiedenen Richtungen davon. Matthew schob die Hände in die

Taschen und schlenderte zu seiner Deckenrolle. Nicht, daß er noch Taschen gehabt hätte. Seine blaue Uniform war zerlumpt, und die Hosentaschen waren völlig herausgerissen. Wenn er die Hände durch die Öffnungen schob, berührte er warme Haut. Er kratzte sich nachdenklich an den Oberschenkeln.

In einiger Entfernung sah er Colleen vor dem Wagen der Army stehen, wo ihre Decken verstaut waren. Ihr blondes Haar schimmerte im Feuerschein, während sie Salbei auf die Flammen warf. Sie wirkte abgespannt. Ihr geblümtes Kleid war verschwitzt und verschmutzt. Ihre sonst geschmeidigen Bewegungen wirkten langsam und schwerfällig.

Bei ihrem Anblick stieg Angst in ihm auf. Er verlor sie – und er wußte es. Sie hatte in der vergangenen Nacht unruhig geschlafen, war oftmals aufgewacht und hatte nach jemand oder etwas getastet. Er hatte sie in die Arme genommen und zurück auf die Decken gezogen, ihr versichert, daß alles in Ordnung war und ihr niemand etwas antun würde, aber sie hatte ihn nicht gehört. Ihre Träume waren stärker als der Klang seiner Stimme oder seine Umarmung gewesen.

Matthew ballte die Hände zu Fäusten und ärgerte sich über seine Hilflosigkeit. Als er beim Feuer war, lächelte er Colleen schwach an und setzte sich.

»Du hättest etwas schlafen sollen«, tadelte er sie sanft und legte einen Arm um ihre Schultern.

Sie schüttelte den Kopf und bewegte nervös die Hände auf ihrem Schoß. »Ich habe Angst davor.«

»Das brauchst du nicht. Ich bin hier.«

Colleen nickte leicht, und ihr Lächeln sagte ihm, daß es nett von ihm war, jedoch wirkungslos gegen einen Mann, der in ihre Träume eindringen konnte.

Er umfaßte ihr Kinn, hob ihren Kopf an und schaute in ihre Augen. »Wenn ich in deinen Kopf gelangen und darin Wache halten könnte, würde ich das tun.«

»Ich weiß«, sagte Colleen leise, und ihr Blick schweifte zu den dunklen, stillen Hügeln. »Werden sie heute nacht angreifen?«

»Vermutlich nicht, es sei denn, wir lassen die Tiere aus der Wagenburg.«

»Werden wir das tun?«

»Nein.«

Colleen wirkte erleichtert. »Werden sie morgen wieder angreifen?«

Matthew musterte sie. Sie vermied es sorgfältig, rundheraus zu fragen, ob der Krieger da sein würde, wenn sie bei Tagesanbruch erwachte. Er fühlte sich plötzlich müde und leer.

»Ja, sie werden angreifen.«

»Bist du dir dessen sicher?« Es klang hoffnungsvoll.

Er nickte. »Ja.« Sein Körper verlangte nach Schlaf, aber er konnte nicht schlafen. Er hatte in einer Stunde Wache. Matthew schloß die Augen.

»Matthew?«

»Hm?« murmelte er, ohne die Augen zu öffnen.

»Ich muß mit ihm reden – verstehst du das?«

Er ließ das Kinn auf die Brust sinken. Plötzlich schien jeder Muskel seines Körpers zu schmerzen. Er seufzte und ließ sich lange Zeit mit der Antwort. »Ja, ich verstehe das.«

Draußen in der Dunkelheit ertönte das Heulen eines Wolfs – aber es war kein Wolf. Matthew lauschte. Es war ein Signal zwischen indianischen Spähern wie der Ruf: »Alles in Ordnung!« Sein Blick schweifte suchend durch die Finsternis. Colleens Krieger war dort draußen.

Wer war er?

Am nächsten Morgen gab es gelegentlich Kämpfe. Die Indianer jagten die Hügel herab, griffen ein paar Minuten lang an, zogen sich zurück und blieben eine Stunde oder länger verschwunden. Am frühen Nachmittag hörte das Schießen völlig auf, und unerträgliche Spannung breitete sich beim Treck aus. Sawyers nutzte die Gelegenheit, um Nat Hedges ein christliches Begräbnis zu geben. Es war unbedingt erforderlich, daß er begraben wurde. In der Hitze war die Leiche des Mannes schlimm aufgedunsen. Die Leute rümpften die Nase bei dem Geruch und schlugen einen weiten Bogen um den Wagen, auf dem er in eine Decke gehüllt lag.

»Reißt diesen von Kugeln durchlöcherten Wagen auseinander«, sagte Sawyers leise zu seinen Fahrern, und sein längliches Gesicht zeigte Bedauern.

Aus den Wagenbrettern wurde ein primitiver Sarg gezimmert, in den Hedges Leiche gelegt wurde. Dann verscheuchten zwei Männer die Rinder aus der Mitte der Wagenburg und hoben ein Grab aus. Sie senkten den Sarg hinein und schaufelten das Grab zu. Leute versammelten sich, Männer nahmen ihre Hüte ab, und Frauen legten die Hand aufs Herz. Für ein paar Minuten hörte die Geschäftigkeit beim Treck auf.

Matthew stand neben Colleen. Sie drückte ihre Bibel an den Busen. Matthew hakte sich bei ihr ein, als die Zeremonie begann.

»Meine Freunde«, sagte Sawyers laut und klar. »Nathanial Hedges, ein gutes und treues Mitglied dieser Expedition, ist von uns gegangen zu unserem Vater im Himmel.« Er schlug das abgegriffene schwarze Buch in seinen Händen auf, blätterte darin, blickte auf und lächelte matt. »In Paulus' Brief an die Philipper schrieb er: ›Denn das Leben ist für mich Christus und das Sterben Gewinn. Wenn aber das Leben im Fleische mein Los ist, das ist für mich der Mühe wert, und was ich erwählen soll, weiß ich nicht. Ich werde aber von beidem bedrängt, indem ich Lust habe, abzuscheiden und bei Christo zu sein, denn es ist weit besser.‹«

Er schloß das Buch und hielt einen Finger zwischen die Seiten. »Mr. Hedges ist jetzt bei Jesus Christus, und die Plagen dieser Welt sind für ihn vorüber. Gott rief in seiner Weisheit diesen jungen Mann zu sich. Es mag für uns verfrüht wirken, aber nur Gott kennt den Lauf der Zeit. In Ihm leben wir. Und wenn das Jüngste Gericht kommt, treten wir alle Gott gegenüber und müssen unsere Taten hier auf Erden verantworten. Laßt uns hoffen, daß wir dann ein so reines und rechtschaffenes Leben vorweisen können wie Nat Hedges.«

Viele der Versammelten sagten »Amen«. Colleen bekreuzigte sich. Matthew neigte sich zu ihr und flüsterte: »Wenn Nat Hedges *rein* war, dann fresse ich einen Besen.«

Colleens Mund klaffte auf. »Abscheulich!«

»Hm, so fand ich ihn auch.«

Er lachte leise, als er ihre entsetzte Miene sah, und ignorierte die empörten Blicke der gläubigen Mitglieder des Trecks.

»Du darfst über den Toten nicht so – so – respektlos reden«, flüsterte Colleen. »Gott wird dich strafen!«

»Warum sollte ich plötzlich jemandem Respekt zollen, nur weil er tot ist? Wenn Nat meinen Respekt wünscht, hätte er ihn sich verdienen sollen, als er das noch konnte. Jetzt ist es zu spät.«

»Du wirst ganz bestimmt in die Hölle kommen.«

»Ich dachte, das hätten wir bereits festgelegt.«

»Oh . . .« Colleens Miene nahm einen nachdenklichen Ausdruck an. »Das hatte ich vergessen.«

In ein paar Stunden waren alle Hinweise auf Hedges letzte Ruhestätte von den Hufen der Rinder ausgelöscht, und der Beweis seines Ablebens war vom Angesicht der Erde weggewischt.

Colleen lehnte sich mit dem Rücken an ein Wagenrad und suchte die Hügel ab. Die Sonne ging unter und färbte die Wolken golden, obwohl es in dem dichten Staubschleier, der aus der Wagenburg aufstieg, mehr zu erahnen als zu sehen war. Die Tiere waren ständig in Bewegung und wirbelten Staub auf. Colleens Augen tränten, und Staub haftete an ihrem Gesicht.

Sie blickte zu den Planwagen. Unter den Wagenböden waren Kisten gestapelt, und Kinder lehnten daran und malten Bilder in die weiche Erde. Robert stand auf der anderen Seite in dem Kreis der Wagen und starrte boshaft zu ihr herüber, aber sie war zu müde, um sich zu fürchten.

Eine Eule flatterte über ihr und lenkte sie von ihrem Mann ab. Die Eule ließ sich auf dem Luftstrom über die Wagenburg treiben, schwenkte plötzlich ab und flog auf einen fernen Hügel zu. Colleen beobachtete die Eule auf ihrem Flug. Plötzlich stieß sie auf einen Hügel hinab und ließ sich flatternd darauf nieder. Colleen neigte sich vor, hielt eine Hand über die Augen, blickte in den Sonnenuntergang – und sah *ihn*.

Der Reiter hob sich dunkel vor dem roten Himmel ab. Das Pferd warf den Kopf hoch und stampfte mit einem Huf auf. Colleen hob zaghaft eine Hand – und er erwiderte die Geste. Ihr Puls raste. Eine Stimme rief sie, tief und sanft. Sie schloß die Augen und lauschte, und die Welt schien sich um sie zu drehen. Sie wollte sich an dem Rad festklammern, doch sie stürzte zur Seite und fiel in den Sand. Seine Seele drang in ihre ein, verschmolz mit ihrer Seele. Sie schwebte aufwärts mit ihm, ihr Geist vereinigte sich. Ein Meer von reinem Licht umflutete sie, durchdrang sie warm und schäumend – und irgendwie heilend.

»Kommst du zu mir?« fragte er, und ihre Seele erfaßte den Gedanken, ohne daß er ihn aussprach. »Nach der Dunkelheit. Ich werde dich jenseits der Wagen treffen.«

Sie hielt ihn fest, und ihr Herz war erfüllt und zufrieden. »Ich werde kommen.«

Und er verschwand.

Sie krallte ihre Finger in den Sand und fühlte sich plötzlich leer und unerträglich einsam. Der Schmerz, ihn zu verlieren, war wie ein Schlag für sie. Sie kämpfte gegen Tränen an. Jede Trennung war schlimmer, und sie war verzweifelt und sehnte sich nach ihm.

»Nur ein paar Stunden«, flüsterte sie vor sich hin. Dann würde sie zu ihm gehen, und sie würden tanzen und ihre Seelen würden verschmelzen – vielleicht diesmal für immer.

Es war dunkel. Colleen rührte nervös den Eintopf. Matthew beobachtete sie, registrierte jede linkische Bewegung, jeden Gesichtsausdruck. Sie bemühte sich, entspannt zu wirken, doch es gelang ihr nicht. Ihre Unruhe war zu offensichtlich.

»Stimmt was nicht?« fragte Matthew.

»Wieso? Alles ist in Ordnung.« Colleen wollte ihm nicht sagen, daß sie heute abend den Krieger treffen würde. Sie wollte es sich nicht einmal selbst eingestehen.

»Sag mir, was los ist.« Matthew ergriff ihre Hand und betrachtete Colleen neugierig.

»Matthew, ich . . .«

»Douglas?« rief eine rauhe Stimme hinter einem Stapel Kisten. »Schauen Sie sich das an!«

»Was ist?« fragte er ungeduldig, ohne den Blick von Colleens Gesicht zu nehmen.

»Dort draußen bewegt sich was!«

Er ließ Colleens Hand los. »Ich werde bald zurück sein.«

Sie schaute ihm nach, als er davonging, und nahm all ihren Mut zusammen. Sie schlich zwischen zwei Wagen hindurch und kletterte über die Brustwehr hinaus in die Dunkelheit.

Die Brise war kalt und drang durch ihr dünnes geblümtes Kleid. Sie rieb sich über die Gänsehaut auf den Armen und ging weiter. Das Sternenlicht wirkte ungewöhnlich hell. Lange, unheimliche Schatten waren am Fuß der Hügel. Sie hatte erst ein Dutzend Schritte zurückgelegt, als sie eine sanfte Hand auf ihrem Arm spürte.

Sie wandte sich um und sah ihn. Er war so groß und gutaussehend wie in ihren Träumen. Sein langes, schwarzes Haar hing lose über seine Schultern und flatterte im Wind. Er hatte hohe Wangenknochen und eine gerade Nase, volle Lippen und große Augen. Sie wollte mit ihm sprechen, doch ihre Stimme versagte.

Der Krieger nahm sie zaghaft in die Arme, als befürchte er, sie würde verschwinden, wenn er sie zu fest anfaßte. Er hob sie auf die Arme und trug sie fort von den Wagen zu einem sandigen Hügel. Dort legte er sie behutsam nieder und streckte sich neben ihr aus.

»Ich hatte Angst, du würdest nicht kommen«, sagte er und schaute ihr in die Augen.

»Ich mußte kommen.« Sie berührte sein Haar. Fast unbewußt kehrten ihre Gedanken zu dem Tanz zurück, und ihre Seele sehnte sich nach ihm.

Er schloß die Augen, und seine Muskeln entspannten sich, aber er hielt sich zurück, ließ die Verschmelzung der Seelen noch nicht zu. »Bald«, versprach er.

Das Gefühl der Leere kehrte zurück und quälte sie. Sie streichelte über seine braune Wange.

»Zuerst muß ich dir von Sweet Medicine erzählen«, sagte er. »Ein großer Held unseres Volkes . . .«

Colleen nickte und hörte sich die Geschichte an. Ihre Furcht wuchs bei seinen Worten. »Wie ein Sandkorn im Wind . . .« wiederholte sie seine Worte.

»Die Straße muß gestoppt werden.«

»Und deshalb kommt der Wolf?«

Er nickte und streichelte ihr blondes Haar. »Er ist ein Helfer der Geister – ein Bote vom Großen Geheimnis. Er ist geschickt worden, um uns zu leiten, Falsches richtig zu machen und den Willen des Volkes zu erfüllen.«

»Falsches richtig zu machen«, murmelte Colleen.

Dann spürte sie, daß seine Seele in sie eindrang, und sie schloß die Augen. Es war, als wäre sie der Sand und spüre Regen in sich eindringen. Zusammen schwebten sie, drehten sich schwerelos in einer Welt ohne Zeit mit befreiten Seelen.

Sie wußte nicht, wie lange sie dort lagen und sich in den Armen hielten. Aber als sie erwachte, glänzte seine Haut im verblassenden Sternenschein, und sie wußte, daß bald der Morgen dämmern würde. Seine braunen Augen spiegelten soviel Freude und Zufriedenheit wider, wie sie selbst empfand. Der Tanz brachte eine Ekstase, die über Worte und über Verstehen hinausging.

»Ich habe um jemanden wie dich gebetet«, sagte er und betrachtete ihr Gesicht. »Seit meine Schwester starb, konnte ich keine Frau lieben – mein Herz war leer.«

Colleen spürte eine schreckliche Einsamkeit. Sie schlang die Arme um ihn und zog ihn an sich. Er küßte sie zärtlich und dann leidenschaftlicher. Verlangen stieg in ihnen auf, und er zog seine Wildlederhose aus und entkleidete Colleen. Als er in sie eindrang, zwang er seine Seele, sich mit ihrer zu verbinden, um die Vereinigung zu vervollständigen. Körper und Geist verschmolzen miteinander. Sie wollte, daß es nie endete, daß sie nie in der ewigen See aus Licht getrennt wurden, die sie in ihrer Vereinigung umgab.

Als er sich zurückzog, schrie etwas in ihr auf, und sie griff nach ihm, wollte ihn zurückhalten, doch er flüchtete. Sie öffnete die Augen und sah, daß er ernst auf sie herabschaute. Der Wind spielte mit seinem schwarzen Haar. Sie berührte die Narben auf seiner Brust, streichelte zärtlich darüber.

»Wir erneuern das Volk«, sagte er weich und glücklich. »Wir machen es wieder ganz.«

»Ganz«, wiederholte Colleen, und fühlte, wie die Bruchstücke ihres Seins miteinander verschmolzen.

Plötzlich zeigte seine Miene Furcht, und er schaute von ihr fort zum Horizont. Der kühle Wind wehte Haarsträhnen vor sein angespanntes Gesicht. Als er Colleen wieder anschaute, sah sie Tränen in seinen Augen.

»Du mußt gehen«, sagte er.

»Nein.« Sie schlang die Arme um ihn und zog ihn an sich. »Ich will nicht gehen.«

Er schloß die Augen. »Aber du mußt den Männern deines Trecks sagen, daß sie den Straßenbau stoppen.«

In seinen Armen hatte Colleen die schreckliche Prophezeiung von Sweet Medicine vergessen, aber jetzt dachte sie wieder daran und nickte – sie mußte gehen.

»Wir werden bald wieder zusammen sein – in ein paar Stunden.«

Sie erhoben sich und kleideten sich an. Arm in Arm gingen sie dann zum Treck. Der Horizont war lavendelfarben, als sie sich der Wagenburg näherten.

Er löste sich widerstrebend von ihr und legte ihr die Hände auf die Schultern. Ihr geblümtes Kleid flatterte in der Brise wie die Fransen an seiner Hose. Er schloß die Augen und suchte noch einmal ihre Seele. Glückseligkeit erfüllte sie – und plötzlich stieg Entsetzen in ihr auf. Er stieß sie grob zu Boden, und ihre Vereinigung zerbrach jäh, als ein Donnerschlag durch die Hügel hallte.

Es geschah so langsam. Colleen öffnete die Augen und sah, daß er wankte und die Hand auf eine klaffende Wunde in der Schulter preßte. Einen kurzen Moment schaute er sehnsüchtig in ihre Augen und streckte die Hand nach ihr aus, dann stürzte er zu Boden, und Blut floß über seine Brust.

Colleen schrie entsetzt, rannte zu ihm, zog ihn an sich. Sie schluchzte bitter. Und plötzlich spürte sie, daß er ihre Seele suchte, und sein Schmerz war ihr Schmerz.

Sie fiel neben ihn, und ihre Seelen waren in der Qual vereinigt.

Matthew ging vor dem Feuer auf und ab. Der Morgen dämmerte. Colleen war mit dem Krieger zusammen. Matthew wußte es, aber er konnte nicht ziellos in der Nacht nach ihr suchen. Er mußte warten, bis sie freiwillig zurückkehrte.

Würde sie zurückkommen? Er ging zum Rand der Wagenburg und spähte ins Grau der Morgendämmerung. Wo war Colleen? Er sah, daß Robert Merrill sein Gewehr auf die Brustwehr aus Erde auflegte. Andere Männer bereiteten sich ebenfalls auf einen möglichen Angriff vor. Matthew musterte Merrill genau. Da war etwas falsch an den Aktionen des Mannes. Es war, als hätte er bereits ein Ziel gesichtet. Matthew lief auf ihn zu und versuchte Merrills Ziel zu ergründen. Er lief schneller, als er sah, daß sich Merrills Finger am Abzug spannte.

Matthew schrie auf, als er Colleen mit dem Krieger in den Hügeln stehen sah. Und er sprang auf Merill zu und prallte gegen ihn, als das Gewehr krachte. Er schlug Merrill nieder. Zorn übermannte ihn. Immer wieder schlug er in Merrills Gesicht und schrie: »Wen wolltest du treffen? Den Krieger oder Colleen?« Dann kam er zur Besinnung. Er sprang über die Brustwehr und rannte hinaus in den Salbei.

Ein Krieger galoppierte den Hang herab. Matthew hob eine Hand und rief in Cheyenne: »Ich habe nichts Böses vor, Bruder! Darf ich die Frau holen?« Der Indianer zügelte sein Pony, schaute besorgt zu dem verwundeten Krieger, der am Boden lag, wies jedoch mit seiner Lanze Matthew an, weiterzulaufen.

Matthew gelangte zu Colleen. Er kniete sich hin und nahm sie in die Arme. Sie atmete flach, und ihr Kleid war blutgetränkt. Verzweifelt riß Matthew das Kleid auf, suchte nach einer Verletzung, doch ihre weißen Brüste waren unversehrt. Er erkannte, daß das Blut auf ihrer Kleidung nicht ihres war, und er schaute auf den Krieger. Knochensplitter schimmerten weiß im fahlen Licht des Morgens, und Blut sickerte aus einer Schulterwunde und lief über seine Brust. Matthew hoffte, daß die Verwundung nicht tödlich war, aber genau konnte er das nicht sagen. Während er auf das dunkle Gesicht des Kriegers starrte, stieg irgendeine Erinnerung in ihm hoch. Etwas an den Zügen des Indianers war ihm vertraut...

Der Indianer ritt den Hügel herab, um sich um seinen Freund zu kümmern. Matthew richtete sich auf und trug Colleen zu den Wagen.

Colleen hatte das Gefühl, in schwarzer Leere zu schweben. Der Krieger war dort, aber sein Geist war so schwach, daß sie kaum seine Anwesenheit spüren konnte. Sie rief nach ihm, doch er konnte sie nicht hören. Nichts bewegte sich in der Leere. Sie fühlte sich wie auf einem Meer aus Schwärze, in das kein Licht und kein Geräusch dringen konnte. Es gab nur Finsternis und Stille.

Colleen versuchte, zu ihm zu gelangen. Er schwebte in der Nähe, aber sie konnte ihn nicht erreichen. Irgendeine Barriere verhinderte den Kontakt. Sie rief nach ihm, flehte ihn an, sie anzuhören, doch er reagierte nicht. Ihr Gefühl sagte ihr, daß er starb, aber ihr Verstand wollte es nicht glauben.

»Nein!« schrie sie in die Stille und lauschte. Sie konnte ihre Stimme nicht hören. Die Dunkelheit verschluckte Geräusche, als hätte es sie nie gegeben. »Nein!« schrie sie immer wieder. Und dann erinnerte sie sich an den Treck und die Worte des Kriegers über die Straße. ». . . fortgeweht wie ein Sandkorn im Wind.«

Sie wollte sich aus der Schwärze kämpfen und zum Treck zurückkehren – aber sie konnte es nicht. Sie war gefangen.

SIEBZEHNTES KAPITEL

Matthew hielt Colleen in den Armen, als sie stöhnte. »Colleen! Hör auf meine Stimme. Folge meiner Stimme.«

Gewehrschüsse krachten, und Kugeln schlugen in den Wagen über seinem Kopf. Er warf sich über Colleen und versuchte verzweifelt, zu enträtseln, was geschehen war. Sie mußte mit dem Krieger vereinigt gewesen sein, als Merrills Kugel ihn getroffen hatte, und jetzt war sie geistig in der daraus entstandenen Leere gefangen. Konnte sie dem übernatürlichen Reich ohne Hilfe des Kriegers entkommen? Was würde geschehen, wenn er starb?

»Lebe, Colleen«, flüsterte er. »Lebe!«

Wieder wurde der Wagen von Kugeleinschlägen erschüttert, und das Krachen von Schüssen war ohrenbetäubend. Ein Pferd preschte wiehernd vorbei, prallte getroffen gegen die Brustwehr und verendete. Matthew sah, daß das sterbende Tier noch ein paarmal auskeilte und dann still liegenblieb.

»Colleen!« rief er von neuem. »Colleen, hör mir zu!«

Matthew fühlte an ihrem Handgelenk den Puls. Er war nur schwach, kaum wahrzunehmen.

Er schüttelte sie. Ihr Kopf ruckte hin und her. Er zog sie an sich, preßte seine Wange an ihre und kämpfte gegen Panik an. Er mußte ruhig bleiben und denken. Was würde der Cheyenne tun? Er versuchte sich zu erinnern. Diese Hellseher, die in übernatürliche Reiche eintauchen konnten, hatten geistige Helfer, die sie führten, aber Colleen war eine Weiße. Sie hatte keine ...

Seine Augen weiteten sich, und er starrte auf ihr unbewegtes Gesicht. »Colleen!« flüsterte er drängend. »Ruf den Wolf! *Ruf den Wolf!*«

Colleen schwebte durch eine See von Leere. Sie suchte in der See nach Zeichen, die ihr den Weg in die Freiheit wiesen. Es gab keine. Die Leere erstreckte sich unendlich um sie, die Schwärze hüllte sie ein, verschluckte sie wie ein weiter Nachthimmel einen einzelnen Stern.

»Hilfe!« schrie sie in die Stille. »Hilf mir!«

Etwas veränderte sich – sie spürte Wellen in der See, hatte das Gefühl, von einer Woge erfaßt und auf und ab getragen zu werden.

»Colleen?« rief eine tiefe, sanfte Stimme. Sie schwebte auf das Geräusch zu, lauschte, flehte um mehr, um Gesellschaft in dem dunklen Ozean.

»Colleen?«

Sie schwebte weiter, bis sie eine verschwommene weiße Gestalt sehen konnte. Das Bild wirbelte in der Dunkelheit und veränderte den Umriß. Sie folgte ihm – dem einzigen Licht in der Leere, dem einzigen Geräusch.

»Hier, Colleen, folgst du mir?«

Sie versuchte sich zu beeilen, um näher heranzugelangen, doch die Entfernung zu der Gestalt blieb gleich, ob sie nun schnell oder langsam schwebte.

Sie hatte das Gefühl, sich monatelang durch die Schwärze zu bewegen und sich abzumühen, zu dem Krieger zu gelangen.

Schließlich wurde die Gestalt langsamer. Sie sah eine hohe, messingbeschlagene Tür vor sich. Colleen bewegte sich darauf zu, starrte auf die Tür und die verschwommene Gestalt. Während sie beobachtete, nahm die Gestalt den Umriß des Wolfes an. Die großen Augen glänzten schwarz wie die Leere in dem schneeweißen Gesicht. Furcht stieg in ihr auf, doch sie verdrängte sie. Der Wolf hatte sie gerettet, hatte sie aus der leeren Finsternis geführt.

»Hier«, sagte der Wolf. »Wenn du bereit bist, öffne diese Tür, und du wirst wieder daheim sein.«

Sie schwebte näher, griff nach der Türklinke, doch der Wolf schob sich vor sie und blockierte ihr den Weg. Sie starrte in seine schwarzen Augen und fragte ihn stumm, warum er sie aufhielt.

»Sag ihnen«, ertönte die tiefe Stimme des Wolfes in der Dunkelheit, »daß Fort Connor erbaut worden ist. Sie müssen sofort dorthin ziehen und den Bozeman Trail nach Montana nehmen. Denn wenn sie nicht die heiligen Gebiete der Cheyennes verlassen – werden sie getötet werden. Alle.«

Colleen nickte und schaute in seine Augen. Die schwarzen Tiefen schienen sie zu durchbohren.

»Der Krieger? Hilfst du ihm?«

Der Wolf nickte. »Natürlich, er ist ein Mann des Volkes.«

Colleen wandte sich ab und griff nach der Türklinke.

Matthew tupfte Colleen mit einem kühlen, feuchten Tuch Schweiß von der Stirn. Ihr langes blondes Haar war naß von dem Wasser, das aus dem nassen Tuch tropfte. Sie schien gegen irgend etwas anzukämpfen. Ihre Lider flatterten, und ihr Körper zuckte wie in einem Krampf. Matthew schob einen Arm unter ihren Kopf und hob ihn an. »Colleen.«

Sie war plötzlich hellwach. Ihr Busen hob und senkte sich unter schwachen Atemzügen.

»Kampf«, murmelte sie und blinzelte, während Kugeln in den Wagen über ihr einschlugen. Die Schüsse setzten zeitweilig aus, als ob die Krieger mit den Leuten des Trecks spielten, sie zermürbten, ohne wirklich zu versuchen, sie zu töten.

»Ja, wir kämpfen immer noch«, sagte Matthew und setzte sich erleichtert zurück. Er stapelte zusätzlich Kisten unter dem Wagenboden, um Colleen besser zu schützen, und erst jetzt fiel ihm auf, wie dunkel das Versteck war. Er konnte kaum Colleens Gesicht erkennen.

»Was ist passiert?« fragte er.

»Ich war gefangen – ich schwebte.« Sie sagte es leise wie im Selbstgespräch.

»Und?«

»O Matthew, es war schrecklich!«

»Und?« drängte er, nicht, weil er kein Interesse an ihren subjektiven Empfindungen hatte, sondern weil ihr plötzliches Erwachen bedeutete, daß etwas oder jemand ihr geholfen hatte und ›Helfer‹ für gewöhnlich Gründe hatten. Er bemerkte, daß die Schüsse verstummt waren. Hatte jemand weise entschieden, zu verhandeln?

Colleen blinzelte nachdenklich. »Und – wir müssen den Bau der Straße stoppen!« Sie schaute ihn aus großen Augen an. »Wir müssen nach Fort Connor und von dort aus den Bozeman Trail nach Montana nehmen.«

»Warum?«

Sie zupfte nervös an ihrem Kleid. »Weil die Cheyennes sterben werden, wenn wir es nicht tun.«

Matthew glaubte Stimmen zu hören und Bruchstücke von Szenen wahrzunehmen, Erinnerungen, die er lange vergessen hatte, weil sie zu schmerzlich waren. Er schloß die Augen und rieb sich über die Stirn. Ja, natürlich, wie hatte er das vergessen können?

»Sweet Medicines Prophezeiungen?«

Colleen nickte.

Matthew atmete tief durch. »Und wo ist Fort Connor?«

»Ich – ich weiß es nicht. Der Wolf sagte nicht . . .«

»Das ist schon in Ordnung. Es muß am Powder River sein. Der Bozeman Trail führt durch den Fluß.« Er wollte unter dem Wagen hervorkriechen.

»Warte!« Colleen hielt ihn am Arm fest. Wenn Matthew bei ihr war, hatte sie keine Angst. Doch der Gedanke, daß er sie verließ, jagte ihr Furcht ein. »Wohin willst du? Laß mich nicht allein.«

»Ich wollte dem Führer unserer Expedition drohen, mein Liebling.« Er lächelte sie frech an. »Du darfst mich nicht davon abhalten, solange ich noch den Mut habe.«

»Sei nicht albern«, tadelte sie. »Du bist der tapferste Mann, den ich je gekannt habe.«

»Und du hast so viele gekannt?« fragte er interessiert.

»Nein, aber . . .«

»Das dachte ich mir.« Und dann kroch er unter dem Wagen hervor und ging schnell davon.

Colleen spähte zwischen den Kisten hindurch und sah, daß er den Revolver an seiner Hüfte zurechtrückte und sich einen Weg zwischen den Rindern bahnte. Er kletterte über den Erdwall an der anderen Seite der Wagenburg, und sie verlor ihn aus den Augen.

Colleen blinzelte in ihrem dunklen Versteck. Es fielen keine

Schüsse mehr, und sie hörte aufgeregtes Stimmengewirr. Sie fragte sich, was los war, aber sie war noch zu desorientiert und ängstlich, um unter dem Wagen hervorzukriechen und sich umzusehen. Statt dessen rutschte sie in die hintere Ecke ihres ›Zimmers‹, lehnte sich müde an eine Kiste und dachte wieder an den Krieger und den Wolf.

Die Nachmittagssonne war heiß. Noch bevor Matthew über die Brustwehr kletterte, hörte er Williford laut und heftig sagen: »Nein, Colonel!«

Willifords Gesicht war vor Zorn gerötet, und er hatte die Hände zu Fäusten geballt, während er Sawyers und die indianischen Häuptlinge anschaute. Offenbar fand eine Verhandlung statt, die nicht gut verlief. Matthew ging zu Williford, verschränkte die Arme und hörte zu.

»Captain!« sagte Sawyers grollend. »*Ich* führe das Kommando über diese Expedition!«

Williford zog die Feldmütze tiefer in die Stirn und kämpfte sichtlich gegen seinen Zorn an. »Sir«, sagte er mit gesenkter Stimme und wandte den Indianern den Rücken zu, »den Stämmen kann man nicht trauen. Wenn wir ihnen Proviant geben, hauen sie vielleicht für ein paar Stunden ab und schlagen morgen härter zu.«

Sawyers blickte zu den Häuptlingen. Red Couds hohe Federhaube flatterte im Wind, und die roten und blauen Perlen auf dem Stirnband glänzten. Dull Knifes Hemd, das mit Stacheln vom Stachelschwein besetzt war, sah wie ein Brustharnisch aus. Die Unterhäuptlinge standen im Hintergrund. Ihre Gesichter waren unbewegt. Nur George Bent, der die Uniform eines US-Stabsoffiziers trug, zeigte Gefühle. Sein Gesicht war angespannt, und seine Nasenflügel bebten, während er für die Häuptlinge übersetzte. Sawyers kratzte sich am Bart und hakte die Daumen hinter seinen Gürtel.

»Ihre Meinung ist zur Kenntnis genommen, Captain«, blaffte er und blickte über die Schulter zu Bent. Das Halbblut lauschte angespannt.

Dull Knife murmelte etwas zu Bent, der hitzig antwortete,

sein Gewehr zu den Soldaten hin schüttelte und sich dann an Sawyers und Williford wandte.

»Ihr werdet diese Straße nicht bauen!« rief er. »Die Häuptlinge verlangen, daß ihr nach Westen und über den Bozeman Trail zieht.«

Dull Knife nickte langsam und schaute Sawyers an. Der Colonel bemühte sich, dem Blick standzuhalten, doch die Miene des Häuptlings war so kalt, daß er den Blick senkte. Er starrte auf seine Stiefel und erwiderte: »Das bringt uns von unserem Weg ab. Wir ziehen nach Norden.«

George Bent hob drohend die Faust zu Sawyers. *»Dann werdet ihr sterben!«*

Williford starrte den Indianer hart und kalt an. »Wenn ihr auf einen Kampf aus sein, Freund, könnt ihr ihn haben.«

Irgendwo auf den Hügeln rief jemand Bent zu: »Sag den verdammten Bastarden, daß sie Chivington wegen der Ermordung unserer Leute am Sand Creek aufhängen müssen!«

Bent lächelte zynisch. Er strich über seinen Schnurrbart und nickte. »Das ist ein Teil des Preises – Chivington muß aufgehängt werden.«

Williford sah aus, als würde ihm gleich der Kragen platzen. Er trat einen Schritt auf Bent zu. »Unser Volk hat Gesetze, Bent! Chivington wird vor Gericht gestellt, und wenn er schuldig gesprochen wird, erhält er seine Strafe – nicht vorher!«

Bent kniff die dunklen Augen zu Schlitzen zusammen. Seine Stimme klang leise und drohend. »Ihr bestraft keine Babymörder – wenn sie *indianische* Babys ermorden.«

Sawyers mischte sich ein. »Ich versichere Ihnen, Mr. Bent, daß ich Freunde an hohen Stellen in Washington habe. Ich werde alles in meiner Macht Stehende tun, um dafür zu sorgen, daß dieser Verbrecher vor Gericht kommt.«

»Was?« Williford starrte ihn entgeistert an. Er schüttelte den Kopf, als könne er dadurch die Erklärung aus seiner Erinnerung löschen. »Colonel!« flüsterte er und neigte sich zu Sawyers, damit Bent nicht mithören konnte, was jedoch vergebens war, denn der Indianer schob sich näher heran. »Wissen Sie, was passiert, wenn Sie diese Leute in dem Glauben wiegen, daß Chivington bestraft wird, und man ihn freispricht? Menschenskind! Der nächste Treck, der über diese Straße zieht, wird in Stücke geschnitten werden!«

Sawyers preßte die Lippen aufeinander und schaute wieder zu den Indianern. »Wir müssen unseren Weg nehmen, Captain. Gewiß verstehen Sie . . .«

Bent schwenkte sein Gewehr über den Kopf und rief laut: »Wenn Chivington nicht aufgehängt wird, macht mein Volk jeden Treck nieder, der es wagt, dieses Land zu durchqueren! Wir werden eure Frauen mit unseren Lanzen aufspießen und eure Kinder vor den Augen ihrer Väter in Stücke hacken!« Seine Augen glänzten fanatisch.

Sawyers wurde bleich. Er setzte zu einer Erwiderung an, brachte jedoch kein Wort heraus.

Dull Knife und Red Cloud berieten sich kurz, winkten dann Bent zu sich und flüsterten mit ihm. Die Unterhäuptlinge, die im Hintergrund standen, traten vor und versammelten sich, um mitzuhören. Federhauben raschelten. Als die Diskussion beendet war, ertönte ein schriller Kriegsschrei, und die Unterhäuptlinge rannten zu den Hügeln, um zu tanzen und zu singen. Bent kehrte zu Sawyers zurück und lächelte hämisch.

Er blieb vor Williford stehen und hielt dem scharfen Blick des Captains ein paar Sekunden lang stand. Dann wandte er sich an Sawyers. »Ihr werdet den Bau dieser Straße stoppen und westwärts ziehen – jetzt!«

»Aber der Kongreß der Vereinigten Staaten hat beschlossen . . .«

»Verdammt!« schrie Williford ihn an. »Ihre militärische Eskorte ist soeben zurückgetreten, Colonel! Ich werde alles tun, was in meiner Macht steht, um mein Kommando zu schützen, und das kann ich am besten, indem ich nach Fort Laramie zurückkehre. Wenn Sie weiter durch Indianerland ziehen wollen, dann müssen Sie das ohne militärische Unterstützung tun!« Er machte kehrt und wollte fortgehen. Sawyers stoppte ihn.

»Captain, General Dodge hat Ihnen befohlen . . .«

»Sie Idiot!« brüllte Williford. »Es gibt nicht genug Soldaten auf der ganzen Welt, um Sie zu schützen, wenn diese Indianer sich entschließen, die Expedition zu stoppen!«

»Und das werden wir!« Bent stieß einen schrillen Kriegsschrei aus, und von jedem Hügel ringsum ertönten Schreie wie das Klagen von Todesfeen.

Williford und Sawyers blickten alarmiert auf. Krieger tanzten, schrien und stießen Gewehre und Lanzen gen Himmel.

»Es liegt jetzt an Ihnen, Colonel. Entscheiden Sie sich!« Williford kehrte zur Wagenburg zurück. Matthew Douglas ging zu ihm, als er über den Erdwall stieg.

»George, wir haben noch eine andere Wahl«, sagte er ruhig. »Fort Connor ist erbaut und . . .«

Williford blieb stehen und betrachtete ihn ernst. »Was, zur Hölle, ist Fort Connor? Den Namen habe ich noch nie gehört.«

»Ein neues Fort, George«, sagte Matthew. »Am Powder River beim Bozeman Trail.«

»Von einer von Connors Kolonnen errichtet?«

Matthew nickte. Es ergab einen Sinn. »Wie ich sehe, muß es an die hundert Meilen näher als Laramie sein.«

»Ich wußte, daß darüber gesprochen wurde, ein Fort in dieser Gegend zu errichten.« Williford rieb sich am Kinn und sah Matthew mißtrauisch an. »Aber woher weißt du etwas über ein Fort, von dem ich noch nie etwas gehört habe?«

»Ich . . .« Matthew überlegte schnell, während sein Blick über die Soldaten und Indianer außerhalb der Wagenburg schweifte. George Williford war ein schlauer Mann, aber es war zu bezweifeln, daß er glaubte, ein Geisterwolf habe die Information übermittelt. »Die Indianer haben darüber geredet. Sie sagten, das Fort ist nur von einer Handvoll Soldaten bemannt.«

Williford musterte ihn. »Du glaubst ihnen?«

Matthew nickte. Williford stemmte die Hände in die Hüften. »Sprachen die Roten von einem Angriff auf das Fort?«

»Das habe ich nicht von ihnen gehört, aber wenn sie uns angreifen, bezweifle ich, daß das Fort sicher ist.«

Der Captain blickte nachdenklich drein. »Nur eine Handvoll?«

Matthew nickte abermals. »Ich nehme an, diese Jungs könnten etwas Hilfe brauchen.«

»Das nehme ich auch an. Wie kommen wir dorthin?«

»Nach Südwesten, den Bozeman Trail rauf und nordwärts.«

»In Ordnung«, sagte Williford. »Ich werde Sawyers sagen, wohin wir ziehen, und er kann mitkommen, wenn er will . . .«

»Meinst du, er will das?«

Williford zögerte mit der Antwort. »Ich bezweifle es. Der Mann ist ein Schwachkopf.«

»Jawohl, Sir.«

Sie wandten sich um, als Sawyers schnaufend und mit gerötetem Gesicht über die Brustwehr kletterte. Er winkte Williford lässig zu und rief einem Fahrer zu: »Holman, beladen Sie einen Wagen mit allem, was wir an Mehl, Zucker, Kaffee und Tabak entbehren können, und fahrt ihn zu den Indianern.«

»Sie haben einen Handel gemacht?« fragte Williford.

»Selbstverständlich, Captain. Als Sie aus dem Weg waren, wurden die Indianer sehr kooperativ. Wir geben ihnen die Waren, und als Gegenleistung lassen sie uns unseren Weg nehmen. Diese Expedition geht nordwärts nach Montana!«

Matthew lachte laut und verächtlich. »Wir sollten höllisch schnell von hier verschwinden und den Colonel und seine Expedition ihrem Schicksal überlassen«, sagte er zu Williford.

»Warum?«

»Ich nehme an, so gegen Sonnenaufgang erfolgt der nächste Angriff der Roten.«

Sawyers schaute ihn arrogant an. »Wovon reden Sie, Soldat?«

Matthew schaute ihn kalt an. »Nun, Colonel, mit Ihrem Handel haben sie vielleicht ein paar Unterhäuptlinge gekauft, aber . . .«

»Wer hat zugestimmt?« fragte Williford.

Sawyers suchte nach Worten. »Es – es gab einige Differenzen, aber ich glättete die Wogen und . . .«

»Und Sie kauften ein paar Unterhäuptlinge!« sagte Matthew kopfschüttelnd.

Der Captain musterte Sawyers von der Seite. Ein Wagen, der mit den Waren beladen war, rumpelte vorbei. Holman sah beunruhigt aus, als er die Maultiere hinaus zu den wartenden Indianern führte. Matthew schaute zu den Indianern, die bei der weißen Parlamentärflagge standen. Weder Dull Knife noch Red Cloud waren dabei. Er nickte vor sich hin. Die Häuptlinge hatten verlangt, daß der Bau der Straße gestoppt wurde, und als Sawyers patriotisch vom Kongreß der Vereinigten Staaten gefaselt hatte, waren sie gegangen. Der Handel war mit den verbliebenen Unterhäuptlingen abgeschlossen worden, die gierig waren und sich sagten, daß sie ein paar Waren abstauben konnten.

»Lieutenant«, sagte Williford förmlich und im Befehlston – sie duzten sich nur, wenn sie allein waren –, »organisieren Sie Wachen für heute nacht.« Dann wandte er sich an Sawyers. »Morgen brechen wir nach Fort Connor auf, Colonel. Sie können mitkommen, wenn Sie wollen.« Er wandte sich ab und schritt davon.

Sawyers blickte Matthew an. »Fort Connor? Wo ist das?«

»Ein neues Fort am Powder River.«

Sawyers blickte nachdenklich drein, überlegte offenbar.

Matthew wandte sich ab und ließ ihn mit seinen Gedanken allein.

Matthew schlenderte durch das Camp und wurde bei jeder Runde ärgerlicher. Schließlich entdeckte er Daniel Dana, der an einem Wagen der Army lehnte, und ging zu ihm. Der Lieutenant wirkte gelangweilt. Er gähnte und blickte zum Sonnenuntergang. Der Himmel nahm einen blaßgelben Schimmer an, und die paar Wölkchen wirkten wie vergoldet.

»Dana?« rief Matthew. »Wo, zum Teufel, sind Nelson und Rawze? Die beiden stehen auf der Liste für die Wache heute nacht, und ich suche sie überall.«

Dana spuckte aus. »Als ich sie zum letzten Mal sah, handelten sie mit den Kriegern.« Er gähnte von neuem. »Sie sagten, die Wilden zeigten Geldbündel und wollten Pulver dafür haben.«

Matthew starrte ihn an. »Heißt das, sie lieferten den Roten Munition?«

Dana zuckte mit den Schultern. »Nein. Das heißt nur, daß ich sie dort zum letzten Mal sah.«

»Mein Gott!« Matthew blickte zu den Hügeln. Die Indianer waren verschwunden, nachdem sie ihre Beute kassiert hatten. »Sie glauben doch nicht, daß diese Idioten den Feind bewaffnen würden, oder?«

Dana kratzte sich am Kinn. »Ich hielt keinen von beiden jemals für besonders gescheit, Lieutenant.«

»Organisieren wir einen Suchtrupp!«

Der Suchtrupp durchkämmte methodisch in Gruppen von jeweils vier Mann die Hügel, während der Himmel dunkler wurde und Sterne zu funkeln begannen. In der Ferne heulten Kojoten, und ihre dunklen Körper ragten wie Wachtposten auf den Hügeln auf. Das Winseln junger Kojoten gab der Serenade etwas Makabres.

Dana blieb stehen, um zu lauschen. Die Kojoten hoben sich schwarz vor dem dunkelblauen Himmel ab und hatten die Nase gegen den Himmel gehoben, während sie heulten. Es waren keine Indianer zu sehen, aber das bedeutete nicht, daß keine dort waren. Er packte das Gewehr fester und wollte den Hügelhang hinabgehen, als jemand rief: »Hierher!«

Dana machte kehrt und eilte auf den Rand des Hügels zurück, um zu dem Mann hinabzuschauen, der gerufen hatte. Als er sich näherte, sah er einen jungen Infanteristen, der neben etwas Blauem kniete, und es war ihm klar, daß wenigstens einer der Männer gefunden worden war. Er atmete tief durch. Das sah nicht gut aus.

»Tony Nelson«, erklärte der blonde Junge nervös und wischte sich die schweißnassen Handflächen an der Hose ab. »Ich – ich nehme an . . .«

»Ja«, sagte Dana, »das nehme ich auch an.«

Nelsons Leiche war mit Pfeilen gespickt, eine lange Lanze ragte aus seinem Bauch, und die Uniform war blutgetränkt.

Dana fluchte. Er hatte während des Bürgerkrieges viele Tote und Sterbende gesehen, sich jedoch nie an den Anblick gewöhnt. Sein Magen rebellierte immer noch, wenn er in die gebrochenen Augen toter Männer schaute. »Gehen Sie zum Treck zurück und melden Sie Williford, daß wir einen von ihnen gefunden haben«, sagte er zu dem jungen Soldaten.

»Jawohl, Sir.« Der junge Mann salutierte und stand still, bis Dana seufzend den Gruß erwiderte. Dann eilte der Soldat den Hügel hinab zu den Wagen.

Dana schaute auf die gebrochenen Augen des Toten. »Hol dich der Teufel, Tony!« murmelte er und preßte die Lippen zusammen, als sein Blick auf die Pfeile und die Lanze fiel. Er neigte sich hinab und brach die Pfeilschäfte ab. Dann packte er die Lanze und zog daran. Es gab ein schmatzendes Geräusch, als er im Ziehen innehielt und sich über die Stirn wischte. Die Lanze hatte Nelson regelrecht auf den Boden gespießt. Dana umfaßte den Schaft mit beiden Händen. Blut quoll aus der Leiche und befleckte seine Hände. Er zog von neuem, und schließlich gelang es ihm, die Lanze mit einem Ruck aus dem Toten zu reißen.

Dana richtete sich auf und warf die Lanze fort. Dann atmete er tief durch. »Verdammter Narr!« murmelte er und widerstand dem Wunsch, der Leiche einen Tritt zu versetzen. Wer würde dem Feind Munition verkaufen? Was mußte das für ein Mann sein? Eine gemeine Schlange ...

Dana rieb sich übers Kinn. Es war nicht bewiesen, was Nelson und Rawze getan hatten, aber er hatte das Glitzern in ihren Augen gesehen, als sie über die dicken Geldbündel gesprochen hatten.

Er entdeckte ein paar Männer, die noch nach Rawze suchten, schwenkte die Arme und rief: »Suchtrupp! Hierher!«

Männer in Blau, bewaffnet mit Gewehren, eilten zu ihm. Als sich jeder gemeldet hatte, räusperte sich Dana und sagte: »Jungs, vergrößert einen der Schützengräben. Das wird Tonys neues Heim.«

Männer begannen zu graben. Dann wurde Nelsons Leiche in die Grube gelegt. Die Männer traten unruhig von einem Bein aufs andere. Keiner wollte das Grab zuschaufeln.

Dana blickte in die Runde. »Wer meldet sich freiwillig?«

Einer blickte verstohlen zum anderen, doch dann trat schließlich Miles Latcher, ein rothaariger Achtzehnjähriger mit großen, blauen Augen, tapfer vor. »Ich erledige das«, sagte er und nahm die Schaufel.

Das dumpfe Aufschlagen von Erde auf der Leiche hatte etwas Unheimliches. Die Mienen der Männer waren angespannt.

»In Ordnung, Jungs«, sagte Dana. »Trampeln wir die Erde fest. Nelson soll nicht von Wölfen ausgegraben werden.«

Die Soldaten fürchteten sich davor, in die Grube und auf die Leiche zu treten. Stumme Fragen und besorgte Blicke wurden ausgetauscht. Schließlich trat ein Mann zaghaft auf das lockere Erdreich und stampfte es halbherzig fest.

»Menschenskind!« Dana schob den Mann aus der Grube und trampelte die Erde selbst fest. Er hatte ein flaues Gefühl im Magen, als die Erde immer tiefer einsackte.

Yellow Leaf zog das blaue Kleid aus dem Fluß und wrang es aus. Dann hängte sie es zum Trocknen über einen Zweig einer kleinen Espe. Sie wischte sich die Hände an ihrem roten Baumwollkleid ab und fuhr widerstrebend mit dem Waschen fort. Die alten Frauen, die in der Nähe wuschen, tratschten laut darüber, wer als nächste heiraten würde und wer ein Baby erwartete. Sie versammelten sich um sie, um ihre Mißbilligung zu zeigen, das war ihr klar. Ihre Rederei über Heirat und Kinder waren Vorwurf und Ermunterung zugleich. Sie ignorierte sie und dachte an Wounded Bear. Ging es ihm gut? Seit die Krieger das Dorf verlassen hatten, um gegen den Treck der Weißen zu kämpfen, hatte sie Alpträume gehabt, in denen Wounded Bear gestorben war.

Sie nahm ein weißes Hemd und klopfte es leicht auf einem Stein, und dann tauchte sie es ins Wasser und rieb es zwischen den Händen.

»Du bist ein dummes Mädchen«, flüsterte Walking Stick ihr zu. Sie war sehr alt, über sechzig Sommer, und sie hatte kurzes graues Haar – zur Trauer abgeschnitten – und tiefe Runzeln. Aber ihre hellbraunen Augen waren noch so scharf wie die eines Falken.

Es war, als wollte sie nicht, daß die anderen Frauen es hörten. Das verwunderte Yellow Leaf. Erst vor fünf Minuten war diese alte Frau die lauteste bei der Diskussion über das schreckliche Leben alter Jungfern gewesen – ohne Yellow Leafs Namen zu erwähnen.

»Warum sagst du das, Großmutter?« Sie schlug das Hemd wieder auf den Stein.

»Du bist zwanzig Sommer alt. Bald werden sich die Männer nicht mehr für dich interessieren.«

Yellow Leaf tauchte das Hemd ins Wasser und schwenkte es darin. Sie sagte nichts. Ein Gefühl der Leere war in ihr.

»Wounded will dich nicht«, sagte die alte Frau unverblümt und winkte ab. »Warum läufst du ihm nach?«

Yellow Leaf hielt im Waschen inne. Ihr stieg das Blut in die Wangen. Zorn mischte sich mit Schmerz. »Ich laufe ihm nicht nach, Großmutter.«

Die alte Frau kicherte und schlug sich auf die Schenkel. Andere Frauen auf dem Ufer blickten herüber. »Du läufst ihm nach wie ein Kind einem Hund!«

Yellow Leaf preßte die Lippen zusammen. Sie legte das Hemd ins Gras und erhob sich.

Walking Stick hielt sie fest. »Setz dich!« sagte sie im Befehlston. Yellow Leaf zögerte kurz, und das Herz klopfte ihr bis zum Hals. Dann setzte sie sich und wandte das Gesicht ab. Es war unhöflich, wenn man einer Älteren nicht gehorchte, aber sie würde es tun, wenn es sein mußte – damit sie nicht vor den anderen weinen mußte.

Das Geplauder am Fluß hatte völlig aufgehört. Alle spitzten die Ohren.

Die alte Frau senkte die Stimme, damit niemand mithören konnte. »Lame Deer wird deinem Vater Pferde und Decken schicken. Er will dich heiraten.«

Yellow Leaf schwieg. Lame Deer war ein guter Mann – ein großer Krieger –, aber sie hatte ihm bereits »nein« gesagt. Sie liebte einen anderen.

»Sei nicht dumm«, flüsterte die alte Frau. »Lame Deer ist doppelt so gut wie Wounded Bear.«

Yellow Leaf schaute sie mit flammendem Blick an. »Großmutter, ich achte deine Weisheit, aber ich werde dir nicht zuhören . . .«

»Pst, Kind«, mahnte die alte Frau, neigte sich dicht zu Yellow Leaf und schaute ihr in die Augen. »Wounded Bear ist verdorben. Er ist verzaubert von dieser weißen Hexe. Er verhält sich, als hätte er keine Verwandten!«

Die Anschuldigung war erschreckend. Sie bedeutete, daß Wounded Bear wider die Bedürfnisse seines Volkes handelte.

»Du irrst dich, Großmutter. Er handelt jeden Augenblick für uns.«

»Er handelt nur für sich«, sagte die alte Frau anklagend. »Für sich und diese Hexe!«

»Das stimmt nicht! Wounded Bear liebt sein Volk. Er kämpft jetzt gegen den Treck der Weißen, um zu zeigen, wie sehr er sein Volk liebt ...«

»Ha! Er ist bei dem Treck, um diese Hexe zu finden.« Walking Stick lehnte sich zurück und nickte bekräftigend vor sich hin.

Yellow Leaf blickte auf den Fluß und beobachtete, wie sich weiße Schaumkronen bildeten und auflösten. Stimmte, was die alte Frau behauptete? Kämpfte Wounded Bear nur gegen den Treck, um einen Vorwand zu haben, in die Nähe dieser gelbhaarigen Frau zu gelangen? Der Gedanke war schmerzlich.

»Ah, jetzt verstehst du.« Die alte Frau lächelte wissend. »Alles bei ihm, sein Kämpfen, sein Heilen, sogar seine Visionen kommen von der Hexe. Seine Medizin ist weg!«

»Nein!« rief Yellow Leaf und stand auf. »Das ist eine Lüge!« Es war ein schlimmes Vergehen, so etwas zu einer angesehenen älteren Frau zu sagen, aber sie konnte sich einfach nicht zurückhalten. Geraune entstand am Flußufer. »Er hat Medizin, und sie kommt von seinem geistigen Helfer, dem Wolf!«

Yellow Leaf wollte fortgehen, doch Hufschlag näherte sich, und sie verharrte.

Sie wischte sich mit einer zitternden Hand Schweiß von der Stirn und wartete. Der Hufschlag hallte von der Hochebene oberhalb des Flusses herüber. Binnen Sekunden tauchte ein Reitertrupp auf der Anhöhe auf und preschte zum Fluß herab.

Frauen und Kinder beobachteten stumm, wie die Reiter ins Lager galoppierten und absaßen.

Yellow Leaf sah George Bent. Sie rannte durch das hohe Gras zu ihm und nahm die Zügel seines Pferdes. »Ist es vorüber?« Das Pferd tänzelte und warf den Kopf auf, als sie es an den Zügeln festhielt.

Bent schaute sie mit hartem Blick an. Er trug die Uniform eines Soldaten und wirkte erschöpft. »Wir brauchen etwas zu essen. Die anderen kommen bald auch.«

»Aber ...« Sie hielt ihn am Ärmel fest, als er fortgehen wollte, und schaute zu den anderen Reitern. Wounded Bear war nicht dabei. »Haben wir gesiegt?«

»Die Straße ist gestoppt.«

Sie lächelte erleichtert. »Wir sind sicher?«

Bent starrte einen Augenblick lang zu Boden. »Im Augenblick. Aber die Soldaten werden uns angreifen. Der Kampf ist noch nicht vorüber.«

»Oh!« Sie senkte den Blick.

Seine Stimme nahm einen weicheren Klang an. »Es müssen Verwundete versorgt werden.«

Yellow Leaf blickte auf und musterte ihn. Sie sah ihm an, daß er sich unbehaglich fühlte. Sein Blick verriet ihr mehr als seine Worte. Er wich ihr aus und spähte in die Ferne. »Wounded Bear . . .«

Furcht stieg in ihr auf. »Lebt er?«

»Ich bin mir nicht sicher – er war schwer verletzt. Little Deer bringt ihn.«

Sie hörte das Schaben von Schleppbahren und fuhr herum. Reiter kamen den Hügel herab, deren Pferde Travois' mit Verwundeten zogen. Little Deer ritt an der Spitze. Yellow Leaf ließ die Zügel fallen und rannte den Reitern entgegen.

Little Deer zügelte sein Pferd im Schatten einer Espe. Er saß ab, ging zur Schleppbahre und band hastig seinen Bruder los.

Yellow Leaf blieb ein paar Schritte entfernt stehen und schaute auf Wounded Bears bleiches Gesicht. Er murmelte etwas und bewegte den Kopf hin und her. Die rot und blau gestreifte Decke, in die er gehüllt war, klebte schweißnaß an seiner Haut.

Little Deer hob ihn behutsam auf und bettete ihn im Schatten des Baumes auf den Boden. Der Wind zerzauste Wounded Bears Haar.

»Hilf mir!« drängte Little Deer. »Die Feldflasche an meinem Pferd. Bring sie mir!«

Yellow Leaf rannte zu dem Pferd und band die Flasche los. Darauf stand U. S. Die Feldflasche eines Soldaten? Sie eilte mit der Flasche zu Little Deer und gab sie ihm.

Little Deer öffnete die Flasche, trank einen Schluck, schüttete etwas Wasser auf ein Tuch und wusch damit Wounded Bears fieberndes Gesicht. Yellow Leaf neigte sich zu ihm und nahm ihm das Tuch aus der Hand.

»Laß mich das machen.«

Er nickte dankbar und richtete sich auf. Seine Miene war ernst. »Seine Schulter eitert schlimm.«

»Ich werde mich um ihn kümmern.« Yellow Leaf schlug die Decke zurück und starrte entsetzt auf die Wunde. Eiter sickerte aus einer harten gelben Kruste, um die dunkles, geronnenes Blut zu sehen war.

»Geh und ruhe dich aus, Little Deer«, sagte sie mit bebender Stimme. »Ich bleibe bei ihm und versorge die Wunde.«

»Ich – habe versucht, sie zu säubern.«

Sie schaute in sein angespanntes Gesicht auf und zwang sich zu einem zuversichtlichen Lächeln. »Er wird leben. Mach dir keine Sorgen. Aber du mußt dich ausruhen.«

Little Deer nickte, wandte sich ab und ging müde zu der Gruppe der Krieger in der Mitte des Lagers.

Yellow Leaf schaute auf Wounded Bears angespanntes Gesicht und strich sanft eine Haarsträhne aus seiner Stirn.

»Hier«, murmelte er und streckte den unversehrten Arm aus. »Hier, nimm mich! Nicht – nicht . . .« Die Worte wurden unzusammenhängend.

»Du bist ein großer Medizinmann«, flüsterte sie. »Das Volk braucht dich. Du mußt leben.«

»Medizin, Medi . . .« Er wiederholte es so leise, daß sie es kaum verstehen konnte.

Sie ging schnell zu Little Deers Pferd, band die Decke los und hängte sie über einen Zweig der Espe, um den Schatten über Wounded Bear zu vergrößern. Die goldenen Lichtpünktchen der Sonnenstrahlen, die durch die Blätter der Espe fielen, verschwanden von seinem Gesicht. Eine Scheide mit einem Messer war am Pferd festgebunden. Sie zog das Messer aus der Scheide.

Dann kniete sie sich neben Wounded Bear. »Ich muß die Wunde säubern, mein Krieger.« Sie streichelte über sein schmutziges Gesicht. Der Sand der Wildnis hatte sich mit seinem Schweiß vermischt. Sie hatte ihn nie so berühren können. Es war wie Balsam für ihre Seele und rief den Wunsch in ihr wach, in seinen Armen zu liegen.

Wounded Bear bewegte sich nur wenig und krallte die Hände

ins Gras. Er atmete flach und angestrengt. Der Körper kämpfte gegen die Infektion.

Yellow Leaf senkte das Messer in die gelbe Kruste auf seiner Schulter und schabte das infizierte Fleisch weg. Dicker gelber Eiter floß auf die Decke unter ihm. Der Gestank der Wunde wurde stärker, während Yellow Leaf arbeitete, und sie mußte den Kopf abwenden und in der Brise frische Luft schöpfen.

»Warum? Warum?« schrie Wounded Bear auf und streckte keuchend den Arm in den warmen Wind.

»Pst, mein Krieger.« Yellow Leaf streichelte über seine heiße Stirn. »Es ist alles in Ordnung. Deine Medizin ist stärker als die der Weißen. Die Infektion wird fortgehen, wie die Weißen fortgehen werden.«

Sie schnitt ein grünliches Stück Fleisch heraus und warf es ins Gras. »Du mußt leben.« Sie streichelte zaghaft über seine nackte Brust. »Ich brauche dich. Du mußt leben.«

Die Berührung beruhigte ihn anscheinend. Er wirkte entspannter. Sie tätschelte seinen Arm. »Keine Sorge. Das Volk hat Vertrauen in dich. Es braucht deine Weisheit. Eines Tages wirst du der größte Medizinmann der Tsistsistas, ein Mann, der uns durch die kommenden harten Jahre führt.« Sie verbannte Walking Sticks Worte aus ihren Gedanken.

Die Decke auf dem Baum flatterte leicht im Wind. Ameisen krochen aus dem Gras über Wounded Bears Arme. Yellow Leaf blies sie fort und widmete sich wieder der verletzten Schulter. Jetzt war rötliches Fleisch unter der Infektion zu sehen.

»Weißt du, daß ich dich liebe?« sagte sie leise und berührte seine heiße Stirn. »Ich liebe dich mehr als . . .«

Er öffnete die Augen und starrte in den türkisfarbenen Himmel. »Komm zurück«, murmelte er und streckte die Hand aus. »Komm . . .«

»Ich bin hier«, flüsterte sie.

Er umklammerte ihre linke Hand und zog sie an seine Brust. »Bleibst du?« fragte er traurig.

»Ich werde dich nie verlassen«, antwortete Yellow Leaf weich, und sie wußte, daß er mit der gelbhaarigen Frau sprach und glaubte, deren Hand zu halten. Sie entzog ihm die Hand und säuberte weiter die Wunde.

»Ich bin bei dir, mein Krieger. Aber du mußt schlafen und gesund werden.«

»Schlafen . . .« Wounded Bear schloß die Augen. Sein Kopf sank zu Seite.

Yellow Leaf nahm die Feldflasche, die Little Deer beim Baum liegengelassen hatte, und entkorkte sie. Dann schüttete sie Wasser in die Wunde und spülte das hervorquellende Blut fort.

»Die Alten denken, du bist verzaubert«, flüsterte sie kaum hörbar vor sich hin. »Sie meinen, deine Medizin ist verschwunden.«

Sie schaute auf seine geschlossenen Augen. Die Lider zuckten. »Aber ich weiß, daß es nicht stimmt. Deine Medizin ist noch da – nur dein Herz ist fort. Macht sie dich so glücklich – diese gelbhaarige Frau?«

Sie hockte sich dicht zu ihm, streichelte über sein verschwitztes Haar und beschäftigte sich wieder mit der Wunde. Weiße Knochensplitter ragten heraus. Behutsam, als arbeite sie an einem Patienten, der jede Berührung ihrer Hand spüren konnte, zog sie die Splitter heraus.

»Was tut sie, um dich glücklich zu machen?«

Es war, als hätte Wounded Bear die Frage gehört. Er bewegte sich, murmelte Unzusammenhängendes und neigte den Kopf schwach gegen ihren Oberschenkel.

Sie streichelte zärtlich über sein heißes Gesicht. »Ich würde meine Seele mit dir teilen – wenn ich das könnte. Sag mir, wie ich es kann.«

Er murmelte wieder etwas Unverständliches und preßte die Wange gegen ihren roten Rock. Es klang vage wie »Wolf«.

»Er ist dort mit dir?« fragte sie und streichelte seine Brust. »Sag ihm, daß das Volk dich braucht – daß du leben mußt. Sag ihm – *ich* brauche dich.«

Sie spülte die Wunde wieder mit Wasser aus und holte dann die getrockneten Stengel und Blätter von Blutwurz aus dem Tipi ihrer Eltern. Die Pflanze wurde hauptsächlich zum Färben von Stachelschweinstacheln als Schmuck von Kleidern und Hemden benutzt und war stets zur Hand. Sie diente auch als starker Breiumschlag für Wunden.

Ihre Schritte wurden schwer, und sie war von Angst und

Schmerz erfüllt, als sie zu Wounded Bear zurückkehrte. Sie schüttete Wasser aus der Feldflasche über den getrockneten Blutwurz auf ihrer Handfläche und zerrieb ihn zu einer dicken Paste, die sie auf die Wunde auftrug. Dann verband sie die verletzte Schulter.

Yellow Leaf setzte sich neben Wounded Bear, zog seinen Kopf auf ihren Schoß und tupfte sein Gesicht mit dem kühlen, feuchten Tuch ab.

Er griff wieder nach ihr, hob den zitternden Arm, suchte. Sie nahm seine Hand, und er zog sie an seine Brust.

Yellow Leaf sprach den ganzen Abend und bis in die Nacht immer wieder zu ihm, saß wach da, streichelte seine Brust und antwortete, wenn er nach *ihr* rief.

Colleen lag zusammengerollt unter dem Wagen. Sie schreckte hoch, als sie Matthews leise, katzenhafte Schritte hörte. Sie setzte sich auf und strich über ihr Haar, doch sie wußte, daß es vergebliche Mühe war. Das Haar war strähnig und schmutzig.

Matthew kniete sich hin und spähte in die Dunkelheit unter dem Wagen. »Colleen?« flüsterte er.

»Ja!« Sie kroch zu ihm, bis sie dich bei ihm war und das Camp jenseits davon sehen konnte. Leute hockten an Lagerfeuern. Flammenschein zuckte über die Planwagen. Matthews Gesicht schimmerte golden.

Sie bemerkte, daß die Tiere fort waren. Vor einiger Zeit hatte sie Muhen gehört. »Wo sind die Tiere?«

»Die wurden zum Wasser getrieben.«

Matthew reichte Colleen die Hand und zog sie unter dem Wagen hervor in den Sternenschein. Colleen blickte zu den funkelnden Sternen. Dunkle Wolken verdeckten Teile des Himmels.

Nach ein paar Schritten hockte Matthew sich hin und lehnte sich gegen ein Wagenrad. Colleen setzte sich neben ihn und schaute zu, während er eine Feldflasche von seinem Gurt losband. Colleen erkannte die verbeulte Feldflasche; darin war stets Whisky.

Sie zog die Knie an und umfaßte sie mit den Armen.

Matthew lächelte und füllte einen Becher. »Wir müssen uns den Becher teilen«, flüsterte er verschwörerisch und reichte ihn ihr. »Du zuerst.«

Sie schüttelte den Kopf. »Ich brauche keinen Whisky.«

»Noch nicht – aber du *wirst* ihn brauchen.«

»Wieso?« fragte sie verwirrt.

»Bis der eine Whisky wirkt, wirst du vermutlich einen nächsten brauchen.« Es war ein amüsiertes Funkeln in seinen Augen, aber auch Ernst.

Colleen nippte widerstrebend an dem Whisky. Matthew wirkte wie jemand, der einen inneren Kampf mit sich ausfocht, und seine blauen Augen blickten unschlüssig – fast ängstlich. Er strich sich über seinen braunen Schnurrbart, streckte ein Bein aus und blickte zum Himmel.

»Was ist los?« fragte Colleen.

Matthew fummelte an der Feldflasche herum. »Spürst du schon die Wirkung?«

Colleen blinzelte. Sie war sich nicht sicher. Wärme breitete sich in ihrem Magen aus, doch von einem berauschenden Gefühl nahm sie nichts wahr. »Eigentlich nicht.«

»Ich werde warten.« Matthew lehnte die Feldflasche an seine Hüfte und zupfte nervös an seinem Schnurrbart herum.

»Was ist mit dir los?« fragte Colleen. »Du bist nervös wie eine Braut in der Hochzeitsnacht.« Sie trank einen kräftigen Schluck Whisky. Was immer ihn beschäftigte, es war hart für ihn, und das bedeutete, daß es auch hart für sie war. Sie trank noch einen Schluck Whisky.

Er rückte seine blaue Feldmütze zurecht, dann besann er sich anders, nahm sie ab und klopfte sie leicht gegen sein Hosenbein.

»Ein passender Vergleich, das mit der Braut und der Hochzeitsnacht«, murmelte er. Er schlug mit der Feldmütze gegen die Handfläche, daß es klatschte.

Colleen zuckte zusammen. »Willst du mich erschrecken?«

Matthew blickte nicht auf. »Nein.« Er seufzte und setzte die Feldmütze auf. Dann neigte er sich zu Colleen und blickte in den Becher. Er war fast leer. Matthew schaute sie fragend an.

»Ja, ich spüre die Wirkung«, sagte Colleen.

»Gut, dann nehme ich den Becher zurück, wenn es dir nichts ausmacht.«

Sie gab ihm den Becher, und er füllte ihn halb und kippte den Inhalt in einem Zug hinunter.

Dann schloß er die Augen. »Es wird Probleme geben – dies wird helfen.«

»Dir oder mir helfen?«

Er zögerte mit der Antwort. »Mir mehr als dir – aber uns beiden, denke ich.«

»Matthew«, sagte Colleen, legte eine Hand auf seinen Oberschenkel und sah ihm fragend in die Augen. »Was hat das alles zu bedeuten?«

Er ergriff ihre Hand, küßte sie und drückte sie auf seine Hemdbrust, die schweißnaß war. »Colleen, mein Liebling, ich möchte dir von meiner Frau erzählen.«

ACHTZEHNTES KAPITEL

Colleen zog die Hand zurück und starrte ihn an. »Von deiner *Frau?*«

»Ja, ich . . .« Matthew griff wieder nach ihrer Hand.

»Faß mich nicht an!« Sie schob ihre Hände in die Falten ihres geblümten Kleides.

Matthew spielte mit dem Gedanken, sie dennoch zu ergreifen, aber er entschied sich dagegen.

»Es ist nicht das, was du denkst.«

Er musterte sie genau, sah die zusammengepreßten Lippen, den Ausdruck ihrer Augen. Er nickte kurz und goß lässig Whisky in den Becher ein.

»Ich war achtzehn, Colleen.« Er trank einen Schluck Whisky. »Sie war fast siebzehn.«

Lange vergessen gewähnte Erinnerungen erfüllten ihn. Er sah ihre dunklen Augen, die ihn lockten, und glaubte die zärtliche Berührung ihrer Hand auf seinem Gesicht zu spüren. Er schloß die Augen, erstaunt über die Stärke und Klarheit der Erinnerungen.

»Wir verbrachten nur neun Monate zusammen, bis sie achtzehnhundertdreiundfünfzig an Cholera starb.«

»Oh – sie ist tot!« sagte Colleen erleichtert und lächelte.

Er runzelte die Stirn. »Deine Feinfühligkeit ist wirklich rührend, meine Liebe.«

»Matthew, ich dachte das einfach – ich meine, ich befürchtete – daß sie lebt.«

»Nur hier«, sagte er und tippte auf seine Brust.

Sie verstand plötzlich und senkte den Kopf. »Du liebst sie immer noch?«

»Meine Liebe zu ihr hat nie aufgehört.«

Er schaute sich im Camp um und beobachtete Leute. Es war die Zeit des Abendessens, und der Duft von gebackenem Brot hing in der Luft.

»Wie hieß sie?«

»Enanoshe«, flüsterte er. Es folgte Stille, während er sich bequemer an das Wagenrad lehnte. Colleen fühlte sich sonderbar, als wäre Enanoshe irgendwo in der Nähe, gerade außerhalb seiner Reichweite, und streckte die Hände nach ihm aus. Aber er konnte sie nicht sehen, konnte ihre Hände nicht ergreifen. Wie eine verdammte Seele, die auf das Jüngste Gericht wartete. Er war überzeugt, daß seine Taten richtig gewesen waren, auch wenn die göttliche Entscheidung anders ausgefallen sein würde.

Ein melancholisches Lächeln spielte um seine Lippen, während er gedankenverloren den Becher in den Händen drehte.

»Sie war eine – Cheyenne?« fragte Colleen.

Er nickte und sah sie an.

»Warum war es so schwierig für dich, mir das zu sagen?«

Matthew seufzte. »Das ist nicht alles. Einige Leute geben mir die Schuld an ihrem Tod.«

»*Warst* du schuld an ihrem Tod?« Sie schaute ihn prüfend an.

»Nein.«

»Warum bist du dann so hart zu dir?«

Er schob die Feldmütze aus der Stirn. »Ich weiß es nicht.«

Colleen schüttelte den Kopf. »Seit wann hast du diese Tendenz zum Märtyrertum entwickelt?«

»Märtyrertum?« fragte er empört. »Ich?«

»Ein bißchen spät in deinem Leben, eine solch vornehme Denkungsart zu entwickeln – findest du nicht?«

Er überlegte eine passende Antwort, fand aber keine. »Ich ...«

»Bist du fertig mit dem Bekennen deiner Sünden?«

»Äh – ja.«

Colleen stand auf und hielt ihm die Hand hin. Schwacher gelblicher Schein von Feuern fiel auf ihr Gesicht.

»Gut. Ich bin so müde, daß ich das Gefühl habe, hundert

Jahre schlafen zu können.« Sie gähnte und reckte die Arme über den Kopf. »Gehen wir zu unserem Zelt?«

Matthew erhob sich verwirrt und legte einen Arm um Colleens Schultern. Sie gingen schweigend zum Zelt.

Matthew schreckte aus dem Schlaf und schrie auf. Er atmete schwer. Kalter Schweiß hatte seine Decke getränkt. Die Dunkelheit im Zelt hatte etwas Beklemmendes. Er rieb sich mit zitternder Hand übers Gesicht. Er hatte wieder von Enanoshe geträumt.

Colleen rollte sich schläfrig zu ihm und streichelte über seinen Rücken. »Alles in Ordnung?« murmelte sie und setzte sich neben ihm auf.

»Ja«, erwiderte er leise. Sein Blick schweifte zum östlichen Horizont. Da war ein sehr schwacher heller Schimmer über den Hügeln. Matthew seufzte, legte sich hin und starrte in die Dunkelheit. Colleen schmiegte den Kopf an seine Brust und zog die Decke über ihn.

»Schlechte Träume?« murmelte sie.

»Was?« Er war in Gedanken weit fort.

»Hattest du einen Alptraum?«

»Ja, es war nur ein Traum.« Er streichelte über das blonde Haar, das auf seiner Brust lag.

Wounded Bear wollte die Augen öffnen, doch seine Lider waren zu schwer. Schmerz stach durch seine Brust. Er preßte die Zähne aufeinander, um einen Schrei zu unterdrücken. Sein Körper glühte und schmerzte, als hätte ein Dämon heiße Pfeile in seine Haut gestoßen.

Wounded Bear konzentrierte sich und schaffte es schließlich, die Augen zu öffnen. Er lag zwischen Pappeln, deren Blätter leicht in der Brise raschelten. Das Gras unter seinem nackten Rücken war kühl. Er strich darüber. Dann versuchte er, die Hand um Grasbüschel zu schließen, doch wieder tobte Schmerz in ihm, und er stöhnte auf.

Jemand bewegte sich neben ihm. Dann sah er Yellow Leafs

schönes Gesicht über sich. Sie sah müde aus und hatte geschwollene Augen. Hatte sie lange bei ihm gesessen? Ihr langes Haar fiel auf seine Brust.

»Wounded Bear«, sagte sie und tupfte mit einem feuchten Tuch über seine Stirn, »du darfst dich nicht bewegen. Ich habe deine Schulter mit Lederriemen festgebunden.«

»Wasser!« krächzte er. Er kämpfte gegen den Schmerz an, der durch das Sprechen hervorgerufen wurde.

»Hier.« Sie hob seinen Kopf an und hielt ihm eine Kürbisflasche an die Lippen. Er trank gierig, und das meiste des kühlen Wassers rann über seinen Hals.

»Du hast Glück«, murmelte Yellow Leaf, als sie seinen Kopf wieder aufs Gras sinken ließ. »Die Kugel traf dich hoch in die Schulter. Kein Organ wurde verletzt, aber ich befürchte, du wirst deinen Arm nie wieder voll gebrauchen können. Aber du wirst leben – wenn du still liegst und die Wunde heilen läßt.«

Wounded Bear lächelte schwach. Er hatte gewußt, daß er überleben würde. Die Vision, die ihm der Wolf mit tiefer Stimme gegeben hatte, versprach ihm noch ein paar weitere Jahre. Er schloß die Augen. Das Bild des Wolfes brachte Erinnerungen an die Nacht mit der gelbhaarigen Frau, und er sah ihr Haar im Wind flattern und glaubte ihre weiche Haut zu spüren. Wenn er kräftiger war, würde er wieder ihre Seele suchen. Bald, versprach er sich. Er ließ sich von den Erinnerungen an sie gefangennehmen und nahm vorübergehend die Schmerzen nicht wahr. Er hatte die gelbhaarige Frau in den Armen gehalten – sie trug sein Kind unter dem Herzen. Es würde ihr jedoch noch nicht klar sein, das wußte er. Der *maiyun* hatte ihm während ihrer letzten Umarmung eine Vision gegeben. Er hatte dafür gesorgt, daß die Vereinigung stattfand, und ihm gesagt, daß es ein männliches Baby werden würde.

Seine Gedanken schweiften ab, der Schlaf erzwang Träume – Träume von seinem Sohn.

Beim Treck waren kaum die Tiere angeschirrt, als der Angriff erfolgte. Indianer jagten schreiend die Hügel herab, und Kugeln und Pfeile schlugen in die Wagen.

Willifords Pferd scheute und bockte. Er klammerte sich fest und winkte die Wagen an sich vorbei. Sie beeilten sich, die Wagen auf einem niedrigen, salbeibewachsenen Hügel im Kreis aufzufahren.

So war der Angriff am Morgen erfolgt, wie Matthews Douglas es vorausgesagt hatte. Williford war zornig. Sein zerfetztes blaues Hemd war mit Schweiß getränkt, als er durch die Wagenburg zu Sawyers schritt. Der Colonel schrie bereits auf die versammelte Menge ein.

»Freiwillige, Männer! Wer meldet sich freiwillig, um loszureiten und General Connors Truppe zu suchen?« Er hob beide Hände, und sein langes Gesicht war verkniffen.

»Wozu?« brüllte Williford hinter der Menge. Die Leute wandten den Kopf und starrten ihn an.

Sawyers hob eine Augenbraue, und seine Miene nahm einen harten Ausdruck an, als er den Captain sah. »Mit mehr militärischer Unterstützung können wir weiter ins Indianerland vordringen und unsere Mission erfüllen!«

Ein Tumult entstand. Männer schrien durcheinander.

Williford schaute sich die Gesichter der Männer an. Die Soldaten sahen ihn fragend an, und einige wichen seinem Blick aus. Keiner wollte sich freiwillig für einen selbstmörderischen Ritt melden.

»Fünfzehn Männer!« schrie Sawyers gegen den Lärm an. »Nur fünfzehn!«

Williford bahnte sich einen Weg durch die Menge, und Zorn und Empörung erfüllten ihn, als er sich durch die tuschelnden Straßenbauer und die besorgten Emigranten zwängte und ein paar Schritte von Sawyers entfernt stehenblieb.

»Fünfzehn Männer, Colonel?« fragte Matthew entgeistert und wies zu den Hügeln, auf die sich die Indianer vorübergehend zurückgezogen hatten. »Gegen tausend indianische Krieger?«

»Captain, die Tapferkeit unserer Männer steht außer Frage. Sie . . .«

»Verdammt, Mann, Tapferkeit ist einen Scheiß gegen Kugeln wert. Fünfzehn Männer schaffen nicht mehr als hundert Yards, bevor sie abgeknallt werden.« Matthew war müde, todmüde. Und er war nahe daran, die Beherrschung zu verlieren.

Sawyers ignorierte seine Worte und schaute über Williford hinweg wieder zu der Menge. »Wer meldet sich freiwillig für diese Mission?«

Betretenes Schweigen folgte. Williford blickte wieder zu seinen Männern. Sie würden losreiten, wenn er es befahl, das wußte er. Diese ehemaligen Rebellen waren pflichtbewußt und mutig, aber er konnte keinem die Teilnahme an einem solchen Himmelfahrtskommando befehlen. Die Soldaten warteten, den Blick auf ihn gerichtet.

»Sie bekommen keine Freiwilligen, Colonel«, sagte Williford und verschränkte die Arme.

»Captain.« Sawyers trat auf ihn zu und senkte die Stimme. »Ich befehle Ihnen, fünfzehn Männer für diese Mission auszuwählen.«

»Sie haben keine Befehlsgewalt über mich, Colonel«, erwiderte Williford gepreßt. »Meine Männer reiten nirgendwohin.« Die Männer in Blau stießen laute Hochrufe aus und warfen ihre Feldmützen in die Luft. Als sich der Lärm legte, bebte Sawyers vor Zorn.

Er starrte zu den Soldaten. »Mir war nicht klar, daß Ihre Männer so feige sind wie Sie, Captain!« brüllte er.

Wilder Zorn stieg in Williford auf. Er ging mit den Fäusten auf Sawyers los. Jemand packte ihn von hinten, bevor er Sawyers schlagen konnte. Er bäumte sich in den eisernen Griff auf.

»Verdammt, George«, sagte ihm Matthew Douglas ins Ohr. »Hör auf! Es ist nicht deine Karriere wert!«

Williford entspannte sich und schüttelte Matthews muskulöse Arme ab. Wenn er nur nicht so erschöpft wäre. Er hatte in vier Tagen gerade acht Stunden geschlafen, und seine Fähigkeit, klar zu denken, war gleich Null. Sein Verstand arbeitete nur mit halber Kraft – und seine Gefühle tobten ständig mit voller Kraft. Er wandte sich zu Matthew um und nickte ihm dankbar zu. Der Lieutenant blickte ihn besorgt an.

»Colonel«, sagte Williford angewidert. »Meine Männer reiten nur nach Fort Connor, und zwar so früh wie möglich.« Er wandte sich um und wollte davongehen.

»Sie sind ein stinkender Feigling, Williford!« schrie Sawyers *»Ein dreckiger, stinkender Feigling!«*

Williford blieb jäh stehen und wandte sich langsam um. Er wünschte einen Kampf – brauchte einen. Aber Sawyers war verschwunden, war sofort geflüchtet, als Williford sich umgewandt hatte.

»Indianer!« schrie jemand.

Williford fuhr herum und zog seinen Revolver. Auf den Hügeln ertönten schrille Schreie, und Krieger tauchten auf und versuchten die Rinder in Stampede zu versetzen. Leute rannten durcheinander und suchten Deckung. Kugeln pfiffen um sie herum, Holz splitterte, und Dreck spritzte unter Kugeleinschlägen empor.

Der Angriff scheiterte, und die Krieger zogen sich über die Hügel zurück und warteten auf die nächste Gelegenheit.

Vor der Morgendämmerung des nächsten Tages befahl Sawyers vieren seiner Straßenbauer, sich auf die Suche nach Connors Truppe zu machen. Zwei Tage später kehrten sie im Schutz der Dunkelheit zurück.

»Colonel?« keuchte Charlie Sears, als er die Plane des Zugangs von Sawyers' Zelt zur Seite zog. Dann bekam er einen Hustenanfall. Er hatte während eines Gewaltritts über fünfzig Meilen viel Staub eingeatmet.

»Kommen Sie rein, Sears«, sagte Sawyers und legte Schreibfeder und Papier beiseite.

Der Mann trat ein und blieb vor dem Colonel stehen. Der Führer der Expedition saß an einem Klapptisch und hatte etwas geschrieben. Eine Lampe brannte neben ihm. »Wir haben Connors Fährte gefunden, Sir«, meldete Sears und kämpfte gegen einen neuen Hustenanfall an.

»Aber keine Soldaten?«

»Keine Soldaten, Sir.«

Sawyers lehnte sich angespannt zurück. »Wohin führte die Fährte?«

»Wir folgten ihr nicht den ganzen Weg, Sir, aber ich nehme an, sie führt geradewegs nach Fort Connor.« Er nahm den staubbedeckten Hut ab und schlug ihn gegen seine Hüfte. Staub wallte auf. »Wenn ich meine unmaßgebliche Meinung sagen darf, Sir, sollten wir dieser Fährte folgen, ganz gleich, wohin sie führt.«

Sawyers saß starr da, und sein langes Gesicht spiegelte Enttäuschung wider. »Wir haben keine große Wahl, nicht wahr?«

»So ist es, Sir.«

»Also gut.« Sawyers klopfte leicht mit der Faust auf den Tisch. »Sagen Sie es der Mannschaft – und informieren Sie Captain Williford.«

Sears nickte. »Ich bin schon unterwegs, Colonel.«

Die Nachricht breitete sich wie ein Präriefeuer aus.

NEUNZEHNTES KAPITEL

Sechs Tage später schlenderte Colleen zwischen den gewaltigen Pappeln, die den Powder River säumten. Ein kühler Westwind strich durch das hohe Gras. Auf der Ostseite des Flusses ragten kegelförmige Hügel aus der Ebene. Auf der Westseite stand auf einer Hochebene Fort Connor. Der Treck hatte das Lager auf der Ostseite aufgeschlagen, weil dort mehr Gras für die Tiere war. Colleen blickte zum Fort. Es war eigentlich keine richtige Befestigung. Der von Palisaden umgebene Holzbau war erst ein paar Tage alt und kaum vollendet, als der Treck eingetroffen war.

Colleen sah Soldaten, die Baumstämme für das neue Depot des Quartiermeisters sägten und mit den neu eingetroffenen Infanteristen scherzten. Der Posten war nur von einer Handvoll Soldaten besetzt gewesen, bevor Williford und seine Männer überraschend aufgetaucht waren, und im Fort war man überglücklich über das zusätzliche Personal.

Colleen wandte sich ab und spazierte weiter, den Blick auf den Sand vor ihren Füßen gerichtet.

Sie sah ein merkwürdig geformtes Stück Treibholz, kniete sich hin und zog es aus dem schlammigen Wasser. Die Spitzen ihres Haars tauchten ins Wasser. Sie strich das Haar zurück und setzte sich ans Ufer, zog ihre Schuhe aus und tauchte die Füße ins kühle Naß.

Ah, das tat gut. Sie zog ihr Kleid höher, damit sie die Beine bis zu den Knien ins Wasser tauchen konnte. Ihr blondes Haar flatterte in der Brise und wurde vor ihr Gesicht geweht. Colleen schloß die Augen, lehnte sich auf dem sandigen Ufer zurück und genoß die Erfrischung durch das kühle Wasser und die frische, nach Wasser und Gras duftende Luft. Es war wie eine Stärkung für ihren erschöpften Körper. Ein paar Minuten lang träumte sie mit offenen Augen und beobachtete die Wolken.

Leise, von Sand gedämpfte Schritte erschreckten sie. Sie fuhr herum und erwartete fast einen Kriegstrupp. Statt dessen ragte die große, schlanke Gestalt von Matthew über ihr auf. Sein Gesicht war tiefgebräunt. Er hatte die blauen Ärmel seines Hemdes bis zu den Ellenbogen aufgekrempelt. Matthew grinste sie an und blickte auf ihre nackten Beine.

»Mußt du dich so entblößt zeigen?« fragte er und setzte sich zu ihr.

»Entblößt zeigen? Matthew, im Umkreis von einer Viertelmeile gibt es keine Menschenseele!«

»Tatsächlich?« Er wies zum Fort. »Siehst du diese Baumgruppe?«

»Selbstverständlich.«

»Hast du jemals etwas von Feldstechern gehört, mein süßer, naiver kleiner Vamp?«

Ihr Mund klaffte auf, und sie zog hastig und verlegen den Saum des Kleides herunter. »Oh, Matthew!«

Er stemmte die Hände in die Hüften, warf den Kopf zurück und lachte. Er lachte so laut, daß es die Soldaten im Fort hören mußten.

»Still! Sag mir, daß es nur ein Scherz von dir war.«

»Aber, meine Liebe, die freundlichen Soldaten boten mir sogar an, einen Blick durch den Feldstecher zu werfen.«

Als er Colleens entsetztes Gesicht sah, brach er von neuem in Gelächter aus.

»Du hast ihnen das bestimmt verboten!« sagte sie triumphierend und stellte sich vor, wie er sie streng zurechtgewiesen hatte.

»Das habe ich nicht. Hältst du mich für ein Scheusal?«

Er hob eine Hand, als sie zu einem Protest ansetzte. »Mach dir nichts draus. Diese armen Jungs sind in der Wildnis gelandet, und der Anblick deiner schönen Beine wird ihre Träume erfüllen.«

»Träume – du meinst doch nicht ...«

»Aber natürlich meine ich das. Hältst du diese Männer für

unmenschlich?« Er grinste sie frech an. »Dein engelhaftes Bild wird viele Frustrationen mildern, meine Liebe. Und nun komm her und laß dich küssen.«

»Nein!« Colleen schaute an ihm vorbei zum Fort. »Diese Kerle könnten mich immer noch beobachten.«

Matthew zog sie mit sanfter Gewalt an sich und küßte sie, obwohl sie sich sträubte.

»Du Schuft«, sagte sie nach dem langen Kuß. »Was denkst du dir . . .«

»Ich dachte, ich lasse sie wissen, daß du vergeben bist und sie sich keine Hoffnungen auf dich machen können.«

»Das würden sie nicht.«

»Sei realistisch, Liebling. Männer verlieren den Verstand bei schönen Frauen.« Er grinste sie an. »Dann denken sie sozusagen mit der Glans.«

Colleen stand hastig auf und wünschte, er würde verständlich reden. Sie hatte keine Ahnung, daß die Glans die Eichel des Penis war, aber sie nahm mal an, daß er etwas Unanständiges meinte. »Matthew – du machst mich rasend!«

»Mit der Glans?« fragte er und sah sie mit seinen blauen Augen unschuldig an.

»Oh, das auch!« Sie sagte sich, daß er mit dieser Antwort rechnete, und wollte ihre Unwissenheit verbergen.

Matthew bekam einen Lachanfall. Dann erhob er sich und legte einen Arm um ihre Schultern. Sie gingen im Schatten der Pappeln über das sandige Flußufer. Colleen spürte, daß sich Matthews Stimmung veränderte. Seine Fröhlichkeit verschwand, und er wirkte plötzlich ernst.

»Ich bin gekommen, um dir etwas Wichtiges zu sagen«, erklärte er hastig, wie um es hinter sich zu bringen. »Hier in der Nähe gibt es ein Lager der Cheyennes.« Er nickte nach Norden und streifte sie mit einem Blick.

Colleens Herz schlug schneller. War der Krieger dort? Ihr Gesicht nahm einen weichen, verträumten Ausdruck an. Sie blickte zu Boden und versuchte, sich ihre Gefühle nicht anmerken zu lassen.

»Ist er . . .«

»Ich weiß es nicht«, fiel ihr Matthew mit unverhohlener

Ungeduld und mit scharfer Stimme ins Wort. »Vom Fort aus ist das Dorf beobachtet worden, aber die Cheyennes zeigen keine feindlichen Absichten. Es sind Frauen und Kinder dort, und folglich ist zu bezweifeln, daß es dieselbe Gruppe ist, die uns angriff. Aber es kann sein, daß die Verwundeten dorthin gebracht wurden.«

»Matthew – warum hast du mir das gesagt?«

»Weil . . .« Er schluckte und umfaßte ihren Arm fester, daß es ihr fast weh tat. Sein Gesicht nahm einen harten Zug an. »Schatz, hast du von dem Krieger geträumt, seit der Straßenbau gestoppt wurde?«

»Nein, das habe ich nicht.« Colleen bemühte sich, ihre Enttäuschung darüber zu verbergen.

Matthew blieb stehen und ließ sie los. Er wollte etwas sagen, entschied sich jedoch dagegen und schob die Hände in die Taschen. Nach einer Weile Schweigen sagte er leise: »Dann ist es vielleicht vorüber.«

»Was?«

Er schaute ihr in die Augen, und einen Moment lang glaubte sie Furcht in seinem Blick zu sehen, aber sie verschwand schnell. Er lachte kurz auf. Es war ein trockenes, freudloses Lachen, das nichts von seiner sonstigen Fröhlichkeit hatte.

»Es ist nicht wichtig«, sagte er und legte den Arm wieder um ihre Schultern. Er hatte seine Selbstsicherheit wiedergewonnen, und er grinste sie an. »Ich dachte nur, du möchtest es wissen. Das ist alles.«

»Danke«, sagte sie beklommen, und sie wußte, daß es *nicht* alles war.

Wounded Bear mühte sich ab, um auf sein Pferd zu steigen. Sein rechter Arm war noch fest an den Körper gebunden, und das behinderte ihn beim Aufsitzen. Das Pony scheute bei seinen unbeholfenen Bemühungen und wich zur Seite aus.

»Ho, Kleiner«, sagte er und tätschelte dem Tier die Flanken.

Das Pony beruhigte sich etwas und schlug mit dem Schweif nach ihm. Wounded Bear atmete tief durch und versuchte es von neuem. Er hielt sich an der weißen Mähne fest, holte

Schwung und warf das Bein hoch. Das Pferd bewegte sich wieder, und Wounded Bear landete schmerzhaft auf dem Boden.

Er lehnte sich an das Pony. Schweiß lief über sein Gesicht. Er wischte sich über die Stirn und leckte sich über die Lippen. Dann trat er vom Pferd fort und schlug ihm auf die Kruppe. Das Pony schnaubte leise, trottete ein Stück fort und fraß von dem dicken, trockenen Gras am Fluß.

Selbst die leichte Anstrengung war mehr, als Wounded Bear ertragen konnte. Er schwankte, und vor seinen Augen verschwamm alles. Er wollte sich an einem Ast eines nahen Baumes festhalten, doch er brach nur den Ast ab. Er taumelte, stürzte und prallte mit der rechten Seite auf. Die Welt schien sich um ihn herum zu drehen. Er klammerte sich an Grasbüschel und preßte die Zähne aufeinander. Der Schmerz in seiner Schulter war gewaltig.

Er hörte leise, scharfe Worte, blickte auf und sah Yellow Leaf im Laufschritt zwischen den Bäumen nahen.

»Ich habe dir gesagt, daß es noch eine Woche dauert, bis du reiten kannst«, sagte sie tadelnd.

Wounded Bear lächelte verzerrt und wischte sich den Schweiß vom Gesicht. »Ich dachte, ich kann die Dinge vielleicht beschleunigen.«

Sie setzte sich schmollend neben ihm ins Gras. »Warum hast du es eilig? Der Treck hat den Bau der Straße eingestellt. Unser Volk ist sicher.«

Wounded Bear gab keine Antwort. Sein Volk dachte, er wäre von der Zauberkraft der weißen Frau befreit, und er wollte Yellow Leaf und die anderen in dem Glauben lassen. Aber der Wolf war ihm in seinen Träumen erschienen und hatte ihm gesagt, daß sie in der Nähe war, in Fort Connor. Wounded Bear hatte ihre Anwesenheit gespürt, jedoch nicht versucht, Kontakt mit ihr aufzunehmen. Er schonte seine Kräfte für die nächste Begegnung. Er lächelte im stillen. Sie würde bald wissen, daß sie sein Kind unter dem Herzen trug. Dann würde sie ihn brauchen. Er mußte seinen Körper zum Funktionieren zwingen.

»Erzähl mir noch mal von der Kugelwunde«, bat er. Er hoffte, daß er mit den Informationen die Genesungszeit besser ermessen konnte.

»Sie war schlimm«, sagte Yellow Leaf weich. »Dein Fleisch war purpurn, und dein Schulterblatt war gebrochen.«

Wounded Bear stellte sich das zerfetzte Gewebe und zersplitterte Knochen vor. Er atmete vorsichtig tief ein und zwang sich, nicht an seine körperliche Verfassung zu denken, sondern an die weiße Frau. Er stellte sich vor, daß sie unter ihm lag und ihr goldenes Haar im Sternenschein glänzte, während sich ihre Seelen vereinten und tanzten . . .

Vielleicht konnte er in einer Woche versuchen, Kontakt mit ihr aufzunehmen.

Yellow Leaf neigte den Kopf und starrte geistesabwesend auf das braune Gras. Ihre Stimme klang dünn und traurig.

»Du – wirst zu ihr reiten, nicht wahr?« Sie schaute ihn an.

Er sah an ihren sanften Augen, daß sie gekränkt war, und wich ihrem Blick aus.

»Ich muß zu ihr.«

Colleen hockte vor dem Lagerfeuer und hob den gußeisernen Deckel des Herdes an, um das Backen des Brots zu überprüfen. Die Antilopensteaks waren bereits gebraten und wurden in der Pfanne über der Glut warmgehalten. Matthew war mit Williford zum Fort gegangen – genauer gesagt, sie waren von Colonel Kidd, dem befehlshabenden Offizier, bestellt worden –, aber er hatte versprochen, bis zum Sonnenuntergang zurück zu sein, und es war jetzt fast einundzwanzig Uhr.

Colleen blickte besorgt zu den Sternen und legte fröstelnd die Arme um die Schultern. Sie schob sich näher an die Wärme des Feuers, denn der Abend war kühl. Grillen zirpten in der Dunkelheit, und Mücken schwirrten über ihrem Kopf. Sie verbrachte mehr Zeit mit dem Wegscheuchen der Mücken als mit Sorgen um Matthew. Das Gespräch mußte einfach länger gedauert haben, als er gedacht hatte, das war alles.

Das klagende Heulen eines Kojoten riß Colleen aus ihren Gedanken. Das Heulen wehte über den Fluß heran, und dann fiel das ganze Rudel ein, und das Heulen und Winseln hallte durch die Hügel. Sie lächelte und lauschte. Sie nahm eine Fülle von Geräuschen wahr, aber eines unterschied sich davon, ein leises, rhythmisches Pochen wie ferner Herzschlag. Sie schloß die Augen und konzentrierte sich auf dieses Geräusch, doch je angestrengter sie lauschte, desto schwacher wurde das Pochen, bis es schließlich ganz verstummte.

Dann hörte sie Matthews tiefes Lachen. Sie öffnete die Augen und sah ihn. Er stand am Rand des Lagers und sprach mit einem anderen Offizier. Matthew blickte zu ihr und zwinkerte ihr zu. Der andere Offizier schaute ebenfalls zu ihr und tippte an seine Feldmütze. Sie lächelte scheu und nickte ihm zu. Dann schaute sie wieder in den Herd nach dem Brot. Als sie vom Herd aufblickte, hörte sie Matthew zu dem anderen Offizier »gute Nacht« sagen.

Matthew schlenderte zu ihr. Er lächelte breit, und seine blauen Augen funkelten.

»Was hat Colonel Sawyers dem Captain vorgeworfen? Und hat Colonel Kidd ihm geglaubt?«

Matthew lachte über ihre schonungslose Offenheit und schaute sie tadelnd an. »Es war alles sehr lästerlich. Bist du sicher, daß deine empfindlichen weiblichen Ohren das ertragen können?«

»Sei nicht albern. Erzähl mir, was los war.«

»Nun, Sawyers beschuldigte Williford der Nachlässigkeit, Gehorsamsverweigerung und Feigheit – und er benutzte einige andere Formulierungen, die ich dir ersparen möchte.«

»Nein! Sag's mir!«

»Meine Liebe.« Matthew hob eine Augenbraue. »Dein Interesse ist wirklich unter meinem Einfluß gestiegen.« Er zog sie näher und sagte im Flüsterton: »Er bezeichnet den Captain als feigen Hurensohn.«

Colleen starrte ihn ungläubig an. »Tatsächlich?«

»Tatsächlich.« Matthew grinste.

»Und was sagte Captain Williford?«

»Oh, George war ganz professionell, aber sehr offen. Er zählte unsere Leiden, Entbehrungen und Verluste auf und bat bescheiden, daß wir Fort Connor zugeteilt werden und Sawyers eine neue Eskorte erhält.«

»Stimmte Colonel Kidd zu?«

»Selbstverständlich. Obwohl Gott weiß, wie die neue Kavallerieeskorte mit Sawyers' Arroganz fertig werden wird ...«

»Wir bleiben also hier?« fragte Colleen angespannt.

Matthew musterte sie und bemerkte ihre Nervosität und Anspannung. Seine Miene veränderte sich. »Willst du nicht hierbleiben?«

»Ich – ich will bei dir bleiben«, erwiderte sie vorsichtig und wich seinem Blick aus.

Er umfaßte ihr Kinn und zwang sie, ihn anzusehen. Sein Blick war hart. »Der Krieger?«

Sie nickte.

»Hat er Kontakt mit dir aufgenommen?«

»Nein, aber ...«

»Colleen, ich bin den Rest meiner Dienstzeit diesem Fort zugeteilt, das heißt drei Monate. Ich kann mich nicht mit dir herumtreiben und diesen Krieger suchen.«

»Matthew, ich bitte dich doch nur ...«

»Wenn ich mich davonmache, ist das Fahnenflucht, meine Liebe.«

»Ich würde nicht verlangen, daß du Fahnenflucht begehst!«

»Gut.«

Colleen spielte nervös mit den Falten ihres lavendelfarbenen Kleides. Sie hatte dieses Gespräch feinfühliger führen wollen, aber jetzt hatte sie anscheinend keine Wahl. Ihr stieg das Blut in die Wangen, und sie senkte den Blick auf das Lagerfeuer. Er beobachtete sie mit gerunzelter Stirn.

»Matthew ...« Sie zögerte und ließ den Blick beklommen durch das Camp schweifen. »Meine Tage – sind überfällig.« Sie sagte es hastig, und als es heraus war, fand sie, daß es nicht annähernd so schwer war, wie sie geahnt hatte. Sie blickte Matthew verstohlen an. Er wirkte verblüfft. Mein Gott, muß ich es ihm noch näher erklären? dachte sie.

Matthew starrte einen Augenblick lang entgeistert vor sich hin. Dann strafften sich seine Schultern, und er schaute Colleen an. »Colleen, willst du mir damit sagen – daß du schwanger bist?«

»Ja!« flüsterte sie und blickte unbehaglich zu den Leuten, die in der Nähe vorübergingen.

Er verharrte reglos, und sein Blick suchte etwas in ihrem Gesicht, das er nicht fand. Seine Züge, die denen einer griechischen Statue ähnelten, waren so steinern wie die der Marmorstatuen, an die er sich erinnerte. Sie hielt beklommen seinem durchdringenden Blick stand und wünschte, er würde etwas sagen, war jedoch nicht bereit, danach zu fragen. Sein Blick war so hart, daß sie ihm nicht standhalten konnte. Sie senkte den Kopf und starrte benommen auf ihr Kleid, an dem sie unbewußt herumgespielt hatte und das verknittert war.

Schließlich umfaßte Matthew ihr Kinn und hob ihren Kopf an, so daß sie seinem prüfenden Blick nicht ausweichen konnte.

»Von mir?«

Er sagte es gepreßt, und zum ersten Mal kam ihr in den Sinn, daß er über ihre Nacht mit dem Krieger Bescheid wußte. Er hatte es ihr angesehen, jedoch bis jetzt nie erwähnt.

Sie spielte mit dem Gedanken, ihm eine Lügengeschichte zu erzählen, doch sie wußte, daß er sie durchschauen würde. Und wenn er es nicht jetzt, sondern später herausfand, würde er sich vermutlich zu etwas Unvernünftigem hinreißen lassen, wie zum Beispiel grinsend zu ihr gehen, sich tief verbeugen und schleppend sagen: »Du süße kleine Betrügerin, soll ich dir jetzt die Kehle durchschneiden, oder ziehst du ein Duell mit Revolvern auf zwanzig Schritt Distanz vor?« Sie erschauerte bei diesem Gedanken.

»Matthew – ich – wünschte, ich wüßte es mit Sicherheit, aber ich weiß es nicht.«

Sie schluckte und wagte einen Blick in seine Augen. Sein Blick war weicher geworden, und eine Spur von Belustigung war in den blauen Augen. Er ließ ihr Kinn los. »Aber die reine Statistik spricht überwältigend für mich. Ist das so, Liebling?«

Colleen blinzelte. Sie brauchte einen Augenblick, bis ihr klarwurde, was er meinte, und dann ergriff sie hastig seine Hand, drückte sie fest und sagte: »O ja, Matthew!«

Er seufzte und erwiderte den Händedruck. »Ich weiß deine Aufrichtigkeit zu schätzen. Und weil ich dich liebe, werde ich glauben, daß das Kind von mir ist.«

Colleen stockte der Atem. Sie schaute ihn aus großen Augen an und hielt eine Hand auf den Busen.

»Ist dir übel?« fragte er besorgt.

»Nein, ich – Matthew, du sagtest, du liebst mich.«

Er wich ein wenig zurück und schaute sie gespielt mißbilligend an, aber in seinen Augen war ein lustiges Funkeln. »Hast du gehofft, ich spiele mit dir, damit du mich nicht ernst nehmen mußt?«

»O nein, ich . . .«

Er zog sie fest an sich und küßte sie.

ZWANZIGSTES KAPITEL

Drei Tage später stand Colleen außerhalb des Forts in der heißen Sonne und beobachtete, wie Sawyers' Expedition das Camp verließ und sich auf den Weg nach Montana begab. Die Kavallerie-Eskorte wirbelte Staub auf. Ein schmerzliches Gefühl stieg in Colleen auf, als die Wagen der Emigranten vorbeirumpelten. Es hatte einen tränenreichen Abschied von den O'Brians gegeben. Lawrence O'Brian hatte ihr fest die Hand gedrückt und leise und ernst einen moralischen Rat gegeben: »Mädchen, mir ist es verdammt egal, aber einige Leute sehen das anders, und so solltest du diesen Jungen heiraten. Verstehst du? Damit alles rechtens ist.«

Colleen hatte im Flüsterton erklärt, daß Matthew ihr noch keinen Heiratsantrag gemacht hatte, aber Lawrence hatte nur ein wenig die Stirn gerunzelt und gesagt: »Nun, er ist kein Durchschnittstyp, nicht wahr? Mach dir keine Sorgen, bei einigen Männern dauert es etwas länger, bis sie Farbe bekennen.«

Als sie beobachtete, wie der Treck im dichten Waldstreifen flußabwärts verschwand, wurde ihr bewußt, daß sie Roberts Wagen nicht gesehen hatte. Vielleicht hatte die Kavallerie eine neue Ordnung in der Reihenfolge befohlen. Roberts Wagen war vermutlich weiter vorne.

Eine warme Windbö zerrte an ihr. Sie hielt ihr lavendelfarbenes Kleid fest und stemmte sich gegen den Windstoß. Ihr blondes Haar flatterte und fiel vor ihre Augen. Sie wartete, bis der Wind nachließ, und strich dann die Locken zurück.

Es war ein klarer Tag. Der Himmel war wolkenlos und blaßblau. Sie drehte sich mit dem Rücken zum Wind und schaute westwärts. Blaue Berge ragten in der Ferne auf. Sie waren nicht genau so wie die Berge in ihren Träumen, doch etwas war gleich, etwas Ätherisches an dem Farbton. Sie spähte neugierig hin, und der Anblick war beruhigend und zugleich ein böses Vorzeichen. Doch dann verbannte sie das Gefühl und zwang sich, wieder an das mit Salbei bewachsene Tafelland und das Fort zu denken. Sie wollte nicht an die Träume denken. Der Krieger hatte seit über drei Wochen keinen Kontakt mehr mit ihr aufgenommen, und obwohl seine Abwesenheit schmerzlich für sie war, gewöhnte sie sich widerstrebend an den Gedanken, daß er nicht zurückkehren würde. Die Leere, die sie empfunden hatte, als er verschwunden war, füllte sich allmählich, und sie fühlte sich jetzt besser, aber sie nahm an, daß immer ein Gefühl der Leere in ihr sein würde, das nur er ändern konnte.

Sie seufzte und wanderte zum Fort zurück.

Am frühen Abend ging Colleen zum Fluß hinunter, schlenderte am Rand der Hochebene entlang und spähte zu den Bäumen am Flußufer. Die untergehende Sonne färbte die von Norden heranziehenden Wolken mit rosarotem Schein. Zwei Wochen sind schnell vergangen, dachte Colleen, während sie sich einen Weg durch würzig duftenden Salbei bahnte, schnell und friedlich. So friedlich, daß sie sich manchmal gefragt hatte, ob alles nicht einfach ein Traum war, aus dem sie eines Tages unsanft erwachen würde. Aber dieser Gedanke war zu schmerzlich, und sie versuchte ihn zu verdrängen. Sie lenkte sich ab, las in der Bibel, spielte Karten mit Soldaten im Fort und führte lange Gespräche mit Matthew.

Bei dem Gedanken an Matthew mußte sie lachen. Seit sie ihm von dem Baby erzählt hatte, führte er sich ziemlich albern auf. Er verbot ihr, irgend etwas zu heben, das schwerer als ein Pfund war, und des Nachts hüllte er sie mit so vielen Decken ein, daß sie das Gefühl hatte, ersticken zu müssen. Einmal hatte sie protestiert, die Decken von sich geworfen und in scharfem Tonfall gesagt: »Matthew, wenn du nicht mit diesem Unsinn aufhörst, muß ich denken, du hast den Verstand verloren!«

Colleen gelangte an den schmalen Pfad, der hinab zum Flußbett führte. Sie raffte das gelbe Kleid und ging den steilen Pfad hinab. Ihr blondes Haar flatterte im Wind. Schatten tanzten über den Boden und veränderten sich, als der Wind in den Blättern der Bäume spielte. Sie gelangte zu einer flachen sandigen Ausbuchtung, die von hohen Pappeln umgeben war, setzte sich hin, zog die Knie an und schaute auf den schlammigen Fluß. Er floß träge. Schaumgekrönte kleine Wellen spülten auf den Sand zu ihren Füßen, und der Schaum haftete wie kurzlebiges Moos am Ufer. Sie berührte eine Schaumblase, die kühl unter ihren Fingerspitzen zerplatzte, und blickte auf die dünne graue Schicht auf ihrer Haut. Während sie ihre Hand betrachtete, wurde sie von einer Woge der Benommenheit erfaßt. Sie klammerte sich an den Baumstamm neben ihr, doch die Welt schien sich wie ein Kreisel eines Kindes zu drehen, und sie wußte, daß der Krieger zurückgekehrt war.

Der Tanz begann, und sie schwebte in einem Meer von Licht, eingehüllt in seine Zärtlichkeit. Ihre Seele suchte nach seiner Seele und fand sie. Sie schwebten eng umschlungen und verstanden sich wortlos, während sie von Licht eingehüllt und von ewiger Stille umgeben waren.

Und dann war es vorüber – der Krieger verschwand wie die vorhin zerplatzte Schaumblase –, und Colleen stellte fest, daß sie bäuchlings auf dem kühlen Sand lag und Flußwasser über ihren rechten Arm spülte. Sie fühlte sich einsam und leer, und ihre Augen füllten sich mit Tränen. Sie grub die Finger in den Sand und weinte.

Leise Schritte näherten sich hinter ihr, doch bevor sie aufblicken konnte, rief eine weiche, leise Stimme in Cheyenne: »Es ist alles in Ordnung«, und eine Hand berührte sanft ihre Schulter. »Ich bin da.«

Colleen wälzte sich auf den Rücken, blickte auf in die Augen des Kriegers, und ihre Seele beruhigte sich. Er trug Wildlederkleidung, die mit roten, blauen und gelben Perlen besetzt war. Der Krieger wirkte besorgt.

Er streckte eine Hand zu ihr hin, und sein Blick schweifte über die Hochebene, die zum Fort führte. »Schnell«, flüsterte er drängend. »Wir müssen gehen, bevor sie uns finden.«

Colleen ergriff die Hand.

Matthew stand unruhig beim Lagerfeuer. Es dunkelte und hatte zu regnen begonnen. Es war noch ein leichter Sprühregen, doch den tieftreibenden Wolkenfetzen nach zu schließen, würde es stark regnen, wenn das Gewitter heran war. Im Norden zuckten bereits Blitze, und Donner grollte.

Matthew verschränkte die Arme und schaute angespannt über die Hochebene. Wo konnte Colleen sein? Einige Soldaten hatten sie südwärts schlendern sehen. War sie zum Fluß hinabgegangen, weil sie Einsamkeit gesucht hatte? Er schüttelte den Kopf, schob die Fäuste in die Taschen und ging nervös auf und ab. Sein Blick schweifte über den Salbei und hinab zu den Bäumen. Colleen war eine jener Frauen, die bisweilen allein sein wollten, um in Ruhe nachzudenken. Für gewöhnlich ließ er ihr diese Zeit, aber heute ärgerte er sich darüber. Das Gewitter war nur Minuten entfernt, und es wurde schnell dunkel.

Er preßte die Lippen aufeinander und wandte sich wieder der Brise zu, die ihm den Regen ins Gesicht trieb. Der Wind heulte und zerrte an seiner Uniform. Er zog die Feldmütze tiefer in die Stirn. Wie lange sollte er noch warten, bis er nach Colleen suchte?

Ein greller Blitz erhellte einen Hügel jenseits des Flusses, und sofort folgte ein Donnerschlag. Ein eisiger Schauer lief ihm über den Rücken, als er sich an jene Nacht vor Wochen erinnerte, in der Colleen in die Dunkelheit hinausgegangen und erst am folgenden Morgen zurückgekehrt war. Vor seinem geistigen Auge tauchte das Gesicht des Cheyenne-Kriegers auf – beklemmend vertraut.

Matthew überlegte angestrengt, wer der Mann sein mochte, doch eine schwache Stimme im Unterbewußtsein sagte ihm, daß er es nicht wirklich wissen wollte. Er kämpfte dagegen an und suchte in der Erinnerung.

Der Regen wurde stärker und durchnäßte seine Uniform.

»Verdammt, Colleen«, murmelte er und ging los, bahnte sich südwärts einen Weg durch den Salbei.

Die Wolken legten sich wie eine schwarze Decke über das Fort, und Blitze zuckten über die Hügel ringsum, während Matthew durch die Dunkelheit eilte. Sein Blick war auf den Boden geheftet. Er suchte nach Fußabdrücken. Donner hallte in seinen

Ohren und übertönte alle anderen Geräusche. Plötzlich traf ihn die Erinnerung, und er verharrte wie vom Donner gerührt. Der alte Medizinmann – und der Junge.

Der Junge! schrie eine Stimme in ihm. »Wounded Bear?« rief er und rannte benommen weiter.

»Nein!« schrie er. »Mein Bruder, nein!«

Seine Schreie wurden vom Heulen des Winds und vom Donner verschluckt, während er blindlings durch die zunehmende Dunkelheit rannte. Er stolperte über Salbei und stürzte. Ein greller Blitz warf ein unheimlich leuchtendes Netz um ihn. Der Hauptstrahl des Blitzes schien auf eine Stelle am Rand der Salbeiebene hinzuweisen. Sprach der *maiyun* zu ihm? Nutzte er die Stimme des Windes und Regens?

Matthew starrte zum Himmel und blinzelte, als Regen auf sein Gesicht prasselte. Er rappelte sich auf und rannte zum Rand der Ebene. Dort fand er Colleens Fußabdrücke. Der Regen hatte sie noch nicht ausgelöscht. Hier war sie entlanggegangen. Er hetzte über den steilen Pfad zum Fluß hinab.

»Colleen!« schrie er zu den im Wind ächzenden Pappeln. *»Colleen!«*

Der Wind peitschte ihm Regen ins Gesicht und zerrte an ihm, während er durch das Waldstück rannte. Donner krachte ohrenbetäubend. Matthew rief nach Colleen, bis er heiser wurde.

Schließlich blieb er stehen, wartete auf den nächsten Blitz und suchte dann im Sand, bis er Colleens Fußabdrücke wiederfand. Er folgte ihnen zu einer kleinen Bucht. Die hohen Pappeln hatten die Spuren vor dem Regen geschützt. Als er die Spuren im nächsten Blitz sah, stockte ihm der Atem. Bei Colleens Fußabdrücken waren Abdrücke von Mokassins. Matthew schloß die Augen. Der Regen löschte ihre Spuren aus. Wie konnte er ihnen folgen? War es das, was Broken Star gemeint hatte? War Colleens Tod vor langer Zeit von der Geisterwelt geplant worden?

»Nein!« schrie er zornig und stieß die Faust zum Himmel. »Nehmt mich!« Er fiel im nassen Sand auf die Knie und flehte: *»Nehmt mich!«* Ein Donnern war die einzige Antwort. Eine Woge von Zorn und Verzweiflung erfaßte ihn. Er hob das

Gesicht zum dunklen Himmel und reckte die Arme hoch. »*Ich* bin verantwortlich, *maiyun!*« rief er. »Strafe *mich!*«

Während er dort durchnäßt und frierend kniete und der Wind durch die hohen Bäume heulte, fügten sich die Teile des Puzzles zusammen. Er erschauerte, ließ die Arme sinken und stand auf. Er rannte so schnell er konnte zurück zum Fort, um seine Waffen zu holen und sein Pferd zu satteln. Als er in das tobende Gewitter hinausritt, kannte er sein Ziel. Die Geister führten Anweisungen eines alten Mannes aus, spielten ihn und seine Welt gegen einen Schirm von Schmerz und Haß aus.

Der Sandsteinfelsen. Die kleine Höhle. Enanoshes Grab. Dort würden die Fäden zusammengezogen werden.

Robert Merrill beobachtete Matthew Douglas, der im Schein von Blitzen davonritt, und lächelte leicht vor sich hin. Er hatte Colleen und den Indianer zuvor ebenfalls gesehen, war jedoch nicht schnell genug gewesen, um ihnen zu folgen. Aber er wußte, daß Douglas ihnen folgen und sie finden würde. Merrill grinste breit, und zog den Sattelgurt stramm. Er hatte seinen Wagen im Wald versteckt und den rechten Augenblick abgewartet. Er hatte gewußt, daß seine Chance kommen würde. Colleen und Douglas würden nicht immer nahe beim Fort bleiben. Und nun würde er mit ihnen abrechnen.

Robert Merrill lachte laut auf, als er auf sein Pferd stieg und es zum Trab trieb. Er blieb gerade weit genug hinter Douglas, um von ihm nicht entdeckt zu werden.

Colleen fror. Sie waren die ganze Nacht durch Regen und Donner geritten. Als die Strahlen der aufgehenden Sonne durch dunkle Wolkenfetzen sickerten, sah sie, daß sich das Gelände stark verändert hatte. Schneebedeckte Berggipfel ragten voraus auf und erstreckten sich scheinbar endlos nach Norden. Sie hatte diese Berge unzählige Male in ihren Träumen gesehen, aber ihre kristallene Schönheit war ihr nie so bewußt gewesen. Als sie zu den zerklüfteten blauen Bergen hinaufblickte, hatte sie das sonderbare Gefühl, heimzukehren.

Der Krieger ließ das Pony jetzt im Schritt gehen, und er stieg einen bewaldeten Hang hinauf. Der Krieger streichelte über Colleens Hand, die auf seinem Leib lag.

»Wir sind fast da«, sagte er sanft und wandte den Kopf zu ihr.

Colleen schlang die Arme fester um ihn. Während der Nacht hatten sie kurz ihre Seelen voneinander getrennt, und jetzt sehnte sich ihr Herz nach einer ständigen Vereinigung. Sie dachte an Matthew, an seine große, muskulöse Gestalt, seinen stolzen Gang, sein freches Lächeln. Er liebte sie und würde ihr folgen, wenn er das konnte. Aber konnte er es? Das Gewitter war so stark gewesen und hatte alle Spuren ausgelöscht. Es würde schwierig, wenn nicht gar unmöglich für ihn sein, sie zu finden. Sie umarmte den Krieger fester und spürte, wie er ihren Arm zärtlich streichelte. Sie verbannte die Gedanken an Matthew und versuchte verzweifelt, dem Schmerz zu entgehen, den sie brachten.

Sie spähte zu den schneebedeckten Gipfeln und ließ den Blick über die Kiefern, das hohe Gras, den Salbei und Wacholder wandern.

Der Krieger streichelte wieder ihren Arm. Er wies zu einem fernen Felsen, der rötlich im grauen Licht des düsteren Tags schimmerte. »Dort ist unser Heim«, sagte er mit weicher Stimme.

»Bei dem roten Felsen?«

»Ja, bei einem tiefen Canyon, der graue, rote und orangefarbene Schichten hat. Ein kalter Fluß fließt durch den Grund. Das Fischen und die Jagd sind dort gut.«

Er wandte den Kopf, schaute Colleen in die Augen, und eine Fülle widerstreitender Gefühle wühlte sie auf. Dort waren Wärme und Zärtlichkeit und seine offenkundige Liebe. Sie lächelte und streichelte über seine muskulöse Brust. Weil ihre Seelen eins gewesen waren, kannte sie diesen Mann, kannte seine Stärken und Schwächen auf eine Weise, wie sie Matthew nie kennenlernen würde. Gott hat die richtige Wahl getroffen, dachte sie, indem er diesen Krieger für mich bestimmt hat. Dennoch würde es schmerzlich sein. Sie vermißte Matthew.

Der Krieger trieb den braunweiße Pinto mit den Hacken an, und sie ritten höher hinauf in die Berge.

Matthew beschirmte die Augen mit der Hand vor dem Regen. Bei jedem Blitz suchte er das Gelände ab. Er suchte ein Pferd mit zwei Reitern. Er hatte einen einzigen Blick auf ihre Fährte erhascht, bevor der Regen die Spuren weggewaschen hatte. Die Hufabdrücke waren tief gewesen. Das Pferd trug eine schwere Last. Wegen der zusätzlichen Last kamen sie langsamer voran, aber das half nicht viel. Keiner konnte sein Pferd durch Schlamm und Salbei galoppieren lassen. Auch er konnte nur langsam reiten.

Während Matthew nordwärts ritt, stiegen Erinnerungen in ihm auf. Vor seinem geistigen Auge sah er Enanoshes bleiches und eingefallenes Gesicht. Er glaubte das Weinen ihres Bruders zu hören. Es war, als erlebe er diesen schrecklichen Tag vor so langer Zeit noch einmal. Er glaubte, wieder Broken Stars Stimme zu hören: »Ausgleich, Sohn! Was du nimmst, mußt du zurückgeben!« Die letzten beiden Worte schienen immer wieder in ihm nachzuhallen, und er fühlte sich elend.

Wasser rann von seinem Schnurrbart auf sein blaues Hemd. Der Wind war stark und kalt und drang durch seine Uniform. Er fror. Wie lange würde er brauchen? Er versuchte sich an das Gebiet zu erinnern. Er war den gleichen Weg Dutzende von Malen geritten, aber es war fast zwölf Jahre her. Wie weit war es? Fünfunddreißig Meilen, vielleicht vierzig? Konnte er bis zum Einbruch der Dunkelheit beim Canyon des Middle Fork des Powder River sein? Er nickte vor sich hin, fast überzeugt, daß er es schaffen konnte.

Das Pferd wieherte und scheute bei einem Blitz.

»Ruhig«, sagte er besänftigend und strich über die Mähne der Tiers. »Das Gewitter wird bald vorüber sein.«

Das Licht des Nachmittags nahm ab, als sie den Hang hinaufkletterten. Wounded Bear musterte den gewundenen Pfad und lenkte das Pony stetig bergauf. Die Steinhaufen tauchten auf und markierten den alten Trail, der jahrhundertelang von seinem Volk benutzt worden war. Er zügelte das Pferd und half der Frau hinab. Schmerz stach durch seine verbundene Schulter. Er saß ab und ergriff die Hand der Frau.

»Siehst du dies?« fragte er und wies auf die lange Reihe von Steinhaufen, die den Pfad säumten und wie große Ameisenhügel wirkten.

Colleen ging zum nächsten Steinhaufen, kniete sich hin und berührte die Steine. »Was haben sie zu bedeuten?«

Er ging zu ihr, blieb neben ihr stehen und lächelte herzlich. »Die Alten haben sie geschaffen. Wir müssen Steine hinzufügen. Sie sagen den Geistergeschöpfen, daß wir diesen Pfad heilig halten.« Er bückte sich und sammelte ein paar Steine, und Colleen folgte seinem Beispiel. »Wir werden beim Aufstieg auf jeden Haufen einen Stein werfen«, sagte er. Sie nickte.

Er schlenderte ein Stück fort und spähte über die blauen Berge. Die südlichen Big Horns glänzten weiß mit Neuschnee, und die höchsten Gipfel waren von dunklen Wolken verhüllt. Der Winter nahte. Bald würde das Bergland verschneit und die Jagd würde schwierig sein. Er überlegte bereits, wieviel Fleisch gedörrt werden mußte und wieviel Pemmikan sie beide brauchen würden. Sein Herz war von Glück erfüllt, und er dachte an den *maiyun*. Die geistigen Mächte hatten sein Herzeleid nach dem Tod seiner Schwester gesehen und ihm die gelbhaarige Frau geschickt, um den Verlust auszugleichen. Er breitete die Arme aus und betete, dankte ihnen dafür, daß sie Mitleid mit ihm gehabt und ihn so reich gesegnet hatten.

Wounded Bear ließ die Arme sinken, als er ihre kleine Hand auf dem Rücken spürte. Er wandte sich um. Regen fiel auf die immergrünen Bäume, deren Duft die Luft erfüllte. Er nahm die weiße Frau in die Arme und konzentrierte sich.

Der Tanz begann. Ihre Seelen berührten einander leicht, kamen sich näher, wiegten sich und verschmolzen, als sie in die Brust des Großen Geheimnisses schwebten. Flüsternde Stimmen der Ewigkeit riefen, die See des Lichts erstrahlte und verbreitete sich im Universum, und die Grenzen ihres Ichs lösten sich auf, ließ sie eins mit dem Licht werden – eins mit allen Dingen. Dieses Eine pulsierte, während das Universum atmete, bewegte sich in perfektem Rhythmus mit dem Lauf der Zeit. Sie verweilten dort, lauschten auf den himmlischen Herzschlag – waren der Puls des Lebens –, bis der Tanz langsamer wurde und ihre Vereinigung aufhörte. Wounded Bear spürte, daß die

Frau verzweifelt nach ihm griff, aber er mußte sich von ihr losreißen. Der Zeitpunkt des endgültigen Höhepunkts war noch nicht gekommen. Der Wolf hatte ihm aufgetragen, zu warten – er würde ihm sagen, wann der Moment der richtige war.

Wounded Bear spürte die Brise auf der Haut. Er öffnete die Augen und sah ihr im Wind flatterndes blondes Haar auf seinem Gesicht. Er strich das Haar zur Seite und schaute die Frau an. Als sich ihre Blicke trafen, war es, als wäre alle Zeit in diesem Moment zusammengefaßt. Nichts sonst bewegte sich im Universum außer dem Strom des Lebens zwischen ihnen. Er preßte sie an sich, und sein Herz war von Glück erfüllt. Dann ging er langsam zum Pony zurück.

Als sie den Hang hinaufritten, tauchte der Canyon mit seinen vielfarbigen Schichten aus dem Regenschleier vor ihnen auf. Immergrüne Bäume schimmerten dunkel vor dem roten Hintergrund.

Sie ritten durch einen Engpaß und gelangten auf eine breite, mit Salbei bewachsene Ebene oberhalb des Canyons. Ein kleiner schützender Überhang ragte aus dem Sandsteinfelsen hinter ihnen. Wounded Bear lenkte das Pony in den höhlenartigen Einschnitt unter dem Überhang und half der Frau vom Rücken des Ponys. Dann saß er selbst ab. Sie liefen lachend aus dem Regen in den Schutz des Überhangs und ließen das Pony zum Grasen zurück. Ein Haufen knorriger Kiefernzweige verdunkelte die Ecke der Höhle. Die unregelmäßige Decke zeigte schwarze Flecke auf dem roten Sandstein. Anzeichen für unzählige Feuer. Wounded Bear grub die schwarzen Überreste eines Feuers aus dem Feuerloch im Boden und brachte ein Feuer in Gang. Draußen regnete es stärker, und der Wind blies kalt über das Hochland, doch sie schmiegten sich vor den flackernden Flammen aneinander und hatten es warm.

Matthew hielt vor dem Engpaß an. Es war dunkel, und eisiger Wind schlug ihm entgegen. Er würde den Rest des Wegs zu Fuß zurücklegen müssen, damit kein Hufschlag ihn ankündigte. Er band das Tier an und sammelte seinen Mut.

»Sei ruhig«, befahl er sich selbst und versuchte verzweifelt, die quälenden Erinnerungen an diesen Ort zu verbannen. Er straffte sich und ging los. Noch bevor er den Engpaß hinter sich hatte, sah er die schrecklichen Bilder vor seinem geistigen Auge. Er blieb stehen, schloß die Augen und atmete tief durch. Selbst in der Dunkelheit spürte er, daß Enanoshe da war – konnte die dunklen Augen und ihr verlangendes Lächeln sehen. Er wandte sich um und schaute auf den Sandstein, der aufragte, und schlug mit der Faust darauf, um seine Gedanken unter Kontrolle zu bringen und mit dem Aufruhr seiner Gefühle fertig zu werden. Seine Fäuste zitterten, als er sie sinken ließ, und er lehnte sich mit der Schulter gegen den Fels.

Erinnerungen zwangen sich ihm auf. Wieder fiel Schnee, und er mußte das Pferd anhalten und Enanoshe auf die Arme nehmen. Der eisige Wind peitschte seinen Körper, als er sie in den Schutz der Höhle trug und behutsam hinlegte. Warum haben die Geister diesen Platz gewählt? schrie eine Stimme in ihm.

Aber er wußte es. Sein Blick schweifte zu der Felsspalte neben dem Felsüberhang, und Ruhe breitete sich in ihm aus. Dort war Enanoshe begraben, dort ruhte sie sicher in den Armen des Felsens.

»Meine Enanoshe«, flüsterte er.

Der Regen fiel stärker, schien ihn zornig zu schlagen. Er zog seine Feldmütze tiefer in die Stirn und zwang sich, weiterzugehen. Als er um die Biegung trat, sah er Colleen in Wounded Bears Armen. Die Höhle schimmerte golden im Schein des flackernden Feuers. Matthew blieb einen Augenblick lang starr stehen und nahm den Anblick in sich auf. Er glaubte Broken Stars Worte zu hören: ». . . mußt du zurückgeben – zurückgeben – ZURÜCKGEBEN.« Die Worte hallten in ihm nach, und als sie verklangen, trat er vor.

»Wounded Bear, mein Bruder«, sagte er angespannt und traurig. »Wir müssen miteinander reden.«

Der Krieger griff nach seinem Gewehr. Matthew trat in den Feuerschein, breitete die Arme aus und zeigte, daß er keine Waffe in den Händen hielt. Wounded Bear entspannte sich ein wenig und legte das Gewehr über seine Knie. »Wer bist du, weißer Soldat?« fragte er mißtrauisch.

»Matthew!« schrie Colleen auf und starrte ihn mit großen Augen an.

Wounded Bear erhob sich. »Wer bist du?«

»Kann ich an dein Feuer kommen, Bruder?« fragte Matthew sanft. Der Krieger forderte ihn widerstrebend mit einer Geste auf, die Höhle zu betreten.

Matthew setzte sich gegenüber von Colleen hin, während Wounded Bear stumm seinen Platz neben ihr behielt. Die beiden Männer ließen sich keinen Moment lang aus den Augen.

Wounded Bear reckte das Kinn vor und kniff die Augen zu Schlitzen zusammen. »Du warst in meinen Träumen, Soldat. Warum?«

Matthew rief sich in Erinnerung, wie Wounded Bear vor zwölf Jahren ausgesehen hatte. Der Junge war zu einem Mann herangewachsen. Seine Schultern waren breit geworden. Sein Körper war gestählt und muskulös. Matthew ließ den Blick über den Mann schweifen. Ja, sein kleiner Bruder war jetzt ein Krieger. Matthew empfand Stolz, doch zugleich das schmerzliche Gefühl, etwas verloren zu haben. Er schloß kurz die Augen. Als er sie wieder öffnete, sah er, daß ihn der Krieger mit feindseliger Zurückhaltung anschaute.

»Du bist zu einem prächtigen Mann herangewachsen, kleiner Bruder.«

Der Krieger saß still da, musterte ihn, und als er ihn schließlich wiedererkannte, zeichnete sich in seiner Miene Verwunderung ab.

Matthew stand auf und ging vom Feuer fort, wandte Wounded Bear den Rücken zu, machte sich verletzlich, wenn Wounded Bear ihn töten wollte. Schritte erklangen hinter ihm. Er spürte eine starke Hand auf seiner Schulter.

»Bruder?« sagte der Cheyenne mit ruhiger Stimme.

Matthew wandte sich ihm zu und sah, daß Wounded Bears braune Augen einen weichen Ausdruck angenommen hatten, und er umarmte ihn, wie er es in jener eisigen Nacht vor zwölf Jahren getan hatte. Die Umarmung hatte etwas Tröstendes, als wäre etwas Falsches in Ordnung gebracht worden.

Wounded Bear zog sich zurück und schaute ihm in die Augen. »Ihr Tod war nicht deine Schuld, Howan.«

Matthew lächelte leicht, als Wounded Bear seinen Kriegsnamen benutzte, und nickte nur.

»Wo ist sie, Bruder?« fragte Wounded Bear.

Matthew schluckte, und Trauer stieg in ihm auf. Er nickte zu der Felsspalte hin. »Dort.«

Wounded Bear schaute langsam auf den Einschnitt, der mit Erde und Kiefernnadeln gefüllt war, die der Wind in all den Jahren hineingewirbelt hatte. Seine Augen nahmen einen melancholischen Ausdruck an, als begreife er plötzlich die Pläne der Geister. Er nickte langsam, ergriff Matthew am Arm und führte ihn in die Höhle und zum Feuer zurück.

»Komm«, sagte er weich. »Setz dich zu mir ans Feuer. Wir werden reden.«

Matthew nickte dankbar. Vielleicht hatte ihm der *maiyun* verziehen. Er blickte zum sternenlosen Himmel und war immer noch von Furcht erfüllt.

Robert Merrill kroch auf dem Bauch durch den Schlamm zu dem Steinhaufen vor der Höhle im Sandsteinfelsen. Dort legte er sein Gewehr auf den Steinen auf. Er lachte in sich hinein, zog beide Revolver aus den Halftern und legte die Waffen griffbereit hin. Wie es aussah, würde er dreimal schnell schießen müssen. Er wischte sich Regen aus den Augen und spähte über Kimme und Korn des Gewehrs. Der Feuerschein gab ihm klare Ziele.

Matthew Douglas und der Indianer standen vor der Höhle und sprachen miteinander. Sie nahmen ihm die Sicht auf Colleen. Robert Merrill fluchte lautlos. Doch dann atmete er auf, denn sie kehrten in die Höhle zurück. Er wischte sich wieder Regen aus den Augen und visierte Colleens Oberkörper an. Ihre Brüste hoben und senkten sich heftig, während sie zu den beiden Männern schaute. Verdammte dreckige Hure! dachte er. Ein Mann war ihr nicht genug!

Sein Finger spannte sich um den Abzug. Dann kam ihm ein Gedanke. Er unterdrückte ein hysterisches Lachen. Warum hatte er nicht gleich daran gedacht? Die Abrechnung würde viel besser sein, wenn Colleen zuerst Douglas sterben sehen mußte.

Er zielte auf Matthew Douglas' breiten Rücken.

Matthew musterte Wounded Bear, der ihm am Feuer gegenübersaß, und schaute dann zu Colleen. Sie erwiderte seinen Blick, und er sah ihr an, daß sie ihn liebte. Er spürte, daß sie zu ihm kommen wollte, aber zwischen ihm und Wounded Bear hin und her gerissen wurde. Er sah sie einen Augenblick lang an und nahm die vertraute Wärme ihres Blicks in sich auf.

»Alles in Ordnung?« fragte er sanft und lächelte leicht vorwurfsvoll.

»Ja, Matthew«, sagte sie gequält. »Es tut mir leid, daß ich . . .«

»Ist das Baby . . .?«

Ein Schuß krachte. Die Kugel schlug in Matthews Seite und riß ihn herum. Im Unterbewußtsein nahm er Colleens Schrei wahr, während er stürzte und eine Hand auf die Wunde preßte. Er rollte schnell über den Boden und zog seinen Revolver, als ein zweiter Schuß dröhnte. Aus dem Augenwinkel sah er Colleen fallen. War sie getroffen worden? Verzweifelt richtete er den Revolver auf die Stelle, an der er den Mündungsblitz gesehen hatte, doch er zitterte so sehr, daß er den Revolver nicht ruhig halten konnte. Dann sah er den bärtigen Mann, der sich hinter dem Steinhaufen erhob.

»Waffen weg!« befahl Robert Merrill. Er hielt in jeder Hand einen Revolver und näherte sich vorsichtig.

Wounded Bear ließ das Gewehr sinken, das er an seine verletzte Schulter gedrückt hatte. Matthew ließ widerstrebend den Revolver sinken. Die Waffe rutschte ihm aus der Hand, als er sich auf die Seite wälzte und eine Hand auf die Wunde preßte. Warmes Blut sickerte zwischen seinen Fingern hervor. Er starrte entsetzt darauf und wußte, was das bedeutete. *Lieber Gott, noch nicht,* durchfuhr es ihn. *Noch nicht. Gib mir noch ein wenig länger.*

Merrill lachte hysterisch und warf den Kopf zurück. »Du

dachtest, du könntest Schande über mich bringen, nicht wahr, Douglas?« brüllte er.

Matthew rieb sich mit der Hand über die Augen. Ein grauer Schleier nahm ihm die Sicht. Das Schicksal ereilte ihn. *Bestrafe mich – mich.* Die Worte klangen wie die Trompeten des Jüngsten Gerichts. Er blickte kurz himmelwärts, betete stumm zum *maiyun*, verlangte trotzig Gerechtigkeit.

Merrill trat noch einen Schritt auf ihn zu.

»Robert, tu es nicht!« schrie Colleen. »*Tu es nicht*. Bitte, ich werde . . .«

»Halt's Maul, du verdammte Hure!«

Matthew war erleichtert, als er Colleens Stimme hörte. Sie lebte. Er wandte schwach den Kopf und blickte zu ihr. Tränen rannen über ihre Wangen. Sie wollte sich aus Wounded Bears Armen losreißen und zu ihm kommen. Ein roter Fleck war auf ihrem Kleid, der sich schnell vergrößerte.

Wenn er an seinen anderen Revolver gelangen und ihn ziehen konnte, bevor . . .

Merrills Blick ging plötzlich über Matthews Schulter hinweg, und er wurde schreckensbleich.

Eine Chance. Matthew griff nach seinem Revolver. Im Unterbewußtsein nahm er wahr, daß Merrill den Revolver spannte, während sich seine Finger um den Griff des Colts schlossen.

Ein tiefes, klagendes Stöhnen ließ alle erstarren. Es hallte von den Hügelhängen. Matthew sah, daß der große, weiße Wolf aus der Felsspalte sprang. Der Körper streckte sich im Flug. Er setzte einmal auf und schnellte mit gefletschten Zähnen auf Merrill zu.

Robert Merrills Gesicht verzerrte sich ungläubig. Der Revolver fiel aus seiner zitternden Hand. Merrill schrie entsetzt auf und wollte flüchten.

Der Wolf prallte gegen ihn, knurrend und mit gebleckten Zähnen. Er riß den Mann zu Boden und schloß die gewaltigen Fänge um den Hals des Mannes. Ein kurzer Aufschrei, der in ein Gurgeln überging und verstummte. Dann herrschte Stille. Matthew lag starr da. Der Wolf hatte Merrills Kopf abgebissen und von sich geschleudert. Der Kopf lag ein Stück entfernt und bewegte sich noch wie lebend auf und ab. Der Wolf leckte sich über die Lippen und schaute Matthew mit seinen schwarzen, glitzernden Augen an. Eine stumme Kommunikation fand zwischen ihnen statt, und von irgendwoher rief eine Stimme seinen Namen, süß und vertraut, so herzlich und liebevoll, wie sie vor zwölf Jahren geklungen hatte.

»Enanoshe?« erwiderte er schwach.

Hatte sie all diese Jahre auf ihn gewartet? Matthew versuchte sich zu drehen und zu der Felsspalte zu schauen, doch sein Körper verweigerte ihm den Dienst. Enanoshe war dort. Er wußte es. Wenn er nur zu ihr gelangen konnte...

Colleen schrie gellend und riß sich von Wounded Bear los, um zu Matthew zu rennen. Als sie bei ihm war, starrte sie ihn entsetzt an. Aus der klaffenden Wunde in seiner Seite strömte Blut. Ihr stockte der Atem.

Langsam hob Matthew eine Hand und berührte den großen roten Fleck auf ihrem Kleid. »Alles – in Ordnung?« flüsterte er.

Warmes Blut rann von ihrem Oberschenkel am Bein hinab in ihren Schuh. Ihre Bewegungen waren quälend langsam – als ginge sie in einem schrecklichen Traum. »Ich liebe dich«, wisperte sie.

Matthew griff wieder schwach nach ihr, und sie schluchzte auf. Sie ließ sich auf die Knie fallen, umfaßte fest seine blutbedeckte Hand. Er atmete angestrengt, und aus der Wunde in seiner Seite bildeten sich rote Blasen, wenn er ausatmete. Blutiger Schaum quoll zwischen seinen Lippen hervor. Colleen drückte zärtlich seine Hand. Er erbebte.

»Matthew?«

Wounded Bear kniete sich hinter sie und legte eine Hand auf Matthews Schulter.

Matthews halb gesenkte Lider flatterten, als der Wolf auf ihn zutrottete. Rote Streifen waren auf der weißen Brust des Wolfs – Robert Merrills Blut. Der Geisterwolf betrachtete jedes Gesicht, und sein Blick verweilte lange auf Matthew.

»Es ist vorüber – Großvater«, flüsterte Matthew schwer atmend, während er in die schwarzen Augen des Wolfs schaute.

Der Wolf nickte langsam. »Der Zauber des alten Mannes war stark, Howan.«

Ein fernes, helles Lachen eines Mädchens wehte zu Matthew,

herzlich, lockend. »Helfer, laß mich – Enanoshe?« Er blickte besorgt zu der Felsspalte.

»*Seyan* wartet auf dich«, sagte der Wolf. »Geh.«

Colleen drückte Matthews Hand, als ein weiches Lächeln über sein schweißbedecktes Gesicht huschte. Sie neigte sich hinab, küßte seinen blutigen Mund und zitterte, als sich ihre Lippen berührten.

Matthews Körper zuckte leicht – und lag dann still.

Colleen starrte auf die große sonnengebräunte Hand, die sich von ihrer löste.

»Nein«, flüsterte sie und schüttelte Matthew. »Nein!«

»Colleen«, sagte Wounded Bear, schlang starke Arme um sie und zog sie fort. »Laß das.«

Sie schmiegte weinend die Wange an Wounded Bears Wange und schaute in die glitzernden Augen des Wolfes. Der Wolf musterte sie einen Augenblick lang neugierig, und dann wandte er sich ab und legte eine Pfote auf Matthews breite Brust.

»Krieger«, sagte der Wolf, »es ist vorüber.«

Wounded Bear nickte und preßte Colleen an sich. »Jetzt, Colleen«, wisperte er. »Diesmal für immer.«

Die Wärme seiner Seele hüllte sie ein, wurde eins mit ihrer Seele und milderte ihren Schmerz. Der Tanz begann, und die ewige See aus Licht wogte rings um sie.

EPILOG

»Sie werden das Land aufreißen!«

Der alte Mann wischte eine Träne aus dem Augenwinkel und schlug leicht auf den wackligen Kieferntisch. Sonnenstrahlen schimmerten durch die Ritzen in den Wänden der kleinen Holzhütte, die als Indianeragentur diente, und fiel auf sein faltiges Gesicht. Rings um ihn glänzten gehetzt blickende Augen von Cheyennes im Kerzenschein. »Und *ihr*«, sagte er weinend und stieß einen knochigen Finger in ihre Richtung, »... ihr werdet er zulassen!« Er schloß die Augen und nickte grimmig. »Wir kämpften – wir kämpften – ihr aber kämpft nicht ...«

Ein Raunen ging durch den Raum, und einige der Versammelten senkten beschämt den Kopf. Was konnten sie tun? Sie waren eingesperrt und hungerten. Sie waren müde. Nur die Blauröcke brachten ihnen jetzt Nahrung, die knapp und ranzig war; sie machte das Volk krank bis zum Tod.

»Hört mir zu, Kinder«, sagte der alte Mann eindringlich und fuhr mit der Hand durch sein ergrautes Haar. Sein Blick war flammend. »Ich sehe, daß die Weißen mit riesigen Schaufeln die Erde aufreißen – und ich sehe euch ...« Er atmete tief durch. »Ich sehe, daß ihr es mit ihnen tut.« Sein Schluchzen erfüllte den Raum und drang zu den Soldaten, die draußen in der Kälte Wache schoben. Sie lauschten beklommen und warteten.

»Ihr werdet verrückt werden. Ihr werdet alle sterben – *sterben* –, weil ihr die Weissagungen unserer Väter vergessen habt!«

Plötzlich wies er zu dem Mann, der mit großen Augen am nächsten bei ihm saß, und starrte ihn flehend an. »Vergiß es nicht, mein Sohn. *Versprich mir, daß du es nie vergessen wirst.*«

Wounded Bear, 1897

ENDE

HISTORISCHES NACHWORT

Sweet Medicine ist der wahre Kulturheld der Cheyenne-Stämme. Sie sagen, daß er ›vor vielen Jahrhunderten‹ zu ihnen kam, zu einer Zeit, in der das Volk ohne Gesetz lebte und sich gegenseitig bekämpfte und ermordete. Sweet Medicine veränderte das. Er brachte die Heiligen Pfeile und lehrte das Volk, wie es die Pfeile nutzen konnte, um die Welt zu erneuern und das Volk zu reinigen.

Aus der Perspektive des Gelehrten ist es schwierig zu sagen, ob Sweet Medicine wirklich lebte oder nicht. Wenn er lebte, dann vermutlich ›vor ein paar Jahrhunderten‹, wie die Cheyennes sagen. Einer seiner anderen Namen ist Rustling Corn Leaf, was darauf schließen läßt, daß er lange lebte, bevor die Cheyennes in die Prärie kamen, als die Stämme noch längs des Missouri River Mais anbauten. Sweet Medicine lehrte und bewirkte viele Jahre lang Wunder bei dem Volk. Kurz vor seinem Tod prophezeite er das Kommen des Pferdes und Gewehrs (›etwas, das Krach macht und einen kleinen, runden Stein zum Töten schickt‹). Er sagte die Suche nach Gold voraus und prophezeite, daß Krankheiten das Volk dezimieren würden. Und er sah voraus, daß die Weißen kommen würden. »Es werden viele von diesem Volk sein, so viele, daß ihr ihnen nicht standhalten könnt. Auf den Flüssen werdet ihr Dinge auf und ab gehen sehen, und in diesen Dingen werden Leute sein, und Dinge werden sich über Land bewegen, in denen Leute sein werden.« Wagen vielleicht, die auf den gewundenen Straßen fuhren, die schließlich den Westen durchziehen würden.

Die Stämme der Great Plains glaubten, daß die Überlandstraßen eine geheimnisvolle Macht hatte. Sie nannten sie ›*medi-*

cine trails.‹ Die Geschichte unterstützt ihre Behauptung. Das Straßensystem veränderte das Land. Im Jahre 1850 waren diese Routen pulsierende Arterien für Transporte von Emigranten in die westlichen Territorien, für Goldsucher zu den Goldfeldern und für Soldaten zu den neu errichteten Forts im Fernen Westen. Als die starke Emigration sich gegen 1897 verlangsamte, hatten vielleicht dreihundertfünfzigtausend Menschen und zehn Millionen Tiere die Prärien durchquert. Die Auswirkungen auf das Land und die indianische Lebensweise waren enorm. Gras und Holz wurden bedenklich dezimiert, und längs den Routen wurde Wild fast bis zur Ausrottung gejagt. Thomas Fitzpatrick, Indianeragent für die Upper Platte und Arkansas Region, schrieb, daß die Straßen die ›völlige Vernichtung‹ der Indianerterritorien zur Folge hatten. Er erklärte 1853, daß die Sioux und Cheyennes hungerten. »Ihre Frauen leiden Not, und ihre Kinder schreien vor Hunger.«

Die Stämme wurden an den Rand der Vernichtung getrieben, und es blieb ihnen nur die Wahl, zurückzuschlagen.

Im Jahre 1857 führte Lieutenant Kimble Warren einen Treck von Topographen und Pionieren der Armee zu einer Erkundung der Black Hills im Dakota Territorium. Er schaffte nur den halben Weg, bis er von einem Kriegstrupp der Sioux angegriffen wurde. Während eines Gewitters mit sintflutartigem Regen verhandelte Lieutenant Warren zu Pferde mit dem Häuptling. Black Shield erklärte Warren, wenn er nicht umkehre, werde er und seine gesamte Abteilung getötet. »Der Große Vater bat uns um eine Straße längs des Platte River, und wir gewährten sie ihm«, erklärte Black Shield. »Wir erlaubten ihm eine Straße längs des White River und eine andere am Missouri entlang ... Dies ist der letzte Platz, der uns blieb, und wenn wir ihn aufgeben, müssen wir sterben. Wir sterben lieber kämpfend wie Männer.«

Als James Sawyers' Expedition Warrens Weg im Jahre 1865 kreuzte, waren die Stämme verzweifelt. Die Niobrara-Straße schnitt durch das Herz des letzten Gebiets der Büffel – ihre Hauptnahrungsquelle. Die Geschichtsbücher berichten es nicht, doch Sweet Medicines Prophezeiungen mußten wie Alarmglocken für die Cheyennes geläutet haben.

Der Bau der Straße mußte um jeden Preis gestoppt werden.

Colleen Merrill, Wounded Bear und Matthew Douglas sind fiktive Figuren, doch die in diesem Buch beschriebenen Hintergrundereignisse sind real: Sawyers und Williford trugen einen ständigen Kampf aus und schleuderten sich im Verlauf der Expedition Beleidigungen und Anschuldigungen ins Gesicht. Nach der Belagerung, die am fünfzehnten August begann und bei der ›ein paar tausend indianische Krieger‹ den Treck umzingelt hatten, wußte Williford, daß seine Männer zahlenmäßig gewaltig unterlegen waren, und er verweigerte den Kampf. Sawyers schrieb angewidert: ›Unser Führer der Eskorte begann feige zu werden, und die Offiziere ... verlangten lautstark die Einstellung der Expedition.‹ Sawyers war natürlich dagegen und befahl die Fortsetzung der Expedition. Der Treck wurde danach mehrmals angegriffen. Dull Knife und Red Cloud verlangten durch ihren Dolmetscher George Bent, daß der Bau der Straße gestoppt wurde. Als sich Williford schließlich weigerte, seinen Männern Sawyers' ›selbstmörderische Mission‹ – Connors Truppe zu suchen – zu befehlen, endete der Straßenbau.

General G. M. Dodge rechnete Williford als Verdienst an, den Treck gerettet zu haben. Williford, ein Offizier mit hervorragenden Leistungen im Krieg, war von Shiloh bis Ende 1864 fast ständig im Kampf gewesen. Dann wurde er entlassen, um sich von Verwundungen und Erschöpfung zu erholen. Er war kein Feigling, und General Dodge wußte das.

Als Sawyers schließlich in Virginia City eintraf (nachdem er noch mehrmals von den Arapahos angegriffen worden war), stellte er fest, daß die Einschätzung des Militärs ihm vorausgeeilt war. Er wurde mit den Anschuldigungen empfangen, daß er unfähig war. Sawyers kehrte sofort nach Washington zurück, um sich zu den Vorwürfen zu äußern, daß er die Expedition falsch geleitet und private Beteiligungen bei Hedges Frachtgeschäft hatte.

Obwohl er sich erfolgreich verteidigte, wurde seine Straße nie wieder von Emigranten-Trecks benutzt. Das unwirtliche Terrain und der Widerstand der Indianer verhinderten die Nutzung der Niobrara Road.

Bis zum heutigen Tag führen die Northern Cheyennes einen

ständigen Kampf gegen die Zerstörung des Landes durch Weiße. Erst vor wenigen Jahren widersetzten sie sich gegen Pläne der US-Regierung, in ihrer Reservation Kohle zu fördern. Einer ihrer Hauptgründe war die Befürchtung, daß sich Sweet Medicines Prophezeiungen bewahrheiten würden.

Möge der *maiyun* sie weiterhin leiten.

wann etwas für ihn empfinden würde. Jetzt war sie sicher, daß sie ihn niemals lieben würde. Aber sie war seine Frau, und das Band der Ehe war heilig. Sie glaubte noch die Stimme des Pastors zu hören, der sie zu Mann und Frau erklärt hatte. Sein Tonfall war wie eine Drohung gewesen. »Ich erkläre euch hiermit zu Mann und Frau.« Er hätte genausogut sagen können: »Und wenn ihr auf den Gedanken kommt, diese Ehe zu brechen, denkt an das Höllenfeuer, das gleich hinter dem Horizont auf euch wartet!«

Sie wischte sich eine Haarsträhne von den Augen und schob sie hinters Ohr. Dann schaute sie zum Sonnenuntergang. Der Horizont wurde dunkler, schimmerte tiefblau.

Und da war Matthew. Sie wußte, daß ihre Gefühle für ihn an Ehebruch grenzten, und obwohl sie noch nicht körperlich gesündigt hatte, mußte sie sich eingestehen, daß sie ganz bestimmt im Geiste gesündigt hatte. Was hatte Jesus über diesen Punkt gesagt? Sie konnte sich nicht erinnern, aber soviel wußte sie noch: Es war genauso schlimm, im Geiste zu sündigen. Sie seufzte und strich ihr gelbes Kleid glatt. Es war merkwürdig, daß die Worte ›Sünde‹ und ›Matthew‹ in ihren Gedanken unauflösbar miteinander verbunden waren wie ›gut‹ und ›Morgen‹ oder ›heilig‹ und ›Bibel‹; sie paßten anscheinend einfach zusammen. Das war beunruhigend.

Colleen dachte so ernsthaft nach, daß sie gar nicht den Sonnenuntergang bemerkte. Plötzlich wurde ihr bewußt, daß die Dunkelheit hereingebrochen war. Grillen zirpten in der Nähe, und Sterne funkelten am dunkelblauen Himmel. Lagerfeuer leuchteten am Creek. Sie mußte zurückgehen!

Sie legte eine Hand auf den Felsblock und stemmte sich auf. Etwas riß.

»Oh, verflixt!«

Ihr Kleid hatte sich an einem Dornbusch verfangen. Sie zerrte hart, und weiterer Stoff riß. Bei dem Geräusch verstummten die Grillen.

Colleen zog noch härter, aber das Kleid blieb am Dornbusch hängen. Sie kniete sich hin und schob Stoff zur Seite, um zu sehen, wo das Kleid festhakte. Dabei griff sie in einen Feigenkaktus. Sie schrie auf und riß die Hand zurück, hielt einen Finger in den Mund und zog Stacheln mit den Zähnen heraus.

Dann stand sie auf und riß in ihrem Zorn mit aller Kraft das Kleid los. Stoff riß, und sie taumelte zu Boden und landete auf dem Bauch.

Sie fluchte und rappelte sich auf. In der Dunkelheit wirkte die Umgebung auf einmal bedrohlich auf sie. Colleen raffte das ruinierte Kleid und ging schnell den felsigen Hang hinunter. Der Wind frischte auf und heulte unheimlich zwischen den Kiefern. Angst stieg in ihr auf.

Ein Ast knackte hinter ihr. Sie erstarrte, und ihr Herz schlug schneller. Sie wollte über die Schulter blicken, aber sie wagte es nicht, weil sie befürchtete, einen Schatten zu sehen und in Panik zu geraten. Sie atmete tief durch und setzte den Weg fort.

Der felsige Boden war glatt, und in der Dunkelheit waren Unebenheiten nur schwer zu erkennen. Mehrmals rutschte sie aus, geriet ins Stolpern und stürzte. Sie riß sich die Haut auf und erlitt Schürfwunden. Wolken waren herangezogen, und Donner grollte über die Prärie. Es wurde noch dunkler. Colleen konnte den Pfad kaum noch erkennen. Sie ging schneller, und ihre Angst wuchs.

Als sie den Hügelhang hinabeilte, hatte sie das Gefühl, daß etwas nach ihr griff und sie zum Stolpern brachte. Sie stürzte über eine bloßliegende Baumwurzel und schlug mit dem Knie auf einen Stein. Der Schmerz trieb ihr Tränen in die Augen. Sie tastete zu dem Knie. Es war warm und feucht. Blut.

Ihr Blick irrte verzweifelt durch die Finsternis.

»Reiß dich zusammen!« murmelte sie und rappelte sich auf. Das Knie schmerzte. Sie belastete es vorsichtig und stellte fest, daß es sie trug. Dann wählte sie sehr sorgfältig den Weg hinunter zum Creek.

Wieder ein Geräusch. Ein leises, rhythmisches Keuchen, wie von einem Menschen nach langem Laufen – oder von einem Tier. Ein kalter Schauer lief ihr über den Rücken. Sie wirbelte herum und sah eine weiße Gestalt den Hang herabkommen.

Mit einem Aufschrei warf sie sich herum und rannte Hals

über Kopf den Hang hinunter. Gestrüpp riß an ihrem Kleid, aber sie hetzte weiter. Das Keuchen näherte sich, und sie glaubte, den heißen Atem zu spüren.

Ein eisiger Wind fegte ihr ins Gesicht, als sie sich dem Creek näherte. Die Uferböschungen waren steil, und sie sah in der Dunkelheit nicht die Stelle, an der sie den Aufstieg begonnen hatte. Sie lief am Ufer auf und ab und suchte danach. Tränen liefen über ihre Wangen. Sie stolperte und fiel auf harten Lehm.

Dann sah sie das Tier. Es hatte aufgeholt. Die schwarzen Augen glitzerten. Plötzlich hörte sie eine Stimme. Rief das Tier ihren Namen?

Vor Angst konnte sie keinen klaren Gedanken fassen. Sie flüchtete blindlings.

Colleen kletterte über die Uferböschung, rutschte ab und fiel ins Wasser. Sie tauchte in das kalte Naß ein, rang um Atem und hustete, als sie den Kopf über die Wasseroberfläche hob.

Sie blickte auf. Ein großes, weißes Gesicht neigte sich über die Uferböschung. Der Wolf starrte auf sie hinab und duckte sich zum Sprung ins Wasser.

Colleen schrie erstickt auf, watete durch das Wasser zum anderen Ufer und grub die Finger in die Böschung, um sich hochzuziehen.

Der Wolf sprang vom anderen Ufer aus ins Wasser, trottete durch den Bach und tauchte neben Colleen auf, als sie aufs Ufer stieg. Der Wolf stellte sich auf die Hinterbeine, schnappte mit einer Pfote nach ihrem Kleid und zog daran.

»Colleen?« rief eine tiefe, sanfte Stimme.

Sie geriet in Panik. »Laß mich los!« Sie riß sich los, warf sich aufs Ufer, rappelte sich auf und rannte blindlings zu den Wagen.

Voraus glühten Lagerfeuer. Colleen blickte gehetzt hinter sich. Der Wolf sprang leichtfüßig aufs Ufer und trottete hinter ihr her.

»Colleen?«

Sie hetzte weiter, doch der Wolf holte auf, verkürzte die Distanz auf ein paar Yards.

»Matthew!« schrie sie verzweifelt. *»Matthew!«*
Sie bekam Seitenstiche und rang um Atem.
Eine dunkle Gestalt lief vom Camp her auf sie zu.
»Colleen?« rief Matthew.
»Colleen?« rief der Wolf.